썬더맨

발행일	2015년 10월 16일		
지은이	배 정 빈		
그린이	정 혜 란		
펴낸이	손 형 국		
펴낸곳	(주)북랩		
편집인	선일영	편집	서대종, 이소현, 권유선
디자인	이현수, 신혜림, 윤미리내, 임혜수	제작	박기성, 황동현, 구성우, 이탄석
마케팅	김회란, 박진관, 김아름		
출판등록	2004. 12. 1(제2012-000051호)		
주소	서울시 금천구 가산디지털 1로 168, 우림라이온스밸리 B동 B113, 114호		
홈페이지	www.book.co.kr		
전화번호	(02)2026-5777	팩스	(02)2026-5747

ISBN   979-11-5585-730-4 03810 (종이책)   979-11-5585-731-1 05810 (전자책)

이 도서의 국립중앙도서관 출판예정도서목록(CIP)은 서지정보유통지원시스템 홈페이지(http://seoji.nl.go.kr)와
국가자료공동목록시스템(http://www.nl.go.kr/kolisnet)에서 이용하실 수 있습니다.
(CIP제어번호 : CIP2015027206)

썬더맨

- 초시공전사의 탄생 -

초시공전사의 탄생

썬더맨

배정빈 장편소설

SUPER-SPACE TIME WARRIOR BEGINS

북랩 book Lab

프롤로그

은색으로 반짝이는 작은 별은 점점 거대하게, 또렷한 형체로 다가온다. 검회색의 소용돌이는 나선형을 그리며 거침없이 강렬한 모습을 드러냈다가 이내 다시 사라져 버린다. 소용돌이가 사라지고 나자, 베다행성이 그 모습을 또렷하게 드러낸다.

녹색의 평화롭던 도시는 낙조와 함께 조금씩 조금씩, 검은색의 그림자에 잠식되어 불안한 빛으로 감돈다. 녹색으로 빛나는 행성 주위로 몇 킬로미터에 달하는 수십 개의 그림자가 드리워진다. 곧 불길한 기운이 녹색 행성을 덮친다. 행성의 곳곳에서 괴로운 신음이 울려 퍼진다.

"콰과과광! 쾅쾅쾅!"

거대한 굉음과 함께 베다행성은 지진이 난 듯 크게 흔들린다. 베다행성의 대기권 외곽에는 중간계 우주의 최고 기술로 만들어진 소행성 방어막인 우주방어막이 견고하게 자리 잡고 있다. 방어막은 암흑 세력의 소행성급 대우주모함과 성간 비행이 가능한 스페이스 함정의 공격을 방어하고 있다. 대우주모함들은 대기권 외곽에 자리한 1차 방어막의 격자 중력장과 암흑 물질로 구성된 이중 방어막을 뚫지 못하고 이에 걸려 충돌을 일으킨다. 충격은 대기권 공간을 격하게, 베다행성 전역을 흔든다. 파르르 떨리는 하늘은 베다행성 주민들의 두려움을 가중시킨다.

　빼앗고 싶어 하는 자와 지키고 싶어 하는 자. 암흑의 힘과 자유의 의지가 다시금 맞부딪치기 시작한다.
　베다행성의 점령을 위해 본격적인 전투에 임하는 암흑 세력의 모함은 막대한 규모의 소형전함과 비행정을 토해 내고, 수많은 드론과 전투기들이 이중 방어막을 지나 베다행성의 대기권으로 진입을 시작한다. 암흑 세력의 우주모함과 스페이스전함은 베다행성의 우주 방어막 외부에서 쉬지 않고 공격을 퍼붓는다. 괴수 군단과 안드로이드 기계군단으로 가득 찬 많은 침투정이 지상으로 쉴 새 없이 발사된다. 거대하고 강력한 암흑 세력의 요란한 공격 소리는 베다행성 시민들의 신념과 의지를 뒤흔들고, 그들을 두려움의 나락으로 끌고 간다.

　"다섯 전사여!"
　요기는 나란히 서 있는 다섯 명의 전사 앞으로 다가갔다.
　"자랑스러운 베다의 수호자들이여!"
　낮지만 힘이 실린 목소리로 요기는 말했다.
　"이제 다섯 전사 그대들이 베다행성을 위기로부터 구할 때이다. 그대들의 힘으로 암흑 세력과 맞서서 용감하게 싸우기를, 그리고 이기기를 바란다."

"네!"

다섯 명의 전사는 요기와 눈을 맞추며 기운차게 대답했다.

최첨단 거대 로봇에 탑승해, 하늘로 날아오르는 다섯 전사. 다섯 전사의 뒤로 수천에 달하는 함정과 비행정이 출격한다. 지상의 미사일 요격과 공중 공격을 가까스로 피해 가며 땅에 도착한 암흑 세력의 거대 암흑 로봇들과 기계 병사들, 맞서 달려가는 베다행성의 거대 로봇과 보호슈트를 착용한 자위대원들 간에 치열한 전투가 베다행성의 지상 사방에서 시작된다.

썬더맨⋯. 썬더맨⋯.

손덕만은 자신을 부르는 시민들의 목소리가 귓가에서 울려 퍼지는 기분이었다. 평범한 지구인에서 베다행성의 전사 썬더맨으로 변모한 그의 노력이 베다행성에 힘을 실어 줄 수 있기를 바라는 사람들의 음성에는 간절함이 촘촘히 배여 있다. 덕만은 위험천만한 전장의 한가운데서 썬더맨 로봇과 일체화해, 적들의 공격을 온몸으로 막아낸다.

썬더맨! 썬더맨! 썬더맨!

서울의 아동병원에서 어린이들을 위해 봉사하는 연극의 주인공 썬더맨과 베다의 썬더맨.

덕만은 같지만 다른 썬더맨이 되어야만 했다. 우주에서 얻게 된 또 다른 이름과 의지로 나아가야 한다. 아니 덕만은 반드시 전쟁에서 살아남아 지구로 돌아가야 한다.

차 례

1장_
뜻밖의 선택

'이러다 늦겠는데.'

덕만은 지하철 문 앞에 기대서서 시간을 확인했다. 한 정거장, 두 정거장, 오늘 따라 지하철은 왜 이리도 더디게 달리는 것 같은지, 초조한 마음이 들었다. 정차역보다 한 정거장 앞에서 내렸다.

덕만은 기계보다 자신의 육체를 더 신용한다. 지하철이 정차하기 전 허리를 굽혀 신발 끈을 동여맸다. 문이 열리자마자 쏜살같이 밖으로 뛰어 나갔다. 계단의 닌긴 위로 엉덩이를 실쩍 걸치고 미끄러져 내려갔다. 엉덩이는 스르르 와인색의 난간과 가볍게 마찰을 일으킨다.

이내 개찰구를 홀쩍 뛰어 넘어 인도를 향해 내달리기 시작했다. 지나치는 사람들은 슬로우 모션으로 덕만의 시야에 들어왔다 사라지기를 반복한다. 휙휙, 그의 뒤로 날아 가는 풍경의 사람들. 덕만은 싱긋 웃어 보이며 잠시 여유를 부려 본다.

쉼 없이 앞을 향해 달리던 덕만은 소매를 걷고 시간을 확인했다. 은색의 반짝거리는 시계. 시계는 썬더맨 공연을 끝내고 무대로 내려온 덕만에게 한 아이가 고사리 같은 손으로 건넨 것이다.

"썬더맨 아저찌, 팬이에요."

가운데 오리 그림이 있는 유치해 보이는 시계지만, 관객에게 처음 받은 선물로 덕만이 가장 아끼는 시계이기도 하다. 아직 오 분전, '이쯤이면 충분해.' 덕만은 묘기를 부리듯 사람들 사이를 헤치며 힘차게 달려

나간다. 한 사람씩 지나칠 때마다 각기 다른 분야의 생활에서 만들어지는 삶의 향기가 덕만의 코끝을 스친다.

"아, 예상치도 못한 공격이라니! 이걸 어떡하지? 적들이 더욱 강해졌잖아. 그들은 이미 베다행성을 점령했고 이제는 지구마저 차지하려 해. 이제 다 끝난 건가?"

좁은 무대 위, 흰색에 파란 견장이 부착된 상하 일체형 우주복을 입고 있는 덕만이 소리쳤다. 덕만의 가슴에서 아래로 떨어지는 노란색 번개 문양과 손목에 새겨진 노란 띠는 더욱 유치해 보이지만, 이 복장은 마치 마른하늘에서 갑자기 일어나는 번개처럼 아이들을 순식간에 사로잡는다. 아이들의 새된 목소리와 과자봉지의 부스럭거리는 소리로 요란스럽던 공연장 안에 일순간 적막이 흐른다. 아이들은 마른 침을 삼키며, 초롱초롱한 두 눈으로 덕만의 행동 하나하나 놓치지 않으려 안간힘을 쓰고 있다.

덕만이 열연을 펼치고 있는 무대는 아동병원 옆의 주민센터에 위치하고 있다. 병원 아이들에게 무료 연극을 하고 있는 덕만을 위해 주민센터에서 내어 준 공간이다. 작고 허름한 공간이지만, 아이들에게는 한 순간이나마 자신을 고통스럽게 하는 병을 잊고 즐겁게 웃을 수 있는 공간이다. 주민센터 외벽에는 '어린이들을 위한 공연 썬더맨'이라는 플래카드가 초라하게 나부낀다. 지나치는 누구도 눈길조차 주지 않는 플래카드지만, 병원 생활에 지친 몇몇 아이들에게는 손꼽아 기다려지는 공연이다.

한 아이는 덕만의 연기에 긴장을 했는지, 손으로 입을 막고 두근거리는 표정으로 덕만의 행동 하나하나에 집중 또 집중한다. 다른 아이는 눈을 깜박이는 시간도 아까운지, 겨우겨우 참고 참다 눈이 시큰시큰해지면 그제야 인심 쓴다는 듯 급하게 눈을 감았다 뗀다.

"이렇게, 이렇게 허무하게 끝낼 수는 없어."

연극적인 말투로 덕만이 말했다.

긴장감으로 더욱 고조된 공연장은 숨소리만 조용히 흐른다. 공연장 안의 나무 바닥은 덕만의 무게가 실릴 때마다, 삐거덕 삐거덕거리며 힘겨운 소리를 낸다. 비틀어지는 나무 소리와 아이들의 호흡 소리 사이로 덕만의 목소리가 쩌렁쩌렁하게 울려 퍼진다. 열악한 환경의 무대는 너덜너덜해진 커튼과 5개의 조명이 전부. 그나마도 2개의 조명은 언제 또 고장이 났는지 파란색, 빨간색, 노란색 세 가지 색상의 조명만이 덕만을 옹색하게 비출 뿐이다.

작은 접이식 의자와 바닥에 웅크리고 앉은 환자복을 입은 아이들, 그리고 아이들 곁에서 따분한 표정으로 무대만 바라보는 아이들의 부모들. 덕만의 열연에도 아무런 관심도 보이지 않는 부모들은 휴대폰만 만지작거리며 지루하다는 표정을 여과 없이 드러낸다. 일 분 일 초라도 빨리 끝나기를 바라는 부모들의 노골적인 표정에도 아랑곳하지 않고, 덕만은 자신만의 연기를 펼친다.

"아냐, 이렇게 좌절하고만 있을 수 없어. 나를 기다리고 있는 사람들이 있잖아. 그래, 난 이길 수 있을 거야. 어린이 친구들의 응원이 필요해!"

덕만은 두 손을 객석으로 뻗으며 소리쳤다.

"이겨요!"

"썬더맨 파이팅!"

"썬더맨, 썬더맨!"

아이들은 주먹을 불끈 쥐며 각각 다른 목소리로 덕만에게 진심이 담긴 기운을 실어 보낸다.

"고마워요, 친구들. 힘을 내서 저 썬더맨이 싸워 이길게요. 자~ 기다려라, 우주의 악당들아!"

덕만은 무대 뒤로 몸을 반 바퀴 돌리고는, 발을 굴리며 달려 들어갔다. 공연장 나무 바닥의 뒤틀리는 소리를 남긴 채 덕만은 아이들의 눈앞에서 사라졌다. 아이들은 아직도 썬더맨에 대한 여운이 서린 벌겋게 상기된 얼굴로 덕만이 사라진 곳을 하염없이 바라본다.

서울 시립극장의 무대 뒤편의 좁은 통로로 사람들이 분주하게 오고 간다. 10년 만에 한국으로 내한한 〈오페라의 유령〉 공연장 뒤편은 부산하다. 대형 규모의 공연인 만큼 무대를 준비하는 사람들의 신경은 예민하고 촉각은 곤두서 있다. 잠깐 한눈만 팔아도 여과 없이 욕설이 날아든다.

무대 뒤의 좁은 통로에서 서로의 어깨가 부딪치는 것은 예삿일이다. 어깨의 통증에 누구 하나 신경 쓰는 사람도, 미안하다 말하는 사람도 없다. 정신없이 돌아가는 무대 뒤에서 그런 여유를 부릴 틈이 없다. 각자가 맡은 일을 처리하기 위해 몹시 바쁘게 걸음을 재촉할 뿐이다.

덕만은 사람들의 어깨와 어깨 사이의 간격을 이용해 요리조리 피해 앞으로 나아갔다. 아기를 품에 안고 있는 사람처럼 두 손을 가슴에 올린 채 조심스럽게 발걸음을 옮겼다.

"여기요."

〈오페라의 유령〉에서 가장 중요한 남자 주인공 팬텀의 가면. 반으로 갈라진 흰색의 가면은 그로테스크한 주인공의 이미지와 음산한 느낌을 잘 표현해 주는 소품으로 〈오페라의 유령〉 공연의 꽃이라 할 수 있다.

이어폰과 마이크를 착용한 채 업무 지시에 여념이 없던 스태프가 덕만의 목소리에 얼굴을 돌린다.

"야, 손덕만! 일 똑바로 안 해?"

덕만을 쏘아보며 고압적인 목소리로 말한다.

"한두 번 공연 준비하는 것도 아니고, 내가 제일 먼저 챙기라고 했어, 안했어?"

덕만은 고개를 숙인 채 아무 말이 없다. 반성하는 얼굴을 하고 있지만, 매번 머리 색깔을 바꾸는 취미를 가진 스태프의 잔소리에 익숙해져 내성이 생긴 지 오래다.

'오늘 저녁은 뭘 먹을까.'

덕만이 딴 생각하고 있는 걸 눈치라도 챈 듯,

"너 무슨 생각해!"

스태프는 얼마 전 빨간색에서 갈색으로 머리색을 바꿨다. 갈색 머리카락의 남자는 눈에 띄는 개성은 사라졌지만, 예전보다 부드러운 인상으로 보였다.

"죄송합니다."

덕만은 한 손을 머리 위로 들고는 고개를 꾸벅하며 인사를 한다.

"내가 공연을 목숨처럼 생각하랬지? 한 번만 더 실수하면 그 땐 공연장에 못 들어오는 줄 알아! 아주!"

남자의 '아주'라는 말버릇이 우스워 덕만은 피식 웃고 만다.

"이게, 빠져서, 아주! 웃네! 아주!"

덕만은 스태프가 휘두르는 막대기를 고개 숙인 채로 살짝살짝 목을 움직여 피했다.

"아주!"

덕만이 고개도 들지 않고 피하자 그 모습에 기가 질렸는지 갈색 머리의 스태프는 "다시 한 번만 실수해 봐!" 엄포를 놓고는 덕만 앞에서 등을 돌렸다.

"머리 염색 잘 나온 것 같아요."

스태프는 살짝 고개를 돌리고는 야릇한 미소를 보인다. 그가 관심과 칭찬에 약한 사람이라는 사실을 덕만은 누구보다 잘 알고 있었다.

"내 머리색 어떤 것 같아."

덕만이 아르바이트를 처음 시작한 날, 남자와의 첫 대면에서 들은 이야기다. 패션도, 이성도 그의 관심사는 아니었다. '머리 오타쿠'라고 불릴 정도로 그의 관심사는 오로지 머리카락의 염색뿐이었다.

"아, 네 그냥."

'그냥'이라고 대답한 다음부터 스태프는 덕만을 집요하게 괴롭히기 시작했다. 그리고 머리색이 잘 나왔다며 칭찬을 하면 며칠간은 잠잠해지고는 했다. 그제야 고개를 든 덕만은 갈색 머리가 사라지는 것을 확인하고는, "휴우." 한숨을 내쉬었다. '이대로 며칠간은 조용하겠지.' 속으로 생각했다.

- 이제 곧 공연이 시작될 예정이오니, 관객 여러분께서는 자리에 착석해 주시기 바랍니다. 다시 한 번 말씀드립니다. 이제 곧 공연이 시잘 될 예정이오니, 관객 여러분께서는 자리에 착석해 주시기 바랍니다.

공연 시작을 알리는 안내멘트는 다시 영어로 한 번, 중국어로 한 번 방송이 되고 난 후에 잠잠해졌다. 웅성거리던 관객석도 공연 시작을 알리는 안내에 조용해졌다.

"The phantom of the opera is there inside my mind."

덕만의 품에 들려 있었던 흰색의 가면을 얼굴에 쓴 주인공. 그는 중저음의 고독한 목소리로 공연의 절정과 끝을 향해 치닫는 노래를 부른다. 덕만은 무대 옆 커튼에서 그의 모습을 황홀하게 바라본다. 연기에 몰입한 주인공을 바라보며 자신 역시 언젠가는 이 같은 무대에 설 수 있을 것이라고, 아니 반드시 설 것이라고 다시 한 번 다짐한다.

절정으로 치닫는 무대를 끝으로 열연을 펼쳤던 주인공들이 한 명, 한 명 무대 앞으로 나와 인사를 한다. 관객들의 박수갈채가 공연장 안을 가득 메운다. 끊임없이 쏟아지는 박수 소리에 호응하는 배우들의 격식을 차린 인사. 덕만은 커튼 뒤에서 그들의 품위 있는 인사를 따라 해 본다. 오른손을 한 바퀴 허공에 돌리고는 가슴으로 가져오며 허리를 숙인다. 하지만 어쩐지 어정쩡한 자세로 엉덩이가 흔들거린다.

"너 뭐해?"

함께 아르바이트를 하는 친구 민수가 묻는다.

"아니야."

덕만은 머쓱하게 웃고는 머리를 긁적거렸다.

"빨리 정리할 준비나 하자."

"응."

덕만은 뒷주머니에 꽂아 두었던 목장갑을 꺼내들며 민수의 뒤를 따라갔다.

방금까지의 열기는 거짓말이라는 듯, 공연장 안은 서늘한 적막만이 가득하다.

"덕만아."

"네?"

얼굴을 드니, 갈색 머리 스태프가 눈앞에 서 있었다.

"오늘 미안하지만, 나 좀 먼저 가 봐야 할 것 같은데."

아까의 칭찬 덕분인지, 목소리가 한층 따뜻해진 느낌이다.

"네. 먼저 들어가세요."

덕만은 씨익 웃어 보이며 대답했다.

"그래, 그럼 나 먼저 갈 테니 수고 좀 해 줘."

그는 찡긋 웃어보이고는, "뒷정리 확실하게 하고."라는 말로 못을 박고는 가방을 챙겨 들었다.

"네."

덕만은 들고 있던 의자를 바닥에 내려놓고는 고개를 숙인다. 고개를 들자, 갈색 머리는 이미 사라지고 보이지 않는다. 소품으로 쓰인 의자며 테이블, 크고 작은 소품들을 하나씩, 하나씩 커튼 뒤로 옮기고 또 옮긴다. 힘쓰는 일이면 자신 있지만, 오늘은 왠지 더욱 지치고 의욕이 없는 날이다. 전날 밤, 밤새 베다행성을 점령한 무리와 싸우는 꿈으로 잠을 제대로 자지 못했다. 거의 매일 같이 반복적으로 꾸는 꿈은 숙면을 취하는 데 방해가 된다. 언제부터 이런 지경에 빠지게 되어 버린 걸까, 덕만은 졸린 눈을 비비며 생각했다. 썬더맨 공연을 하면 할수록 꿈의 농도는 더욱 짙어지기 시작했다.

정리되지 않을 것만 같던 무대 위의 소품들을 다 옮기고 나자 갈증이 났다. 덕만은 꿀꺽꿀꺽 플라스틱 물병을 병째로 들고 마셨다. 단숨에 작은 플라스틱 물병 한 통을 다 비워 내고는, 무대 중앙에 섰다. 눈을 감고 몇 분 전까지 공연장 안에 가득했던 관객들의 열기를 생각해 본다. 가슴 뜨거웠던, 무대 속으로 빨려들 것 같던 관객들의 눈빛들. 관객들의 얼굴 하나, 하나를 떠올리자 온몸에 소름이 돋는다. 덕만은 눈을 뜨고, 조심스럽게 썬더맨의 대사를 읊기 시작했다.

"나는 썬더맨이다. 악의 무리들아! 이제 정의의 심판을 받아라! 에잇!"

공연장 안으로 쩌렁쩌렁하게 울리는 목소리는 벽을 치고 메아리처럼 울려 퍼진다.

"우리에겐 썬더맨이 있다. 이 지구는 내가 지킨다. 하하하!"

힘껏 허리를 뒤로 젖히고는, 자신 있는 목소리로 텅 빈 관객석을 향해 대사를 뱉었다.

"하하하!"

덕만의 웃음소리가 공연장 안을 가득 메운다.

"하하하!"

웃음이 끝나자, 텅 빈 공허함이 몰려온다.

"적당히 하고 이제 가자."

민수는 빗자루를 들고 벽 한 쪽에 기대어 있었다.

"그래."

얼굴이 벌겋게 달아오른 덕만은 무대 위의 조명을 껐다.

덕만이 떠난 자리를 눈으로만 좇고 있는 상기된 표정의 아이들. 다시 썬더맨이 모습을 드러내자 이제야 정신이 돌아왔는지, 아이들이 하나 둘 소리치기 시작한다.

"썬더맨! 썬더맨!"

"썬더맨, 썬더맨!"

썬더맨이라 외치는 소리가 점점 옆으로 퍼져 가며 공연장 안에 앉은 아이들이 모두 썬더맨, 썬더맨 하며 외치는 소리로 가득해진다.

"에잇! 번개를 받아라!"

덕만이 힘차게 두 팔을 뻗자 겨드랑이 사이에서 나온 번개 모양이 불꽃을 튀기며 적에게 날아간다. 전날 문구점에서 사온 폭죽을 옷에 열심히 기워 놨다. 살짝 줄을 당기면 폭죽이 앞을 향해 나아가게 만들어 놓은 참이다.

"피잉, 피잉."

폭죽은 앞을 향해 힘없이 날아갔다. 작은 불꽃은 잠시 반짝이고는 이내 사그라진다. 덕만은 오른 손목에 고무줄로 고정시켜 놓은 소형 전기랜턴을 손바닥으로 재빨리 옮겼다. 그리고는 전기랜턴의 스위치를 올렸다, 내리기를 반복했다. 유리 덮개에 청색 테이프로 붙어있는 번개 모양이 유리에 반짝였다.

"윽, 윽."

검은 옷을 입은 악당 무리 세 명이 덕만이 쏜 번개에 힘없이 쓰러졌다.

"죽었다!"

"썬더맨이 이겼어!"

아이들은 제 일이라도 되는 양 신이 나서 소리친다.

"썬더맨, 썬더맨! 썬더맨!"

아이들은 격앙된 목소리로 썬더맨 세 글자를 연호했다. 그 환호에 호응이라도 하듯 덕만은 손을 힘차게 흔들고는 무대 뒤편 커튼으로 몸을 숨겼다.

"여기요, 여기요."

공연장 밖에서 서성이던 아이들은 덕만을 둘러싸고 놓아주지 않았다. 썬더맨이 그려진 종이를 작은 손으로 덕만에게 건네면서 사인을 해 달라고 아우성이다.

"얘들아, 다 해줄 테니깐 걱정하지 말고 천천히."

덕만의 얼굴에 행복한 미소가 번진다. 아이들은 서로 밀고, 밀리며 덕만에게 조금이라도 더 가까이 다가오려고 안간힘을 쓴다.

"얘들아, 이러면 다쳐요. 질서를 지켜요."

무대공연을 마치고 가장 행복한 순간이 바로 이 순간인지 모르겠다.

"썬더맨이 질서 잘 지키라잖아. 썬더맨 말 들어."

또래 중 가장 덩치가 큰 아이가 말했다. 어느새 밀고 밀리던 아이들은 질서정연하게 자리를 잡았다.

"썬더맨 아저씨, 진짜 멋있어요."

"맞아요. 저도 나중에 아저씨처럼 될 거예요."

"아저씨, 진짜 손에서 번개 나와요? 보여 주세요."

사인을 하는 덕만의 등 뒤에서 아이들은 저마다 자신이 하고 싶은 이야기로 목소리를 높인다.

"번개?"

덕만은 아이와 눈을 마주치고 머쓱하게 웃어 보이고는,

"하하, 번개는 적들이 나올 때만 사용하는 거라 지금은 안 돼. 자칫하면 위험할 수가 있거든."

아, 아. 아이들은 덕만의 말에 수긍을 했는지 위 아래로 고개를 크게 끄덕거린다.

"덕만 씨, 오늘도 수고했어요. 낮에 일하는 것도 힘들 텐데, 이렇게 계속 나와 줘서 고마워요."

공연 준비를 맡아서 하는 최고참의 스태프가 아이들에게 둘러싸인 덕만의 등을 토닥이며 말한다.

"아니에요. 아이들을 보면 오히려 제가 힘을 얻는 걸요. 오늘도 수고하셨습니다."

덕만은 활짝 웃고는 스태프에게 손을 흔들었다. 사인을 받은 아이들이 하나둘씩 가기 시작했다. 마지막 아이에게까지 사인을 해 주고 나니 북적거리던 주민센터의 로비는 본연의 고요함을 되찾는다.

"아~"

덕만은 길게 하품을 하고는 썬더맨 복장 위에 코트를 걸치고 밖으로 나왔다. 한산해진 거리는 사람들의 인적이 드물다. 발목까지 쌓인 낙

엽들. 이제 곧 겨울인가, 덕만은 코트 자락을 여미며 거리에 앙상해진 나뭇가지를 바라봤다. 얼마 전까지 초록의 잎이 가득했던 나무들. 문득 가슴 저릿한 외로움이 느껴졌다. 덕만은 바스락, 바스락 낙엽 밟는 소리를 내며 지하철역을 향해 걸었다.

지하철에 올라타자마자 덕만은 졸기 시작했다. 끌어 오르는 열정과 에너지의 방출로, 공연을 끝내고 나면 늘 지금처럼 녹초가 되어버린다. 꾸벅꾸벅, 고개를 제대로 가누지도 못하고 전철의 흔들림에 따라 흔들흔들거린다. 흔들림이 없어진 열차. 리드미컬한 고개의 움직임이 멈추자, 덕만은 그제야 감았던 눈을 가까스로 떴다.

"여기가 어디지."

고개를 두리번거리자, 초록색 바탕에 검은색의 세 글자가 눈에 들어온다. 왕십리역. 막차는 더 이상 갈 곳이 없다는 듯 꼼짝하지 않고 서 있다. 화들짝 놀란 덕만은 열차에서 뛰어 내렸다. 횅해진 지하철의 플랫폼에는 청소하는 아주머니, 공익 근무요원만이 분주히 오고 갈 뿐이었다.

"막차 끊겼어요?"

덕만은 바닥을 쓸고 있는 아주머니에게 물었다.

"이번이 막차였는데 어쩌누."

아주머니는 미안하다는 말투로 말했다.

"괜찮아요."

씽긋 웃어보이고는,

"수고하세요."

덕만은 목소리에 힘을 주어 말했다. 터덜터덜 계단을 올라 지하철역 밖으로 빠져 나왔다. 지하철역 입구에서 망연자실한 표정으로 먼 곳을 응시했다. 무언가를 보려는 시선이 아니라, 그저 시선 둘 곳이 없어 바라보는 공허한 눈길이었다.

휴우, 하고 한숨을 내쉰다. 녁만이 내쉬는 한숨이 시작을 알리는 신호인 듯 갑자기 빗방울이 한 방울씩 투둑투둑 떨어지기 시작했다. 가을의 끝을 알리는 가을비는 차갑고 서글픈 기분으로 만들었다. 비가 올 것이라는 일기예보가 있었는지, 사람들은 가방에서 잽싸게 우산을 꺼내든다. 검은 밤하늘 아래 때 아닌 우산 행렬들. 우산을 쓴 행인들이 덕만의 앞을 가로질러 간다. 덕만은 쪼그려 앉아 내리치는 번개를 가만히 올려다봤다.

'언제쯤 그치려나.'

덕만은 하늘을 바라보며 중얼거렸다. "어쩔 수 없지!" 혼잣말을 하며, 입고 있던 코트를 머리까지 올려 쓰고는 빗방울로 잠식되어 가는 아스팔트 위를 달리기 시작했다. 코트는 물을 먹기 시작하는지 조금씩 무거워지고 있었다. 앞으로 내달리던 덕만의 시선에 빗줄기로 흐릿한 간판 불빛이 보였다.

24시간 편의점 불빛. 덕만은 사막에서 오아시스를 만난 듯 무한한 고마움을 느끼며 후다닥 편의점 안으로 들어갔다. 문 앞에서 옷을 털어내자 후두둑, 빗방울들이 알알이 부서진다. 밖과 달리 휘황한 편의점 안은 다소 마음을 편하게 만들어 준다.

"우산은 어디 있어요?"

덕만의 질문에 편의점 직원은 졸린 표정으로 손가락으로 우산의 위치를 가리킨다.

"계산해 주세요."

턱 하고 우산을 계산대 위로 올렸다.

"잠시만요. 이런 게 새로 나왔네."

손을 내밀며 편의점 직원의 손을 막았다. 덕만은 옆 진열대에 진열되어 있는 앤트걸, 버그맨 캐릭터 라면을 들고는 '이런 것도 있었나?' 하며 고개를 갸우뚱거렸다.

"신제품이에요."

편의점 직원이 무표정한 얼굴로 말했다.

"죄송해요."

덕만은 계산대에 올려 놓은 우산을 내리고는, 앤트걸 라면을 집어 들고 우산은 있던 자리 위로 올려 놓았다. 편의점 직원은 고개를 갸웃하더니, 띡 소리를 내며 바코드를 찍었다. 후루룩, 후루룩, 입술로 면발을 잡아당기며 창밖에 보낸 시선을 떼지 않는다. 방울져 떨어지던 빗방울은 서서히 그 크기가 작아진다. 점차, 점차, 작아지던 빗방울은 이윽고 안개처럼 변하더니 자취를 감추기 시작했다. 덕만은 나무젓가락을 들고 있던 손을 멈추고는 유리창에 이마를 붙였다.

"진짜 그쳤나?"

덕만의 입김에 유리는 뿌옇게 김이 서렸다.

"그쳤나 본데."

혼자 중얼거리고는, 창에 댔던 이마를 떼고는 밖으로 나갔다.

"진짜 비가 그쳤잖아!"

덕만은 만족스러운 듯 미소 짓고는, "아자!" 소리치며 폴짝하고 뛰었다. 역시 오늘의 운세는 믿을 게 못 돼 중얼거리며 남아 있는 국물까지 깨끗하게 비워냈다.

'우산 값도 아꼈으니, 음료수나 하나 마셔볼까.'

냉장고에서 캔 음료 하나를 꺼내들고는 계산대로 갔다. 띡, 아까와 같은 바코드 찍는 소리.

"여기요."

덕만은 편의점 직원에게 카드를 내밀었다.

"손님, 카드에 잔액이 부족하다는데, 혹시 다른 카드 없으세요?"

편의점 직원이 사무적인 말투로 말했다. 무심하게 귀찮다는 느낌도 섞여 있었다.

"아…. 그게 왜? 잠시만요."

당황한 덕만은 지갑에서 천 원짜리 두 장을 꺼내서 종업원에게 건 넸다.

빗물로 축축해진 차도 위를 시원하게 달려 나가는 자동차. 덕만은 달리는 자동차와 경쟁이라도 하듯, 빨간 전조등을 쫓아 쉬지 않고 달 렸다. 헉헉거리는 덕만의 눈앞에 불암산 자락이 보였다. 가쁜 숨을 몰 아쉬며 편의점에서 사온 음료수 캔을 따고는 한번에 입으로 밀어 넣었 다. 미지근해진 음료수는 달짝지근한 맛으로 혀를 타고 식도로 빨려 들어간다. 음료수 캔을 찌그러뜨리고는 집이 있는 언덕으로 발걸음을 뗐다. 한참 언덕 계단을 오르던 걸음을 멈춰 서고는 고개를 돌려 불암 산을 바라봤다. 어둠을 품고 있는 불암산. 검은 그림자로 보이는 산의 실루엣을 보자, 덕만은 불암산이 자신을 부르고 있는 기분이 들었다.

"아유 뻐근해."

덕만은 입고 있던 코트를 벤치에 올려 놓고 좌우로 허리를 돌렸다. 따가운 시선에 고개를 돌리자, 불암산으로 늦은 밤 산책을 나온 사람들이 덕만을 이상한 눈길로 바라본다. 그제야 덕만은 자신이 썬더맨 공연 복장 그대로였단 사실을 깨달았다. 고개를 움츠리고는 인적이 드문, 우거진 나무 아래 있는 벤치로 자리를 옮겼다. 작게 울리는 새소리. 갑작스럽게 쏟아진 비로 새들이 잠에서 깼는지 지저귀는 소리가 청명하게 산속으로 울려 퍼졌다. 가만히 귀를 기울이며, 밤하늘을 올려다본다.

반짝이는 별 두 개, 희미한 빛이 하나. 그 희미한 빛에 왠지 애틋한 감정이 들었다. 희미한 빛, 그 속에 지난 일주일 동안 공사 현장에서의 힘겨웠던 기억들이 투영된다. 벽돌을 등에 지고 가설 계단을 오르내렸던, 철근에 혹시라도 찔리는 건 아닐까 전전긍긍하며 날랐던 기억들. 낮에 인부들과 함께 마시던 막걸리의 달큰했던 기억. 그때의 기억들이 새록새록 떠오른다.

처음 벽돌을 등에 짊어졌을 때, 중심잡기가 여간 어려운 일이 아니었다. 몇 번이나 비틀거리며 등에 실려 있던 벽돌을 바닥으로 내동댕이쳤다. 힘보다는 기술이 노동 현장에서 얼마나 중요한 것인지 인부들에게 배울 수 있었다. 몸은 지쳤지만 따뜻한 사람들과 함께한다는 행복. 슬며시 미소가 옮겨간다.

아이들. 내 연극에 환호성을 하던 아이들의 천진난만한 모습에 함박웃음이 피어난다. 다시 눈을 감고, 코끝으로 불암산의 밤공기를 양껏 빨아 들였다. 폐 속 가득 불암산의 청명한 공기가 가득 찰 때까지, 들숨과 날숨을 번갈아 쉬었다. 불암산의 밤공기는 오늘따라 유명산 고유의 향기와 밀도, 모든 게 닮은 듯하다.

덕만은 양평에 위치한 유명산을 주말이면 종종 찾았다. 산을 타기 위해서가 아니라, 유명산에 위치한 대승선원에 들르기 위해서이다. 대승선원에서 열린 법회에 참석한 날이면 말로 표현하기 힘든 충만함이 온몸으로 가득 채워져, 든든한 기분이 들곤 한다.

법회가 끝나고 아이들과 함께하는 공놀이, 여름에는 계곡에서의 물놀이… 아이들은 덕만과 함께 보내는 주말을 기다리고, 이는 덕만 역시 마찬가지다. 아이들이 자신을 잘 따르는 것이 기쁘고, 깔깔거리며 신나서 웃는 아이들의 웃음소리를 들으면 영혼까지 맑아지는 기분이 든다. 처음 아이들과 거리낌 없이 어울리는 덕만을 보며, '얼마가지 못할 거야.'라며 색안경을 끼고 바라보는 불자도 몇몇 있었다. 하지만 덕만의 한결같은 모습에 대승선원의 불자들은 마음을 열기 시작했다.

"이것 좀 먹어봐, 이것도."

식당에 앉아 있으면, 선원의 보살들은 덕만의 입으로 떡이며 과일을 쉴 새 없이 넣어주기 바쁘다. 두꺼비처럼 두 볼이 빵빵해진 모습에도 덕만은 입으로 받고 또 받는다. 이런 덕만의 모습을 볼 때면 대승선원의 불자들은 웃음을 참기 힘들다.

"덕만 씨를 보면 나까지 에너지가 넘치는 기분이 들어."

흰 머리가 반이나 섞인 한 불자는 달고 물기가 넘치는 맛난 배를 덕만에게 내밀었다.

"고맙습니다."

한 입 베어 물자, 입가로 배즙이 주르륵 흘러내린다. 덕만의 아이 같은 모습에 불자들의 눈은 또 다시 반달로 변한다.

"덕만 씨가 우리 활력소야."

하하하, 즐거운 웃음소리가 선원의 식당으로 퍼져나간다.

"제가 늘 감사드리죠."

밤하늘을 멍하니 바라보던 덕만의 입가가 미소로 물든다. 하늘을 보고 있는 것만으로도 마음이 정화되는 기분을 느낀다. 특히 검게 물든 밤하늘은 마음을 고요하게 만들어 깊은 내면의 울림을 느낄 수 있게 만들어 준다. 조용히 눈을 감고 있는 덕만은, 문득 대승선원 선원장 스님과 얼마 전 나눴던 대화가 떠올랐다.

"돌아가 보겠습니다."

그날 역시 아이들과 즐거운 시간을 보내고 선원을 내려가려는 참이었다. 합장을 하고 돌아서던 덕만의 머릿속으로 불현듯 한 가지 화두가 스치고 지나갔다. 덕만은 걷던 걸음을 멈추고 몸을 돌렸다. 인자한 미소를 짓고 있던 선원장 스님은 눈썹을 올리며 무슨 일이냐는 표정을 지었다.

"스님."

스님은 부드러운 미소로 대답을 대신했다.

"스님, 지금의 나라는 존재는 미미하고 돈도 없고 평범한 사람인데요. 그런데요, 만약 선한 마음을 내고 조그마한 서원을 세우고, 열심히 바라는 마음을 이루고자 노력한다면 평범한 사람도 언젠가는 모든 사람들을 위해 의미 있는 일을 할 수 있는지요?"

스님은 덕만의 기색을 살펴보고는 조용하게 고개를 끄덕였다. 덕만은 본인이 묻고도 조마조마한 기분이 들었었다. 본인의 뜻을 제대로 전달할 수 없을지도 모른다는 불안감, 부정적인 대답이 돌아오지는 않을까라는 걱정이 있었다. 스님의 긍정적인 끄덕임에 용기를 내어 큰소리로 다시 물었다.

"거창한 우주의 질서와 생명에 기여하는 그런 것 말고, 어린이들의 친구나 영웅이 되고 싶습니다."

스님은 덕만의 어깨에 손을 올리고는,

"그래 좋은 일이로구나! 연기의 진리에서는 하나와 여럿, 하나와 온갖 것이 서로 막힘이 없으니 한 사람의 일이 온갖 사람의 일이며 온갖 중생의 일이다. 한 생각이 이미 그러하면 하루가 또한 그러하고, 하루가 이미 그러하면 한 생이 그러하고, 한 생이 그러하면 영겁의 삶이 그런 것이니라. 경에서는 이 진리를 한량없는 겁이 지금 중생의 한 생각이라고 말씀하셨다. 덕만아, 진리는 멀리 있지 않다. 지금 우리 중생이 밥을 먹고 옷을 입고 자리에 앉음이 붓다께서 깨치신 진리의 발현과 다르지 아니하다 하심이다. 덕만아 네가 한 생각이 과연 장하구나!"

"와~ 별 참 밝다. 서울도 원래 이렇게 별이 밝았나?"

덕만은 스님의 말씀을 되새겼다. 스님의 칭찬을 떠올리니 다시금 얼굴이 붉게 물든다. 두 손으로 볼을 감싸고는 수줍은 10대 소녀처럼 웃었다. 그리고 별을 잡으려는 듯 하늘로 향한 손을 오케스트라의 지휘자처럼 이리저리 휘저었다. 물론 1억만 킬로미터, 아니 수만 광년이나 떨어져 있는 별이 손에 잡힐 일이 없다는 사실은 잘 알고 있다. 그런데도 덕만은 동작을 멈추지 않았다. 누군가에게는 부질없는 허공의 손짓일지 모르지만, 덕만의 손끝에는 희미한 희망이라는 진심이 걸려 있었다.

"몰랐네. 서울의 밤하늘도 이렇게 아름답구나. 하긴, 밤에 한 번도 하늘을 본 적이 없으니까. 저기 어딘가에는 정말 사람이 살까?"

덕만은 자신 뱉은 말인데도 어이가 없었는지 살짝 웃고는,

"달에 토끼가 사는 건 내가 알지! 외계인이 살지도 몰라, 지구를 침략하려는."

덕만은 주먹으로 가슴을 탕, 탕, 두 번 때리고는,

"그럴 때는 나, 이 썬더맨이 상대해 주마! 몽땅 물리쳐 주마. 우하하! 덤벼라 악당들!"

연극적인 말투로 밤하늘을 향해 소리쳤다. 숲속에서 깊은 잠에 빠져들었던 새들, 다람쥐들, 작은 곤충들이 덕만의 쩌렁쩌렁한 목소리에 깜짝 놀라 눈을 떴다 다시 잠이 든다.

"푸히히히히"

덕만은 자신이 한 말이지만 우스워 참을 수가 없는지, 넋이 나간 사람처럼 실없이 웃기 시작했다.

"푸하하하하"

벤치에서 떨어져 바닥을 뒹굴며, 옷이 흙 범벅이 되어도 웃음은 멈추지 않았다.

"후우."

덕만은 들썩이던 웃음을 멈추고 양팔, 양다리를 길게 뻗고 누워서는 하늘을 바라봤다. 아직도 얼굴에는 웃음의 열기가 고스란히 남아 광

대뼈가 한껏 치켜 올라가 있다.

"저게 뭐지."

하늘을 수놓던 별들이 부피가 점점 커지며 이동한다. 누웠던 몸을 일으켜 앉아서는 검지로 눈을 비볐다. 서릿밀 같은 상황은 눈을 비벼도 달라지지 않았다.

'정말 손에 잡히려는 건 아니겠지.'

덕만은 하늘로 손을 뻗어 허우적거렸다. 물속에서 손을 움직이듯 느릿하게 손이 하늘을 가로지르며 움직였다. 더욱 또렷하게 별들의 움직임이 보이기 시작했다.

"어? 별이 왜 점점 더 커지지?"

혼자 묻고는,

"별 맞나? 비행기 아니야?"

하며 또 다시 혼자 묻는다.

움직이는 손짓을 멈추고는 자리에서 일어났다. 엉덩이를 툭툭 털고는 벤치에 올라섰다. 마치 유성 쇼가 벌어지듯 별 무리가 한 방향으로 이동하기 시작했다. 덕만은 이동하기 시작하는 별을 놓치지 않으려 벤치에서 껑충 뛰어내렸다. 그리곤 점점 빨라지는 별의 이동 속도를 따라 달리기 시작했다. 오늘은 달리기의 연속이네, 생각하며 덕만은 다리를 멈추지 않았다.

'내가 달리기는 누구보다 자신이 있는 사람이라고, 별이라도 놓치지 않아.'

덕만은 반 발짝씩 더 빨리, 더 빨리 발을 움직였다. 더 빨리 달려야 해, 혼자 중얼거리며 근육을 최대한 당기며 달렸다. 얼마나 달렸을까,

덕만이 박차를 가하며 달리고 또 달렸건만 주변은 움직임의 흐름이 느껴지지 않았다. 마치 시간도 멈춰선 듯 정제된 고요함이 덕만을 둘러싼다. 이동을 멈춘 별은 그 크기가 처음과는 비교도 할 수 없을 만큼 엄청난 크기로 변해 있었다.

"우와, 진짜 빠르네. 하마터면 놓칠 뻔 했잖아."

덕만은 바위 위에서 숨을 헐떡이며 혼잣말을 했다.

"근데 여긴 어디지? 뭐야, 설마 내가 사자바위까지 온 거야?"

숨을 가다듬으며 주변을 살폈다. 산 초입의 미륵바위와 너럭바위를 지나고 중턱의 부엉이바위를 지나, 산 정상 부근에 있는 사자바위 위에 자신이 올라왔다는 사실을 깨달았다.

"어떻게 벌써 여기에? 금세 이렇게도 높이 올라왔단 말이야?"

기가 차다는 표정으로 실실 웃고는,

"덕분에 운동 좀 했다, 야."

하늘의 별을 손가락으로 가리키며 말했다. 이상하게도 집중해서 보면 볼수록 반짝이는 물체는 별이 아닌 것 같았다. 별도 아니고 그렇다고 비행기의 형체도 아니었다. 태어나서 처음 보는 모습의 물체였다.

"분명 별은 아닌 거 같아."

덕만은 미간을 좁게 모으며 잠시 생각에 빠지는 듯하더니,

"설마 UFO인가?"

처음 보는 비행물체, 그것은 미확인비행물체 UFO가 틀림없다고 정의 내렸다.

"UFO다! UFO다!"

잔뜩 흥분해서는 산속에서 혼자 소리쳤다.

"진짜 UFO인가 봐! 그래! 요즘 뉴스에 UFO가 자주 보인다고 하던데 저게 진짜 UFO인가 보다!"

덕만은 흥미로운 표정을 짓고는 UFO로 추정되는 물체를 향해 주먹을 불끈 쥐어보였다.

"오호라, 네가 드디어 나를 찾아왔구나. 좋아. 너의 도전을 받아주지! 내가 있는 한 절대로 이 지구를 차지하지 못할 것이다."

무대에서 진중한 연기를 할 때와 같은, 낮게 깔린 목소리 톤으로 말했다. 하늘에 떠 있는 물체는 덕만의 목소리에 반응하는 듯 점점 빛이 밝게 그 주변을 감쌌다. 그리곤 처다보기 힘들 정도로 환한 빛으로 변했다.

"어? 어?"

놀란 덕만은 조금씩 뒷걸음질 치며, 발을 끌었다. 그러다 작게 튀어나온 돌부리에 뒤꿈치가 걸려 엉덩방아를 찧었다.

"오지 마! 오지 마!"

사람의 인기척이 느껴지지 않는 깊은 산 속. 놀란 덕만의 목소리만 울려 퍼졌다.

"제발!"

점점 밝아 오던 빛이 덕만을 휘감았다. 번쩍, 밝게 비추던 빛은 하늘로 쏘아 올린 폭죽처럼 한 순간 빛을 발하고 스르르 사라져 버렸다. 반짝이는 빛이 얼굴 가까이 다가오는 순간, 덕만은 정신을 잃었다. 정신을 잃은 덕만은 빛과 어둠이 소용돌이치는 우물 속으로 몸이 빠져 들어가는 꿈을 꾸었다.

녹색의 빛으로 가득한 공간은 시선의 각도에 따라, 어두운 파란색으로, 또 짙은 흑갈색으로 보이기도 했다. 우물 속에 빠진 덕만은 손과 발을 쉬지 않고 흔들었지만, 손은 흐느적거리며 자신의 마음처럼 움직여주지 않았다. 끝이 보이지 않는 길고 긴 터널 같은 우물. 그곳을 빠져나오려고 애를 써보지만, 무겁게 몸이 가라앉기만 했다. 그의 피부에 닿은 공기는 한겨울의 차가운 물처럼 느껴지다가도, 가마솥의 뜨겁게 끓어오르는 물처럼 뜨겁게 만들기도 했다.

"으아아악!"

꿈에서 덕만은 소리쳤다. 목소리는 길고 나른하게 늘어지며 오래된 테이프에서 나오는 목소리처럼 우스꽝스럽게 울렸다. 덕만이 있는 곳은 긴 터널로 이루어진 우물 속이었다.

"어제 들어온 소식입니다."

깔끔한 정장 차림을 한 아나운서의 무겁고 중후한 목소리가 텔레비전을 타고 흘러나온다.

"소외계층의 어린이들을 위해 지난 3년간 연극 '썬더맨'을 공연하며 봉사활동을 하던 손덕만 씨가 돌연 실종되었다는 소식입니다. 지난 3일 예정돼 있던 공연에 모습을 보이지 않으며 알려진 손덕만 씨의 실종 사실은…."

길가를 지나치는 사람들은 흔한 실종 사건에 대해 관심조차 갖지 않고 제 갈 길을 재촉한다.

"엄마, 썬더맨 아저씨 어디 간 거야?"

병원 침대에 누워있는 아이는 근심어린 표정으로 묻는다.

"곧 돌아오실 거야."

"번개 쏘는 거 또 보고 싶단 말이야."

엄마는 아이의 능을 나독이고는,

"곧 돌아오실 거야. 악당을 물리치시고."

"다음 소식입니다. 빈집 전문 털이범 3인조 남성 강도 중 두 명이 어젯밤 불암산 인근에서 체포되었다고 합니다. 이 일행은…."

뉴스의 아나운서는 어젯밤 일어난 크고 작은 사건들을 연이어 보도했다.

"그럼, 썬더맨 아저씨는 악당을 물리치러 간 거야?"

엄마는 조용히 고개를 끄덕이고는 자리를 비켰다.

"이 3인조 강도 일행의 말에 따르면 3인조 일행 중 한 명이 하얀 빛에 휩싸여 한 순간 사라졌다고 말하고 있습니다. 검찰은 3인조 강도 중 두 명에 대해 정신분석을 의뢰한 상태라고 합니다."

삑, 텔레비전의 화면은 곧 조용한 암흑으로 변했다.

"이놈의 나라는 사건 사고가 매일같이 끊이지가 않아."

조용히 잠든 아이의 옆을 지키던 아빠는 리모컨을 텔레비전 위로 올렸다.

"부아앙~ 지구를 지키는 썬더맨!"

병실 침대에 앉은 아이가 썬더맨 인형을 하늘 높이 치켜들었다. 엄마가 만들어 준 썬더맨 인형은 나무에 헝겊을 덧대어 바느질한 것이다. 시간의 흔적을 고스란히 안고 있는 인형은 여기저기 낡아 여기저기 솜털이 삐져나오고, 실밥이 엉성한 모양이다.

"뭐해?"

"썬더맨이랑 놀고 있잖아."

"허접한 썬더맨이 뭐가 좋냐, 버그맨 카드나 하자."

옆 침대에 앉은 아이가 퉁명스럽게 말했다.

"싫어, 난 썬더맨 가지고 놀 거야!"

"우리 엄마가 하는 얘기 들었는데, 썬더맨은 인신매매인가 그런 거 당한 거래."

건너편 침대에 환자복을 입은 아이가 버그맨 카드를 만지작거리며 말했다. 그리곤 이어서 한심스럽다는 듯이 말했다.

"인신매매나 당하고 히이로로 실격이시."

"아니야! 엄마가 악당 물리치러 갔다고 했어. 악당만 물리치면 금방 돌아올 거야."

"바보, 넌 인신매매가 뭔지도 모르지?"

썬더맨 인형을 손에 쥔 아이가 고개를 갸우뚱한다.

"인신매매라는 거는 말이야. 속닥속닥."

바보야, 이런 거야 알겠어? 하고 속삭인 다른 아이가 가슴을 펴며 말했다.

"네가 더 바보야."

아이는 흥, 소리를 내고는 등을 돌리고 뒤뚱거리며 걸어갔다.

"썬더맨은 꼭 올 거야."

아이는 병실 문을 나서며 썬더맨 인형을 가슴으로 끌어안았다.

'썬더맨 금방 올 거죠?'

복도의 환한 불빛을 바라보며 말했다.

2장_
다가오는 어둠

"아, 아, 머리야."

덕만은 지끈지끈거리는 머리를 움켜쥐며 눈을 떴다. 손가락 마디 사이로 빠져나가는 머리카락이 뻣뻣하게 곤두선 느낌이다.

"왜 이렇게 소름이 돋지."

덕만은 혼자 중얼거리며 왼손바닥으로 오른팔을 문질렀다. 오돌오돌, 피부는 모래알을 뿌려놓은 듯 거칠게 소름이 돋아 있었다. 신경이 예민해지면 덕만은 피부가 먼저 반응을 한다.

"정신이 좀 들어요?"

낯선 목소리에 놀란 덕만이 몸을 뒤로 한껏 젖히고는 두 눈을 비볐다.

'뭐야!'

화들짝 놀란 덕만은 속으로 소리쳤다.

"괜찮아요?"

낯선 목소리는 한층 더 명랑하게 작은 공간에 울려 퍼졌다. 정신이 몽롱한 덕만은 멍한 눈으로 주변을 두리번거리며 살폈다.

"뭐야?"

이번에는 입 밖으로 진짜 목소리가 나왔다.

"괜찮아요?"

"도대체 여기가…"

그 모습이 재미있는지 눈앞의 여성이 쿡쿡 웃으며 덕만을 바라봤다.

"여기… 여기가 어디예요?"

덕만은 떨리는 목소리를 감추려 애써 담담한 척 말했다.

"어디 아픈 데는 없어요?"

"근데 누구세요?"

덕만이 경계가 가득 담긴 표정과 목소리로 말했다. 아무런 대답도 없이 웃고만 있는 여성을 머리부터 발끝까지 찬찬히 살폈다. 초록색 머리카락, SF영화에서나 볼 법한 두루마기 모양의 의상을 입은 여자는 천진난만한 표정을 지으며 덕만을 바라보고 있다. 흰색의 두루마기는 깔끔하게 정돈된 상태로 지금 막 내린 눈처럼 새하얗게 보였다. 굉장히 깨끗하고, 청결하게 보였다. 나라면 한 시간도 버티지 못하고 옷이 엉망이 될 텐데. 덕만은 낯설지만 묘한 경의가 담긴 눈빛으로 여자의 옷을 세심하게 살폈다. 이리저리 살펴봐도 옷에는 아주 작은 얼룩조차 없었다.

'특이하네.'

덕만은 속으로 생각했다. 옷은 여자의 움직임에도 작은 주름조차 생기지 않았고, 잔물결처럼 일렁였다가 이내 빳빳한 모습으로 다시 돌아왔다. 덕만의 시선이 옷에서 얼굴로 향했다. 맑고 투명한 눈을 가진 그녀를 뚫어져라 바라봤다. 초록머리의 여자도 덕만의 눈을 피하지 않았다. 서로의 눈을 응시한 채 침묵의 시간이 계속됐다.

계속 이어지는 침묵의 시간. 공기 밀도가 점점 짙어지는 기분이다. 덕만은 답답함을 이기지 못하고 먼저 입을 열었다.

"근데, 도대체 누구세요?"

"저는 마야라고 해요."

자신을 마야라고 밝힌 여자는 해맑게 웃어 보였다.

"마야? 그런데 제가 왜 여기에, 분명 사자바위 위에 있었는데…. 그리고 옷이 왜…."

가까스로 정신을 차린 덕만은 자신이 입고 있는 옷이 공연용 썬더맨 옷이 아니라는 사실을 몇 초 걸리지 않아 깨달았다. 덕만이 입고 있는 회색 누빔 천의 옷은 품이 넉넉했고, 평소 즐겨 입던 청바지보다 착용감이 좋아 활동하기 편한 느낌이었다. 마치 물속에 있는 것처럼 무게감이 느껴지지 않고 가벼웠다.

"와~ 연기 훌륭했어요. 진짜 잘하던데요? 왜 거기서 혼자 연극을 하고 계시는 거예요?"

"무슨 말이죠?"

덕만은 잠시 풀어 두었던 마음의 바늘을 일으키는 동시에 잔뜩 경계하며 물었다.

"근데 여기가 도대체 어디냐니까요!"

두려움과 신경질이 섞인 목소리로 외치듯 말했다.

마야는 어깨를 움츠리고 떨리는 눈동자로 자신을 바라보는 덕만이 고슴도치 같다고 생각했다. 부모와 떨어져 어쩔 줄 모르는, 사방을 온몸으로 경계하고 있는 새끼고슴도치. 마야는 그런 덕만의 모습이 귀여워 살짝 미소 짓고는, 난감한 표정으로 말을 이었다.

"미안해요. 음…이걸 어디부터 설명해야 하나. 밖을 한번 볼래요?"

말보다는 눈으로 확인하는 게 더 빠르겠다고 생각한 마야는 턱으로 불투명한 흰색 창문을 가리켰다. 덕만은 침대 위에서 몸을 일으켜 창틀에 가슴을 갖다 댔다. 마야가 버튼을 누르자, 창문과 하얀색의 벽면이 모두 환한 빛을 받아들이는 유리로 변했다. 당황한 덕만은 마야를 바라봤다.

"한번 밖을 보세요."

벽면 크기의 창은 시원하게 밖의 풍경을 담고 있었다.

"지금 꿈꾸는 건가?"

덕만은 두 볼을 꼬집고, 있는 힘껏 혀를 깨물었다. 고통만 느껴질 뿐 눈앞에 펼쳐진 풍경은 변할 생각을 하지 않는다. 둥근 형태의 건물은 중간이 움푹 패여 마치 오뚝이가 연상되었다. 그 옆에 위치한 하늘에 두둥실 떠오른 건물은 풍선 같았다. 같으면서 다른 느낌을 주는 둥근 모양의 건물들이 버섯 군락을 연상시켰다.

눈을 돌릴 때마다 신비로운 모습의 건물들이 들어온다. 아파트처럼 높다란 건물은 낯이 익지만, 창문의 형태는 제 각각이다. 반원형의 창문부터 둥그런 창문, 가로로 눌린 둥근 형태의 창문. 그리고 특이한 것은 건물 모서리가 모두 둥그스름한 형태를 이루고 있다는 것이다. 건물 끝이 뾰족한 형태만 눈에 익었던 덕만의 눈에 비친 건물들은 유연하고, 부드러운 느낌이었다.

'저건 또 뭐지?'

둥근 공을 이어 붙인 모양의 아치형 건물, 손바닥 선인장 잎처럼 이어져 올라간 건물, 공중에 떠 있어 바람에 흔들리는 건물, 뿔처럼 뾰족뾰족 돋아나 있는 건물, 그리고 여기저기에 공중에 떠 있는 초록의 숲이 보인다. 하늘에 떠 있는 초록 숲에는 기울어진 형태로 나무가 심어져 있다. 바닥으로 떨어지지 않는 게 신기할 정도로 기울어져 있다. 나뭇가지가 하늘로 솟아 있는 모습이 이곳에는 중력이 존재하지 않는 것처럼 보인다.

덕만은 볼수록 흥미로워 창문 가까이 얼굴을 가져갔다. 건물 위에 솟아 있는 나무를 유심히 살펴보니, 초록색은 같지만 나무기둥의 모습이 달랐다. 마치 힘줄이 불거진 것처럼 나무기둥을 줄기들이 겹겹이 감싸고 있었다. 나뭇잎 역시 손가락 모양으로 끝이 둥근 것이 특징이었다.

"우와."

빛을 발하며 건물 사이를 요리조리 잘도 피해 날아가는 비행물체. 빠른 속도로 하늘을 가르는 비행물체는 덕만의 호기심을 자극했다. 덕만은 눈을 의심하게 만드는 풍경에 자신도 모르게 탄성을 질렀다.

"마음에 들어요?"

마야는 손으로 입을 가리며 쿡쿡 웃었다.

"여기는 베다행성이에요. 우리 은하 중간계 성운의 아미항성계에 있는 행성이죠. 그리고 지금은 지구력으로 하면 우주력 333년이구요. 시공간 워프가 가능한 우주선이 개발된 이후로, 태양계 지구 행성 기준으로는 더 이상 서력기원이 아닌 우주력으로 시간을 계산해요. 물론 덕만 씨와 나의 대화는 각자의 언어로 이야기하고 있지만 나노 엔진으로 가동되는 뇌 인식 통역기에 의해 동시에 인지하도록 하고 있어요. 그래서 마치 같은 언어로 이야기하는 것처럼 느껴져 지구에서 대화하는 것과 별다른 차이를 느끼지 못할 것입니다. 즉, 지금의 상황을 아주 쉽게 설명해드리자면, 지금 덕만 씨는 시공간 이동을 한 셈이죠."

"시공간 이동이요? 제가 어떻게?"

무슨 말인지 도무지 알 수 없다는 표정으로 덕만은 물었다.

"지구인 최초의 초시공전사라고나 할까요, 호호. 자세한 건 크리슈나 브라흐마 요기 님을 만나서 직접 들으세요."

이 여자는 매사에 즐거운 성격인가, 덕만은 생각하고서는,

"네기 초시공진사?" 하며 되물었다.

마야는 대답 대신 고개를 끄덕였다.

"누굴 바보로 알아요?"

덕만은 얼토당토않은 소리라 치부하려 했다. 그러나 눈으로 확인한 풍경은 거짓이 아니었다. 하늘을 가로지르는 정체불명의 비행물체, 바람에 흔들리는 풍선 모양의 건물, 하늘에 떠있는 축구장 모양의 잔디밭. 눈으로 보지 않았다면 도저히 믿을 수 없는 풍경이었다.

"어리둥절하실 거라 생각해요. 조금 후에 요기 님을 만나 보시면 지금 갖고 계신 의문들이 풀리실 테니 걱정 마세요."

마야는 확신에 찬 목소리로 말했다.

"요기라는 분이 혹시, 크리슈나 브라흐마 요기?"

당황함이 절절히 묻어나는 목소리로 물었다.

"네. 우리 베다행성의 의회 대장로이시면서 예지자이신 분이세요."

덕만은 침을 꼴깍 삼켰다.

"요기 님이 덕만 씨를 초시공전사로 선택해 이곳으로 데리고 오신 거죠. 원래 요기란 요기 수행을 하는 분을 가리키는 말이지만, 이제 브라흐마님이 마지막 남은 요기 님이셔서 모두 그냥 요기 님이라 부른답니다."

덕만은 마야의 말을 납득하기 힘들었다. 단지 어쩔 수 없다는 표현으로 고개만 끄덕일 수밖에 없었다.

"그나저나 배고프지 않으세요?"

마야의 질문이 신호가 됐는지, 꼬르륵 배에서 신호를 울린다.

"호호호, 바로 준비해 드릴게요."

"아, 네."

마야는 덕만의 대답이 끝나기도 전에 방문을 나섰다. 덕만은 아직도 자신이 처한 상황을 이해할 수 없었다. 장승처럼 우두커니 방안에 서서 혼란스러운 마음을 다잡으려 애썼다.

"괜찮아, 내일이면 다시 사자바위 위에 있을 거야."

애써 태연하게 자신을 위로해 보지만, 엄습해 오는 불안감에 주변을 두리번두리번거렸다. 방안에 놓인 탁자 역시 둥근 모양의 형태, 투명한 의자는 장인의 섬세한 손길로 깎인 원형 모양이었다. 투명하고 반짝거리는 방안의 가구들은 하나, 하나가 모두 예술가의 혼이 담긴 근사한 작품들로 보였다. 덕만은 마치 큰 얼음 조각을 연상시키는 투명한 의자에 엉덩이를 걸치고 앉았다.

"도대체 뭐가 어떻게 돌아가는 건지."

방안의 벽은 미세한 입자들로 구성된 것처럼, 쿠션감이 있어 보였다. 주먹으로 툭툭 때려보자, 퉁하고 손이 튕겨 나왔다. 모든 것이 덕만에게는 비현실적으로 다가왔다. 자신과 같은 언어를 쓰는 것도 이해할 수 없었지만, 마야가 했던 나노 엔진, 뇌 인식 통역기라는 말은 더욱 이해하려려 할 수 없는 이야기였다.

'가만, 그럼. 내가 그들과 소통을 할 수 있다는 것은 몸에 나노 엔진인가 하는 칩을 넣었다는 건가.'

문득 생각이 머릿속을 스쳤지만 이내 편리하면 그만이지 뭐, 덕만은 긍정적으로 생각하기로 했다. 혼자 중얼거리며 창밖의 생경한 풍경에 눈을 돌렸다.

"나 원 참. 기왕 이렇게 된 거, 신나게 구경이나 해 볼까?"

덕만은 꺾어 신었던 신발을 고쳐 신고는 문을 나섰다.

화창한 날씨는 반짝 빛나는 햇살이라는 말을 몸으로 느끼게 만들어 주기 충분했다. 아름답게 연출된 따뜻한 봄날을 배경으로 하고 있는 그림 속으로 뛰어든 기분이었다. 길게 이어진 화랑은 투명하게 외부 풍경을 투사하고 있었다. 따스한 햇살과 두 볼을 스치고 지나가는 미온의 따뜻한 바람. 어느 한적한 유럽의 시골 마을을 걷고 있는 착각을 불러일으킬 만큼 평온함 그 자체였다.

"정말, 여기는 어딜까?"

덕만은 자신이 처한 상황을 온전히 받아들이기 힘들었다. 꿈속에서 아주 멀고도 신비로운 곳을 여행하는 기분이었다. 바로 어제까지 느꼈던 스산한 가을의 바람은 전혀 느껴지지 않았다. 건물 안이지만 마치 자연 한가운데 있는 것처럼 온기가 가득한 햇살과 온몸을 나른하게 만드는 미지근한 바람이 간간히 불어올 뿐이다.

"아니, 도대체 왜 나는 안 된다는 거야?"

얇고, 밝은 비음이 섞인 여자의 목소리가 덕만의 귓가로 스며든다. 그 목소리는 너무도 경쾌해서 듣는 사람 기분까지 들뜨게 만드는 그런 목소리였다.

"나는 베다행성을 지키는 전사를 선발하는 자랑스러운 가루다족의 후예인데 말이야! 내가 지금껏 얼마나 노력하고 열심히 해 왔는지 아시면서, 휴우."

여자의 안타까움과 아쉬움이 가득 담긴 혼잣말은 볼륨이 점점 커졌다. 덕만은 말소리가 들리는 곳으로 조심조심 걸음을 옮겼다. 한숨과 실망이 섞인 목소리는 가까이 왔는가 싶으면 사라지고, 다시 가까이 왔는가 싶으면 사라지기를 반복했다.

"에잇."

덕만은 실망한 표정으로 등을 돌렸다.

"깜짝이야!"

움찔 놀란 덕만은 눈앞에 홀연 나타난 여인과 눈이 마주쳤다.

"너 뭐야. 왜 자꾸 따라오는데?"

여자는 팔짱을 낀 채로 눈을 흘기며 말했다.

"네?"

당황한 덕만의 목소리 끝이 살짝 갈라졌다.

"너 뭐냐고, 사람 뒤를 왜 쫓아오는데."

여자의 고압적인 목소리에 의기소침해진 덕만은 말끝을 길게 늘어뜨리며 말했다.

"아니 그게 아니라, 저…. 지나가는데 목소리가 들려서…."

"날 보고 똑바로 말해! 너 뭔데 자꾸 따라오는데!"

발끝만 바라보던 덕만은 고개를 들어 여자의 얼굴을 바라봤다. 날카롭게 덕만을 쏘아보는 표정은 일그러져 있었다. 여자의 눈, 코, 입은 누군가 조화롭게 일부러 빚어놓은 아름다운 비너스 같았다. 덕만은 넋이 나간 얼굴로 눈앞에 있는 조형물에 가까운 여자를 빤히 바라볼 뿐, 할 말을 잃었다.

"뭐야! 너 뭐하자는 거야."

다시금 들려오는 청량한 목소리에 정신을 차렸다.

"아 안녕, 나는 손덕만이라고 해. 지구에서 왔고."

특유의 밝은 분위기를 발산하며 덕만이 손을 내밀었다. 여자는 덕만이 내민 손을 손등으로 툭 치며 밀어냈다.

"나는 사라. 네가 덕만인데, 그래서?"

'사라?'

이름도 예쁘네, 혼자 속으로 말하고는 피식 웃었다.

"너 뭐냐고, 지구에서 와서 뭐!"

사라는 까칠한 목소리로 덕만을 쏘아붙였다.

"나도 사실 뭐라고 말하기가 애매하긴 한데. 아직 뭐가 뭔지 잘 모르겠어. 요기라는 사람이 날 선택해서 여기로 부른 거라고 하던데."

사라는 덕만을 바라보며 고개를 갸우뚱거렸다.

"아니 그게 아니라, 내가 널 따라온 건 말소리가 들려서, 일부러 그런 건 아니고 나도 모르게 반갑기도 하고, 궁금하기도 하고 그래서…"

"잠깐만!"

덕만의 말을 중간에 자르고 사라가 말했다.

"그러니까, 크리슈나 브라흐마 요기 님이 널 선택하셨다고?"

"그렇게 들었어."

"참나!"

사라는 잔뜩 부아가 오른 표정을 짓고는 등을 휙 돌리고 총총히 걸어갔다.

"아니, 여기 사람들은 왜 사람 말을 끝까지 안 듣는 거야?"

사라의 등에 대고 작게 웅얼거렸다.

"화내는 것도 예쁘니까 참는다."

덕만은 멀어지는 사라의 뒷모습을 보며 방긋 웃어 보였다.

"식사 준비는 다 됐을라나?"

덕만은 주린 배를 두 손으로 감싸며 방으로 들어섰다.

"뭐야, 흉."

덕만은 가벼운 실망감이 담긴 목소리로 말했다. 식탁은 텅 비어 있고, 방 한구석에는 커다란 코끼리 모양의 기계가 그림자를 길게 늘어뜨리고 있었다. 누가 코끼리가 보고 싶다고 했나, 덕만은 코끼리 코를 툭툭 손으로 때렸다. 퉁, 퉁 코 안쪽이 비어 있는지 공허한 소리가 작게 울렸다.

"어디 갔다 왔어요?"

덕만의 얼굴을 확인하자마자 묻는 마야의 질문에, 그쪽은 어디 갔다 왔어요, 하고 묻고 싶었지만 잠자코 있었다.

"아직 함부로 혼자 다니면 안 돼요."

마야는 단호한 목소리로 말하고는, 금세 목소리를 부드럽게 바꿨다.

"덕만 씨가 한국인이었으니까, 지구력 21세기 동양인이 먹던 음식으로 준비했어요."

"어디로 가면 돼요?"

마야는 덕만의 질문에 대꾸하지 않고, 손에 들고 있던 둥근 형태를 띠고 있는 리모컨을 만지작거렸다.

"식사는 어디서 하는 거예요?"

덕만은 다시 물었다.

띡띡띡, 기계음과 함께 코끼리 모양의 기계는 소리를 내기 시작했다. 식탁 위에 올린 코끼리의 코에서 하얀 접시에 음식이 담겨 나왔다. 갈비찜, 전복 요리, 잡채, 조기 등등. 코를 통해 쉴 새 없이 음식들이 식탁 위로 차곡차곡 나왔다. 덕만은 어이가 없으면서도 반가운 마음을 주체하지 못하고 하하하, 하고 큰 소리를 내며 웃었다. 그러고는 식탁 위에 차려진 음식에 손을 뻗었다.

"우와, 정말 맛있어요. 이거 정말 신기하네요, 이건 뭐예요?"

음식을 우물우물거리며 물었다.

"음식은 입에 맞아요?"

마야의 질문에 당연한 말이라는 듯 덕만이 기운차게 고개를 끄덕였다.

"입에 맞는 거 같아서 다행이에요."

마야는 흐뭇한 미소를 보이고는 설명을 해 주었다.

"이건 물질합성기라는 기계인데요. 어떤 음식이든 만들 수 있는 첨단 기계에요."

마야는 기특한 기계라는 듯 코끼리 코를 쓰다듬으며 말을 이었다.

"간단하게 음식물 제조기라고 생각하시면 돼요."

마야는 띡띡, 예의 그 리모컨을 다시 만지작거렸다. 곧 코끼리의 코에서 붉은 벽돌과 파란 벽돌 하나가 미끄러져 나왔다.

"이것도 한 번 들어 보세요. 우리가 즐겨먹는 영양이 고루 갖춰진 한 끼 식사예요."

덕만은 이상한 음식도 다 있네, 생각하고는 갈비찜을 양손에 들고는 우걱우걱 입으로 넣었다. 얼마 만에 먹는 갈비인지… 쉬지 않고 뜯고, 또 뜯었다.

"천천히 먹어요. 음식은 얼마든지 있으니까요."

마야는 덕만 앞에 턱을 괴고 앉아서는, 꾸밈없는 순수한 모습이 귀엽다고 생각했다.

"혹시 짜장면도 나오나요?"

마야가 리모컨을 몇 번 만지자, 따끈한 짜장면이 덕만의 앞에 모습을 드러냈다.

"우와."

대승선원에 이 기계만 있다면, 모두가 편하게 식사할 수 있을 텐데. 볼이 미어져라 음식을 입에 넣는 덕만의 머릿속은 코끼리 기계를 지구로 가져가고 싶다는 생각으로 가득했다.

"식사 마치고 요기 님께 가기 전에 우리 베다행성을 소개해 드릴게요."

"으, 으음, 웅"

덕만은 음식을 삼키지도 않은 채 대답했다.

"으이그."

마야는 미소를 지으며 덕만을 바라봤다.

덕만은 배를 툭툭 때리며 만족스러운 표정으로 마야 뒤를 따랐다.
덕만은 후식으로 나온 호두파이 한 조각과 멜론케이크 한 조각까지 모
조리 해치웠다. 마무리로 시원한 사과주스 한 잔까지 마신 참이었다.

"지금 어디 가는 거예요?"

말없이 앞장서서 걷기만 하는 마야의 등 뒤로 걷던 덕만이 물었다.
마야는 고개를 뒤로 돌리고는 물음으로 대답했다.

"덕만 씨, 이동큐브 본 적 없죠?"

마야 뒤를 쫓아 5분쯤 걸었을까. 원반 모양의 패널 위에 도착했다.
원반에서 발산하는 불빛 속으로 들어가자 순식간에 지하의 어둑어둑
한 주차장으로 도착했다. 두 사람의 등장에 어두웠던 공간에 불빛이
차례대로 켜진다. 어둑했던 공간은 순식간에 한낮처럼 밝게 변했다.
일렬로 주차된 이동큐브는 이곳의 모든 사물들처럼 모서리가 부드러
운 곡선으로 디자인되어 있다. 과학 만화에서 봤던 비행접시보다 두
툼한 모습이었고, 내부가 훤히 비치는 투명 유리로 설계되어 있었다.

"우와 이게 다 뭐예요."

덕만은 눈이 휘둥그레져 물었다.

"후후후."

마야는 아이처럼 매번 놀라는 덕만의 반응이 재미있어 웃음을 참
을 수 없다.

"정식 명칭은 이동큐브라고 하는데요. 베다인들의 이동 수단이죠.

덕만 씨가 살던 지구의 자동차라고 생각하면 편하겠네요."

"아, 자동차."

"그래요 베다행성에는 두 가지의 교통수단이 있답니다. 아까 타고 온 패널이나 이동계단과 같이 지정된 좌표로 공간이 일순간 이동하는 '순간이동수단'과 이동 큐브로 하는 '탑승이동수단'이 있답니다."

"우선 탈까요?"

마야는 덕만의 등을 가볍게 밀었다.

"그럼 먼저 시장을 구경해 볼까요?"

마야는 다양한 색으로 된 어지러운 자판 버튼을 눈앞에서 능숙하게 눌렀다.

"시장으로."

큐브가 마야의 목소리를 인식하는 것과 동시에 주차장의 천장이 열렸다. 형광등 불빛으로 가득했던 공간은 단박에 하늘에서 내리쬐는 빛으로 밝게 변했다. 큐브는 하늘을 향해 일직선으로 솟아올랐다.

피~웅~

큐브는 빠른 속도로 하늘을 가로지르며 날아가기 시작했다. 덕만은 처음 느껴보는 속도감에 속이 울렁거렸다.

"덕만 씨, 속이 안 좋아요?"

창백하게 변한 덕만의 얼굴을 보며 마야가 물었다.

"네, 약간."

"속도 다운."

마야의 목소리에 큐브가 속도를 줄이고 천천히 비행하기 시작했다.

"이제 좀 괜찮죠?"

"네. 휴."

덕만은 잡고 있던 손잡이를 놓고는 큐브 아래로 보이는 풍경으로 눈을 돌렸다.

"어기기 시장이에요."

창가에서 눈을 떼지 않는 덕만에게 마야가 차분한 목소리로 설명했다.

"아, 여기가 시장이구나."

처음 보는 풍경에 눈이 팔린 덕만은 창에서 이마를 떼지 않고 대답했다. 큐브 차창 밖으로 보이는 풍경은 덕만에게는 경악 그 자체였다. 기다랗고 붉은 머리가 셋 달린 괴물부터 녹색 팔이 네 개 달린 기기괴괴한 모양의 동물과 다리가 여섯, 눈이 세 개 달린 존재들까지… 다양한 생김새를 가진 괴물들이 북적였다. 물건을 사고파는 풍경, 물건을 들고 이리저리 옮겨 다니는 모습. 베다행성의 시장은 지구의 시장의 모습과 별반 다르지 않았다. 다만 눈에 익은 시장의 모습과 달리 거리를 활보하는 생명체들은 만화 속에서 튀어나온 괴물들 같은 모습으로, 놀라울 따름이었다.

"아래 시장에 있는 사람들은 뭐예요?"

덕만은 괴상한 존재들을 빤히 쳐다보고는 다시 물었다.

"아니, 사람이 맞긴 한가요? 괴물인가요?"

마야는 덕만의 손가락이 가리키는 곳을 확인했다.

"종생입니다. 베다행성에서 '사람'이라는 단어는 원래 없어요. 요즘에 알파행성 지구인들이 사람이란 단어를 유행시켰지만 각자가 다른 종의 존재일 뿐이죠. 그렇다고 해서 생활하는 게 특별히 다를 건 없어요.

보세요. '사람'은 없지만 '사람 사는 냄새'가 나죠?"

덕만은 길거리를 지나치는 중생의 존재들을 눈으로 하나, 하나 관찰했다.

"네, 그러네요. 저들의 모습이 낯설지는 않아요. 그냥 영화를 보고 있는 기분이라고 할까요."

덕만은 고개를 들어 마야를 바라보며 물었다.

"그럼 마야는 왜 저들과 모습이 다른 거죠?"

"이곳 베다행성의 존재들은 모두 제 각각 다른 개성을 갖고 있습니다. 저 역시 저들의 눈에는 이상한 모습으로 보일 수 있겠죠. 덕만 씨도 그렇고요."

덕만은 고개를 끄덕였다. 보이는 모습은 겉모습일 뿐, 어차피 그들과 덕만은 같은 중생일 뿐이었다.

"이제 다음은 어디로 가나요?"

"로봇 부대로 가 볼까요?"

덕만이 고개를 끄덕이자, 마야는 작은 목소리로 "로봇 부대" 하고 큐브에 장착된 스크린을 보며 말했다. 큐브는 '삑' 소리와 함께 급선회를 하고는 '윙' 소리를 내며 튀어 나갔다.

"좀 천천히 가면 안 돼요?"

덕만은 의자를 두 손으로 꼭 잡으며 말했다. 방금 전 먹었던 음식들이 소화도 되기 전에 입 밖으로 나올 것 같았다.

"조금만 참아요. 이제 다 왔어요."

"으으으."

덕만은 두 눈을 꼭 감았다. 가까스로 울렁거리는 속을 진정시키고 있었다.

"덕만 씨, 다 왔어요."

마야의 목소리에 눈을 떴다. 그곳에는 덩치가 산만 한 사내가 꼿꼿하게 서서 큐브를 향해 경례를 했다.

"저기 경례하는 덩치 큰 사내는 누구죠?"

"부대장이에요."

마야가 가볍게 손을 들어 경례에 화답한다.

"자, 여기가 로봇 부대예요."

문이 열리고, 덕만은 양다리를 바닥으로 내렸다. 바닥을 딛고 서자 큐브의 빠른 속력 때문에 적응을 못한 까닭인지, 발치가 흔들려 보였다.

"마치 지구의 군대 같은 모습이군요."

"원래 우리 행성에는 군대가 없었어요. 한 번의 큰 침략을 겪고 난 후 군대를 만들었죠. 평화를 사랑하는 베다행성인은 군대를 만든다는 것에 망설이며 반대를 하기도 했지만, 우리들의 안전을 위해서는 어쩔 수 없었어요."

덕만은 고개를 돌려가며 부대 곳곳을 눈으로 살폈다.

"아까 시장에서 본 시민들 모두 그때의 침략으로 사랑하는 가족과 친구를 잃은 아픔을 가지고 있답니다. 아, 저기 보이는 것이 의회입니다."

마야의 손을 따라가자, 투명한 하얀색에 가까운 둥근 원형 모양의 의회가 덕만의 눈에 들어왔다. 전면이 스크린으로 이루어진 원형 건물은 의회 내부의 회의 장면을 실시간으로 볼 수 있게 되어 있었다.

"저게 의회라구요? 사람들이 다 보고 있는데요? 마치 극장에서 영화를 상영해 주고 있는 것 같아요."

놀란 표정으로 덕만이 마야를 바라봤다.

"극장 같나요? 우리에겐 각 단체를 대표하는 의원들로 구성된 의회가 있긴 하지만, 사실 모든 시민이 의원의 역할을 하며 베다행성의 일에 관여할 수 있습니다. 지금도 회의를 하고 있네요. 아마 덕만 씨와 관련된 사항에 대한 회의일 겁니다."

마야는 스크린에서 덕만을 향해 고개를 돌렸다.

"덕만 씨, 얼마 전 우리 행성의 예지자이시며 제 스승님이기도 하신 요기 님께서 예언을 하셨습니다. 곧 베다행성에 대한 침략이 있을 거라고…. 덕만 씨가 이곳에 온 것도 예언에 따른 것입니다."

덕만은 무슨 별나라의 얘기를 듣는 것처럼 어리둥절해서 뭐라 입을 떼기가 어려웠다.

"저기가 요기 님이 계신 곳입니다."

마야가 턱을 올리며 말했다. 마야가 가리킨, 하얗고 밝게 빛나며 커다란 돔 모양을 하고 있는 곳은 화려한 궁전과도 같은 고풍스러움이 느껴졌다. 건물 뒤로는 녹색 언덕이 띠를 이루고 뒤편의 푸른색 나무들이 빼곡한 산과 길게 이어져 있다.

"우리는 저곳을 '신성한 동굴'이라고 부르죠. 덕만 씨가 처음 베다행성에 떨어진 곳도 저기입니다."

덕만은 동굴을 찾아보았지만 어디에도 보이지 않고, 초록빛 언덕에 커다란 버섯 모양의 빛나는 성채가 우뚝 솟아있고, 성채의 뒤로 녹색 구릉과 연결된 산이 눈에 들어왔다. 큐브는 신성한 동굴 앞, 커다란 기둥이 좌우로 서 있는 반구형 입구 앞 녹색 풀밭에 착륙했다. 바닥에 안정감 있게 착지한 큐브는 '위잉' 하는 소리와 함께 문이 열렸다.

"자, 가시죠."

마야가 발길을 재촉했다.

신성한 동굴로 향한다는 소리에 덕만은 신경을 바짝 곤두세웠다. 발 뒤꿈치로 바닥을 끌며 조심스럽게, 발걸음을 옮길 곳을 확인하며 걸었다. 이곳 사람들에게 신성한 동굴로 불린다는 이곳은 외부에서는 한 개의 커다란 건물, 그 뒤로는 후방의 산과 숲으로 이어지는 긴 타원형의 녹색구릉이 보일 뿐이었다. 거대한 건물은 둥근 항아리 형태에 위쪽이 활짝 핀 버섯의 갓 모양을 하고 있다.

건물의 안쪽으로 들어서자, 넓은 공간이 드러난다. 원형 광장에는 둥근 원형의 기둥이 위쪽으로 뻗어 있고, 천장은 마치 천문대의 밤하늘처럼 푸른빛으로 반짝인다. 조금 더 걸음을 옮기자, 건물 모양과 달리 내부에는 신성한 동굴로 가는 길이 연결되어 있었다. 빛이 통하지 않는 곳도 마치 어둠 속의 여명처럼 걷기는 어렵지 않으나 옆으로 보이는 건물 내부 시설을 알아보기 힘들었다. 길은 곧게 뻗어 있고 가까이 다가갈수록 청회색으로 영롱한 빛을 내고 있다. 신비한 기운의 광채를 뿜어내고 있는 돌로 만들어진 공간은 회랑 같은 느낌을 주는 곳이다. 반투명하면서 내부가 보이지 않아, 희뿌연 느낌을 준다.

덕만은 장소가 주는 압도적인 위용에 주눅 들어, 주춤거렸다. 엉덩이를 뒤로 쭉 빼고는 주변을 한껏 경계하며 걸어 나갔다. 앞서 가던 마야가 건물의 끝에 다다르자 뒤를 돌아봤다.

"여기서 바로 요기 님 방으로 가실 겁니다. 오르시죠. 순간이동 에스컬레이터입니다."

마야가 일러준 곳은 계단이었다.

"네? 계단을 오르면 되는 건가요?"

마야가 말한 계단 위로 오르자, 몸이 낱낱이 흩어지는 느낌이 들었다. 어딘가를 향해 빠르게 날아가는 기분이었다. 덕만은 아찔한 속도감에 다리에 힘이 풀려 그 자리에 주저앉고 싶었다. 살짝 눈을 감았다 뗘자, 어느 순간 움직임이 멈춰 있었다.

"도착했습니다."

다다른 곳은 밝은 기운으로 가득했다. 투명한 유리에 비춰지는 풍경은 바로 손에 잡힐 듯 가까이에 있는 것처럼 느껴졌다. 덕만은 화사한 환경이 주는 놀라움에 주위를 두리번거렸다. 마야는 안쪽의 불투명한 벽을 향해 말했다.

"대장로이시자, 예지자이신 크리슈나 브라흐마 요기 님."

낮고 예를 갖춘 목소리였다. 덕만은 마야의 목소리에 자세를 갖추고, 벽을 향해 섰다.

"찾으시던 지구인을 데리고 왔습니다."

"마야! 지구인이라니! 우리의 한 줄기 희망과도 같은 전사가 되실 분일세."

덕만은 눈에 힘을 주고 소리의 근원을 찾으려 열심히 두리번거렸다. 똑바로 바라보고 있던 벽의 전면부가 열리고, 어둠 속에서 밝은 빛과 함께 크리슈나 브라하마 요기가 모습을 드러냈다. 스포츠형의 짧은 머리카락에 하얗고 긴 수염이 인상적인 요기는, 삶의 무게가 느껴지는 듯

한 남자였다. 대충 천을 휘감은 듯 보이는 옷에는 작은 문자 모양의 무늬가 몇 개 새겨져 있을 뿐 아무런 장식도 없이 단순했지만, 편안함과 격조 있는 품위가 나타났다.

"먼 곳까지 오시느라 고생 많았습니다."

인자한 미소를 띠며 요기가 인사했다.

"저는 베다행성의 대장로 크리슈나 브라흐마 요기입니다."

요기는 들고 있던 지팡이를 바닥으로 내리며 말했다. 지팡이는 요기의 다리 길이와 비슷했고, 손잡이는 둥근 모양에 비취색의 보석이 박혀 있어 영롱한 기운을 내뿜었다.

"네, 안녕하세요?"

덕만은 지팡이에서 눈을 떼지 않으며 고개를 숙였다.

"수고가 많았네, 자네는 먼저 들어가도 좋네."

요기는 마야에게 살짝 고개를 돌리며 말했다.

"네, 그럼 저는 이만."

마야는 뒷걸음질 치며 인사하고는 이내 덕만의 시야에서 사라졌다. 덕만은 차분한 어투와 행동을 보이는 마야의 모습에 방금까지 명랑했던 여자가 맞는지 의아했다.

"시간이 많지 않으니 용건부터 말씀드리겠습니다."

요기는 지팡이로 바닥을 퉁퉁 때리며 앞으로 걸어 나갔다. 덕만은 요기의 뒤를 쫓으며 베다행성 사람들은 모두 행동이 빠른가, 하고 생각했다.

"아마 궁금한 점이 많으실 겁니다. 자신이 이곳에 어떻게, 무슨 일로 왔는지."

요기가 가던 걸음을 멈추고 뒤로 돌았다. 요기의 옷에 공기가 들어가며 펄럭였다. 덕만은 요기가 다시 입을 열기를 기다리며 마른침을 삼켰다. 더 이상 이상한 일이 내게 일어나지를 바라는 마음으로.

"결론부터 말씀드리죠."

요기는 작게 기침을 하고는 말을 이었다.

"우리 베다행성이 크나큰 위험에 처했습니다."

요기가 지팡이를 뻗자, 번쩍 불빛이 들어왔다. 벽면이 스크린으로 변하며 영상이 나오기 시작했다.

"지난 우주력 222년, 오래전 과거의 지구에서 출발한 암흑 세력이 전 우주를 식민지화하려는 목적으로 악의 무리를 규합히여 베다행성을 침략했습니다."

벽면에서 흘러나오는 영상에는 암흑 세력의 잔혹한 행태가 계속해서 보였다. 영상을 보고 있자니, 덕만의 가슴은 저릿저릿 아파왔다.

"아무런 죄 없는 사람들을."

덕만은 자기도 모르는 사이에 주먹을 꽉 쥐고 있었다.

"암흑 세력이라 불리는 그들은 우리 베다행성인을 처참하게 짓밟고 이 행성을 점령하려 했습니다. 예고 없이 당한 공격에 완전히 무너지는 듯 했지만, 다행히 베다행성의 민간자위대와 알파행성의 이주 지구인들을 비롯한 다른 행성의 도움으로 간신히 위기는 넘길 수 있었습니다."

요기는 잠시 숨을 가다듬었다.

"그후 암흑 세력은 중간계 성운의 변두리에 있는 델타행성으로 물러나 자리를 잡았죠. 그리고 평화가 유지되는 듯했습니다. 그런데 얼마 전부터 그들의 움직임이 심상치 않습니다. 흩어졌던 암흑 세력이 다시 뭉치고 또 강해졌습니다. 곧 그들의 총공격이 있을 것이라는 예지입니다."

덕만은 잔인한 암흑 세력의 행위를 눈에 담으며 물었다.

"그래서 제가 뭘 어떻게?"

울컥거리는 감정을 추스르며 말했다.

"베다행성을 구해줄 마지막 전사가 바로 썬더맨입니다."

덕만은 흠칫 놀라서는 요기를 보며 말했다.

"아니, 제가요? 제가 왜?"

요기는 지긋이 아무 말 없이 덕만을 바라보았다.

"저는 그저 쫄쫄이를 입고 썬더맨 연극을 하는 평범한, 정말 아무것도 할 줄 모르는 일반인에 불과해요."

덕만은 기다랗게 한숨을 내뱉었다.

"덕만 씨, 그대처럼 선한 의지를 가진 뇌파만이 우리의 첨단기술의 꽃인 썬더맨 로봇을 조종할 수 있습니다. 그리고 무엇보다 덕만 씨의 강한 용기와 의지가 우리를 이끌었습니다. 제가 덕만 씨를 선택한 것이 아니라 덕만 씨가 썬더맨을 선택했다고 봐야죠."

덕만은 두려움에 발끝까지 떨렸다. 자신이 누군가를 구할 수 있을까, 이곳에서 로봇을 조종한다는 믿을 수 없는 현실. 떨리는 몸을 주체할 수 없었다.

"덕만 씨, 덕만 씨가 항상 빌었던 꿈을 알고 있어요."

"제 꿈이요?"

"아주 원대하고 훌륭한 꿈이더군요. 덕만 씨의 손길이 전 세계와 우주에 닿아 모든 이가 평화롭고 행복해지는 것이 덕만 씨의 꿈 아닌가요? 그런데 덕만 씨는 지금 두려워하는 것 같군요."

요기는 안타까운 얼굴로 덕만을 바라보며 말했다.

"누구나 꿈은 있어요. 하지만, 많은 이들이 눈앞에 길을 두고도 망설이며 외면해 버리죠. 바로 두려움 때문이죠. 그 선택은 자신이 하는 것이고, 그에 따른 결과도 자신의 것이에요. 자신의 생각의 힘! 그 하나만을 생각하고, 믿으십시오."

덕만은 한시라도 빨리 이곳에서 도망치고 싶다는 생각과 자신이 도움을 주고 싶다는 생각, 두 가지 갈라진 마음 사이에서 고민했다. 갑자기 오는 혼란 그리고 꿈.

'꿈과 생각의 힘.'

덕만은 꿈과 생각의 힘에 대해 마음으로 생각했다. 자신이 진정으로 원했던 꿈과 힘에 대해. 썬더맨 공연을 하며 품었던 꿈, 자신을 보며 기뻐하던 아이들의 모습, 공사장 인부로 힘들었던 나날, 유명산에서 자신을 위해 좋은 말을 아끼지 않으셨던 대승선원의 스님, 늘 부족함을 채우려 욕구가 넘쳤지만 힘없이 무너져야 했던 자신.

'나는 무엇을 위해 살아왔던 것일까.'

가슴 안은 갈등의 소용돌이로 심하게 요동쳤다. 갈등과 고뇌, 덕만은 짧은 시간 동안 고민을 거듭했다. 영상 필름처럼 돌아가는 자신의 모습을 돌아보며, 덕만은 자신에게 찾아온 기회를 잡기로 결심했다. 가슴을 따뜻하게 하는 환한 불이 밝혀지는 듯했다.

"꿈, 제 꿈을 이룰 수 있게 도와주실 수 있나요?"

덕만은 비장한 얼굴로 말했다. 요기는 가만히 덕만의 어깨위로 손을 올렸다. 따뜻한 손에서 느껴지는 온기는 그 어떤 근사한 대답보다 덕만에게 믿음을 심어 주기에 충분했다.

덜컥, 문이 열리자 흰색의 깔끔한 인테리어가 돋보이는 의회장이 한눈에 들어온다. 열린 문틈으로 요기가 모습을 드러내자, 자리에 앉아 있던 의원들은 모두 자리에서 일어나 고개를 숙인다. 덕만도 그들을 따라 살짝 고개를 숙이고는 요기의 뒤를 따랐다. 요기는 짐짓 익숙한 몸놀림으로 의회의 비어 있는 가운데 자리에 앉았다.

요기가 자리에 앉자, 원형의 좌석은 빠르게 둥근 회의장 가운데로 날아갔다. 좌석은 모두의 시선을 받을 수 있는 위치에 다다르자 이내 멈춰 섰다. 요기는 기품 있는 모습을 잃지 않으며 천천히 자리에서 일어났다. 요기의 등장으로 일순간 조용해진 의회장 안. 회장장 안에 모인 베다행성인들은 요기를 바라보고 있다.

"흠흠."

요기는 손으로 입을 가리고는 헛기침을 크게 했다. 자리에 모인 베다행성인들은 빠져 나오는 숨소리조차 신경 쓰며 요기가 입을 열기 기다렸다.

"흠흠."

다시 한 번 헛기침을 하고는, 요기가 입을 열었다.

"여러분, 이제 때가 됐습니다. 이번에 우리는 가루라족에서 뽑는 전통의 전사 선발 방식이 아닌, 출신성분과 무관하게 전사를 선발하려고 합니다."

요기의 한마디에 의회장 안이 웅성거리며 시끄럽게 변했다. 의회장 안에서 가만히 입을 닫고 있는 사람은 덕만과 요기뿐. 저마다 자신의 목소리에 힘을 싣기 바빴다. 덕만은 무슨 일이 일어나는 건지 도무지 알 길이 없었다.

의회의 회의장에서는 이틀이나 회의가 이어졌다. 아침부터 어둠이 내려앉는 밤까지 이어지는 열띤 토론은 쉽사리 결론이 나지 않았다. 요기는 아무 말 없이 의장석에 앉아 회의를 지켜볼 뿐이었다. 덕만은 회의실 대기소에서 열정적으로 회의에 임하는 사람들의 모습을 바라봤다. 이런 덕만 곁에 마야 역시 우두거니 자리를 지키고 있었다. 덕만은 그들의 토론을 보며, 많은 생각에 잠겼다. 자신의 행성을 위해, 밤까지 지치지 않고 진지하게 회의에 임하는 사람들.

"저기, 마야."

덕만은 마야에게 고개를 돌렸다.

"저 결심했어요."

덕만은 자신의 생각을 가감 없이 마야에게 전달했다.

"덕만 씨. 이렇게 빨리 결단을 해 주셔서 감사합니다."

마야는 다소 얼떨떨한 표정으로 덕만을 바라봤다. 혼란스러워하던 덕만이 이토록 빨리 결정을 내릴 것이라고는 생각하지 못했던 것이다.

"마야, 나는 아직도 모두 무서워하는 암흑 세력과 싸우는 것이 두렵습니다. 하지만 내가 지구에서 하고 있었던 연극의 주인공인 썬더맨이라면 어떻게 했을까 생각해 봤습니다. 연극의 주인공인 썬더맨이라면 당연히 어려움에 처한 사람들을 도왔을 거예요."

덕만은 확신에 찬 얼굴로 대답하였다. 아동병원의 어린이들이 외치는 소리가 덕만의 귀에 맴돌았다.

썬더맨! 썬더맨! 썬더맨!

커다란 돔 형태를 이루고 있는 행사장 안은 외관의 세련된 모습과 달리, 정숙하고 근엄한 분위기였다. 긴장한 표정이 역력한 덕만의 얼굴을 보며 마야는 입을 열었다.

"덕만 씨, 너무 긴장할 필요 없어요."

덕만은 굳은 얼굴로 고개만 끄덕일 뿐 긴장한 몸은 쉽사리 풀리지 않았다.

"이곳은 말이죠…."

마야는 베다행성을 수호하는 전사를 임명하는 장소의 의미와 역사에 대해 열심히 설명했다. 하지만 뻣뻣하게 굳은 덕만에게 마야의 설명이 제대로 들릴 리 없었다.

"긴장하지 않아도 돼요. 금방 끝날 거예요."

행사장에 모인 수많은 인파를 바라보며 마야는 말했다. 그 순간 요기가 모습을 드러냈다. 요기는 꼿꼿이 등을 펴고 행사장 가운데 마련된 무대를 향해 걷기 시작했다. 요기의 등장에 와글와글 시끄러웠던 행사장 안은 적막이 흐른다. 덕만은 '올곧다'라는 말이 오롯이 요기를 위해 존재하는 말처럼 느껴졌다. 요기의 작은 행동 하나에서도 기품이 느껴졌다. 탁, 탁 요기는 마이크를 가볍게 손가락 끝으로 두 번 쳤다. 마이크의 상태 확인을 마치고는 단상으로 허리를 구부렸다. 그의 작은 행동에도 이곳에 모인 장로들과 시민들의 눈이 하나로 모아진다.

"존경하는 모든 베다행성인이여."

요기는 근엄한 목소리로 말했다. 그의 목소리는 행사장 가득 울려 퍼졌고, 사람들은 귀를 쫑긋 세우고 그의 목소리에 귀를 기울였다.

"나, 크리슈나 브라흐마 요기는 베다의 대장로이자, 예지자로 여러분 앞에 섰습니다."

요기는 오른팔을 앞으로 내밀며 말했다.

"우리는 지난 우주력 222년, 큰 아픔을 겪어야만 했습니다. 자유그룹의 지도자 역할을 하는 베나행싱의 과학기술과 알파 행성의 자원을 노린 암흑 세력이 베다행성을 장악하고, 알파행성까지 점령하려는 음모를 꾸민 것입니다."

요기는 잠시 숨을 돌리고 말을 이어나갔다.

"당시 우리 베다인의 희생을 유감스럽게 생각하며 대장로로서 막중한 책임감을 느끼고 있습니다. 그런데 곧 베다행성에 검은 구름이 몰려올 것입니다."

검은 구름이 몰려온다는 소리에 행사장 안과 밖에서 스크린으로 바라보던 시민들이 웅성거리기 시작했다.

"검은 구름이 무슨 말입니까."

검은 구름이 무슨 뜻이지, 사람들의 목소리는 높아져 갔다.

"여러분이 또 다시 예전과 같은 고통을 겪지 않도록 우리도 만반의 준비를 해야 합니다. 그래서 오늘 이 자리에서 여러분에게 소개할 분들이 있습니다. 베다행성을 지키는 전통의 전사들! 그리고 베다 최고의 과학기술과 알파행성의 알파스타에너지와 초월합금의 결정체인 뇌파 일체형 슈퍼로봇도 함께 보여 드리겠습니다!"

"그럼 지금부터 소개해 드리도록 하겠습니다."

베다인들은 숨을 죽이고, 요기의 다음 말이 떨어지기를 기다렸다. 요기는 등을 돌려 한 명씩 이름을 호명했다.

"1전사 브레인포스"

등을 돌려 손짓을 했다. 요기의 손짓에 맞춰 행사장 안쪽에서 1전사가 등장했다. 브레인포스는 뚜벅뚜벅 행사장 무대 위를 가로질러 요기 앞으로 가, 무릎을 꿇어앉았다.

"브레인포스, 그대에게는 뇌력장과 염력이 있을 것이다."

1전사로 지목된 브레인포스는 고개를 숙인 채 미동조차 하지 않았다.

"반경 30미터 안에 있는 모든 존재의 생각을 지배할 수 있을 것이며, 염력은 100미터를 넘어 그 대상을 조정할 것이다. 일어나라! 너의 출발을 알려라."

요기의 말과 함께 브레인포스는 자리에서 일어났다. 요기를 향해 가볍게 목례를 했다. 좌우에 위치하고 있던 투명하고 반짝이는 둥근 장식 중 하나-흡사 유리 상자와도 같은 모습의 물체-가 공중으로 튀어 올랐다. 그리곤 무대 앞에 앉은 이삼십 명에 달하는 장로들을 향해 인사하듯 두 번 흔들거리고는 원래의 자리로 돌아왔다. 장로들은 그 모습을 보고, 하나같이 고개를 끄덕였다.

"와! 짝짝짝!"

베다행성인들의 박수소리가 울려 퍼졌다. 그 움직임이 끝나고 요기는 말을 이었다.

"자! 이제 브레인포스 그대와 함께 싸울 로봇을 보여 주겠다."

요기의 손짓에 따라 무대 옆의 벽면이 사라지고 드넓은 광장이 모습을 드러냈다. 광장의 한중간에는 24미터의 거대한 로봇 '울트라원'이 서 있었다. 울트라원 로봇은 광선검과 레이저건의 무기를 달고 있는 로봇으로 그 위용이 대단했다. 회색과 하늘색이 조화를 이루고 있는 울트라원은 한손에는 파도와 같은 곡선을 갖고 있는 거대한 창을 들고 있었다. 사람들은 로봇의 크기에 압도되어 넋을 잃고 로봇만 바라보고 있다.

"우와, 대단한데!"

한 시민의 목소리를 시작으로 여기저기에서 감탄의 목소리가 터져 나왔다. 요기는 외부로 개방된 멀티비전을 통해 시민들의 모습을 확인하며 슬며시 미소를 지었다.

"앞으로 너의 로봇이니 잘 다루어라."

요기의 말이 끝나자, 사라졌던 벽면이 스르르 닫히며 로봇이 그 자취를 감췄다.

"1전사로 임명된 이 순간부터 베다인들을 위해 충성을 다하겠습니다."

브레인포스는 크고 우렁찬 목소리로 힘차게 말하고는 전사들의 자리가 마련된 무대 위쪽으로 향했다. 스크린 가득 1전사의 모습이 비춰지고, 밖에서 구경하던 시민들은 휘파람을 불며 그의 이름을 연호하며 응원을 아끼지 않는다.

"다음 2전사 아이스맨!"

2전사 아이스맨, 아이런은 자신의 이름이 호명되자 활짝 웃으며 흔들거리면서 춤추는 듯한 걸음걸이로 무대 위에 모습을 드러냈다. 푸른

빛이 도는 머리카락에 밝게 빛나는 눈동자, 천진난만한 표정으로 요기 앞에 성큼성큼 다가왔다.

아이런은 요기 앞에 서서 신기한 광경을 마주한 아이처럼 주변을 두리번거렸다. 요기 옆에 위치한 수행원 마야는 미간에 힘을 주며 아이런에게 눈짓을 보냈다. 아이런은 영문을 모르는 사람처럼 두 손을 들고, 어깨를 치켜들며 관청에 잡혀온 닭처럼 파닥거리는 제스처를 보였다. 답답한 마야가 손가락으로 무릎을 가리키자 그제야 알아차린 듯했다.

"아참"

아이런은 작게 말하고는 요기 앞에 무릎을 꿇었다. 요기는 기침을 한 번 크게 하고는 말을 시작했다.

"아이런, 그대는 아이스맨으로서 손으로 만지는 것은 무엇이든 모두 얼려 버릴 수 있을 것이다. 강한 신체와 빙기를 이용한 빠른 공간이동도 가능할 것이다. 그대의 로봇이다."

요기의 손짓에 가려져 있던 벽면이 사라지고 방금 전 드러났었던 광활한 광장이 다시 모습을 보인다. 아이스검과 레이저건, 방패를 장착하고 있는 22미터의 아이스맨 로봇이 모습을 드러냈다. 얼음수정이 양쪽 어깨에 장식된 로봇은, 한 손에는 수정체 광석을 몇 개 이어서 만들어 놓은 아이스 검을 들고 있었다. 보는 것만으로도 한기가 느껴질 만큼 로봇은 차가운 기운을 뿜고 있었다.

아이런은 놀란 표정으로,

"저걸 제가?"

하고 속삭이듯 조용히 말한다.

옆에 있던 마야는 이전보다 한층 더 인상을 찌푸리고는 아이런을 향해 고개를 옆으로 흔들었다.

"요기 님, 감사합니다."

아이런은 들뜬 목소리로 대답하고는,

"정말, 정말 열심히 최선을 다하겠습니다."

아이런은 무대 아래의 장로들을 향해 두 손을 번쩍 들었다. 아이런의 몸이 갑자기 파르스름한 색으로 변하더니, 발부터 무릎까지 순식간에 얼음이 다리를 감싸고 있다가 사라졌다.

"세 번째 전사."

요기의 손짓에 덕만은 우물쭈물 어쩔 줄 몰라 하며 등장한다.

"손덕만."

"네?"

놀란 목소리로 크게 대답하자, 밖에서 스크린을 통해 보던 시민들 몇 명은 어리둥절한 덕만의 표정을 보며 쿡쿡 웃는다.

"손덕만, 그대를 썬더맨으로 임명한다."

"감사합니다."

덕만은 고개를 꾸벅 숙였다. 요기는 덕만의 행동에 아랑곳하지 않고 말을 이었다.

"그대의 손으로는 번개를, 입으로는 적을 무력화하는 충격파를 발생시킬 것이다. 또한 뇌전을 이용해 자유롭게 공간이동을 할 수 있을 것이다. 그대에게는 특별히 세 개의 로봇을 주겠다."

요기의 손짓에 다시 벽면이 사라졌다. 로봇의 모습은 보이지 않고, 썰렁한 광장의 모습만 보인다. 몇 초가 지나도 로봇이 등장하지 않자, 어찌된 영문인지 모르는 장로들이 수런거리기 시작했다.

그 순간, 쿵! 쿵! 쿵!

넓은 지면으로 22미터에 달하는 '썬더맨' 로봇 1, 2, 3호기가 동시에 등장했다. 진동을 일으키며 등장한 로봇의 모습에 장로를 비롯한 시민들은 놀라움을 금치 못했다. 누구보다 가장 놀란 건 덕만이었다. 덕만은 큰 눈을 깜박이며 썬더맨을 멍하니 바라봤다. 요기는 덕만의 곁으로 다가갔다.

"내가 먼 곳에서 온 자네에게 기꺼이 줄 수 있는 최대의 선물이라네. 축하하네. 썬더맨."

작은 목소리로 귓가에 속삭였다. 덕만은 살짝 고개를 끄덕이고는 희미하게 미소 지었다.

"그대들은 보십시오."

요기는 관중과 장로를 향해 큰 소리로 말했다.

"여기 썬더맨은 내가 직접 선택하여 지구에서 모셔온 전사입니다."

한층 더 목소리에 힘을 주어 말을 이었다.

"썬더맨의 강한 의지와 힘이라면 우리 베다행성은 무사할 것입니다."

요기는 두 팔을 강하게 앞으로 뻗었다. 요기의 말이 끝나자 행사장의 모인 사람들은 물론, 스크린을 통해 밖에서 보고 있었던 시민들도 박수와 환호를 보내기 시작했다. 모두가 썬더맨의 이름을 연호하고 박수를 보낼 때, 한 사람만 쓴 웃음을 짓고 있었다. 브레인포스는 냉랭한 표정으로 썬더맨을 바라보며 못마땅한 심정을 얼굴에 여과 없이 드러냈다.

덕만은 손을 높이 들었다가 내렸다. 허리를 굽혀 장로들을 향해 인사를 했다. 덕만이 단상 위로 오르자, 요기는 그 모습을 확인하고 다시 마이크를 잡았다.

"내 오랜 친구이자 전사들을 이끌어 줄 분을 소개합니다."

약간 흥겨운 목소리로 요기가 말했다.

"바로 트레디!"

요기의 손짓에 모습을 드러낸 트레디. 짧게 정리된 연회색의 머리카락과 한국의 전통의상인 한복과 비슷한 웃옷을 입고 있는 트레디는 근엄한 표정으로 등장했다. 뚜벅뚜벅 요기 앞에 서서 허리를 숙이고 무릎을 꿇었다.

"트레디, 내 친구, 자네에게는 거대한 바람을 일으킬 수 있는 힘을 주겠네."

트레디는 살짝 고개를 들어 요기를 바라봤다.

"그리고 트레디, 아니 윈드맨. 이건 자네의 것이라네."

요기는 트레디의 손을 잡고 자리에서 일으켰다. 벽면이 사라지고 로봇 '윈드맨'이 등장했다. 뾰족하게 날이 서 있는 창과 레이저포가 달린 로봇을 보며, 트레디는 만족스러운 미소를 흘린다.

"감사합니다. 요기여."

"베다를 지키는 전사로서 이 생을 마감하겠습니다."

장로들을 향해 트레디가 고개를 숙였다. 요기는 수행원의 안내를 받으며 자신의 자리로 발걸음을 옮겼다. 그가 등을 돌리자, 행사장 안에서 우레와 같은 박수가 터져 나왔다.

"잠시만요! 요기 님, 잠시만요!"

한 여자의 새된 목소리는 행사장을 가득 메우던 박수소리를 멈추게 만들었다.

"요기 님."

눈 깜짝할 사이에 길고 덥스리운 붉은 머리카락을 휘날리며 한 여자가 무대 위로 모습을 보였다. 한 여인의 갑작스러운 돌발행동에 행사장 안은 소란스럽게 변했다. 그녀가 누군지 추측하려는 목소리와 그녀에게 야유를 보내는 소리.

"요기 님."

그녀를 지긋이 내려다보는 요기. 말없이 그녀의 눈동자를 뚫어져라 바라본다. 마야는 그녀의 팔을 잡고 무대 아래로 끌어내려 하지만, 여자는 마야의 손을 온몸으로 뿌리치려 애쓴다.

"마야, 됐다."

요기의 목소리에 마야는 잡고 있던 여자의 팔을 풀어줬다. 요기와 무대로 난입한 여인 사이의 시간만 정체된 듯, 둘은 서로만 바라볼 뿐 누구도 먼저 입을 열지 않았다. 무대 위의 여인은 도전적인 눈길로 흔들림 없이 요기를 바라봤다. 누구도 요기에게 보일 수 없었던, 당당한 눈빛이었다. 하지만 사실 여인은 더 이상 잃을 것이 없다는 무너지는 심정이었다.

"사라, 이게 무슨 무례냐."

침묵을 깨고 요기는 먼저 입을 열었다.

"제가 무례하다는 거 압니다."

사라는 두 무릎을 꿇으며 말했다.

"신성한 의례장에 함부로 들어왔습니다. 하지만 존경하는 크리슈나 브라흐마 요기 님."

"앗, 저 여자는!"

덕만은 무대 상단에 앉아, 얼마 전 만났던 사라의 얼굴을 떠올렸다. 맑고 투명했던 그녀의 눈빛을. 요기가 대답이 없자 사라는 다시 한 번 요기의 이름을 불렀다.

"크리슈나 브라흐마 요기 님!"

가만히 사라를 바라보는 요기.

"저는 꼭 베다행성의 전사가 되고 싶습니다. 아니, 반드시 되어야만 합니다. 요기 님도 아시지 않습니까? 저는 사루라로 태어났으며, 이는 곧 전사가 될 운명을 지니고 태어났다는 것을요."

사라가 뱉은 말에 장내가 술렁이기 시작했다. 요기는 한 걸음, 한 걸음 사라를 향해 다가갔다. 사라는 어깨를 움츠렸다. 방금 전까지의 기백은 사라지고, 긴장 가득한 얼굴로 다가오는 요기를 바라봤다.

"사라야, 네 마음 다 이해한다."

요기는 사라의 어깨에 손을 얹었다. 사라는 요기의 따뜻한 손길에 몸이 녹아내릴 것처럼 긴장됐다.

"그런데 말이다. 미안하지만, 나는 네게 전사의 임무를 맡길 수가 없구나. 부디 나를 이해해다오."

요기는 제 할 말만 마치고 등을 돌렸다. 장내는 다시 적막으로 가득 찼다가 이내 술렁거리기 시작했다.

"제가 전사가 되지 못할 이유가 뭡니까?"

사라는 벌떡 일어나며, 항의의 뜻을 담아 멀어지는 요기의 등에 대고 말했다.

"제가 도대체 저 지구인보다 못한 게 무엇입니까?"

사라는 단상 위의 덕만을 손가락으로 가리키며 소리쳤다. 덕만은 일순간 자신에게 날아든 주변의 시선에 당황했다. 어쩔 줄 모르겠다는 표정으로 머쓱하게 웃어 보였다.

"제가 태어난 이후 제게 목표는 오직 하나였습니다. 베다행성의 전사가 되어 적들과 싸우는 것, 그리고 반드시 승리하는 것."

사라는 주먹을 불끈 쥐며 말했다.

"진정으로 그렇게 생각하느냐?"

요기는 사라를 등진 채로 말했다.

"오직 그 목표 하나만으로 살아왔습니다. 제발, 제게도 기회를 주십시오."

요기는 등을 돌리고, 굳은 표정으로 말했다.

"네 할아버지와 아버지 모두 베다행성을 위해 목숨을 바쳤다. 네 어머니도 희생되었고, 나는 혼자 남은 너마저 잃고 싶지 않구나!"

"…"

침묵하는 사라.

"훈련이 매우 고될 것이다. 견딜 수 있겠느냐?"

사라를 정면으로 똑바로 바라보면서 요기는 비장한 목소리로 언성을 높였다.

"물론입니다."

사라는 기다렸다는 듯이 요기의 말에 대꾸했다. 그 후 사라와 요기의 일문일답이 이어졌다.

"전투에서 목숨을 잃을 수도 있다."

"더 이상 무서울 것이 없습니다."

"훈련을 따라오지 못할 경우 너를 내칠 것이다."

"누구보다 잘 해낼 자신이 있습니다."

"앞으로 나오너라."

굳었던 표정을 풀고, 요기는 자상한 미소를 지었다. 요기는 예상하고 있었다는 표정으로 무대 가운데에 서서 마이크를 잡았다.

"제5전사! 사라, 너는 파이어걸이다. 불을 일으키는 능력을 지닐 것이다."

사라는 요기의 앞에 무릎을 꿇고 고개를 숙이고 있었다. 무대 위는 투명한 방울들이 뚝뚝 떨어진다. 사라는 손등으로 떨어지는 눈물을 훔쳐냈다.

"네게도 파이어걸 로봇을 줄 것이다."

벽면이 열리고 화염처럼 붉은 로봇이 모습을 드러냈다.

"베다 시민 여러분! 마침내 다섯의 전사가 탄생했습니다. 앞으로 이 전사들이 우리 베다행성을 안전히 보호할 수 있도록 힘을 주십시오."

일제히 함성이 터져 나왔다. 사라는 주춤거리며 자리에서 일어나 꿈 같은 기쁨을 온몸으로 만끽했다.

"정말 꿈은 아니겠지?"

사라의 얼굴에는 세상에서 가장 행복한 미소가 번졌다. 조용히 단상 위에 앉아 있던 덕만의 얼굴에도 미소가 피어올랐다.

집으로 돌아가는 길. 사라의 눈에서 눈물은 쉼 없이 흘러내린다.

베다의 전사로 발탁되기 위해서, 숨은 노력을 해왔던 그녀였다. 꿀맛 같은 아침잠을 포기하면서 기초체력 단련에 힘썼고, 가루라 전사 양성을 위한 디지털 도서관에 매일 방문하여 전투 기계에 대한 전문 지식과 가상전투 이미지훈련을 수행하였다. 하루 24시간이 사라에게는 모자랄 지경이었다. 어떻게 지금의 자리를 차지하기 위해서 달려왔는지. 그간의 노력들이 주마등처럼 그녀의 머릿속을 스치고 지나간다.

"누구보다 열심히 하겠어!"

사라는 홀로 다짐을 한다

"쿵! 쿵! 팍팍! 쿵쿵!"

수많은 로봇이 모여 있는 훈련장 안에서 로봇들이 분주하게 움직이고 있다. 열을 맞춰 움직이는 로봇들은 한 치의 오차도 없이 정확하다. 거대한 규모의 로봇훈련장. 훈련장의 한쪽 끝에는 로봇 정비실부터 고철이 된 로봇을 처리하는 처리장, 휴식 공간이 마련되어 있다.

휴식 공간에는 베다행성인의 주식인 붉은 벽돌과 푸른 벽돌이 테이블 위에 놓여 있다. 훈련으로 지친 체력을 회복하기에는 최고의 에너지원이었다. 덕만은 참고 먹어 보려고 하지만, 도저히 붉은 벽돌의 맛에는 길들여지지 않았다. 그나마 새콤한 맛이 나는 푸른 벽돌은 먹기 용이했지만, 매콤한 맛이 나는 붉은 벽돌은 꺼려졌다.

"이제 다시 훈련을 시작해볼까."

전사들을 향해 트레디가 말했다. 드넓은 공간, 2전사로 발탁된 아이런은 만연에 미소를 띠며 구름 하나 없는 하늘 위를 날아다니고 있다.

"우와, 나 좀 봐요! 날고 있잖아. 보고 있어? 내가 날고 있다고!"

1전사 브레인포스와 마지막 5전사로 합류한 사라는 잔뜩 들뜬 목소리의 아이런을 흘긋 바라보고는 본척만척하며 지나친다. 유일하게 3전사로 뽑힌 덕만만 아이런에게서 시선을 떼지 못한다.

"우와~ 대단하다, 나도 빨리 날고 싶은데. 진짜 부럽다."

고개를 하늘로 향한 덕만은 아이런이 공중제비 도는 모습을 보며 자신의 일이라도 되는 양 아이런보다 더욱 신나 하며, 발을 동동 구른다.

"그러다 다친다. 훈련이 충분히 되기 전에 함부로 기술부터 사용하면 안 돼."

4전사 트레디는 신나게 하늘을 가로지는 아이런을 보며 말했다. 4전사의 말이 끝나기 무섭게 2전사 아이런이 하늘에서 비틀거리더니 땅으로 곤두박질친다.

"푸하하하하하"

덕만은 배를 잡고 즐거운 듯이 웃었다.

"쳇."

아이런은 눈을 흘기며 원망하는 눈빛을 덕만에게 던진다.

"흠, 흠."

덕만은 살짝 고개를 숙이고는 마치 아무것도 보지 못한 사람처럼 능글맞은 표정을 지어 보였다.

"어서 오게. 전사들."

어느새 모습을 드러낸 요기. 행사장에서 다가가기 힘들었던 근엄함은 느껴지지 않았다.

"우리는 베다행성을 지켜야 하는 사명을 가진 존재들일세. 앞으로의 훈련이 고되고 지칠지라도 이 점을 잊지 말게나."

요기 앞에 선 다섯 전사는 짐짓 비장한 표정을 지으며 요기의 말을 경청했다.

"그럼 뒤로 보이는 로봇 부대들과 함께 훈련을 시작하세나."

요기는 등을 돌리고는 로봇 부대를 향해 턱을 치켜들었다. 다섯 전사의 열 개의 눈동자가 요기가 가리킨 곳으로 시선을 옮겼다.

"그리고 저쪽은 일반 자위대 지원부대의 지원자가 입을 사이보그변신보호슈트라네. 알파행성에서 보내온 것이지. 베다의 자위대원들이 암흑 그룹의 안드로이드 로봇 기계에 대항하여 몸을 보호하고 싸울 수 있는 장비이나, 아직 수가 많이 부족하다네."

요기는 가까운 반대편을 손가락으로 가리켰다. 요기의 손가락 끝에는 압도적인 크기의 거대 로봇 부대와 인간 크기의 인간형 로봇들이 줄지어 서 있는 모습이 보였다. 그 뒤로 기갑전차와 거대한 차량형 장갑기계, 1인승, 2~3인승 비행오토바이도 있었다. 한쪽에서는 여러 베다인들이 무질서하게 무기가 장착된 사이보그변신보호슈트로 갈아입고 있다. 고개를 돌리자 우측 멀리서 보이는 비행장에는 수직으로 이륙하는 몇 대의 스페이스급 우주선과 커다란 모함급 우주전함도 두 척 있다.

덕만은 그 거대한 규모와 크기에 입을 다물 수가 없었다. 지구에서 만화로만 볼 수 있었던 풍경들. 아직도 이 상황이 꿈인지, 현실인지 덕만은 분간이 가지 않는다.

'일어나!'

누군가 흔들어 깨워 눈을 뜨고, 그게 사자바위 위라도 놀랍지 않을 것 같았다. 그냥 뒤숭숭한, 황당하고 재미있는 꿈을 꿨다고 생각하리라. 하지만 며칠 이곳에서 잠이 들고 또 꿈을 꾸었고, 다시 눈을 떴다. 그래도 눈앞의 현실은 아무런 변함이 없었다. 신기한 코끼리 모양의 기계는 덕만이 원하는 음식을 매일 같이 차려냈고, 괴상한 모습을 한 베다인들의 생김새도 차츰 적응되었다.

꿈이라고 치부하기에는 너무도 길었고, 깨지 않았다. 덕만은 문득 자신이 꿈에 갇혀 있는 건 아닐까, 생각했다. 자신이 느끼는 촉감, 살결을 스치고 지나는 바람. 모든 감각은 꿈이 아니라 말한다.

"다섯 전사 여러분!"

덕만의 쓸데없는 생각을 일깨우려는 듯 요기는 목소리에 힘을 주어 말했다.

"여러분들에게는 특수 메탈이 융합 처리된 슈퍼슈트가 지급될 것이야. 자네들의 슈퍼파워에 적합하게 제작되어 한층 더 파워가 강화될 것이라네. 그리고 각자 로봇에 탑승시 로봇과 일체화하여 적응할 수 있도록 특수 제작되었으니 늘 착용하기를 바라네."

"네."

다섯 전사는 잔뜩 기합이 들어간 목소리로 대답했다.

"자, 모두 자리에 앉으세요."

요기의 말에 모두 자리에 앉았다. 고요한 공간은 적막함마저 느껴진다. 심상훈련장이라는 곳은 지구의 체육관과 비슷한 형태로 이루어져 있다. 바닥은 딱딱한 대리석 같은 재질로 시원한 기운이 올라온다.

슈트 차림의 다섯 전사는 요기의 지시에 따라 바닥에 양반다리를 하고 앉았다.

"앉은 채로 왼쪽 나리를 오른쪽 허벅지 위에 올려놓도록 합니다."

요기의 말을 따라 왼쪽 다리를 오른쪽 허벅지 위에 올리고 모두 눈을 감았다.

"의식을 통일합니다."

"짝!"

요기는 손을 마주쳐 소리를 냈다.

"이제 우리는 베다행성의 생명체와 선한 의지를 지키는 영웅이 되어야 합니다. 여러분은 선택되었지만, 이제 여러분이 선택해야 할 시간입니다."

요기는 잠시 틈을 두었다. 조용히 호흡하는 소리만 심상훈련장 안에 가득했다.

"여러분, 자신의 의식과 관찰자로서의 능력을 믿고 관찰자로서 의식, 행동, 심지어 눈앞의 사물에 대해서도 항상 놀라운 선택을 해야 하는 것…."

덕만은 '내가 사물을 선택할 수 있다고?' 혼자 반문했다.

"물론, 물질 역시 중첩된 정보 중 한 조각임을 명심하세요."

다시금 찾아온 침묵. 모두 하나의 의식으로 집중했다. 다섯 전사는 새로운 세계로 빠져들기 위해 몰두해 보지만, 처음 하는 경험에 집중하는 것은 쉽지 않다.

"모든 것이 잠재적으로 같이 있음을 알아야 합니다. 우리가 선택하기 전에는 그들은 가능한 조각들로 존재합니다. 영웅 역시 어떠한 선택을 하느냐가 주요한 부분입니다."

이때 옆에 있던 마야가 낮지만 강한 어조로 말한다.

"요기 님이 말씀하신 뜻을 생각하며 호흡을 깊게 가져가세요."

"스읍"

마야 수행인은 바람 들이마시는 소리를 내며 숨을 깊게 들이마신다.

"생각만으로도 슈퍼파워를 발휘하여야 합니다."

다섯 명의 전사는 모두 앉아 있는 채로 깊이, 더 깊숙이 호흡을 가져가기 위해 노력한다.

얼마의 시간이 흘렀을까. 앉아있는 것만으로도 기진맥진할 때쯤, 다섯 명의 전사들의 주변에서 신비한 기운이 발현되기 시작했다. 1전사 브레인포스 머리 위로 푸른빛의 염력 기파가 타원형을 그리며 나타나기 시작했다. 블랙홀처럼 생겨난 염력 기파는 점점 더 크기를 부풀리며 진한 파란색으로 변해 갔다. 진하게 변해 가는 기파. 기파의 크기는 옆으로 팽창하며 충만한 기운을 더해 갔다. 브레인포스는 그 기운을 흡수하려는 듯 깊이 숨을 들이마시었다, 내쉬기를 반복했다.

"스읍, 후, 스읍, 후"

머리 위의 진한 파란색의 타원형은 그 크기가 조금씩 줄었다. 옅은 색상으로 색이 빠져 나가기 시작했다. 브레인포스의 몸으로 흡수되고 있는 것처럼 보였다.

"스읍, 후, 스읍 후."

브레인포스는 호흡에 더욱 집중하고 또 집중했다. 옆에 앉은 2전사 아이런의 주변으로 하얀 수정의 빛을 시작으로 액체가 고체로 변하며 크리스털과도 같은 얼음을 만들어 냈다. 차갑고 단단한 얼음이 2전사의 주변을 감싸고, 아이런의 주변으로 차가운 냉기가 흘렀다. 2전사에게 손끝만 가져가도 온몸이 순식간에 얼어붙어 버릴 냉한 기운이 전해졌다. 아이런의 얼굴빛 역시 점점 창백하게 변해 갔다. 눈썹에는 서리가 낀 것처럼 하얀 입자들이 모여 들었다. 서늘한 공기가 아이런의 주위를 휘감았다.

찌직, 찌직, 지지지직. 3전사 덕만 주변으로 강한 전류가 흐르고 뇌전이 일어난다. 찌직, 찌직! 작지만 강력한 뇌전. 덕만은 눈을 질끈 감고, 지금의 감각을 느끼고 키우기 위해 안간힘을 쓴다. 더욱 더, 뇌전의 기운이 강해지도록. 더욱 더 뇌전의 진동과 크기가 커질 수 있도록 집중, 그리고 또 집중해 나간다. 찌지직, 찌지직. 덕만의 머릿속으로 강렬한 불빛의 번개가 깜빡, 깜빡 스치고 지나간다.

4전사 트레디 주변으로 작은 바람의 소용돌이가 휭, 휭 날카로운 바람 소리를 내며 그의 주변을 감싸고돈다. 바람의 신선함은 다른 전사들의 코끝에도 전해져, 마치 산속에서 불어오는 듯 청량함이 느껴진다. 트레디가 만든 바람의 소용돌이는 심상훈련장 안을 한순간 상쾌하게 전환시킨다. 바람은 소용돌이를 만들며 트레디의 몸을 감싼다. 투명한 회색의 회오리가 점점 너비를 넓혀 간다.

붉은 화염의 기운으로 뜨겁게 달구어지는 5전사 사라. 사라의 주변은 온통 붉게 물든다. 그녀의 숨어 있는 정열이 용솟음치고 포효하듯 붉은 불길은 사그라들지 않는다. 주황색의 불빛은 점차 진한 빨간 빛을 띠기 시작한다. 빨갛게 타오르는 불길이 사라의 곁에서 활화산처럼 타오른다. 용광로처럼 빨갛게 들끓기 시작하는 불의 기운이 사라를 뜨겁게 달아오르게 만든다. 피잇, 사라의 어깨에 불꽃이 작게 피어

올랐다 사그라진다.

'드디어 초능력이 강화되기 시작했군.'

요기의 무뚝뚝했던 얼굴에 슬쩍 미소가 묻어난다.

"여러분, 조금만 더, 조금 더 집중하세요. 기운이 더욱 강해지고 있습니다."

다섯 전사는 눈을 감고, 기운을 한 곳으로 더욱 집중시켰다.

"으, 으으으"

다섯 전사들이 내뿜는 신음이 심신훈련장에 울린다.

특수 초월 메탈이 합금된 슈트 차림의 다섯 전사. 뜨겁게 내리쬐는 햇볕에도 아랑곳 하지 않고 다섯 전사는 훈련에 몰두하고 있다. 4전사 트레디의 구령에 따라 나머지 전사 네 명은 한 사람과 같은 일관되고 절제된 동작을 보인다.

"하나!"

"얏!"

동작 하나, 하나에서 절도와 기개가 느껴진다. 심상훈련은 다섯 전사가 자신의 힘과 능력에 대해 강하게 확신하는 계기가 되었다. 이는 다섯 전사에게 자극제로서의 역할을 하기에 충분했다. 누가 먼저랄 것도 없이 훈련장으로 새벽부터 모여들었고, 훈련의 강도는 높아졌다. 진정한 힘, 슈퍼파워를 얻기 위해 그들은 흐르는 땀방울도 개의치 않는다.

요기는 훈련하는 다섯 명의 전사의 모습을 근심어린 표정으로 바라보고 있다.

"이제 머지않아 이들이 진정 필요한 때가 올 것 같군."

요기는 혼자 중얼거렸다. 앞으로 계속될 전쟁, 그에 대한 고민과 걱정. 요기의 가슴으로 슬며시 슬픈 상처의 기억들이 엄습해 온다.

"준비 다 됐습니다."

요기는 슬픔을 털어내고 마야를 향해 등을 돌렸다.

"그럼 가 볼까."

요기는 다섯 전사가 훈련 중인 훈련장으로 들어섰다.

"다섯 전사 여러분."

바삐 움직이던 몸을 멈추고, 다섯 전사가 일제히 요기를 향해 고개를 숙였다.

"오늘은 여러분들에게 소개시켜 드릴 로봇이 있습니다."

다섯 전사는 물음표가 담긴 얼굴로 서로의 얼굴을 확인했다. 물론, 새로운 로봇에 대해 누구도 들은바 없으니 어리둥절할 수밖에 없었다.

"마야!"

"네."

마야의 지시에 모습을 드러낸 소형 로봇들. 작고 아담한 크기는 귀엽고 앙증맞은 모습이었다. 마치 어린 시절 갖고 놀았던 장난감처럼 둥글둥글한 형태를 지니고 있었다. 정렬되어 있는 작은 로봇들을 다섯 전사는 호기심이 듬뿍 담긴 눈빛으로 바라봤다.

"우선 로봇에 대해 설명 드리겠습니다."

마야는 다섯 전사를 향해 입을 크게 벌리며 말했다.

"지금 앞에 보이는 소형 로봇은 전시 상황을 위해 개발된 로봇입니다."

"전시?"

사라는 자신도 모르게 밖으로 목소리를 냈다.

"네, 전시 상황에 대비해 다섯 전사 분들과 요기 님과의 원활한 연락을 지원하고, 각자의 로봇과 다섯 전사 분들 사이의 원격 연결을 돕습니다. 또한, 뇌파로 일체화하여 로봇을 원거리에서도 이동시키거나 부를 수 있도록 제작된, 일종의 연락 로봇입니다."

다섯 명의 전사는 마야의 말에 고개를 끄덕였다.

"그럼 자신에게 맞는 로봇을 배정해 드리도록 하겠습니다. 우선 요기 님의 로봇입니다."

다섯 전사들과 요기 사이의 연락을 담당하는 로봇은 사자 모양이며 황금색으로 이루어진 멋진 털갈기를 갖고 있다. 용맹함이 느껴지는 로봇은 화살촉과 같이 뾰족한 꼬리를 흔들고 있었다.

"우와."

아이런은 천진하게 웃으며 로봇이 귀여워 죽겠다는 표정을 지었다.

"다음은 제 로봇입니다."

마야 수행인의 로봇은 토끼 모양. 눈이 크고 귀는 길어서 약간 앞으로 기울어진 모습으로, 짧은 꼬리에는 초록색의 이파리가 붙은 당근이 매달려 있다.

"저건 토끼잖아."

덕만이 손가락으로 가리키며 키득거렸다.

"당근도 있고, 후후."

네 명의 전사는 무슨 말인지 모르겠다는 표정을 짓는다.

"여기 있는 소형 로봇들은 모두 지구의 동물 모습을 형상화해 만든 것입니다. 동물들은 전사 각자 특징에 맞는 모습으로, 다섯 전사에게 어울리는 모습으로 로봇을 제작했습니다."

나야는 다섯 전사에게 로봇의 특징을 간단하게 설명했다.

"그럼 다섯 전사들의 로봇을 배정해 드리겠습니다. 우선 1전사 브레인포스."

"넵!"

브레인포스에게 지급된 로봇은 새끼 호랑이 모양의 로봇. 얼룩 무늬에 미간에는 한자로 왕(王)자가 새겨져 있고, 코는 하트 모양이다. 날카로운 송곳니가 발달되어 있으며, 꼬리는 굵고 짧다.

"다음, 2전사 아이런."

"네~에."

아이런은 신난 목소리로 애교를 듬뿍 담아 대답했다. 재주 넘치는 원숭이 모양의 로봇이 아이런에게 배정됐다. 꼬리는 길게 위로 뻗어 올라가고 전체적으로 흰색과 검정색 무늬로 이루어져 있고, 불그스레한 코가 인상적인 모습이었다.

"3전사, 썬더맨 손덕만."

"옙!"

덕만은 기운차게 대답했다. 두근두근, 처음 로봇이 등장할 때부터 마음에 들었던 로봇이 자신에게 배정되기를 바라고 있었다. 주작새 모양의 한, 실제로는 야생 닭의 형상을 닮은 꼬마로봇이 덕만에게 배정되었다.

"아자!"

덕만은 자기도 모르게 환호성을 질렀다. 자신과 마찬가지로 삐침머리가 인상적인 로봇을 꼭 마음에 두고 있었기 때문이다. 그 모습이 귀엽다는 표정으로 요기는 살짝 웃어 보였다.

덕만의 로봇은 옆으로 길고 전체적 색상은 노란색으로, 자주색이 군데군데 들어가 있다. 둥그런 날개를 갖고 있으며 머리는 물결치는 문양의 붉은 벼슬 모양이 인상적인 로봇이다. 두 개의 다리와 뒤편에 있는 삼각형상의 꼬리는 마치 발처럼 보인다. 덕만의 소형로봇이 가장 날렵하고 발 빠르게 보였다.

"좋아요?"

마야의 질문에, 덕만은 크게 "네!" 하고 크게 대답해 나머지 전사들을 웃음 짓게 만들었다.

"그럼 다음은 4전사 트레디."

소 형상의 로봇은 작은 귀와 크고 작은 날카로운 두 개의 뿔, 얼굴 정면에 있는 큰 눈과 길고 큰 콧구멍이 보인다. 꼬리는 짧으며, 몸체는 전체적으로 암회색의 물결무늬로 되어 있다. 우직한 모습이 트레디와 닮아 있었다.

"마지막, 5전사 사라."

"네."

사라는 양 형상의 로봇을 배정받았다. 털이 고불고불한 둥근 모양으로 머리 위에 작게 나 있는 뿔은 둥글게 말려 있으며, 흰색의 털이 깔끔해 보이는 인상이었다.

"그럼 이 로봇들의 이름은 어떻게 되는 건가요?"

사라가 물었다.

"로봇의 이름은 여러분이 부르기 쉽게 정하셔서 입력하시면 로봇이 인식할 것입니다."

"그럼, 나는 아이스로 해야지."

아이런이 말했다. 띡, 버튼을 길게 누르며 아이런은 "아이스" 하고 이름을 인식시켰다. 원숭이 모양의 작고 둥근 로봇은 아이런이 "아이스" 라고 부르자 곁으로 다가왔다. 마치 애완견이 주인의 부름에 쏜살같이 달려가는 모습이었다. 아이런이 저만치 떨어져서 "아이스!" 하고 부르면 로봇은 그때마다 아이런의 곁으로 다가갔다.

브레인포스는 포스, 덕만은 번개, 사라는 파이, 그리고 트레디는 바람이라는 이름을 소형로봇에게 붙였다.

커다란 바위와 자그마한 돌멩이 수십여 개가 공중으로 떠오른다. 바위와 돌멩이에 묻었던 흙들이 툭툭 바닥으로 떨어진다. 바위와 작은 돌멩이는 하늘로 더 높이, 더 높이 치솟는다. 돌과 바위를 향해 1전사 브레인포스가 강한 눈빛을 보내고 있다. 하지만 브레인포스의 바람과 달리 바위와 돌들은 힘없이 쿵 하고, 바닥으로 처박힌다.

'조금만 더, 조금만 더 버티면 되는데.'

며칠 밤낮을 새운 브레인포스는 눈 안의 혈관이 터져 빨갛게 충혈되어 있었다. 염력을 보다 자유자재로 이용하고 싶은 그는, 다른 전사보다 훈련에 더욱더 열정적으로 임했다. 주위의 만류에도 불구하고, 그는 숙소에서 보내는 시간보다 훈련장에서 보내는 시간이 많았다. 브레인포스가 꿈꾸는 것은 최고의 자리에 우뚝 서는 것이었다. 누구와도 비교할 수 없는 단 하나의 최고가 되는 것이 그가 꿈꾸는 완벽한 전사의 모습이었다.

뒤편 작은 언덕 위에서 훈련에 열을 올리고 있는 5전사 사라.

"차~"

불을 쏘자 앞에 서 있던 나무에 불기둥이 솟아오른다. 그 곁에서 불이 붙기를 기다렸다는 듯이 2전사 아이런이 순식간에 얼려 버린다.

"히힛"

다섯 명의 전사 모두 심각한 분위기 속에서 자신의 초능력을 증진시키려 열을 올리고 있다. 그중 2전사 아이런만 뭐가 그리 즐거운지, 웃음이 떠나질 않는다.

"하~얏"

3전사 썬더맨 덕만. 덕만은 손을 뻗어 번개를 쏘아보려고 하지만, 마음처럼 쉽게 번개가 나오지 않는다.

"아이참, 왜 이렇게 마음먹은 대로 안 되는 거야."

"하~얏!"

다시 한 번 앞에 있는 드럼통을 향해 기합을 넣어보지만, 감감무소식.

"찌지지직."

번개는 방향을 잃고 엉뚱하게 반대 방향의 언덕 위에 있는 사라 옆으로 내리꽂혔다.

"뭐야."

깜짝 놀란 사라는 큰 목소리로 덕만을 향해 소리쳤다.

"야, 손덕만!"

덕만은 머리를 긁적이며, 씨익 웃어 보였다.

"아, 쏘리."

"이게 죽을라고."

"차~!"

"앗 뜨거워, 앗뜨뜨. 아이런!"

사라가 쏜 불꽃이 덕만 주위를 둥그렇게 감싸 안는다. 불길에 휩싸인 덕만은 어쩔 줄 모르며 팔짝팔짝 불을 피해 요리조리 뛴다.

"아이런, 이 불 좀."

사라 곁에서 한참 웃던 아이런은 그제야 슉, 소리와 함께 불길을 얼어붙게 만든다.

"한 번만 더 까불어 봐, 그땐 아주 통닭구이로 만들어 줄 테니까."

사라는 볼멘 목소리로 말했다.

"일부러 그랬나, 뭐."

덕만은 작게 중얼거리고는 다시 연습에 들어갔다.

"하~얏!"

덕만의 번개는 마음처럼 생성되지도, 원하는 위치를 향해 날아들지도 않았다.

"휴우"

덕만은 깊게 한숨을 내쉬고는 자리에 털썩 주저앉았다. 심신훈련장에서 충만했던 기운을 기억해 내기 위해 조용히 눈을 감았다. 우주와 자신이 하나가 되는 듯한 그 느낌을 찾아 머릿속을 헤집고 다녔다. 하나의 신경과 또 다른 신경이 합치되는 예민한 감각이 살아나지 않았다.

"휴우."

저절로 입에서 한숨이 흘러나왔다.

"야앗~"

4전사 트레디는 마을 공터 한 곳에 아이들을 모아놓고, 거대한 바람을 일으켜 나무 열매를 떨어뜨린다. 우수수 떨어지는 열매에 신난 아이들. 아이들은 저마다 양손에 한가득 열매를 쥐고는 입으로 가져가 우걱우걱 맛있게도 먹는다.

"아저씨, 또 해 주세요."

"야앗~"

트레디는 아이들을 바람을 이용해 가볍게 하늘로 올렸다가 내려놓는다. 아이들은 흥분한 얼굴로 꺅, 꺅 소리를 내지르며 좋아한다.

"으아아아악!"

"또 그 꿈이라니……"

브레인포스는 헉헉, 들숨 날숨을 내쉬며 침대의 끄트머리에 앉았다.

훈련이 시작되고 나서 하루도 편안하게 잠을 청한 날이 없다. 매일 밤 끔찍한 악몽이 브레인포스를 따라다닌다.

심적인 부담감과 강도 높은 훈련은 심신을 그야말로 너덜너덜하게 만들어 놓았다.

베다행성의 제1전사라는 타이틀은 그에게 사명감과 높은 자존감을 불러일으키기에 충분했다. 훈련이 끝난 시간에도 브레인포스의 강도 높은 훈련은 끝나지 않았다.

자발적으로 훈련의 양을 늘려나가는 브레인포스.

"아니야. 부족해. 아직도 부족해."

브레인포스의 가슴속 깊은 곳에 자리 잡고 있는 열정을 채우기에 훈련량은 턱없이 부족할 따름이었다.

"으아아악!"

낮게 비명을 내지르는 브레인포스.

"무슨 일 있으세요?"

그의 목소리를 듣고 야간 순찰 중이던 경비병이 그를 찾았다.

"아니에요. 됐어요."

"무슨 일 있는 거 아니세요?"

"아니라고!"

브레인포스는 날카로운 눈빛으로 쏘아봤다.

"네. 죄송합니다."

경비병은 방문을 닫고 서둘러 자리를 피했다.

"왜 자꾸 이런 꿈을 꾸는 거야."

브레인포스는 절망스러운 목소리로 말했다.

매일 밤이면 반복되는 꿈.

자신이 흉측한 모습의 괴물로 변하고 팔다리가 마구 일그러져 있다. 몸체는 본인의 몇 배나 더 커진 모습이다.

본인임에 틀림없지만, 소름이 돋을 정도로 끔찍한 모습이다.

"내가 그럴 리가 없잖아."

물을 벌컥벌컥 마시며 창밖을 내다봤다.

고요한 베다행성.

브레인포스는 꿈에서 보았던 장면, 장면들을 겹쳐본다.

커다란 괴물이 된 자신의 모습. 베다행성을 짓밟으며 희미한 미소를 흘리던 자신.

브레인포스는 갑자기 산소가 부족한 것처럼 숨이 가빠오는 것을 느낀다.

"말도 안 돼."

침대에서 몸을 뒤척이고 또 뒤척여보지만, 잠은 쉽사리 오지 않는다.

"무슨 일 있는 거니?"

지상한 목소리로 트레디가 물었다.

"아니에요."

퀭한 눈에 수척한 모습의 브레인포스가 대답했다.

"연습도 좋지만 적당히 하는 게 건강에 좋아."

트레디는 걱정스러운 얼굴로 브레인포스의 어깨에 손을 올렸다.

"네."

브레인포스는 초점이 없는 눈동자로 대답했다.

"크로노스여!"

"네, 절대자 성하!"

총통 크로노스는 절대자의 부름을 받고 회의실로 들어섰다. 홀로그램으로 모습을 드러낸 절대자. 검은 그림자에 번뜩이는 눈빛이 방안 가득 퍼진다. 크로노스 총통은 힐긋힐긋 바라볼 뿐, 절대자와 제대로 눈을 맞추지 못한다.

"나는 이미 오랜 시간을 주었다. 언제까지 나를 더 기다리게 할 셈인가."

크로노스는 고개를 숙인 채 아무런 대꾸도 하지 못했다. 검은 방안에는 음습한 어둠의 기운만이 가득했다.

"크로노스여."

"네, 절대자 성하!"

목소리에 힘을 주어 대답했다.

"나의 인내력은 이미 한계에 도달하려고 한다. 너는 중간계 은하의 정복을 서둘러야 할 것이다."

작은 목소리였지만, 그를 향한 칼날 같은 위협이 담겨 있었다.

"네. 절대자 성하의 분부대로 중간계 은하를 정복하기 위한 준비가 이미 최종단계에 도달해 있는 상황입니다."

"확실한가?"

검은 그림자는 작게 떨렸다. 절대자는 기쁘다는 듯이, 어깨를 살짝 움직였다.

"네. 조금만 더 기다려 주시면 중간계 은하를 절대자 성하님의 발밑으로 가져오겠습니다."

"하루 속히 중간계 은하를 내게 바치는 순간을 기대하고 있겠다."

"팟!"

절대자의 모습이 사라지고, 방안은 어둠으로 잠식되었다.

크로노스는 자신의 방으로 돌아가 비서를 찾았다.

"찾으셨습니까?"

"중간계 은하 정복 전쟁을 위한 사전 준비가 어떻게 되고 있느냐."

격노한 목소리로 소리쳤다.

"바로 확인해 보겠습니다."

비서는 바짝 긴장한 목소리로 말했다.

"빨리 알아보란 말이다!"

크로노스는 책상 앞에 놓은 서류를 비서의 얼굴을 향해 집어 던졌다.

"얼른 알아 봐."

비서의 얼굴에서는 핏방울이 작게 방울져 떨어졌다. 몇 분 지나지 않아, 한쪽 손으로 얼굴을 가린 비서가 방으로 들어섰다.

"알아 봤느냐."

고압적인 크로노스의 목소리에 비서는 에레보스 정보국장의 보고가 있다고 전했다.

"연결하라."

화면에 모습을 드러낸 에레보스. 우람한 체격에 각진 얼굴형을 갖고 있다.

"아버님. 에레보스입니다."

"그래. 아들아, 베다행성에 대한 특수정보작전은 어떻게 되어가고 있느냐."

"물론, 보고드린 계획대로 완벽하게 준비되었습니다."

"그래. 수고했다."

크로노스는 비서에게 얼굴을 돌렸다.

"지금 즉시 바이오군단장, 기계군단장, 총참모장을 부르도록 하라.

절대자 성하의 의지를 알릴 때가 왔다."

"네. 총통 각하."

비서의 몸이 바삐 빠져 나갔다.

"아버님. 이제 시작입니까?"

스크린에서 크로노스를 바라보던 에레보스가 물었다.

"그렇다. 우선은 눈엣가시 같은 베다행성을 시작으로 한다. 너도 즉시 다크시티로 오도록 해라."

"네. 아버님."

"총통님."

"말해라."

"지금 정보국장을 비롯한 바이오군단장과 기계군단장, 총참모장이 회의실에 도착했습니다."

"알겠다. 바로 가마."

크로노스는 소파에 기대고 있던 몸을 일으켰다.

크로노스가 회의장에 모습을 드러내자, 각 기관 대장들이 몸을 일으켰다.

"이렇게 한 곳에 모이는 것도 실로 오랜만인 것 같군."

"네. 뵙고 싶었습니다."

총참모장이 대표해서 대답했다.

"오늘은 자네들에게 특별히 알릴 것이 있어 모이라고 했다."

회의장은 잠시 침묵이 흘렀다.

"절대자 성하의 의지를 이 자리에서 선포하도록 하겠다."

절대자라는 말에 모두의 이목이 집중되었다.

"중간계 은하를 정복하는 성전을 그대들에게 명령하고자 한다. 우린 먼저 베다행성을 점령한다. 반물질과 암흑에너지기술을 우리 것으로 만드는 것을 일차적인 목표로 한다. 이후, 알파 행성의 지구인들을 몰아내고 그들의 에너지 자원을 빼앗아 중간계 은하를 넘어 새로운 우주로 나갈 동력올 획보한다."

크로노스는 목소리에 힘을 주었다.

"하지만 총통 각하."

언제나 상황을 냉정하게 분석하는 바이오군단장 조지 딕시가 입을 열었다.

"말하라."

크로노스는 못마땅한 표정을 지었다.

"현재 중간계 은하를 정복하기 위해서는 베다행성을 점령해야 하는데, 그러기 위해서는 베다행성의 제1, 2방어막을 돌파해야 합니다. 현재 모선급과 스페이스급 우주선은 암흑장으로 만들어진 1방어막을 통과하기 어려운 상황입니다. 그렇기 때문에 제1방어막 외부에 모선을 두고 침투 가능한 소형 우주선을 동원해야 합니다. 또한, 거주지역의 제2방어막은 인간 신장의 두세 배 크기의 로봇 정도만 서서히 진입이 가능한 상태입니다. 포탄이나 속도를 가진 비행물체도 진입이 불가능하게 가동되고 있습니다. 여러 대의 모선이나 10여 대의 스페이스급 주포의 화력을 집중하면 물론 일시적인 파괴는 가능합니다. 하지만 빠르게 복원이 가능하기 때문에, 진입하여 완전하게 장악하기 위해서는 약 1,000만 정도의 사이보그 기계 병사가 필요합니다. 하지만 현재는 그 숫자가 많이 부족한 상황입니다."

"그런 상황은 걱정하지 마라!"

"네, 어떻게?"

바이오군단장 조지 딕시가 당황해하며 물었다.

"전쟁을 치르면서 생산을 서두르면 된다. 현재 절대자 성하께서 시간이 지체되어 몹시 화가 나신 상황이다."

"그래도 완벽한 전쟁의 승리를 위해서는 조금 더 시간이 필요합니다. 총통 각하!"

조지 딕시가 고개를 숙였다.

"다른 이들의 생각도 마찬가지인가?"

크로노스는 다른 기관장들을 돌아보며 물었다.

"제 생각은 크로노스 총통 각하와 같습니다."

기계군단장 오버머신이 입을 열었다.

"그래? 자네 생각을 말해 보게나."

"현재 병력이 부족하다고는 하나, 부족한 병력은 상인연합에서 조달하는 방향으로 하면 된다고 생각합니다. 그들에게 위협을 가하면 그들도 어쩔 수 없이 기계 병사제조 물자를 제공하게 되고, 이는 조기 생산으로 이어질 것입니다."

'쥐새끼 같은 놈.'

조지 딕시는 오버머신을 보며 속으로 말했다.

"그래. 자네 생각이 옳다. 그럼 속히 준비를 시작하도록 하라!"

"넵!"

모두 힘차게 대답했지만, 바이오군단장 조지 딕시의 얼굴은 굳어 있었다.

매일 계속되는 훈련과 훈련. 요기는 다섯 명의 전사들의 훈련하는 모습을 스크린을 통해 확인하고 있다.

"다섯 전사들이 수련을 쌓은 지 얼마나 되었지?"

요기의 질문에, 마야 수행인은 "오늘로 딱 세 달입니다." 하고 대답했다.

"세 달, 세 달이란 시간이 무색할 정도로 실력들이 많이 늘었네."

마야 수행인이 고개를 스크린으로 돌리자, 다섯 전사의 모습이 보인다. 덕만은 충격파를 이용해 하늘에 떠 있는 2전사 아이런을 지상으로 떨어뜨린다.

"자꾸 이러지 말라니까."

볼에 바람을 넣으며 아이런은 툴툴거린다.

"잠깐만, 이거 불 좀 꺼 달라고."

덕만은 소리 내어 웃고는 앞에 나무를 향해, 하~얏! 기합을 냈다. 덕만의 번개로 나무가 힘없이 쓰러진다.

"차~"

사라의 기합과 함께 순식간에 활활 타오르는 나무를 아이런이 얼어 버리게 만든다.

"더워, 더워, 더워 죽겠어."

이럴 때 보면 아이린은 영락없는 막내 동생이다. 투정이 심한 막내 동생. 장난기 많은 아이린의 영상에 요기 역시 미소를 짓는다. 한창 머리를 감고 있는 샤워기를 얼려 당황하게 만들고, 베다인이 걷는 길을 얼려 버려 엉덩방아를 찧게 만든다. 요기는 이내 즐거운 웃음을 멈추고 검게 드리워진 밤하늘을 바라보며 먹먹한 표정을 지었다.

"곧, 이제 곧 다가올 테지."

1전사 브레인포스의 수준은 어느덧 참모들의 뇌를 지배하는 수준으로 올랐다. 일반 병사의 뇌를 조종하는 것은 브레인포스에게 매우 간단한 일이었다. 수행비서의 뇌를 조종해 음식을 바닥에 놓게 만들고, 경비병들의 뇌로 슬며시 스며들어 허공으로 창을 찌르게 만드는가 하면, 갑자기 앉았다 일어나기를 반복적으로 시킨다. 브레인포스가 타인의 뇌를 지배하는 수준은 이전과 비교할 수 없을 정도로 월등히 향상되었다.

"내가 왜 이러지?"

브레인포스의 염력에서 풀려난 경비병은 어리둥절한 표정으로 좌우를 살폈다.

"이상하네."

자신의 행동에 이해할 수 없다는 듯, 경비병은 머리를 연신 흔든다. 브레인포스는 야릇한 미소로 경비병을 바라본다.

"이제 조금만 더 훈련하면 완벽해질 수 있어."

브레인포스는 침대에 팔짱을 끼고 눈을 감았다.

다섯 전사의 훈련은 매일 강도를 더해간다. 어스름이 피어오르면 다섯은 숙소로 향하고, 보랏빛으로 물든 새벽하늘 아래 훈련장으로 누가 먼저랄 것도 없이 모습을 보인다. 함께 모여 기초체력 관리를 시작하는 아침훈련부터, 개인적 역량을 다지는 저녁훈련. 훈련이 끝나고 난 늦은 밤이면 다섯 전사는 씻을 기운도 없이 그대로 쓰러져 잠이 든다.

특히 다섯 전사 중 훈련대장을 맡고 있는 트레디는 활력적으로 임하는 전사들과의 훈련이 끝나면 입조차 뗄 수 없을 정도로 녹초가 된다. 나이는 속일 수 없다는 말처럼, 트레디는 젊은 전사들의 기운에는 당해낼 재간이 없다.

다섯의 얼굴은 몸의 열기로 붉게 달아오르지만, 누구 하나 힘든 내색을 보이지 않는다. 훈련하는 게 마냥 즐거운 다섯 전사의 힘든 표정 뒤에는 만족감이 물들어 있다. 그러한 만족감이 하루도 거르지 않고 훈련장으로 다섯 전사를 이끌게 만드는 원동력이 되어 주고 있다.

다섯 전사의 공중비행 능력은 날이 갈수록 향상된 실력을 보였다. 걷고, 뛰어 훈련장을 찾던 모습은 더 이상 찾아볼 수 없다. 다섯 명의 전사는 능숙하게 하늘을 가르고 나타나 훈련장으로 안전하게 착지한다.

"좋은 아침."

트레디는 다섯 전사를 향해 아침인사를 건넸다. 고된 훈련으로 모두 지친 표정이지만 아이런은 혼자 힘에 넘치는지 아침부터 주절주절 말이 많다.

"어제 꿈에 말이지."

꿈에서 베다행성으로 침입한 악당 무리를 혼자 힘으로 모두 얼려 버렸다는 아이런. 매일 아침이면 꿈 얘기로 하루를 시작하는 아이런의 말에 누구 하나 집중해서 듣는 전사는 없다.

"너는 매일 꿈 타령이냐!"

제1전사 브레인포스는 아이런의 머리를 가볍게 쥐어박았다.

"아야. 이게 진짜."

아이런은 콧잔등을 움찔하며 브레인포스를 노려보며 말했다.

"자, 자! 장난은 그만치고, 오늘은 요기 님의 전달사항이 있다."

트레디의 낮은 목소리에 네 명의 전사가 고개를 돌렸다.

"오늘은 요기 님의 지시로 훈련장이 아닌 다른 곳에서 훈련이 진행될 거야."

"어디서 훈련을 하는 거죠?"

잔뜩 기합이 들어간 목소리로 사라가 물었다.

"그건 따라와 보면 알게 될 테니까, 다들 훈련 갈 준비를 하도록."

"네."

모두 하나같이 재빠른 동작으로 훈련장 한편에 마련된 대기실로 몸을 옮겼다.

잠시 후, 슈트로 옷을 갈아입은 네 명의 전사 사이로 가슴을 뒤로 젖힌 특유의 느긋한 걸음걸이의 트레디가 모습을 보였다.

"그럼 출발할까?"

다섯 전사는 트레디를 필두로 하늘로 몸을 띄우기 시작했다.

"어디로 가는 걸까?"

아이런은 덕만의 옆에서 나란히 비행하며 물었다.

"글쎄."

"오늘도 재미있었으면 좋겠다."

"그러게 말이야."

덕만은 씨익 웃어 보이고는 속도를 올려 앞서가는 사라를 쫓았다.

"같이 가."

아이런 역시 속도를 올려 덕만을 따라 잡으려 하지만, 덕만과의 거리가 쉽사리 좁혀지지 않는다.

"언제 저렇게 빨라졌담."

아이런은 뒤에서 고개를 갸웃거렸다.

"사라 안녕?"

덕만은 사라 곁으로 몸을 붙이고는 활짝 웃어 보였다. 사라는 덕만을 힐긋 바라보지만 대꾸하지 않고 속력을 높였다. 덕만은 그에 뒤질세라 사라의 뒤를 쫓아 속력을 냈다.

"무슨 일 있어?"

어제까지 웃으며 덕만과 함께 농담을 했던 사라의 냉담해진 모습을 덕만은 도무지 이해할 수 없었다.

"몰라."

사라는 덕만을 떨쳐내려는 듯 왼쪽 어깨를 기울여 속력을 높이며 하강했다, 다시 하늘로 솟아오른다.

"뭐가 문제지."

덕만은 뒤에서 킥킥대는 아이런을 보며, 살짝 어깨를 치켜 올렸다가 내렸다. 사라와 덕만의 뒤에서 조용히 비행을 하는 브레인포스. 눈썹을 치켜뜨고는 무언가 마음에 들지 않는 표정으로 앞서 비행하는 다른 전사들의 발뒤축을 바라본다.

"자, 여기다."

빠른 속도로 비행을 하던 트레디는 순간 몸을 멈추고 공중에 똑바로 선 채로 지면을 손가락을 가리켰다. 허허벌판, 황무지나 다름없는 공간. 베다행성의 가장 큰 도시인 프리덤 메가 시티 외곽에서도 한참 떨어진 황량한 불모지로 종생들이 살지 않는 곳이다. 온기나 활기와 동떨어진 공간은 으스스한 느낌이다.

"여기요?"

사라는 약간 당황한 목소리로 물었다.

"그래, 모두 내려가자."

"재미있겠다."

아이런은 허벅지에 양손을 붙이고 땅으로 몸을 기울여 속력을 높였다.

바닥에 발을 딛고 서자, 뿌연 모래바람이 다섯 전사의 몸을 휘감는다. 자욱한 모래 안개 속에서 얇고 경쾌한 목소리가 울렸다.

"아침부터 이곳까지 오시느라 고생이 많으셨습니다."

모래바람이 걷히자 익숙한 목소리의 주인공이 모습을 드러냈다. 바로 마야 수행인.

"앗, 오랜만이다."

덕만은 신이 난 목소리로 오래간만에 만난 마야를 향해 손을 흔들었

다. 마야는 살며시 미소 짓고는,

"요기님의 지시로 여러분을 이곳에 모시게 되었습니다."

트레디도 자세한 내용은 모르는지 마야의 목소리에 귀를 기울였다.

"오늘부터 여러분은 배정받은 로봇을 이용해 본격적으로 훈련에 들어갈 예정입니다. 자신의 초능력을 극대화시킬 수 있는 로봇인 만큼 여러분의 노력 여하에 따라 로봇의 기능이 더욱 향상될 수 있으니 이점 명심하시기 바랍니다. 자 그럼, 로봇에 모두 탑승해 주시기 바랍니다."

광활한 사막과도 같은 공간. 로봇은 그림자도 보이지 않았다. 다섯 전사는 무슨 소리를 하고 있냐는 표정으로 마야를 바라봤다. 이런 다섯 전사의 마음을 읽었다는 듯이 곧이어 로봇들이 땅속에서 솟아오르기 시작했다. 로봇의 몸체를 스르르 미끄러져 흐르는 모래는 작은 모래 바람을 일으켰다.

"그럼, 1전사 브레인포스부터 로봇에 탑승하시기 바랍니다."

"네."

브레인포스는 담담하게 대답하고는 서서히 공중으로 떠오르며 로봇 위로 올랐다.

"자! 자신의 로봇에 다음 전사 분들도 탑승하시면 됩니다. 그리고 덕만 씨는 오늘 썬더맨 로봇 1호기에 탑승해서 훈련을 실시하시면 됩니다."

"네."

덕만은 이유 없이 동요되는 기분을 느꼈다. 가슴이 술렁였다. 드디어 로봇과 자신이 하나가 된다는 느낌은 약간 난처하면서도 기분 좋은 떨림이었다. 다섯 명의 전사는 로봇 가슴의 둥그런 원형의 홈 스테이션 안으로 몸을 실었다. 작아 보였던 공간은 안으로 들어가자 몸을 자유자재로 움직일 수 있을 만큼 넉넉하고 안락한 공간이었다. 베다행성의 첨단기술이 집약되어 만들어진 차원 확장 공간으로 자신의 뇌파로 거대로봇과 일체화되어 움직일 수 있도록 만들어진 초능력 공간이자, 전사들을 보호하는 안전 공간이다.

"로봇에 탑승한 여러분!"

마야는 목소리를 높였다. 차원 확장 공간 속의 다섯 전사들에게는 바로 귀밑에서 속삭이는 것처럼 또렷하게 들렸다. 로봇의 조정석 안은 낯선 장비들이 발하는 불빛들로 반짝였다.

"여러분의 시선 정면에 눈금과 각종 숫자들로 표시된 홀로그램 계기 판이 보일 것입니다. 모든 것은 무선과 뇌파로 연결됩니다. 그리고 중앙 바닥에 보이는 파란색의 결합 기구가 보일 텐데요. 이 결합 기구를 발끝에 대면 바로 연결되고 본인의 로봇과 일체화되어 원하는 동작을 인지시키고 조정을 가능하게 만들어 줍니다."

"그럼 결합 기구에 발끝에 위치한 벨트를 연결한 후에 진행하도록 하겠습니다. 단순하게 신발을 신는다는 생각으로 가볍게 결합하시면 됩니다."

로봇에 탑승한 다섯 전사는 홀로그램 화면을 통해 나타난 마야의 지시에 따라 발끝에 결합 기구를 연결했다. 마야는 자신의 연락 로봇 인 꼬마 마야를 통해 다섯 전사들과 접속되어 있었다.

모두 결합 기구를 연결했다. 전사들과 기구의 합체가 끝나자, 감겨 있던 로봇의 눈에 파란색의 불빛이 들어왔다. 로봇 안의 조종석은 초록의 불빛으로 환해졌다. 내부가 한낮처럼 밝게 빛났다.

"로봇과 여러분이 연결되는 순간, 여러분과 로봇은 하나라고 생각하시면 됩니다. 기존에 여러분이 부여받은 초능력은 로봇과 함께하는 순간, 수십 배에서 수백 배까지 증폭되어 엄청난 위력을 과시하게 됩니다."

"그래? 한 번 실험해 볼까?"

덕만은 앞에 위치한 언덕만 한 크기의 바위를 향해 손을 뻗었다.

"하~얏!"

바위는 덕만이 쏘아올린 번개에 산산조각 나며 흔적도 없이 사라졌다.

"정말 대단한데."

덕만은 눈앞에 먼지가 되어 버린 바위에 본인 스스로도 놀라 눈이 커졌다.

"아직 제 설명이 끝나기 전에 자신의 능력을 사용하지 말아주시기 바랍니다."

마야가 단호한 목소리로 말했다. 로봇 안의 덕만은 머쓱한 표정으로 머리를 긁적였다. 덕만의 행동에 로봇은 크고 우람한 손으로 자신의 머리를 긁적이며 덕만의 행동을 따라했다.

"우와, 신기하네."

아이런은 덕만의 로봇이 움직이는 모습을 보고는, 로봇 안에서 깡충 깡충 제자리에서 뛰었다. 쿵, 쿵. 아이런의 행동에 로봇이 위아래로 크게 점프를 뛰어 땅을 울리게 만들었다.

"아이런!"

마야는 매서운 시선으로 아이런을 바라봤다.

"아직 로봇의 기능에 대해 완전히 파악하지 못한 상태에서 함부로 행동하지 말아주세요. 로봇에 탑승한 여러분의 작은 행동 하나에도 큰 사고로 이어질 수 있습니다. 이점 명심, 또 명심해 주시기 바랍니다."

"네."

아이런은 기가 죽은 목소리로 대답했다.

"그럼 이어서 설명해 드리도록 하겠습니다."

마야는 로봇의 작동 방법과 요령에 대해 설명하기 시작했다.

"보통 로봇을 조종하기 위해서는 조종판에 발을 고정하고 서서 하는 것이 기본적인 로봇 조종의 원칙입니다. 그런데 다소 예외의 경우가 있습니다. 뒤쪽을 한 번 보시기 바랍니다."

마야의 지시에 로봇에 탑승한 다섯 전사는 자신의 뒤편으로 저마다 고개를 돌렸다. 손잡이가 있는 딱딱하고 무거운 느낌을 주는 검정색의 의자는 몸을 휘감고도 남을 정도로 크기가 컸다.

"뒤에 마련된 의자는 장거리 이동 및 선택 비행을 할 경우에, 좌석에 앉아 로봇을 뇌파로 조종하거나 프로그램 자동 조정 혹은 수동으로 조정하는 공간입니다."

의자의 주변에는 투명한 특수 화면으로 로봇을 조종할 수 있는 다양한 그림과 글자, 홀로그램 화면들로 빼곡하다.

"로봇은 기체를 통한 교신과 조정을 자동 혹은 수동으로 가능케 만들었습니다. 로봇을 동작하는 데 있어서 뇌파를 일체화하여 로봇을 조정하는 것이 가장 좋은 방법입니다. 하지만 불가항력적인 경우를 대비하여 만든 공간이니, 수동으로 로봇을 작동하는 방법 또한 확실하게 익혀두셔야 할 것입니다."

"불가항력적인 상황이란 어떤 경우를 말하는 거죠?"

브레인포스가 물었다.

"전시의 상황에 전투로 인해 로봇이 파손되고, 회로가 망가지는 경우가 생길 수 있습니다. 또는 조종사가 뇌파를 쓸 수 없는 경우에도 수동으로 로봇을 작동해야 할 것입니다."

"회로가 손상되어도 로봇이 움직일 수 있다는 말인가요?"

덕만은 로봇 안을 두리번거렸다. 로봇에서 바라보는 세상은 누군가 일부러 작게 만들어 놓은 공간처럼 보였다. 로봇들 앞에 서서 당당하게 말하는 마야는 체스판의 체스말처럼 작아 보였다.

"회로가 손상되면 로봇의 공격기능은 감소 또는 손실됩니다. 공격기능은 상실되지만, 수동으로 움직임을 조작할 수 있기 때문에 위험에 빠진 공간에서 빠져나올 수 있습니다."

로봇에 탑승한 다섯 전사가 고개를 끄덕이자, 다섯 전사의 행동을 따라 로봇 다섯이 일제히 고개를 끄덕였다.

"풋."

마야는 자신도 모르게 살짝 웃음이 삐져나왔다. 마야는 다시 엄격한 표정으로 바꾸고는 설명을 이어갔다.

"앞으로 로봇훈련은 이곳에서 실시하시면 됩니다. 기존의 훈련장은 주변에 이웃하고 있는 베다행성 주민들에게 피해를 줄 수 있는 염려가 있기 때문에, 사람들이 거주하지 않는 지금의 이 지역을 훈련장소로 요기 님이 선정해 주셨습니다. 그럼 앞으로 열심히 훈련에 임해 주시기 바랍니다."

"네."

다섯 전사의 목소리를 뒤로 하고, 마야는 이동캡슐로 올랐다.

"요기 님께서는 여러분들이 로봇에 탑승하기 전, 외부에서부터 이미 뇌파를 일체화 할 수 있도록 하는 훈련을 우선 하도록 했습니다. 뿐만 아니라, 자신의 꼬마로봇을 통하여 수십 킬로미터 밖에서 일체화하여 로봇을 불러올 수 있도록 하는 것도 가능해야 합니다."

이동캡슐 속의 마야는 다시 한 번 다섯 전사에게 새로운 임무를 전달하였다.

"아, 피곤해."

아이런은 하품을 늘어지게 했다. 황무지뿐인 공간에 있는 것만으로도 힘이 빠져나가는 기분이었다.

"오늘은 여기까지만 하고 쉬고 싶어요. 트레디."

아이런은 무선 통신을 통해 트레디에게 말했다.

"하하하, 그래. 그럼 오늘은 이쯤에서 그만할까?"

"덕만아."

트레디는 덕만을 불렀다.

"네."

덕만이 숨이 턱까지 차오르는 목소리로 대답했다.

"오늘은 그만 쉬는 게 어떨까 싶은데."

"잠시만요. 제 동작 좀 봐 주세요."

덕만의 팔짓에 따라 썬더맨 1호기는 빠르게 손을 허공으로 내지른다.

"그래, 좋구나."

덕만은 다리에 힘을 실어 앞으로 내달렸다. 쿵쿵, 소리가 울려대며 썬더맨 1호기가 앞으로 번개처럼 달려 나가기 시작했다.

"노력한 결실이 조금씩 보이는 것 같구나, 덕만아."

트레디는 덕만을 격려했다.

"몰라, 나는 이제 그만 들어가서 쉴래요."

아이런은 등을 휙 돌렸다.

"아이런은 재능은 뛰어난데, 노력을 너무 하지 않아."

사라는 파이어걸 로봇 안에서 혼자 중얼거렸다.

"그에 비교하면 쟤는…."

시라는 열심히 훈련에 몰두하는 덕만을 바라봤다.

"진정한 노력파라는 게 덕만이 같은 애를 두고 하는 말인가."

사라는 고개를 갸웃했다. 계속되는 훈련으로 몸도, 마음도 지쳐있는 사라였다. 하지만 덕만의 모습을 보는 순간, 가슴에서 뜨거운 무언가가 올라오는 기분을 느낄 수 있었다. 그건 바로 경쟁심이었다. 덕만에게 뒤처지지 않겠다는 경쟁심. 그리고 또 다른 이면에는 그의 근성을 존경하는 아주 작은 씨앗의 불씨가 사라의 가슴을 밝히고 있었다.

"사라, 힘들지 않아?"

"너 걱정이나 해."

사라는 일부러 더욱 퉁명스럽게 말했다. 하루, 하루 발전해 가는 덕만의 모습이 대견해 보이기도 하지만, 다른 한편으로는 불안한 마음이 드는 것이 사실이었다. 누구보다 원하고, 또 원해서 올라올 수 있었던 다섯 전사의 자리. 그녀는 다섯 전사 중에서 가장 탁월하고 유연한 동작으로 베다에 도움이 되는 파이어걸이 되고 싶었다.

황무지 지평선으로 서서히 날이 기울어진다. 주황빛에서 회색으로 물들어 가는 풍경에도 사라와 덕만은 개의치 않고 훈련에 몰두했다.

후끈한 바람이 불어오는 뜨거운 낮의 한 중간. 사막의 한가운데에서 덕만과 사라가 노려보고 서 있다. 사라는 파이어걸 로봇에, 덕만은 썬더맨 로봇 1호기에 몸을 싣고 있었다.

"지구인, 얼마나 실력이 늘었는지 볼까."

파이어걸 로봇 안에서 사라는 혼잣말을 했다. 지구인이 자신보다 실력이 높다는 것은 있을 수도 없는 일이라고 생각했다.

"이야!"

사라는 증폭된 화룡포를 거침없이 썬더맨의 가슴을 향해 날렸다. 선혈처럼 붉게 물들어 있는 화룡이 사막의 하늘에 안기려는 모습으로 덕만을 향해 날아들었다. 미처 피할 수도 없이, 덕만은 뜨거운 화력을 온몸으로 받아내야 했다.

"크윽."

한쪽 무릎을 바닥에 떨어뜨렸다.

"겨우 그 정도야?"

사라의 목소리가 공허한 사막에 울려 퍼졌다.

"아니, 기다려!"

썬더맨은 무릎에 팔을 올리고는 몸을 일으켰다.

"기대해도 좋을 거야."

덕만은 입술을 질끈 깨물었다.

"번개 공격을 받아라!"

2개의 번개칼이 합체한 거대한 번개검으로 증폭된 번개파가 하늘을 쪼개며 사라의 파이어걸 로봇을 강타했다.

"꽈, 꽝!"

파이어걸은 방패를 들고 꼿꼿하게 서 있었다. 어느새 덕만의 코앞까지 사라는 접근해 있었다.

"아직 넌 멀었어!"

사라는 크게 주먹을 휘둘러 썬더맨의 얼굴을 가격했다. 그리고 두 사람의 난타전이 이어졌다. 난타전은 일방적인 사라의 우세였다.

"어디를 도망가."

썬더맨은 몸을 띄워 공중으로 날아갔다. 사라와 거리를 유지하고 번개 공격을 할 심산이었다.

"덕만! 넌 아직도 부족해. 초능력을 좀 더 사용해 보란 말이야!"

사라는 거침없이 덕만을 향해 말했다. 사라의 말이 끝나기 무섭게 덕만은 광자포를 사라에게 쏘았다.

"콰콰쾅!"

모래의 소용돌이 속으로 빨려 들어가며, 번개파가 파이어걸을 뒤덮었다.

"한 번 더!"

"콰콰쾅!"

덕만은 사라를 향해 광자포를 연속해서 발포했다.

"하하하, 어때? 이래도 내가 부족해?"

덕만은 기세등등하게 말했다.

"히야!"

어느새 썬더맨 뒷덜미로 날아오른 파이어걸은, 방패로 썬더맨의 머리를 향해 크게 휘둘렀다. 썬더맨은 공중에서 비틀거리며 무게 중심을 잡지 못했다. 이 타이밍을 놓칠 리 없는 사라가 다시 한 번 방패로 썬더맨의 머리를 찍어 눌렀다.

"으아악!"

덕만은 바닥으로 내동댕이쳐졌다.

"쿵쿵!"

바닥에 쓰러진 썬더맨 로봇은 하늘을 보고 누웠다.

"어떻게 된 거야?"

"방심은 금물이라는 말 몰라?"

사라는 비웃듯이 말하고는,

"방심하면 큰 코 다친다는 걸 깨달아야 할 거야."

덕만은 겸연쩍은 표정으로 파이어걸 로봇을 올려봤다.

"언제까지 뜨거운 모래 위에 누워 있을 거야? 이번에는 2호기 훈련이야."

"1호기에서 2호기로 순간이동하여 탑승하는 것부터 시작한다!"

사라는 의욕 넘치게 말했다.

프리덤 메가시티에서도 멀리 떨어진 통제 구역. 그 가운데 우두커니 서 있는 썬더맨 1, 2, 3호기. 컴컴한 어둠 속에서 덕만은 홀로 로봇 조종에 열을 올리고 있다.

"이얍!"

1호기에 탑승한 덕만은 재빠른 동작으로 번개검을 뽑아 땅 위로 내리친다. 땅은 크게 갈라지며 층층이 겹을 이루고 있는 지층의 속살을 내어 보인다. 누런 흙먼지 사이로 번개를 내리치고, 재빨리 광자포를 잡고 뒤로 빠지면서 바닥 한 지점으로 포를 발사한다. 쿠쿠쿵, 갈라진 땅을 비집고 올라온 바위들은 흔적도 없이 사라지고 땅에 둥그런 원형 모양으로 구멍이 움푹 파인다.

1호기에시 2호기로 넉만은 순간적으로 몸을 옮기고 2개의 대형 광자포를 거치한 채 사격을 실시한다. 대형 광자폭탄을 전방을 향해 여러 발을 한 번에 날린다. 빨간 포물선을 그리며 앞을 향해 날아가는 광자포. 광자포가 날아든 지역은 그야말로 일순간에 초토화된다. 흔적도 없이 그곳에 자리 잡고 있던 바위와 언덕, 호수마저 사라지게 만든다. 잠시 후, 칠지도를 손에 든 2호기는 거대한 검파를 휘둘러 사방으로 번개파를 날린다.

칠지도로 연달아 휘두르다 착검하고 2호기에서 3호기로 몸을 옮긴 덕만. 덕만은 광선검으로 목표한 다섯 개의 바위를 단번에 공격하고, 회수하기를 반복한다. 나무는 덕만의 움직임에 힘없이 잘려 버린다. 하늘로 높이 몸을 띄웠다, 다시 착지하며 방패로 로봇의 몸을 감싸는 동작을 계속적으로 반복하는 덕만. 덕만은 전시에 로봇의 몸을 효과적으로 보호하기 위해서는 방패를 자유자재로 사용할 수 있어야 한다는 결론을 내렸다.

3전사, 그리고 로봇 세 대를 부여받은 자신에게 주어진 임무가 막중하다는 사실을 덕만은 스스로 깨닫고 있었다. 2개의 방패로 자신의 몸을 감싸고, 가상이 적으로 날아드는 포탄을 막는 이미지 트레이닝을 쉼 없이 반복, 또 반복한다. 방패로 방어하는 순간에도 12개의 광선검이 동시에 날아가고 쉴 새 없이 차례차례 회수된다.

방어와 공격은 동시에 이루어진다. 3호기는 드론이나 다수의 적을 상대할 때 최고의 힘을 발휘한다. 순식간에 장착되는 광자총은 원거리 표적을 추적하여 목표추적 사격을 가한다. 근접하는 적에게는 광선검을 휘두르거나 광자총 상부에 길게 박힌 세형 검으로 근접 공격하거나 번개파를 날린다.

쿵, 쿵, 쿵. 덕만은 날아드는 가상의 포탄을 생각하며, 움직이고 또 움직인다. 지겨운 반복에 지칠 만도 하지만 더욱 힘을 낸다. 자신의 몸처럼 자유롭게 로봇을 다루는 나머지 네 명의 전사들을 생각하면 자신의 실력이 얼마나 미흡한지 한숨마저 나올 지경이다. 마음대로 로봇이 움직이지 않자, 심지 굳은 덕만도 조금씩 지치고 못난 스스로에게 화가 나기 시작했다.

"왜 나한테 세 대나 로봇을 쥐어줘서, 이런 시련을 주는 거야!"

짜증 섞인 목소리로 하늘을 향해 누운 채로 덕만은 소리쳤다. 자신에게 주어진 세 대의 로봇이 앞으로 얼마나 큰 도움이 될지 상상도 못한 채 마음대로 움직이지 않는 로봇이 원망스러울 뿐이다. 3호기에서 몸을 빼내어 1호기로 이동한 덕만. 1호기에 탑승한 덕만은 번번이 실패를 거듭했던 세 대 로봇이 동시에 움직이도록 다시 시도해 본다.

'이번에는 제발!'

덕만은 마음속으로 두 손 모아 기도를 하고는, 조종 공간의 스피커를 향해 소리쳤다.

"자, 썬더맨 모두 앞으로 나가자!"

덕만의 목소리에 힘차게 뛰어나가는 1호기. 그 뒤를 주춤거리며 따르는 2호기와 3호기.

"됐다. 됐어!"

기쁨도 잠시, 몇 걸음 떼지 못하고 그 자리에서 얼어붙기라도 한 듯 꼼짝하지 않는다.

"왜 안 되는 거야! 도대체 왜."

덕민은 질망적인 심정으로 광활한 벌판 위에서 소리쳤다. 매섭게 불어오는 바람소리만 휭휭하게 울릴 뿐, 덕만의 마음을 이해해 줄 사람은 곁에 어느 누구도 없다.

"휴."

덕만은 썬더맨 로봇에서 빠져나와 바닥에 누웠다.

"어떻게 해야지 썬더맨을 내 마음처럼 움직이게 할 수 있을까."

지쳐있는 덕만의 귓가에 하늘을 가로지르는 기계소리가 들렸다. 몸을 일으켜서 확인하자, 사라의 소형로봇이 덕만의 곁으로 다가왔다. 뭐지, 하는 생각으로 덕만은 로봇을 살짝 쓰다듬었다. 귀여운 양 모양이 새침한 표정을 할 때의 사라와 닮아 있었다.

"덕만, 고생이 많지. 세 대를 조정한다는 게 쉬운 일은 아닐 거야. 힘내."

덕만의 지친 표정에는 어느새 활기가 넘치고, 웃음꽃이 피어난다. 사라가 보낸 응원의 메시지에 덕만은 다시 한 번 기운을 차리고 썬더맨 로봇에 탑승한다.

베다행성의 장로이자 기술장을 맡고 있는 페르미 랜더는 다섯 전사를
초대해, 첨단 로봇에 대한 기술과 우주비행 등에 대한 기술을 설명했다.

　"중간계 성단은 십여 개의 은하로 이루어졌습니다. 중간계 성단은 지
구를 중심으로 하는 우리 은하군과 안드로메다 은하군의 삼각 방향
에 위치하나, 지구에서 온 썬더맨 기준으로 본다면 지구 우주력 8년
이전에는 알려지지 않은 성단으로 실제로는 국부 은하군에서 가장 큰
성단 중 하나입니다. 이 중간계 성단이 중요한 것은 성단 내부에 있는
100여 개의 초거대 블랙홀이 있고, 암흑 물질이 가장 많이 분포하는
몇 개의 거대 블랙홀 근방에서 만들어지는 웜홀은 국부 은하군의 어
디로든 이동할 수 있는 국부 은하군의 중간계이기 때문입니다. 이러한
이유로 중간계를 통한 여러 은하계 이동의 비밀을 알고 있는 암흑세력
의 절대자가 베다행성의 기술과 알파행성의 스페이스스타 등의 자원
을 노리는 것입니다."

　"베다행성의 기술이라면 무엇을 말하는 것입니까?"

　덕만의 의문에 대하여 기술장은 자세하게 설명을 한다.

　"우리의 우주는 중력을 갖는 물질(Matter)이 4.9퍼센트, 보이지는 않지
만 어디에나 존재하는 암흑 물질(Dark Matter)이 26.8퍼센트이고, 우주
팽창을 견인하는 척력을 보이는 암흑 에너지가 68.3퍼센트로 대부분
을 차지하고 있습니다. 138억 년이라는 변화와 팽창 속에서 은하계는

중간계 나선구조의 성단 내부 어디에, 거대 국부 은하군의 많은 은하와 별들 중에서도 중간계 성단 어딘가에 그 특이점이 존재한다는 것입니다. 그동안 우리 베다 기술진은 5중 중성미자 심부 레이더로 물질과 암흑 물질, 암흑 에너지와 암흑장을 분석하였으며, 1세기 전에 새롭게 0.0000001도 되지 않는 반물질까지 찾아낸 바 있습니다. 이제는 암흑 에너지를 이용한 암흑장 기술로 웜홀을 만들어서 썬더맨을 베다에까지 초대할 수 있게 된 것입니다. 물론 알파행성의 적극적인 협조와 협력을 통하여…"

"그중에서도 암흑세력이 가장 빼앗고자 하는 기술이 반물질 포집기술입니다. 물론 우리 베다행성처럼 방어막을 만드는 데 쓰기보다는 위력이 강한 반물질 폭탄을 제조하기 위한 것입니다."

잠시 숨을 고른 기술장은 암흑제국과의 전쟁은 필연적이며, 암흑제국이 욕심을 버리지 않는 한 어쩌면 영원히 지속될 것이라고 말했다.

"여러분이 탑승하는 로봇은 첨단의 소재, 그리고 조종사와 일체화하는 생체 시스템이 가장 뛰어납니다. 하지만 추가로 우리 베다행성의 최고기술인 중성미자, 즉 5단계 소립자를 사용하는 원격 스캔 기술 역시 뛰어나 잘 활용하면 행성 단위에서 최소형 비행물체까지 스캔이 가능한 첨단 기술의 결정체입니다. 잘 활용하시기 바랍니다."

덕만은 뭐가 뭔지 모르지만 대단한 기술이라는 것에 왠지 마음이 끌렸다.

브레인포스는 개인 초능력 훈련부터 몸에 이상을 느꼈다. 언제나 그랬듯이 세속되는 괴상한 꿈이 문제라고 생각했다. 자신이 괴물로 변해 버리는 꿈으로 인해 컨디션이 엉망인 것으로 여겼다. 하지만 이전과는 다르게 이상하다는 감각을 느꼈다.

브레인포스는 뇌파 조정 초능력을 과다하게 사용한 부작용은 아닐까, 혼자 의심해보기도 했다. 초능력의 사용을 줄였지만, 몸에서 느껴지는 이상한 감각은 쉬이 사라지지 않았다.

방으로 들어오자마자 침대 위에 몸을 뉘였다. 침대로 몸이 스며들어 온몸이 녹아 버리는 기분이었다. 늘어지는 몸과 지끈지끈 약하게 시작됐던 두통은 머리에 강한 전류가 흐르는 듯 깨질 것처럼 머리를 강하게 조여 온다.

점점 그 강도가 심해지는 머리의 고통. 브레인포스는 두 손으로 머리를 휘감은 채 침대에서 바닥으로 떨어졌다. 머리에 파고드는 극심한 통증 때문에 바닥에 떨어진 몸에는 어떤 고통도 느껴지지 않는다. 심해지는 고통은 육체의 작은 감각반응도 허용하지 않는다. 참고 참았던 신음이 목젖을 타고 방안으로 울려 퍼졌다.

"으아악!"

머리가 터질 것처럼 조여 오는 고통에 손에 잡히는 물건을 모두 잡아서 벽으로 던졌다. 조금이나마 머리의 고통이 덜해지기를 바라보지만 움직일수록 점점 살을 조여 파고드는 덫처럼 고통은 심해진다.

브레인포스가 위치한 숙소를 관리하는 수행비서는 브레인포스 방에서 들려오는 찢어지는 신음에 방문을 열었다. 방문을 열자, 바닥에서 머리를 쥐어 잡고 뒹굴고 있는 브레인포스의 모습이 수행비서 눈으로 들어온다. 평소 차갑고 냉정하기로 소문난 브레인포스. 그런 그가 고통에 몸부림치는 모습을 보자, 수행비서는 가슴이 철렁 내려앉는 기분이 들었다.

"무슨 일이세요?"

"아냐, 아무것도 아니야."

브레인포스는 몸을 일으켜 등을 돌리고 앉았다.

"괜찮으세요? 몸이 좋지 않으신 거 같은데요."

수행비서는 조심스럽게 브레인포스 곁으로 다가있다.

"괜찮다니까!"

브레인포스는 바르르 떨리는 목소리로 말했다.

"얼른 나가. 당장!"

"정말 괜찮으세요?"

수행비서는 브레인포스의 어깨에 손을 올렸다. 방금까지 심하게 일그러졌던, 고통에 몸부림치던 브레인포스의 얼굴을 확인하기 위해서.

"나가라고 했잖아!"

1전사 브레인포스는 염력으로 그의 목을 조른다.

"왜, 왜 그러세요."

점점 깊게 조여 오는 목 때문에 고통스러워하는 수행비서의 목소리는 작게 사그라진다.

"어디 감히 네놈이 내 몸에 손을 대. 내가 당장 꺼지라고 했지."

브레인포스는 조였던 목을 풀어주고, 염력을 이용해 수행비서를 번쩍 들어 올리고는 벽으로 내동댕이쳤다.

"쿵!"

큰 소리와 함께 벽에 부딪힌 수행비서는 정신을 잃었다. 브레인포스는 멍한 눈으로 바닥에 정신을 잃고 쓰러진 수행비서를 바라보았다. 가만히 수행비서를 바라보던 초점 잃은 눈동자는 다시 생기를 찾기 시작했다. 두통도 흐릿한 기억 저편의 일처럼 깨끗이 지워졌다.

"뭐야? 내가, 내가 왜 이러는 거야."

침대에 걸터앉아 매서운 눈길로 정신을 잃고 바닥에 널브러진 수행비서를 바라봤다. 얼음처럼 차가운 그의 눈길에서는 조금의 동정도, 연민도 느껴지지 않았다. 그냥 바닥에 떨어진 쓰레기를 보는 시선이었다.

"강해졌어. 주체할 수가 없어. 이 힘."

브레인포스는 주먹을 불끈 쥐었다. 주먹을 감싸고 하얀 안개가 피어오르며, 그의 팔을 타고 검회색의 기운이 흐른다.

"강력해지는 이 기분."

주먹을 꽉 쥐자, 손에서 피어나던 회색의 안개는 일순 사라져 버렸다. 마치 손 안으로 빨려든 것처럼. 브레인포스는 입술 끝을 양쪽으로 찢으며 만족한 미소를 지었다.

"내가 원하던, 찾던 힘이 바로 이거야."

약간의 죄책감도 느끼지 않는 브레인포스.

"으하하하하하하!"

브레인포스는 염력으로 문을 열고, 바닥에 쓰러진 수행비서를 복도 끝으로 내동댕이쳤다. 바닥에 떨어진 쓰레기를 발로 구석으로 밀어 넣는 사람처럼 그의 행동에는 거리낌이 없었다. 브레인포스의 광기 어린 눈에는 더욱 강력해진 힘에 대한 만족스러움만이 느껴졌다.

"내가 원하던 힘이야! 하하하하!"

거슬거슬한 브레인포스의 웃음소리가 건물 전체를 뒤덮었다.

"하하하하. 드디어 내가 꿈꾸던 힘이 이제야 완성되어 간다."

도시와 떨어져 인적이라고는 찾아볼 수 없는 훈련장. 훈련장의 모습은 다섯 전사가 모습을 드러냈던 처음과 많은 것이 달라졌다. 바닥은 셀 수 없을 만큼 여럿으로 갈라져 있다. 또 한쪽은 북극처럼 얼어붙어 같은 장소에 두 개의 계절이 공존하는 느낌이다. 거대한 회오리바람과 회오리바람 안을 타고 오르는 불기둥.

사라가 불을 다루고 조종하는 능력은 그야말로 일취월장했다. 불길을 길게 앞으로 나아가게 할 수도 있었고, 원하는 곳을 향해 불화살처럼 불을 쏘아낼 수도 있었다. 아이런이 꽁꽁 얼려 놓은 바위며 나무를 사라는 뜨거운 불길로 모두 녹여 버린다. 녹아내린 얼음 속의 나무는 바닥으로 쓰러진다. 뜨거운 물에 데친 야채처럼 축 늘어진 모습이다.

다섯 명의 전사들은 로봇과 하나가 된 듯 자연스럽게 자신의 능력을 십분 발휘하기 시작했다.

"덕만! 오늘 나랑 연습 삼아 한 번 붙어보면 어때?"

아이런은 손가락을 까딱거리며 덕만을 향해 손짓했다.

"쪼그만 게 까불어!"

"하~얏~!"

덕만은 번개검을 이용해 아이런에게 번개를 날렸다.

"핫!"

아이런은 그 정도는 예상했다는 듯이, 날아오는 번개를 얼려버렸다. 공중에 떠 있던 덕만의 번개는 아이런이 얼려 버리자 힘없이 바닥으로 툭하고 떨어졌다.

"어쭈."

덕만은 진짜 힘을 실어볼까, 하는 생각으로 광선검을 뽑아 들었다. 푸른색으로 빛나는 광선검은 햇살 아래 아름답게 빛났다.

"너희들, 뭣들 하는 게냐."

4전사 트레디의 목소리에 달려들려고 준비하고 있던 덕만과 아이런은 몸에 힘을 뺐다.

"오늘은 이쯤에서 그만하지 뭐."

아이런은 콧바람을 풀풀 풍기며 등을 돌렸다.

"오늘은 이쯤에서 봐주지 뭐."

덕만 역시 볼멘소리로 대답하고는 등을 돌렸다. 아이런과 덕만, 둘은 다섯 전사 중에서 가장 친한 사이기도 하지만 라이벌 관계이기도 하다. 덕만은 아이런을 막냇동생쯤으로 생각하고 예뻐하지만, 아이런은 다르다. 자신보다 월등히 낮았던, 그것도 지구인인 덕만의 실력이 날로 향상되는 모습을 보고 있자니 은근히 부아가 치밀어 올랐다.

아이런은 본인이 덕만에 비해 열심히 훈련을 그리고 초능력 연습을 한다고 생각했다. 그런데 날로 늘어가는 덕만의 실력이 자신을 굉장히 초라하고 작아지게 만든다는 생각에 참을 수가 없었다. 이는 비단 아이런만의 모습이 아니었다. 사라와 브레인포스 역시 하루가 다르게 발전하는 덕만이 은근히 신경 쓰였다. 브레인포스는 늘 밝게 주변 사람들과 어울리는 덕만의 모습도 못마땅하게 여기고 있다.

지구인, 지구인.

지구인이 베다행성의 영광스러운 다섯 전사의 한자리를 차지하고 있는 것부터 브레인포스는 마음에 들지 않는 것이다. 파르스름해지며 하얗게 변하는 염력 덩어리. 브레인포스는 덕만 가까이 날렸던 염력을 다시 거둬들인다.

"요기 님 표정이 좋지 않으시네요. 무슨 걱정거리라도 있으신 건가요?"

요기의 방으로 찾아온 덕만. 근심이 가득한, 한편으로는 비장함이 느껴지는 요기의 곁으로 다가가며 덕만이 물었다.

"아무래도 말이다."

요기는 잠깐 입을 떼었다가 말을 거뒀다.

"무슨 문제가 있는 건가요?"

"아무래도 말이다. 내 예상보다 그들이 더 강하고 빨라진 것 같구나. 암흑세력이 내뿜는 어둠의 기운이 바로 우리들의 옆, 바로 코앞까지 다가온 것만 같은 불길한 기운이 느껴지는구나."

걱정이 가득한 요기의 눈빛. 속마음이 읽히지 않는 그의 깊은 눈길을 보면서 덕만은 문득 불안해지기 시작했다. 이제 시작이라니. 여태껏 열심히 훈련에 임해 온 덕만이지만 전쟁이라는, 베다행성의 주민들을 보호해야 한다는 자신의 위치는 여전히 꿈을 꾸고 있는 기분이다.

아직 덕만에게는 현실처럼 느껴지지 않는다. 잠시 생각에 빠져 있던 그를 잠에서 깨우려는 듯 마야의 날카로운 목소리가 울렸다.

"요기 님!"

다급한 목소리로 요기를 부르며 마야는 요기의 집무실로 뛰어 들어왔다.

"드디어 시작되었구나. 어서 준비하여라."

요기는 마야의 말을 듣지도 않고도 알 수 있다는 듯이 말했다.

"네. 그럼 바로 준비시키겠습니다."

마야는 덕만에게 눈짓을 보냈다. 의아한 표정으로 마야를 바라보며 덕만은 요기의 집무실을 나섰다.

3장_
번개를 쳐라

요기가 걱정하던 일이 현실로 다가왔다. 베다행성을 향해 암흑세력의 침략군이 몰려오기 시작한 것이다. 우주대모함 7척과 스페이스급 30척, 전투비행정 1,000여 척. 우주대모함에는 수백만 우주 톤에 견디는 방어막과 광자포, 핵어뢰, 핵융합 무기가 장착되어 있다. 우주대모함에 장착된 무기는 일순간 베다행성을 초토화시키고도 남을 정도의 강력한 무기들이다. 우주대모함은 지구의 2배에 이르는 베다행성 대부분을 항성의 중력장과 암흑 에너지를 사용하여 스캔할 수 있는 장비를 갖춘 거대한 소행성과 같다.

　우주대모함과 스페이스급 우주선은 우주공간 성간 좌표로 순간이동이 가능한 우주선이다. 스페이스함선은 그 내부에는 전투 비행선 50여 척, 개인 전투기 100여 개가 각각 탑재되어 있다. 또한 드론이 총 3,000개체가 탑재되어 있다. 우주대모함은 스페이스급 함정을 5대 이상 보유하고, 전체 화력과 적재량은 스페이스급의 30배 이상의 규모를 갖추고 있으며, 핵융합엔진을 탑재한 전투기를 1,000대 이상 격납하고 즉시 전투가 가능하다. 전투기는 행성급 내에서 목표 좌표로 순간이동이 가능하고, 핵미사일 등의 강력한 무기도 탑재되어 있다. 거대한 힘과 무기를 갖춘 악의 의지가 현실로 다가오고 있다. 검은 구름이!

　"자랑스러운 베다의 수호자들이여."

요기의 지시로 전투 준비를 마친 로봇 부대와 무장한 군인들, 그리고 다섯 전사가 기다리고 있었다.

"지금 암흑세력은 대우주모함, 스페이스전함을 동원하며 베다행성으로 진입을 시도하고 있다. 안드로이드 기계군단과 바이오테크군단의 괴수 부대가 베다를 향해 몰려온다고 한다. 우리 베다의 안위가 그대들의 손에 달려있으니 부디 여러분들, 맡은 소임을 다해 우리 베다행성을 잘 지켜주기 바란다."

"네!"

베다행성의 군인과 병력들은 하늘이 울릴 정도의 큰 소리로 대답했다. 다섯 전사와 같은 슈퍼슈트 차림으로 옷을 바꿔 입은 요기에게서 평소의 넉넉하고 푸근한 인상의 분위기와는 사뭇 다른, 베다행성의 지도자로서의 위엄이 느껴진다.

"다섯 전사여!"

요기는 나란히 서 있는 다섯 명의 전사 앞으로 다가갔다.

"자랑스러운 베다의 수호자들이여!"

낮지만 힘이 실린 목소리로 요기는 말했다.

"이제 다섯 전사 그대들이 베다행성을 위기로부터 구할 때이다. 그대들의 힘으로 암흑세력과 맞서서 용감하게 싸우기를, 그리고 이기기를 바란다."

"네!"

다섯 명의 전사는 요기와 눈을 맞추며 기운차게 대답했다. 요기는 결연한 의지가 담긴 다섯 전사와 일일이 포옹을 하며 그들에게 힘을 실어줬다.

"콰과과광! 쾅쾅쾅!"

거대한 굉음과 함께 베다행성이 엄청난 지진이 일어난 듯 크게 흔들렸다. 요기는 베다행성의 총사령부에서 작전실 내부의 화면으로 현재 상황을 주시했다. 암흑세력의 우주대모함이 1차 방어막의 격자 중력장과 이중 방어막에 걸려 충돌해서 선체가 뒤틀려 있는 상황이었다.

"어떻게 된 일이냐!"

베다행성 진입의 진두지휘를 맡은 암흑세력 지휘부의 안드로이드 기계군단장이 주변을 향해 소리쳤다. 어리둥절한 참모들은 상황을 알아보기 위해 분주하게 컴퓨터 모니터를 확인하고, 자판을 두드린다.

"어떻게 된 일이냐고 물었다!"

거침없는 안드로이드 기계군단장의 목소리.

"베다행성 근처에 있는 방어막과 충돌한 것으로 확인됩니다. 계산으로는 격자 모양의 중력장과 새로운 암흑장이 만든 이중방어막을 우리 암흑군의 우주대모함이 통과할 수 없습니다."

"예상한 바와 같군. 어떻게 하면 좋겠습니까?"

안드로이드 기계군단장은 고개를 돌려 총참모장에게 물었다.

"소행성을 우주에서부터 방어하는 장치라."

총참모장은 몇 번 눈을 깜박이고는,

"우선 통과할 수 있는 비행선, 모든 소형의 전투기와 거대로봇을 투입하도록 하라! 그리고 전 우주대모함은 행성을 에워싸고 외부 우주로부터 지원을 완전히 차단할 수 있도록 하라!"

"네."

우주대모함의 화면을 바라보던 참모장은 뒤이어 소리쳤다.

"모함들을 중심으로 각 스페이스 전함을 분산 배치하도록 하라!"

명령과 동시에 우주대모함과 스페이스급 우주선이 비행선, 소형 전투기를 토해냈다. 무리를 지어 지상 공격을 위해 엔진이 하나둘 점화되기 시작했다. 푸른빛과 녹색 빛으로 찬란한 아름다움을 자랑하는 베다행성. 이토록 아름다운 베다행성을 둘러싸고 검은색의 음습한 기운을 발하는 7척의 거대모함이 마치 행성을 포위하는 위성처럼 띠를 두르고 있다. 모함과 스페이스 우주선으로부터 준비를 마친 비행선과 전투기가 끊임없이 쏟아져 나온다. 이들은 오직 하나의 목적을 갖고 베다행성의 대기권으로 날아간다. 휘잉, 휘잉, 전투기들이 발진을 시작했다.

모선과 항성 간 이동이 가능한 스페이스급 전함으로부터 무차별로 쏟아져 나온 암흑세력의 비행선들이 1차 이중격자 중력장과 암흑장 보호막을 손쉽게 통과해 대기권 안으로 진입한다.

베다행성에서 그들의 진입을 기다리고 있었던 방어 전투기와 거대 로봇.

"거대로봇 광자포 준비."

거대로봇은 지시에 따라 광자포의 일점 사격을 준비한다.

"퍼부어라!"

명령이 떨어진 순간, 붉은 불빛이 연이어 꼬리를 물며 무차별 포격을 가한다. 한 대씩 모습을 드러내는 암흑세력의 비행선을 향해 포격을 가하고, 암흑세력의 비행선들은 힘을 잃은 종이비행기처럼 바닥으로 힘없이 떨어진다. 그중 포격을 피한 암흑세력의 일부 비행선이 드론과 사이보그 기계 병사들을 지상에 착륙시키는 데 성공한다. 비행선에서 나온 드론은 눈에 보이는 물체를 향해 사격을 퍼붓는다.

"두두두, 투투투투."

드론의 사격에 주요지역과 거주보호지역의 제2보호막 밖에 위치하는 일부 거주지역, 하늘에 떠 있던 베다행성의 집과 녹색공원들이 바닥으로 처박히고 부서진다. 지상 진입이 늘어나자 전세를 역전한 암혹세력의 군단에서 사이보그 기계 병사들이 대열을 맞춰 앞으로 조금씩 진격한다.

"한 개 소대는 뒤쪽으로 지원하러 가라!"

"퉁~퉁~"

베다행성의 로봇들이 사이보그 기계 병사들을 향해 포를 쏘아 올리지만, 압도적인 숫자의 기계 병사들은 줄어들지 않는다. 오히려 점점 그들의 숫자는 늘어나고 있는 것처럼 보인다.

"대열을 갖춰서 조금씩 뒤로 물러나라!"

베다 로봇 부대의 지휘를 맡고 있는 지휘장은 로봇들을 향해 소리쳤다.

"대열이 흐트러지면 안 된다. 대열을 지켜라."

지휘장은 목이 터져라 소리를 지르고 또 질러댔다. 수적인 우위로 조금씩 몰아붙이는 암혹세력의 로봇들, 그리고 조금씩 균열되며 베다의 로봇 부대는 뒤로 밀리기 시작했다.

"뒤쪽에 베다의 거대로봇이 등장했다. 방어태세를 갖추어라."

암혹세력의 사이보그 기계군단의 기계 병사들은 'ㄱ'자 형태로 방어태세를 갖추었다.

"모두 엎드려라!"

차차착, 기계 병사들은 바닥으로 한 몸처럼 엎드렸다.

"다리를 향한 공격 준비를 하라."

"적이 공격 거리에 접근했다. 공격을 시작하라!"

안쪽으로 들어오는 베다의 거대로봇을 향해 좌우에서 공격을 가했다. 베다의 거대로봇은 공격 한 번 제대로 하지 못하고, 암흑세력의 군단에 무릎 꿇어야 했다. 한 개의 소대가 순식간에 암흑세력의 손에 제압당했다.

"좋다. 다시 앞으로 전진한다."

지휘를 맡은 기계군단장의 목소리가 기계 병사들에게 전파된다.

수송기에서 하나둘 뛰어 내려오는 괴수들, 파충류 괴수와 짐승 괴수 무리들. 허리가 구부정하고 얼굴이 징그럽게 일그러진 괴수들의 수는 눈으로 그 숫자를 헤아리기 힘들 정도다. 그 정도로 한꺼번에 많은 숫자가 쏟아져 나온다. 앞장서서 뛰어오는 괴수들의 손에는 레이저검과 레이저총이 들려 있다. 그 뒤편에서 따라오는 괴수들의 등에는 자신의 덩치만한 포가 얹혀 있다.

"투투투~ 투투투!"

검과 총으로 암흑세력의 괴수들과 맞서 싸우는 베다행성의 자위대 병사들. 자위대 병사들은 대열을 흐트러뜨리지 않으려 안간힘을 쓴다. 하지만 대열 사이로 뛰어 들어와 난동을 부리는 괴수들. 베다행성인의 두 배가 넘는 압도적인 크기에 대열은 쉽게 무너지고, 다시 정비하기를 반복한다.

정신없이 달려드는 괴수들의 공격은 갑자기 쏟아져 피할 수 없는 소나기 같았다. 괴수들은 베다행성의 자위대를 향해 돌진하고, 쓰러진 동료 괴수들의 시체를 밟으며 앞으로 돌진, 오로지 돌진만을 계속한다. 괴수들에게는 두려움, 무서움 따위가 존재하지 않는 듯 보인다. 마치 가볍게 물놀이라도 하듯, 이 싸움을 즐기는 신난 표정으로 앞다투어 베다행성의 자위대를 향해 달려든다. 불을 향해 자신의 몸을 던지는 불나방과 괴수들의 모습은 다를 것이 없다. 죽음을 알면서도 한 치의 망설임이 없는 괴수들.

베다행성의 인간형 로봇 부대의 지원을 받으며 자위대 병사들은 로봇형 슈트 장비를 착용하고 안간힘을 써서 괴수들을 막아본다. 그렇지만 어찌된 영문인지 괴수들의 숫자는 줄어들 생각을 하지 않는다. 오히려 점점 그 숫자가 불어나는 것처럼 보인다. 죽여도, 죽여도 계속적으로 번식을 하는 바퀴벌레 같은 집단이 바로 암흑세력의 괴수 군단이다.

"이렇게 해서는 이들을 막아내기 힘들겠어!"

온힘을 다해 대열이 무너지는 것을 막고 있던 자위대 병사는 옆의 동료에게 말했다. 그는 암흑세력의 끝도 없는 공격에 질렸다는 얼굴을 하고 있었다.

"다섯 전사는 언제 오는 거야?"

"그러게 말이야. 점점 숫자가 불어나잖…."

병사의 말이 끝나기도 전에 레이저가 이마를 관통해 뚫고 지나갔다. 그리고 또 다시 몰아붙이기 시작하는 괴수들. 때마침 슈트를 챙겨 입고 나온 자위대 병사들은 끝도 없이 괴수들을 수송하는 드론을 공격했다.

"두두두~ 퉁퉁, 쾅!"

"쾅!"

드론 집중 공격은 효과적으로 이루어졌고, 끝이 보이지 않았던 괴수들의 물결이 차츰 줄어들기 시작했다. 파괴되고 추락하는 드론은 아랑곳하지 않고, 암흑세력 군단은 드론에 괴수들을 실어 계속 밖으로 내보냈다. 지상 못지않게 공중에서도 괴수로봇과 자위대의 치열한 싸움이 계속됐다. 밀고, 밀리고 베다행성의 군사들과 암흑세력 군사의 한 치의 양보도 없는 싸움이었다.

밀고 밀리기를 반복하는 그 순간, 홀연 다섯 전사가 모습을 드러냈다. 다섯 전사의 등장에 줄다리기 같은 싸움의 승세가 조금씩 베다행성 편으로 기울었다.

"덕만은 오른편을, 사라는 왼편을, 그리고 브레인포스는 후방으로 빨리 이동해서 적들의 공격을 막도록!"

"네."

덕만과 사라, 브레인포스는 트레디의 지시에 따라 장소를 옮겼다.

"아이런, 너는 나와 전방을 막는다."

"아이런 위쪽!"

아이런은 하늘로 향해 얼음 공격을 가했다. 얼려 버린 비행정을 회오리바람을 일으켜 바다로 추락시켰다. 붉은 불꽃이 이는가 싶다가, 곧이어 회색의 검은 연기가 피어오른다. 뒤를 맡은 브레인포스의 공격에 암흑세력의 비행정은 격추당한다. 지상의 괴수들도 다섯 전사 로봇의 공격에 별다른 반항도 하지 못하고 쓰러져 나갔다. 특히, 다섯 전사의 거대로봇은 드론에게 강한 면모를 갖고 있었다.

"콰콰쾅~ 쾅쾅!"

치열한 전투는 반나절 동안 이루어졌다. 암흑세력의 바이오테크 군단의 괴수 부대는 상당한 피해를 입었다. 전투를 승리로 이끌지 못한 것에 대한 분노로 안드로이드 기계군단장 오버머신의 안색이 흙빛으로 변했다. 흡사 하이에나와도 같은 생김새의 오버머신이 인상을 찡그리자, 얼굴의 흑색 점 세 개가 함께 일그러졌다. 그는 독기를 내뿜는 눈으로 오른쪽 기계 팔을 들어 지휘 마이크를 잡았다. 부서져라 강하게 잡은 마이크에서 삑, 삑 잡음이 흘러나온다.

"작전계획을 변경한다! 다시 한 번 말한다. 작전계획을 변경한다. 기계 병단의 투입을 취소하라."

오버머신은 널뛰는 감정을 최대한 억누르며 말했다.

"네! 바로 시행하겠습니다."

다섯 전사 로봇이 드론에게 강한 파워를 발휘하고 있다는 사실을 깨달은 안드로이드 기계군단장 오버머신은 휘하 부대에게 계속 명령을 하달했다.

"기계 병단을 지금 투입하는 것은 자멸하는 길이다. 사령본부의 거대로봇이 출동하는 다음에 전투에 투입하도록!"

오버머신이 갖고 있는 베다행성의 정복 욕구는 다른 암흑세력의 참모들과 그 크기와 농도가 달랐다. 오버머신은 예전 베다행성과의 전투 시 최전방에서 진격을 지휘했다. 그리고 참혹한 패배와 함께 한쪽 눈과 팔을 잃어야만 했다. 잔인한 복수와 베다를 정복하겠다는 야욕은 그를 전장에서 지치지 않게 만든다.

"공격! 공격해라! 우리는 승리를 해야 한다!"

목에 굵은 핏대를 세우며 소리 질렀다. 오버머신의 머릿속은 오로지

'승리'라는 단어로 가득 들어차 있었다.

전투의 끝은 그야말로 혼란 그 자체였다. 거리에는 베다행성인들과 괴수들의 시신들로 가득했다. 곳곳에는 비행정의 부서진 잔해들로 제2방어막 외부의 도시 외곽은 참혹한 모습으로 변해 있었다. 바로 어제까지 평화롭고 아름다웠던 베다행성의 모습은 사라지고 없었다. 전쟁의 상처로 얼룩진, 무너지고 부서진 참담한 도시만 존재하고 있었다.

전투가 그치자 재난복구대와 의료진이 사상자를 수습했다. 시설을 긴급복구하거나 괴수들의 시체를 처리했다. 다음날, 요기는 다섯 전사를 집무실로 불러들였다.

"그들이 지금은 후퇴했지만, 곧 다시 몰아닥칠 것이야."

요기는 다섯 명의 전사를 세워놓고 말했다.

"이게 끝이 아니라는 말씀이십니까? 저들도 피해가 막심할 거라고 생각하는데요."

덕만의 말에 요기는 고개를 가로저었다.

"썬더맨, 자네가 생각하는 것 이상으로 암흑세력의 군사력은 대단하다네. 지난 세기 동안 강력한 위협이었던 대규모 기계군단은 아직 등장하지도 않았지. 새로운 괴수 부대라 …."

요기는 먼 곳을 응시하고는 다시 시선을 거두며 말을 이었다.

"암흑세력이 얼마나 집요하고 욕심이 많은 종족들인지 썬더맨 자네는 모를 걸세. 그들이 이쯤에서 물러나려고 했다면 베다행성을 공격하지 않았을 걸세. 이건 전면전이네. 그들은 우리 행성을 자신들의 행성으로 흡수시키고 베다행성의 시민들을 노예로 삼으려는, 아니 말살하

려는 아주 악랄한 음모를 가진 자들이라네. 조금의 방심도 있어서는
안 되네. 베다행성과 시민들의 안전을 위해서 말이야."

"네. 알겠습니다."

덕만은 목소리에 힘을 주어 대답했다.

"요기 님! 요기 님!"

"암흑세력이 다시 진격을 시작했다고 합니다."

마야가 허겁지겁 달려 들어오며 말했다.

"그럼! 전사들이여… 어서!"

"네!"

다섯 명의 전사는 짧게 대답하고는 총사령부에 마련된 요기의 비상
집무실을 나섰다.

대규모 전투가 중단된 지 하루가 지나고 낮의 해가 기울었다. 이윽
고 어둑한 밤으로 변한 하늘, 밤하늘은 파란 불빛을 발하는 암흑세력
의 소형 전투기들로 가득했다. 지상에 위치한 포들이 하늘을 향해 무
차별 폭격을 가했다. 소형 전투기들은 종이비행기처럼 힘없이 바닥으
로 곤두박질쳤다. 포격을 피한 암흑세력의 비행정은 민간구역을 향해
속력을 높이고, 주저 없이 포탄을 떨어뜨린다. 포탄은 다행히 민간구
역에 설치된 2차 방어막에 가로막혀 튕겨져 나갔다. 하지만 계속되는
암흑세력의 공격에 베다행성인들은 서로 손을 맞잡고 공포에 떨어야
만 했다.

"엄마, 어떡해요."

"괜찮아. 괜찮아."

엄마는 아이의 등을 따뜻하게 감싸주었다. 하나둘 시작된 아이들의 울음이 전이되어 민간구역 전체가 아이들의 울음소리로 가득 찼다.

"괜찮아. 얘들아. 다섯 전사가 우리를 지켜줄 거야!"

유일하게 눈물을 보이지 않던 한 아이가 씩씩하게 아이들을 향해 소리쳤다.

"진짜? 다섯 전사가 그렇게 강해?"

울먹이는 목소리로 한 아이가 물었다. 씩씩한 목소리의 아이는 가슴을 주먹으로 퉁퉁 때리며 자신만만하게 말했다.

"당연하지. 다섯 전사를 이길 수 있는 로봇은 이 우주 어디에도 없어."

"맞아. 다섯 전사는 강해!"

한 아이가 소리치자 언제 울었냐는 듯 아이들은 하나의 목소리로 다섯 전사, 다섯 전사를 외치며 목소리를 높였다.

미처 막지 못한 드론에 실려 내려온 괴수들은 사방팔방으로 뛰어다녔다. 캥거루처럼 작게 점프를 뛰는 괴수가 있는가 하면, 네 발로 힘차게 뛰어다니는 괴수도 있다. 베다의 전투기가 지상을 향해 포격을 가하지만, 괴수들은 재빨리 몸을 움직이며 하늘에서 떨어지는 포격을 피한다. 낮보다 한층 빨라지고 강해진 괴수들. 밤이 되면 더욱 민첩해지고 강해진다는 괴수들의 실체를 비로소 확인할 수 있었다. 괴수들은 포격을 피하며 오직 한 가지 목표, 전방을 향해 달려 나가며 자위대의 목숨을 앗아갔다.

암흑세력의 2차 공격은 괴수 부대가 선두로 투입되었다. 이어서 각 모선에 배속된 사령본부의 거대로봇을 출동시켰다. 암흑세력의 거대로봇은 다크-그레이 로봇, 다크-레드 로봇, 다크-옐로우 로봇의 세 종류로 이루어졌다. 로봇의 조종을 맡은 이로는 암흑세력에 절대 복종을 맹세하는 충성스러운 암흑전사들이 선발되었다. 조종사가 탑승하는 로봇은 24미터의 크기에 달했다.

세 종류의 로봇은 각기 다른 색상을 띠고 있지만 모습과 형체는 비슷하였다. 등에는 자주포 두 개가 연결되어 있으며, 어깨와 팔목에는 날이 선 뿔이 돋아 있었다. 괴이한 형태였지만, 매우 위협적인 모습임에는 분명했다.

이전 전투에서 활약을 크게 한 다섯 전사가 이끄는 베다행성의 거대 로봇 숫자보다 두 배에 달하는 개체를 투입했다.

"전 안드로이드 로봇 병사를 모두 투입하라!"

총참모장이 작전명령을 지시했다. 안드로이드 기계군단장인 오버머신은 쉴 새 없이 투입되는 괴수 부대를 지켜보며 기계 병사의 출전 시기를 가늠했다.

'바로 지금이구나.'

오버머신은 속으로 생각하고는 바로 이어서 명령을 지시했다.

"지금이다. 이제 기계 병단을 출동시켜라. 50만 기계 병사들이여! 파괴하라, 암흑의 의지를 보여라!"

결의에 찬 목소리로 말했다.

"기계 병단의 수송은 드론과 비행정으로 20만, 발사형 착륙기로 30만을 배정하여 수송, 발사하라. 이상!"

2호기에 탑승한 썬더맨은 광자포를 쉼 없이 발사하며 암흑세력의 비

행정과 드론을 격추시켰다. 광자포의 강력한 힘을 갖고 있는 썬더맨 2
호기였다. 하지만 드론과 거대로봇들은 2호기의 강력한 광자포 포격에
도 아랑곳하지 않고 썬더맨에게 달려들었다.

"어…. 어?"

점점 불어나는 드론과 거대로봇은 어느새 썬더맨 2호기를 포위하고
나섰다. 드론과 로봇에게 둘러싸인 썬더맨 2호기. 광자포를 사용하기
도 힘들 정도로 로봇들이 썬더맨의 곁에 바짝 붙었다.

"투투투투투, 핏핏!"

썬더맨을 향해 총과 주먹을 날리는 암흑세력의 로봇들.

"이를 어떻게 하지?"

썬더맨 안의 덕만은 처음 겪는 상황에 너무 놀라 어찌할 바를 몰랐다.

"투투투투투."

썬더맨의 외갑은 초극강의 신물질로 이루어져 웬만한 공격에는 끄떡
없지만, 조종실 안의 덕만은 당황해 어쩔 줄을 모른다. 온 몸의 세포
는 긴장되고 땀이 비 오듯 흘러내린다. 흔들리는 썬더맨의 몸체. 머리
가 어지럽고 정신을 차릴 수 없을 정도로 썬더맨 2호기의 기체 내부
가 흔들렸다.

"이대로는 어찌해 볼 도리가 없겠어."

덕만은 이를 꽉 깨물고는 2호기에서 1호기로 몸을 옮길 결심을 한다.

지잉.

가슴의 조종실이 열리고, 덕만은 재빨리 몸을 날렸다. 로봇들은 작
은 덕만을 보지 못했는지, 아니면 관심이 없는지 썬더맨 2호기를 향한
공격에 여념이 없다.

"투투투~ 퉁퉁!"

2호기는 조금의 미동도 없이 적들의 공격을 묵묵히 받아낸다. 2호기를 빠져나온 덕만은 긴장한 탓인지 몸을 제대로 가누지 못한 채 비틀거리며 비행을 한다. 덕만은 연습과 달리 실전이 주는 긴박감과 두려움을 처음으로 느낄 수 있었다. 정신을 차리려는 듯 손으로 뺨을 툭툭 때리고는 깊게 호흡을 가다듬었다. 1호기에 탑승하여 다리를 걸어 합체 후, 썬더맨과 연결하며 혼자 중얼거렸다.

"정신 차리자! 베다행성을 지켜내야만 해!"

"자, 그럼 가 보자!"

덕만은 일체화된 썬더맨 1호기에 장착되어 있는 형광색으로 빛나는 두 개의 번개검을 합체하여 거대한 번개검을 만들어 들고는, 2호기를 감싸고 있는 로봇과 드론을 차례차례 베어 나갔다. 거대한 크기의 번개검의 공격과 함께 일어나는 커다란 번개의 파동이 주위의 드론을 감전시켜 떨어뜨린다. 번쩍, 번쩍. 요란하게 불빛이 일렁인다. 반으로 갈라지고, 폭파되는 드론과 로봇들.

암흑세력 다크-그레이 로봇들이 거세게 저항하지만 썬더맨 로봇의 힘에는 미치지 못한다. 위에서 아래로, 좌에서 우로 가르는 번개검에 의해 로봇들은 몸이 두 동강 난다. 2호기를 둘러싸고 있는 로봇과 드론을 모두 처리하자, 팔과 다리에 공격을 막아낸 흔적들이 역력하다. 가슴에는 검게 그을린 포탄으로 흡사 멍이 든 것처럼 검은 자국을 남기고 있었다.

거세게 몰아붙이는 암흑세력의 로봇 부대에 맞서 가장 선봉에 선 베다행성의 로봇은 윈드맨이었다. 윈드맨은 베다행성의 로봇들을 이끌며 온몸으로 암흑세력의 로봇들을 막아냈다.

"우리가 무너지면 시민들이 위험해 처한다. 몸을 아끼지 마라!"

윈드맨의 외침에 베다행성의 거대로봇 조종사들 역시 전의를 불태우며 암흑세력의 로봇을 막아냈다. 거대로봇의 뒤를 지키는 첨단 슈트를 입은 베다행성 자위대원들도 사력을 다해 암흑세력의 드론과 접근하는 안드로이드 기계 병사를 막는 데 힘을 보탰다.

하지만 수적 우위를 점하고 있는 암흑세력의 거대로봇이 전진을 시작하고, 안드로이드 기계 병사 전용 착륙기가 수천 개 이상 육지에 박혔다. 착륙기의 뚜껑이 열리고 착륙기의 둥근 통 안에서 한꺼번에 10기씩 일어서서 나오는 인간 크기의 안드로이드 기계 병사들. 거대로봇의 뒤와 옆으로 줄맞추어 전진하는 안드로이드 인간형 로봇, 50만 개체에 달하는 그 압도적인 숫자에 베다행성의 군사들은 점점 뒤로 밀려나갈 수밖에 없다.

"이얏!"

윈드맨은 공중에서 총격을 가하는 전투기를 향해 회오리를 날리고, 지상의 로봇들에게도 회오리를 날린다. 둥근 타원형의 회오리는 강력한 바람을 만들며 그들을 뒤로 날려 버린다.

파이어걸 로봇은 윈드맨 로봇의 뒤편에서 손으로 수십 미터 크기의 거대한 화구를 발사해 괴수를 공격하고 재빨리 바위산 뒤에 숨어 기회를 엿본다. 틈이 생기면 다시 화구를 발사한다. 파이어걸은 가까이 다가오는 드론과 거대로봇에게는 강력한 파이어 채찍의 맛을 보여줬다.

"하얏~"

파이어걸이 발사한 불이 로봇들에게 옮겨 붙는다. 그 틈을 타 윈드맨은 로봇들에게 회오리바람을 날린다. 회오리바람은 파이어걸의 불과 함께 바람을 타고 암흑세력의 로봇에게 번져 간다. 화구를 발사하며 한 손에 든 채찍으로는 가까이 다가오는 로봇에게 크게 휘둘러 로봇을 꼼짝 못하게 감싸 안고, 불을 내뿜는다. 강력한 화염에 로봇은 잿더미로 변하고 흔적도 없이 사라져 버린다.

"사라! 가까운 적이 아니면 화구 공격보다 화룡포를 사용해라. 단번에 끝장내야 한다."

윈드맨은 화구 초능력 공격 위주로 공격하는 사라에게 보다 강력하게 화룡포를 사용하도록 조언한다.

"아, 알겠습니다. 에잇! 화룡포를 받아라~"

사라는 화룡포를 전방의 비행정 몇 대와 안드로이드 기계병사들에게 날려 단방에 제압한다.

"꽝, 꾸앙! 화르르."

"으악! 살려줘!"

파이어걸은 들려오는 낯익은 목소리를 향해 고개를 돌렸다. 아이스맨 로봇에 탑승하지 못한 아이런이 괴수들에게 둘러싸여 꼼짝하지 못하고 있었다. 당황해 괴수들에게 아이스검을 휘둘러 보지만 당황한 그의 칼날에 닿는 괴수들은 없다. 으르렁거리며 이빨을 드러내고 있는 괴수들. 괴수들은 아이런을 물어뜯을 기회만 엿보고 있다.

"얏~"

아이런이 쏘는 아이스빔을 요리조리 피하는 괴수들. 아이런은 다시한 번 소리를 질렀다.

"누가 좀 도와줘!"

그때 마침 나타난 파이어걸 로봇.

"차~차~!"

파이어걸은 능숙하게 파이어봉을 만들어 휘둘렀다. 단번에 아이런을 둘러싸고 있던 괴수 무리를 제압했다.

"아, 살았다. 사라, 고마워, 덕분에 위기를 모면했네."

아이런은 정말 기쁘다는 듯이, 그리고 고맙다는 듯이 웃으며 말했다.

"됐어."

사라는 매몰차게 등을 돌리고 다시 적진을 향해 날아갈 채비를 했다.

"고마워. 사라."

아이런은 사라의 등에 대고 다시 한 번 인사했다. 사라는 고개를 힐끗 돌리고는 한심하다는 표정으로 아이런을 바라봤다.

"그리고."

아이런은 동그랗게 눈을 뜨고 사라를 올려봤다.

"네 앞가림은 네가 해! 어린애처럼 굴지 말고."

"참나, 한 번 도와준 거 가지고 생색은."

적진을 향해 날아가는 파이어걸을 향해 아이런은 작게 중얼거렸다.

"나중에 두고 봐!"

흥, 아이런은 콧방귀를 켰다. 그리고 원숭이형 소형로봇으로 호출한 아이스맨 로봇에 탑승했다. 간단하게 로봇의 상태를 점검하고 일체화를 시작했다. 일체화가 완료된 아이스맨 로봇은 파이어걸이 향했던 방향의 반대 방향으로 몸을 틀었다. 도착한 곳의 적들을 향해 아이스빔을 날렸다. 드론들을 한순간 얼려 버리고, 움직이지 못하는 드론과 로봇들은 아이스맨의 강하고 긴 아이스 칼날에 의해 산산이 부서졌다.

"내가 이런 사람이라고!"

신이 난 아이스맨은 콧노래를 부르며 드론과 인간형 로봇들을 향해 아이스빔을 날린다. 얼린 로봇과 드론들을 칼로 부서내기를 반복했다. 안드로이드 기계 병단은 아이스맨의 아이스빔에 꼼짝하지 못했다. 아이스빔 한 방에 십여 개체가 얼어붙어 움직이지 못했다.

"콰콰콰~쾅쾅!"

깨지는 듯한 소리와 강렬한 진동.

"캬아아악, 꺄악."

날카로운 비명소리가 베다행성에 울려 퍼진다. 암흑세력 비행선들의 끊임없는 폭격으로 베다행성 주민을 지키고 있던 제2방어막의 일부가 부서졌다. 견고한 제2방어막은 자체 회복시스템으로 복구가 바로 가동됐다. 복구가 가동되는 사이, 그 틈을 비집고 암흑세력의 비행선들이 들어오려 발 빠르게 움직였다.

"으으으, 홋!"

울트라원에 탑승한 브레인포스는 염력을 발산했다. 제2방어막의 깨진 틈으로 들어가려는 비행선을 염력으로 막아섰다. 예닐곱 대의 비행선은 브레인포스의 염력에 꼼짝하지 못하고 공중에 그대로 멈춰서 있다. 비행선은 좌우로 흔들릴 뿐, 앞으로 나아가지 못한다.

"아니, 어떻게 된 일이야. 비행선이 왜 안 움직이는 거야?"

암흑비행단의 조종사는 연결된 마이크에 대고 소리쳤다.

"나도 움직이지 않아, 조종 화면은 이상이 없는데 왜 움직이지 않는 거지?"

또 다른 암흑비행단 조종사 역시 놀란 목소리로 말했다.

"저쪽은 뭐야, 무슨 문제야?"

암흑세력의 바이오테크군단장은 멈춰 버린 비행선을 보며 흥분하여 크게 소리치고 두 팔을 위협적으로 한 바퀴 돌렸다. 주먹에 스친 벽이 크게 파인다. 그의 고압적인 목소리에 당황한 비서관은,

"지금 알아보고 있습니다."

"조종사와 연결해 봐."

"네 알겠습니다."

비서관은 비행선의 조정사와 무선을 연결했다.

"군단장님 연결되었습니다. 말씀하시면 됩니다."

"나 바이오테크군단장이다."

"넵. 군단장님."

다급한 목소리로 조종사는 대답했다.

"어떻게 된 일인가?"

군단장은 화를 억누르며 말했다.

"어떻게 된 일인지 비행선이 움직이지를 않습니다. 계기판의 작동사항은 아무 문제가 없습니다. 누군가 뒤에서 비행기를 잡고 있는 것처럼 앞으로 나아가질 않습니다."

"스크린을 확대해 봐!"

군단장은 조종사에게 고압적으로 말했다. 확대된 스크린에는 우두

커니 멈춰선 비행선뿐 다른 물체는 보이지 않았다.

"제1편대의 모든 비행선이 움직이지 않는 것으로 확인됩니다."

작전참모는 군단장을 올려보며 말했다.

멈춰선 비행선들은 거센 바람에 휩쓸리듯, 갑작스럽게 힘없이 바람에 흩날리며 날아갔다. 지상과 언덕에 충돌하며 강한 폭발음과 함께 제1편대의 비행선들이 모조리 화염에 휩싸였다.

"대체 어떻게 된 일이야?"

군단장은 불길에 휩싸인 비행선을 보며 말했다.

"지금 어떻게 된 일인지 최대한 빨리 확인하도록 하겠습니다."

브레인포스는 암흑세력 비행선이 폭파된 것을 확인하고 지상에 울트라원 로봇을 착륙시켰다. 지상에 발을 딛고선 울트라원 로봇의 머리로부터 수십 배 증폭된 대형 염력파가 발사됐다. 투명한 점들이 모여 거대한 선을 이루고 바닥이 안개에 휩싸이며 희뿌옇게 변했다. 울트라원은 오른손에 들고 있는 거대하고 긴 물결 모양의 창인 염력창을 이용해 멀리까지 염력파를 보낸다. 염력창은 파르르 떨며 염력을 확장해 주변의 하늘까지 지배권에 두고 염력을 발휘한다.

"이~야~앗!"

울트라원의 소리와 함께 기파가 진동하며 투명한 점들로 이루어진 안개는 파동을 쳤다.

"쿵~쿵! 쿵!"

울트라원이 발생시킨 염력의 기파에 암흑군들이 땅속으로 파묻히고 하늘로 튕겨져 나가고 파괴된다.

"어떻게 된 일인지 당장 알아봐!"

군단장은 스크린을 통해 보이는 믿을 수 없는 광경에 격분해서 소리쳤다.

"군단장님! 지금 확인 중이지만, 명백한 이유를 알아낼 수가 없습니다."

"당장 원인을 알아내!"

파직.

군단장의 왼쪽 주먹에 상황실의 한쪽 벽면이 다시 움푹 파였다. 바이오테크군단장의 손에서 나온 장력이 벽면에 새겨지고 있었다. 다른 사람에게 알려지지 않은 조지 딕시의 숨은 초능력이었다.

한편, 암흑세력의 안드로이드 기계군단을 지휘하는 오버머신은 기계로 된 오른팔을 휘두르며 열정적으로 인간형 로봇 기계 병사를 지휘했다. 오버머신은 인간형의 기계 피부를 가진 팔이 있음에도 기계를 신봉하는 그답게 눈에 훤히 드러나는 전자장치를 부착한 팔을 선호했다. 그의 괴기스러운 모습과 냉정한 눈빛, 차디찬 웃음은 누구든 주눅 들게 만들었다.

"모든 안드로이드 기계 병사는 무조건 전진하라. 베다행성의 모든 것을 파괴하라! 앞으로 나가라!"

한 치의 흔들림도 없는 목소리로 명령했다. 오버머신은 화상으로 전송된 화면을 보며 중얼거린다.

'지금까지의 전략으로는 어렵다.'

압도적인 수적 우세에도 불구하고 암흑세력은 다섯 전사에게 끌려 다니며 진퇴를 거듭했다. 암흑세력의 거대로봇 부대와 50만에 이르는 기계 병사들과 죽음을 두려워 않는 괴수 부대의 분전에도 끄떡없이 버티는 베다군. 그들의 효과적인 지상 포격과 슈트 병사들의 투혼, 순식간에 저공비행으로 나타나 폭격을 시도하는 자유연합의 전투비행단··· 오버머신의 마음은 점점 무거워지기만 한다.

"지금 밀어붙여서 승리를 쟁취하지 못하고 장기전으로 나가면 필패입니다. 총참모장님, 총통 각하께 보고드리고 최후의 전략을 사용하셔야 합니다. 그리고 사전에 비밀 암흑전사를 깨우기 시작해야 한다고 봅니다. 전에 보고드린 비밀 암흑 주파수를 가동하셨으면 합니다."

지휘모선의 상황실에 모여 앉은 군단장급과 각모선의 사령관과 주요 참모들. 수좌에 앉은 반 나단 총참모장은 마땅치 않은 표정으로 물었다.

"아니, 벌써 최후의 공격을 사용하자는 의견입니까?"

"맞습니다. 더 이상의 전투는 무의미합니다. 제2방어막은 깨지면 즉시즉시 복구되고 있고, 적들은 더욱 견고해져 가고 있습니다. 그리고 후방을 지원한다던 상인연합의 유령선단은 행방불명이라는 첩보입니다. 갈수록 자유연합의 외부 지원 부대의 행성진입이 늘고 있습니다. 이제는 모선급의 일제공격 없이는 이 전쟁에서 이길 수 없습니다. 오버머신 군단장의 의견에 동의합니다."

괴수 부대의 희생을 묵묵히 지켜보던 조지 딕시 바이오테크군단장은 말했다.

베다행성이 속해 있는 아미항성계의 어느 지점.

베다행성의 외부에 있는 아미항성의 거대한 태양 반대 방향으로 베다의 첨단기술로 만들어진 2개의 인공 태양이 떠 있다. 중간계 성단은 우리 은하의 범주에 속하지만 실제로는 수십 개의 위성은하를 소용돌이처럼 거느린 독립 은하로, 몇십 개의 은하로 이루어진 은하 성단이다. 나선 내부에 거대한 블랙홀이 만드는 특이점이 있는 특별한 은하이기도 하다. 이 중 베다행성을 둘러싼 항성계는 아미항성계의 일부로 위성과 인공 태양의 외부에 소행성의 바다가 펼쳐져 있어, 소행성 그룹의 중력장을 벗어나는 탈출속도를 가진 소행성이 주기적으로 베다행성을 위험에 빠트린다. 이러한 소행성의 진입을 방어하고, 외부 적대행성의 공격을 차단하기 위해 제1 방어막이 만들어졌다.

이러한 구조로 인해 베다행성의 감시위성과 소행성대에 설치된 첩보시설에 의하여 외부세력은 외부 항성계에서 진입하는 순간, 조기에 파악될 수 있고, 외부 우주에 주둔하는 자유연합 함대와 공조로 베다행성과 장미행성, 알파행성으로 이어지는 항성계의 핵심 방어선을 구축할 수 있었다.

알파행성의 자위대 스페이스함대의 일부와 자유연합 측의 방어함대는 암흑세력이 소행성대를 통과하여 베다행성으로 침략하는 것을 확인하고, 지원 세력을 차단하는 방어선을 외곽에 구축하기로 한다.

"중간계 은하의 최강의 함대는 상인연합의 유령선단입니다. 상인연합의 바이샤동맹이 암흑세력과 결탁하였다는 첩보입니다. 유령선단이 지원을 위하여 베다행성으로 침공할 것이 확실합니다."

알파행성의 지휘관이자 전투기조종사인 순리는 자유연합과 알파행성 자위대 연합함대를 이끄는 연합사령관에게 말했다.

"유령선단은 소행성대나 행성에 근접하여 먼 거리에서 순간이동이 가능한 함대입니다. 마치 유령처럼 가까이에 갑자기 나타나서 생각하지 못한 곳에서 공격하는 것이 그들의 가장 무서운 전략이라고 할 수 있습니다. 이번에도 이러한 방식으로 접근한다면 우리가 암흑세력과 거리를 두고 지키고 있는 이 방어선과 소행성대 사이에 갑자기 나타나서 우리를 칠 수 있다고 봅니다. 물론 다른 함대는 이곳에 순간이동해 올 수 없는 지점입니다. 이 지역은 유령선단만이 은밀하게 순간이동이 가능하다고 봅니다. 소행성대와 충돌 가능성이 99퍼센트 이상인 지점이라고는 하지만, 우리 뒤로 순간이동 접근하여 공격하면 우리의 방어선은 손쉽게 무너지고 타격을 받을 것입니다. 이것을 역이용해 알파행성에서 최근에 개발한 신무기인 스텔스핵융합우주기뢰를 배치해 대기하고, 예상대로 접근한다면 신형 무기를 시험해 볼 수 있는 기회라고 생각합니다."

순리의 제안으로 소행성대에 근접하는 특이점 항로에 커다란 한 개의 타원진과 내부에 작은 원진 세 개를 만들고, 신형 스텔스핵융합우주기뢰로 촘촘하게 구성하고 대기하게 했다. 그들은 먼 거리를 순간이동해, 이중으로 만들어진 타원과 겹친 원진 한가운데로 도약해서 들어오는 중간계 우주 최강의 함대를 기다리고 있는 것이다.

어깨가 축 늘어진 브레인포스, 발걸음을 떼기조차 힘들다. 암흑세력을 향해 과도하게 사용한 염력으로 너무 많은 에너지가 소비됐다. 얼마나 많은 비행정과 기계 병사들을 격추시키고 파괴하였는지 모른다. 염력을 자유자재로 사용할 수 있지만, 어느 정도 에너지 소비가 가능한지 아직까지 파악하지 못하고 있다. 브레인포스는 울트라원 로봇과 함께 인적이 드문 수풀 사이에 몸을 숨겼다.

"쿵! 쿵~ 쿵!"

시종일관 울려 퍼지는 총격음과 포격소리. 브레인포스는 귀를 찌르는 포격소리가 점점 멀어지면서 정신이 아득해진다. 서서히 눈이 감기고 기력이 쇠한 브레인포스는 정신없이 잠에 빠져들었다.

"퉁~ 퉁~ 콰콰쾅!"

귓가를 울리는 파열음에 눈을 뜨자 보랏빛으로 하늘이 물든 새벽이었다. 울트라원의 좁은 조종석에서 답답함을 느낀 브레인포스는 밖으로 몸을 빼냈다. 싱그러운 밤바람을 타고 풍겨져 오는 검은 재의 냄새와 기계의 오일 냄새, 화약 냄새가 진동을 한다. 휘청휘청, 어지러운 머리를 두 손으로 감싸 안았다. 브레인포스는 위태롭게 한 걸음씩 발을 내딛었다. 얼마 후 도착한 곳은 아직 전쟁으로 피해를 입지 않았는지 나무들이 꼿꼿하게 버티고 서 있는 안개가 자욱한 공간이었다.

"콰탕, 콰콰쾅, 쾅쾅!"

멀지 않은 거리에서 들려오는 치열한 전투소리. 나무에 몸을 의지하며 숲 속으로 들어가려 해도 몸이 말을 듣지 않는다. 털썩, 브레인포스는 정신을 잃고 거대한 크기의 나무 앞에 미끄러지듯 주저앉았다.

얼마간의 시간이 흘렀을까, 브레인포스는 밤하늘을 똑바로 쳐다보며 정신을 차리려고 애썼다. 머리는 누군가 조여 오는 것처럼 극심한 통증이 느껴졌고, 속이 울렁거렸다.

"우웨에에에엑"

하얀 위액이 식도를 타고 몇 차례 역류했다. 생각해 보니 하루 종일 아무것도 먹지 못했다. 흔들, 흔들 누군가 뇌를 잡고 뒤흔드는 기분이 들었다. 한바탕 위액을 쏟아낸 브레인포스는 다시 정신을 잃고 바닥에 쓰러졌다. 염력의 파워는 강력해졌지만, 염력의 사용 후에 오는 체력적인 부담을 브레인포스가 감당해내기에는 아직까지 무리였다.

정신을 차리자 새벽은 깊고 진한 어둠을 풍기고 있었다. 브레인포스는 눈을 깜빡이며, 가만히 하늘을 바라봤다. 검은 하늘에 반짝이는 불빛들. 아마도 암흑세력의 비행정일 테지. 브레인포스는 길게 한숨을 내쉬었다.

다시 머리에 찾아온 고통. 머리를 조여 오는 고통을 이겨내려 기대고 있던 나무를 오른손가락으로 움켜쥐었다. 파스스, 나무는 작게 소리를 내며 브레인포스의 손에 의해 잘게 부서져간다.

"으아아아아!"

극심한 두통은 송곳으로 머리를 찌르는 것 같았다.

"으아아아악!"

끊이지 않고 이어지던 머리의 통증은 서서히 사그라들었다. 때맞춰 어디선가 강한 빛이 일어나 어둠에 잠겨 있는 베다행성을 불길하게 훑고 지나갔다. 조용히 밝아오는 아침 해처럼 브레인포스의 고통도 사라져 갔다.

고통이 완전히 사라지고 나서야 자리에서 일어났다. 멀리 전투로 반짝이는 불빛을 응시하는 브레인포스. 브레인포스의 눈빛은 이전과 달리 조금 더 차갑고, 날카롭게 변해 있었다.

"브레인포스! 여기서 뭐 하고 있었어! 한참을 찾았잖아, 무슨 일이라도 생긴 줄 알고 얼마나 놀랐는지 알아?"

아이런은 수다스럽게 말을 이었다.

"네가 사라지고 다들 얼마나 걱정하고 있는지 알고나 있어? 지금 2차방어막 일부에 구멍이 뚫려서 사이보그 기계들의 침투가 시작됐어. 그 때문에 주민들이 공격을 받고 있…."

혼자서 떠들고 있는 아이런을 바라보는 브레인포스. 이전과는 사뭇 달라진 브레인포스의 눈빛을 보고 아이런은 잠시 말을 잊었다.

"무슨 일 있었어?"

아이런의 조심스러운 물음에 브레인포스는 아무런 대꾸도 없다.

"무슨 일이야?"

역시나 돌아오는 대답은 없다. 브레인포스의 사늘한 시선은 불꽃이 일렁이는 곳을 응시하고 있을 뿐이다.

"또 무섭게 왜 저래."

아이런은 조용한 목소리로 혼잣말을 했다.

베다행성의 대기권 밖에 위치한 44호 전함.

암흑세력 지휘 모함인 44호에는 암흑세력의 정복군 사령부 지휘부의 총통 휘하에서 전략비서장을 맡고 있는 정복군 사령관인 총참모장 반 나단을 중심으로 주요간부들이 커다란 스크린이 있는 원형 회의실에 모여 앉았다. 안드로이드기계군단장 오버머신과 바이오테크군단장 조지 딕시 박사 그리고 각 모함의 작전단장들. 그들은 총참모장을 중심으로 둥그렇게 모여 앉아 스크린을 보고 있다. 그런 그들 뒤에는 수행참모들이 서 있다.

"그럼 지금부터 전투에 대한 상황을 보고드리도록 하겠습니다."

인간의 형상을 한 홀로그램이 총참모장을 향하며 말한다.

"그래, 시작해."

총참모장은 근엄한 목소리로 말했다.

"베다행성의 1차 원거리 방어막은 아직 건재한 상태입니다. 방어막은 격자모양을 이루고 중력장과 암흑장의 이중방어장으로 구성되어 있으며 외부에서는 스페이스우주선이나 모함도 통과할 수 없습니다. 지금은 소형 운반선, 거대로봇, 소형 비행선을 통한 진입만이 가능한 상태로 전면 공격이 불가능합니다."

홀로그램은 또박또박 조금의 흔들림도 없이 말을 이어나갔다.

"그리고 하나 염두에 두어야 할 부분이 있습니다. 베다행성이 보유한 스페이스급 전함은 외부로 이송이 가능하여 공격이 가능하니 주의를 요합니다. 아마도 스페이스급 전함은 방어막 내부에서 외부로 이동이 가능한 것으로 판단됩니다."

"그럼 우리가 어떻게 해야 하는 건가?"

참모총장 반 나단은 언짢은 얼굴로 홀로그램을 향해 물었다.

"최종분석은 100만 우주 톤급 이상의 대원수나 총통 전용 모함의 추가 투입과 모선 30함 이상의 합동 포격 및 최대 암흑에너지 방출만이 최고의 원거리 방어기술인 중력장 암흑장 이중방어막을 뚫을 수 있다는 계산입니다."

컴퓨터 홀로그램은 계속해서 말을 이어나갔다.

"다만, 내부에서 중력장 방어막 유지 장치가 제거되면 10척 이상의 모선에서 나오는 총 에너지로 3회 이상 충격파를 주어 중력장 방어막 파괴가 가능합니다. 우리의 생명 말살 병기 드론은 다섯 전사의 초능력에 약합니다. 그러므로 우리도 전투용 거대암흑로봇을 긴급하게 지원받아 보내는 것이 좋습니다. 또한, 스페이스급 전함까지 진입하게 하여 보급에 문제가 없도록 해야 할 것입니다. 2차 방어막의 보호를 받는 지상의 주요시설이나 도시는 암흑로봇 혹은 사이보그 기계 병단으로 집중 공격을 가하면 진입할 수 있습니다. 그곳은 언제나 침투가 가능하고 700만에서 1,000만 단위 이상의 대규모 안드로이드 기계병과 괴수 부대를 투입한다면 베다행성을 완벽하게 정복할 수 있다는 분석입니다. 생산 완료 즉시 투입을 요청합니다. 우선 긴급히 델타행성으로부터 모함의 추가 발진 지원을 바랍니다."

홀로그램의 이야기가 끝나자 회의실 안은 잠잠한 고요가 찾아왔다. 엄지손가락으로 관자놀이를 문지르던 총참모장이 입을 열었다.

"그럼 모선은 긴급히 추가 지원이 필요할 것으로 보이는군. 기계군단의 의견은 어떠한가?"

기계군단장 오버머신은 손을 가슴에 대고 경의를 표하며 자리에서 일어섰다.

"저 역시 총참모장님과 같은 의견입니다."

오버머신은 생각을 정리하려는 듯 숨을 깊게 들이마셨다.

"현재로서 전세 역전이 힘들 것으로 생각됩니다. 모함의 진격을 통해 새로운 전기를 마련해야 한다고 생각합니다. 모함합동 공격 시점에 베다행성 내부에서는 크로노스 총통 각하의 뜻을 받들어 정보국장이 극비에 준비한 우리의 비밀 암흑전사가 주요 기계장치를 파괴할 계획입니다."

바이오테크군단장과 모함작전단장은 의견에 동의를 표하듯 고개를 끄덕인다. 총참모장이 때를 가늠해 손을 치켜들자, 스크린에 크로노스 총통의 얼굴이 나타났다.

"총통 각하!"

의자에 앉아있던 지휘부 간부들은 모두 일어나 오른 주먹을 쥐고 하늘을 향해 뻗었다.

"총통 각하, 저희의 회의 내용을 보고드리겠습니다."

총참모장은 보고 받은 내용과 앞으로의 방향에 대해 총통에게 간단히 설명했다. 조금씩 일그러지는 총통의 얼굴을 보며, 지휘부 간부들은 모두 긴장했다.

"그래, 알겠다."

잠시 후,

"보고대로 시행하도록!"

총참모장의 브리핑이 끝나고 총통은 머리 위로 팔을 크게 흔들고는 스크린에서 사라졌다.

"휴우."

총통의 모습이 사라지자, 회의장 안은 안도의 한숨 소리로 가득해졌다.

암흑세력 침략 1년 6개월 전, 베다행성.

요기는 기술장을 불러 베다행성 모든 거주지역의 지역별 제2방어막을 보다 견고히 하도록 지시했다. 또한 베다행성의 대기권 외부에 설치한 소행성 및 소규모 혜성 진입을 대비한 기존 제1방어막인 중력장 방어막을 강화하도록 주문했다. 이중 격자모양으로 새로운 암흑장 기술을 추가 배치하여 제1방어막인 소행성 진입 저지 방어막을 보완한 것이다. 여기에는 베다행성의 첨단 기술인 반물질 기술도 동원되었다.

또한 외부의 적들로부터 공격, 즉 우주 톤 50만 톤급 이상의 소행성급 모선과 우주 톤 5만 톤 이상의 항성 간 순간이동이 가능한 스페이스급 우주선의 위협으로부터 안전한 새로운 제1보호막을 조기 완성하라는 지시를 하였다. 이는 암흑세력의 침략에 대비한 것이었다.

"새로운 중력장과 암흑장으로 강화한 제1방어막은 호시탐탐 베다행성을 노리는 암흑세력의 침공 의지를 꺾을 것입니다."

요기는 제1방어막의 강화로 전쟁의 발발을 막고 싶었다.

5년 전, 델타행성.

"이거 받게."

개발처장은 설계도면을 받아서 펼쳐 보았다.

"이게 무엇인지요?"

"내 말 잘 듣게…."

정보국장을 맡고 있던 에레보스는 비밀 정보 수집을 위해 비행체를 개발하도록 은밀하게 지시했다.

"무슨 말인지 알겠는가?"

에레보스는 개발처장에게 특수지령에 의한 비밀 프로젝트라고 설명했다.

"네. 잘 알겠습니다."

"모두에게 각별히 입단속을 시키도록."

"넵!"

　개발 비행체는 버마재비형(만티스형)으로 날카롭고 이동이 신속하며 스텔스 기능은 물론 화상 감시 장치와 영상을 교란하는 위장 기술 장치를 갖고 있다. 내부에는 각 행성에 존재하는 흔한 형체인 사슴, 거북이, 토끼, 비둘기 등과 같은 10여 종의 안드로이드 정보 로봇이 있다. 각 로봇의 아랫배 부분에 해당하는 내부에는 각 행성에 살만 한 곤충 수백 마리가 있다. 곤충은 하나하나가 작은 비행체로, 회귀 가능한 정보 수집 능력을 갖춘 벌, 개미, 나비 등이다.

"정보 수집 후 비행체는 반드시 소환이 가능한 스마트한 첩보 비행체로 만들어야 한다. 또한 성능은 절대자가 계시는 암흑의 원시행성도 비밀리에 탐지가 가능할 정도의 고성능을 갖고 있어야 한다."

"최고의 성능을 가진 무당벌레급의 초소형 정보체와 첩보 비행체를 일체화시켰습니다."

"그래, 수고했네."

　에레보스는 흡족한 미소로 개발처장의 등을 토닥여 주었다.

"감사합니다."

　개발처장은 기쁜 마음에 어쩔 줄 모르는 표정을 지었다.

암흑세력 침략 1년 전, 델타행성.

정보국장 에레보스는 베다행성 공격에 앞서 베다행성의 내부에 직접 교신이 가능하도록 성단 거리 하이퍼 통신이 가능한 코스모스 아이피 설치와 정보 수집 비행체 침투를 지시했다. 비밀 정보 수집 비행체를 대량 침투시켜, 베다행성 내부의 정보를 수집하고 수집된 정보가 우주 원거리 하이퍼 송신이 가능하도록 베다행성 내부에 은밀한 코스모스 아이피 거점을 반드시 확보하라는 명령이었다.

"최고의 첨단 정보 수집 비행체와 다크-그레이 로봇 10대, 우주아이피를 실은 침투선을 보내라. 다크-그레이 로봇을 모두 희생시키더라도 정보 수집 비행체를 투하시키고 코스모스 아이피 거점을 확보하라. 이상!"

에레보스 정보국장은 모종의 전략을 시행하고자 노출 위험은 있으나 베다행성의 태양계에서뿐 아니라, 델타행성으로부터 직접 하이퍼 우주통신을 가능하게 하는 코스모스 아이피 거점을 베다행성의 내부에 확보하기에 혈안이 되어 있었다.

대부분의 다크-그레이 로봇과 침투선이 파괴되었으나 몇 대의 첨단 정보수집 비행체와 한 대의 코스모스 아이피가 베다행성 깊숙이 산악지방에 설치되었다. 코스모스 아이피 거점에서 자동으로 정보가 수집되고 송신이 시작되었다.

암흑세력 침략 현재, 델타행성.

암흑세력의 델타행성 다크시티 본대 기함 사령부 안. 우주 모함 대선단이 각기 머무르는 곳에서 8척의 대우주모선이 발진을 준비한다.

"목표는 베다행성, 아미항성계 우주전진기지 좌표 88.316.1007.24448."

고함치는 소리와 함께 1차 공간을 점프하고, 순식간에 우주 공간 1지점에 거대모함 7척이 진입한다.

"작전 지역으로 2차 도약을 준비한다. 점프 준비 5분전! 목표는 베다행성 썬스페이스, 작전 지역 좌표는 88.316.1558.96668."

"작전 지역 도착과 동시에 최대출력 방사 예정이다. 이번 점프는 예비 전력으로 이동하고 나머지 에너지는 보존하라, 이상!"

"점프 가동 10초 전, 9초 전… 4초 전, 1초 전, 점프!"

점프의 신호를 알리는 목소리와 함께 7척의 거대한 우주모선이 베다행성을 둘러싼 외곽 작전 지역에 검은 그림자를 드리우며 모습을 드러냈다. 엄청난 위용을 과시하는 8척의 거대 우주모선의 등장만으로도 베다행성 외곽이 암흑세력의 우주모선으로 가득한 것처럼 보인다. 베다행성을 둘러싼 총 15척의 우주모선의 검은 그림자는 베다행성을 금방이라도 삼켜버릴 듯, 위세당당하게 버티고 서 있다.

"각 모선 공격형으로! 주포 방향은 전방 방어막이며 해제 준비하라! 모든 모함 기함포 1호포에 모든 에너지 집중! 광자 핵에너지 최대 충전 후 발포 대기!"

암흑군 모선 총참모장은 각 모선에 명령을 하달했다.

"충전 1시간 남았습니다."

모선 안의 병사는 충전 시간을 확인하고 대답했다.

"충전 후 발포 대기하라!"

"네!"

모선의 병사들은 소리를 높였다.

얼마 후, "충전이 완료되었습니다."

"전방 주포 1호 방향. 기체 방어막 해제! 발사 카운트다운을 시작한다. 발사 카운트다운 시작!"

총참모장의 지시에 카운트다운이 시작되었다.

"발사 카운트다운 시작하겠습니다."

"발사 카운트다운 9, 8, 7, 6… 3, 2, 1. 발사!"

"발사! 발사!"

거대 우주모함의 선두에서 발사되는 15개의 붉은 에너지포가 베다 행성의 제1방어막 중력장 1지점을 번갈아가며 강타한다.

"투투투투! 투투투!"

"콰콰쾅!"

"어떻게 된 일인가?"

땅이 요동치며 사령부의 건물이 흔들렸다. 요기는 놀란 목소리로 디어 덴젤 총사령관에게 물었다.

"지금 암흑세력 군단이 새로운 모선을 합류시키고 제1방어막을 향해 주력 에너지포를 일시에 발사하고 있다고 합니다."

이어서 사슴 얼굴에 커다란 눈을 더욱 크게 뜬 디어 사령관은 일어난 피해 상황에 대해 요기에게 보고했다.

"빨리, 한시가 급하다. 지금의 긴급 상황을 하달하고, 대처할 수 있도록 준비 명령을 지시하라!"

요기는 다급한 목소리로 마야에게 명령 사항을 전달했다.

"긴급 상황! 긴급 상황!"

베다 총사령부의 작전 총지휘소의 자위대 총사령관이 긴급 명령을 내리기 시작했다.

"적 모함의 일제 공격으로 제1방어막이 유실되었다고 한다. 알 수 없는 선제공격에 시스템 유지 장치가 있는 방어막 비밀기지가 이미 파괴되었다. 따라서 유실된 방어막의 재가동은 현재로서는 불가능한 상태로 파악된다. 모함과 스페이스급 우주선의 침략에 대비하여 지상 광자 미사일을 전면 개방한다. 아울러 우주 모함급 5척 모두의 발진을 명한다. 또한, 전투 스페이스 전함과 모함 소속 스페이스 전함은 모두 동시 발진하라! 2차 방어계획에 투입될 스페이스 전함은 모두 발진 위치에서 점검한 후 대기하도록 하라!"

전쟁이 시작된 지 만 열흘, 고요함과 아름다움을 암흑세력으로 인해 빼앗겨 버린 베다행성.

베다행성의 사령부 작전 회의실에 간부들이 모였다. 벽면 가득 채우고 있는 스크린에서는 사방에서 터지는 화염과 광자포화에 의해 불빛이 하늘로 치솟는 장면들이 연이어 비춘다. 요기는 걱정스러운 눈길로 스크린을 응시한다. 요기의 곁에 있는 디어 총사령관, 각 부대장과 주요 참모들의 얼굴 역시 근심으로 가득하다.

"쿠쾅~콰콰콰쾅!"

강렬한 폭발음과 함께 하늘에서 벼락이라도 떨어지듯 붉은 빛이 하늘 전체를 반짝하고 밝혔다가 사라진다. 민간 지역에 있는 베다행성의 시민들은 누구 할 것 없이 모두 하늘로 고개를 올려 확인한다. 혹시 제2방어막이 무너지지는 않았을까 하는 불안감. 가슴을 졸이며 무사히 전쟁이 끝나기를 두 손 모아 기도하는 사람, 아이를 품에 안고 있는 사람, 다들 무너지는 가슴을 가까스로 부여잡으며 참고 있다.

"우르르르룽, 쿠아아앙!"

또 다시 거센 파열음과 함께 붉은 빛이 하늘에 번쩍였다. 스크린에서 눈을 떼지 않고 있던 요기는 무엇을 보았는지, 낙담한 표정으로 고개를 숙인다. 무언가를 곰곰이 몰두할 때 보이는 요기의 표정. 미간에 깊은 주름을 잡고, 엄지손가락으로 왼손바닥을 문질렀다. 작전 회의실에 모인 간부들은 불안한 얼굴로 모니터에 보고된 내용과 대형스크린을 번갈아 보며 현재 상태를 파악하려 애쓴다.

"전황분석실의 보고자가 왔습니다."

침묵에 잠긴 회의장에 요기의 수행비서 마야의 목소리가 울렸다.

"그래, 들여보내도록 해."

깊은 생각에 빠져있는 요기를 대신해 총사령관이 말했다.

"안녕하십니까."

보고자는 손을 들어 경례를 했다.

"보고드리겠습니다."

요기는 고개를 살며시 끄덕이고는,

"지금 현재 상황이 어떤가."

"네, 현재 상황과 문제점을 보고드리겠습니다."

보고자는 정리된 파일을 눈으로 확인하며, 보고를 시작했다.

"주요 손실이 발생된 상황입니다. 제1보호막의 중력장을 지탱하는 비밀 지역의 유지 장치가 파괴되었습니다. 암혹세력의 지원모함 8척 포함, 전 15척 적 모함의 최대 방전 공격 시작 전, 정확히 10분 전에 알 수 없는 적에 의해 파괴되었습니다."

"알 수 없는 적이라니, 그게 무슨 말인가?"

총사령관은 노여움이 섞인 목소리로 말했다.

"저희도 확실한 원인을 확인하기 위해 현재 분석 중에 있습니다. 분석이 끝나는 즉시 보고드리겠습니다. 그리고 방금 스크린을 통해 섬광을 확인하셨을 것입니다."

간부들은 앞으로 의자를 끌어당기며 보고자의 말에 귀를 기울였다.

"유지 장치가 보호하지 않는 제1보호막이 적의 대형 모선으로부터의 모든 에너지 집중 포격에 파괴되었습니다. 유지 장치 복구 없이는 방어막 재생이 불가능한 상황입니다. 적 우주모선의 에너지 재충전시간 고려 시, 2시간 내지 4시간 내에 적의 우주모선과 병력이 행성 내부로 진입할 것으로 보입니다."

회의실에 자리한 각 부대장과 참모장들은 놀란 얼굴로 요기를 바라봤다. 모두 요기에게 어떤 답을 요구하는 얼굴을 하고 있었다. 그런 그들의 마음을 읽었는지, 요기가 천천히 입을 열었다.

"제2보호막 외부의 모든 병력과 거점을 각 제2보호막 입구 안으로 이동하고, 우선 방어에 최선을 다하도록 조치하세요. 그리고 다섯 전사와 알파행성 지원 부대 중 우주비행단의 전투기 조종사 순리를 즉시 사령부 총지휘소로 소집하세요."

 총사령부 작전 총지휘소 한쪽 벽면을 가득 차지하고 있는 스크린. 스크린은 암흑세력의 전투 장면을 끝없이 재생시키며 흘러보낸다. 벽면 가득한 스크린 옆에 위치한 여섯 개의 작은 화면에서는 전쟁이 클로즈업된 장면부터 베다행성의 피해 장면이 상세하게 드러나 스크린을 보는 사람들의 가슴을 무겁게 짓누른다. 스크린 옆에 서 있는 작전요원들은 애써 스크린 화면에 눈을 두려 하지 않는다. 화면 속 전쟁 장면을 보는 것만으로도 참담한 기분이 들기 때문이다.
 작전 지휘소의 한복판, 중심부의 높은 곳에 지휘소를 한눈에 내려다볼 수 있는 지휘본부가 위치하고 있다. 원형으로 이루어진 지휘본부에는 타원형의 소형원반이 있다. 소형원반을 이용해 지휘소 곳곳으로 순식간에 이동이 가능하다. 소형원반은 작전지시와 시스템의 현황을 분석하고 필요한 지시를 즉시하기에 용이하다.
 전쟁으로 상당지역이 폐허가 된 베다행성에도 어김없이 아침의 햇살이 밝아왔다. 따스한 햇살은 전쟁의 상처를 고스란히 드러내 보인다. 아침의 햇살로 밝게 빛나는 지휘소 안으로 요기를 필두로 한 총사령관, 각 부대장, 다섯 전사와 주요참모들, 비행단의 순리가 차례로 들어온다. 지휘본부에 올라선 요기는 아래로 시선을 떨구고는 말했다.
 "어제 피해 상황과 우리의 병력에 대해 보고해 주시오."

요기의 지시에 따라 암흑세력과의 전투로 잃은 병사들, 로봇, 행성의 피해 상황 등에 대한 보고가 세세하게 이루어졌다. 사령부 지휘소 안은 하나씩, 하나씩 드러나는 피해 상황에 마치 바다 속으로 육중한 바위가 가라앉듯 침울한 분위기가 이어진다.

"그만 됐소."

요기는 지휘소 한쪽 벽면 가득 차지한 대형 스크린으로 눈을 돌리며 말했다. 괴로운 듯 뜨거움 숨을 토해냈다. 스크린에는 푸른 녹색 빛을 띠고 있는 행성의 전면이 보이고, 그 곁으로 검은 위용을 자랑하는 적의 거대모함 15척이 보인다. 거대모함 중 7척은 행성을 향해 천천히 기체를 움직이는가 싶더니 점점 속력을 높이며 접근하기 시작했다.

7척의 모함 주위로 늘어선 스페이스 우주선들은 모함을 호위하듯, 그 속도를 높이며 이동해 온다. 끊임없이 발진되어 나오는 우주선들은 모함을 앞서가며 베다행성으로 엔진의 속도를 높였다. 그들의 목표는 오로지 베다행성. 베다행성을 위한 암흑세력 군단의 움직임에는 점차 가속도가 붙어갔다.

"제2보호막을 철통같이 고수하여 더 이상 희생이 없도록 하라!"

지휘소 사령관은 스크린에서 눈을 떼지 않고 말했다. 그리곤 이어서 명령했다.

"제2보호막 외부의 인력 철수 진행 상황을 보고하라!"

"네, 바로 보고드리겠습니다."

키가 작고 머리카락을 노랗게 물들인 보고자는 사령관의 앞으로 다가와 정확한 발음으로 철수 상황에 대해 보고했다.

"알겠다."

지휘소 사령관은 고개를 끄덕이고는 다시 명령을 하달하기 시작했다.

"외부의 모든 주요 병력과 거점을 제2보호막 입구 안으로 옮겨라. 이 동시 방어에 최우선적으로 신경을 기울이도록 하라!"

총지휘소 사령관은 등을 돌려 다섯 전사에게 다가왔다. 사령관 앞에 우두커니 서 있는 다섯 명의 전사들.

"그대들은 어떻게 하면 좋겠나?"

근심이 가득한 사령관의 목소리에 브레인포스부터 자신의 의견을 밝혔다. 질문과 대답, 서로의 의견을 주고받는 사령관과 다섯 전사들의 목소리로 지휘소 안이 가득해졌다. 그런 그들의 모습을 지켜보던 요기는 고개를 돌려 눈으로 순리를 찾았다. 지휘소 한쪽 구석에 서 있는 순리를 요기가 손짓을 하며 불렀다.

"네, 찾으셨습니까?"

"순리, 그대는 암흑세력과의 전쟁에서 앞으로 큰 역할을 하게 될 것입니다."

"네? 제가요? 저는 아직 전쟁에 큰 경험이 없습니다."

순리는 요기에게 고개를 숙이며, 부끄럽다는 듯 말했다.

"아니오. 나는 그대의 능력을 높이 평가하고 있소."

요기는 헛기침을 크게 하고는 말을 이어나갔다.

"현재 베다행성 주위를 돌고 있는 1차방어막이 무너진 것은 사실입니다. 하지만 민간인들은 사전에 제2보호막 안으로 이동시켜 큰 희생을 막을 수 있었습니다. 지금은 그런대로 막고 있어 민간인들의 피해가 적지만, 앞으로가 문제입니다. 그동안 알파행성의 우주정보 비행으로 암흑세력과의 많은 국지적 접촉 경험을 가진 그대의 의견이 듣고 싶습니다."

"저의 의견 말씀인가요?"

요기는 인자한 미소를 지으며 고개를 끄덕였다.

"제 생각을 말씀드리자면."

순리는 조심스럽게 입을 떼었다.

"첫째, 스페이스 중력장으로 만든 보호막을 외부에서 파괴하려면 유지 장치가 가동되는 한 대우주모함기준 30여 척 이상이 모든 에너지를 최대로 방출하여 집중포격을 해야 하는 것으로, 암흑세력의 델타행성전 모함을 동원하지 않으면 불가능한 일입니다. 이는 베다행성 내부에 있는 적의 첩자 색출이나 유지 장치 파괴에 대한 조사와 대응책이 시급하다는 것입니다."

"흠 그런가."

요기는 손등을 만지작거리며 잠시 무언가 골똘히 생각하는 표정을 지었다.

"두 번째는 오히려 적의 모함들이 지상과 우주로 분리될 경우, 희생은 따르나 반격의 기회를 잡을 수도 있습니다. 모든 기술력과 전력을 일시에 모으고 비밀리에 제1보호막을 재생하고 반격을 가한다면 행성의 삼분의 일을 잃겠지만 적들을 몰아낼 수 있는 계기를 마련할 수 있다고 생각합니다."

순리는 처음의 소극적인 자세와 달리 자신감이 배인 목소리로 말했다. 요기는 눈을 반짝이며 순리를 바라보고는 고개를 끄덕였다.

"내부의 문제는 이미 예상하고 있었답니다."

잠시 다른 생각에 빠진 듯 미동조차 없는 요기. 요기는 고개를 들어 순리를 바라봤다.

"이번 적들의 총공세에 상인연합의 유령선단이 베다행성 인근 소행성대 나선 스페이스 항로에서 자유연합 지원 선단을 차단하고 2차 공세에 참여할 것으로 예측되었는데, 어디에도 보이지 않는 것이 알파행성 지원 선단에서 한 일인 게지요."

"하하, 어떻게 아셨는지요. 그러니까, 나선스페이스 소행성 협곡 우주 근처에 자유연합 지원 부대의 후방 보호를 위하여 알파행성의 배기빈 연구소장이 새로 개발한 스텔스핵융합기뢰를 시험 배치하였는데 이것이 행운이었지요."

순리는 잠시 그때의 회상에 잠긴 듯인 표정이다.

"유령선단의 움직임을 누구도 알 수 없지요. 먼 우주에서 단번에 목표 행성에 아주 가까이 최근접하여 한번의 도약으로 접근할 수 있는 중간계 최강의 전투선단입니다. 성간을 단 한번의 도약으로 하이퍼 순간이동할 수 있는 유일한 기술을 갖고 있는 그들이 소행성 협곡의 기뢰배치 원진 한가운데로 마치 유령처럼, 전 선단이 순간이동하여 들어왔습니다. 상인연합의 비밀 병기인 그들에 대한 공격은 그들을 알파행성의 확실한 적으로 돌리는 일이라 극비에 부쳤습니다만…"

"그래요. 아무도 접근할 수 없는 곳으로 접근하는 유령과 접근할 수 없는 곳으로 들어올 것을 대비하는 지혜라! 하하, 이 늙은 요기에게는 몇 가지 보이는 것들이 있답니다."

"투투투투! 투투투!"

암흑세력의 비행정과 전투기에서 쏟아져 나오는 미사일과 포탄들. 그에 밀리지 않고 암흑세력에 응수하는 베다행성과 알파행성을 비롯한 자유진영의 전투기.

"콰콰콰! 투투, 쿠쿠쿠쿵"

전투기와 비행정의 한 치의 양보도 없는 싸움이 계속된다. 부서지고 바닥으로 곤두박질치는 비행정과 전투기들은 화염에 휩싸인다. 밀고 밀리는 전투기와 비행정의 공중전에 베다행성 쪽이 점점 우위를 점하며 비행정들의 숫자를 줄여 나간다.

"이 녀석들! 나한테는 안 되지!"

신이 난 아이스맨과 열심히 적의 숫자를 줄여나가는 파이어걸. 거대 로봇과 드론과의 전투에서 아이스맨과 파이어걸은 물 만난 물고기마냥 적들을 흔적도 없이 부셔버린다. 끝도 없이 쏟아져 나오는 암흑세력의 비행정들. 이에 질세라 자유진영의 전투기와 우주선도 속속들이 도착하며 베다행성에 힘을 실어준다. 베다행성 외부 우주 공간에서 벌어지는 스페이스급 우주선의 추격과 교전.

베다행성 밖은 멀리서 바라볼 때는 화려한 불꽃놀이가 벌어진 듯 보인다. 하지만 그 속을 들여다보면 화려함은 어느 곳에도 찾아볼 수 없다. 오로지 생과 사, 그리고 치열함이 존재하는 무시무시한 전투의 아수라장일 뿐이다.

암흑세력은 베다행성과 연합군의 공격에도 아랑곳하지 않았다. 암흑세력의 대모선은 여전히 단단하고 견고하게 베다행성의 내부와 외부를 포위하고 쉴 틈 없는 공격을 가하고 있다.

"투투투! 쿠쿠쿵!"

점점 허물어지고 망가져가는 베다행성. 그리고 늘어가는 사상자들 많은 군인들의 희생.

"현재 암흑세력 부대의 일부는 다섯 전사의 활약으로 지상에서 거대로봇을 철수시켰습니다. 암흑세력의 주요 거대로봇들은 대기권 밖으로 물러나 전력을 정비 중인 상태입니다. 대우주모함 5척을 중심으로 하는 선봉함대는 확보된 지상 거점에 2개의 요새를 구축하고 있습니다. 아마도 요새가 정비되고, 모함 2척의 수리가 완료되면 내부 진입을 위하여 제2보호막을 무너뜨릴 집중 공격이 예상됩니다."

사령부 작전 회의실에 요기를 중심으로 앉아 있는 부대장과 주요 참모들에게 일련의 상황들에 대한 보고가 이루어졌다.

"또 다른 움직임은 없는가?"

요기는 굳은 표정을 풀며 물었다.

"네, 계속하겠습니다."

보고자는 긴장된 표정으로 말을 이었다.

"또한, 암흑세력은 지하벙커를 건설 중이라고 확인되고 있습니다. 현재 전투는 일시 소강상태로 접어든 시점이라고 말씀드릴 수 있습니다."

보고자가 버튼을 누르자, 암흑군단이 차지한 지상 거점 지역에 요새를 구축하고 있는 모습이 비친다. 무언가를 분주히 준비하는 모습이다. 제1요새와 제2요새는 나란히 V자 형태로 구축되어 베다행성의 주요 지역을 바라보며 있다. 요새 후면에 5척의 모함과 각 비행선단을 배치한 형태이다.

"암흑세력과의 전투로 인한 자세한 피해 상황은 어떻게 되나?"

로봇부대장이 보고자에게 물었다.

"네. 자세한 피해 상황은"

보고자는 차트를 확인하고는 보고를 이어나갔다.

"민간인 12,200명 실종, 2,340명 사상, 1,800명 사망. 그리고 자위대 병력 손실, 자위대 25,200명 사망, 대형 베다로봇 589개체, 소형로봇 22,000개체 파괴. 이상입니다."

"민간인의 희생이 그렇게 많단 말인가?"

자위대장이 분노에 찬 목소리로 말했다.

"현재 다섯 전사는 공격적인 작전 수행 중으로, 자위대가 제2보호막 인근 침투로의 1차 방어를 하고 있습니다. 이로 인해 민간인에게 피해가 일어나고 있는 상태입니다."

"그렇다면 적들은 현재 어떤 상황인가?"

노여움으로 얼굴빛이 붉게 물든 자위대장이 물었다.

"적 우주모함 동향은 15척 중 8척 대기권 밖, 제1보호막 지역 외부에 대기 중이며, 행성 진입 7척의 우주 모선 중 2척을 파괴했습니다. 지상의 적 모선 5척 중 2척은 어느 정도 손상을 입어 수리에 들어간 정황으로, 전면 공격은 수리 등으로 시간이 경과되어야 가능할 것으로 추정됩니다. 아군 우주모선 역시 2척이 치명적 손상을 입고 수리 중입니다."

보고자는 또박, 또박 현재의 상황에 대해 설명했다.

"알겠네, 수고했으니 나가보게나."

로봇부대장이 한 쪽 손을 들며 말했다.

"네. 그럼 저는 이만"

보고자는 고개를 깊숙이 수그리고 들어왔던 문 밖으로 등을 보이며 모습을 감췄다.

"이제 어떻게 하면 좋습니까? 좋은 의견이 있으면 말씀해 주십시오."

작전부대장의 목소리는 떨리고 있었다. 자위부대장이 먼저 입을 열었다.

"지금 제2방어막을 위협하는 암흑세력의 주요 전력인 안드로이드 기계 부대와 괴수 부대들은 중앙의 지시를 받고 있습니다. 현재 베다행성을 둘러싸고 있는 우주대모함중의 한 곳에서 전파를 이용해 조종을 하는 것 같습니다. 그런데 전파가 산발적으로 방출되고 있으며 지상의 다른 우주모함이 재송출하는 것으로 보입니다. 그들에게는 고도의 유인전파 기술이 있습니다. 그렇기 때문에 그 근원지를 파악하기에 어려운 점이 있습니다."

"무엇보다 주민들의 안정이 최우선되어야 합니다. 가장 중요한 것은 우리 베다행성 주민들의 안전입니다. 주민들을 조금 더 안전한 곳으로 대피시켜야 합니다."

"지상의 적이 요새를 정비하고 2개의 모선을 수리하고 난 뒤가 문제입니다. 우주의 적과 연계하여 제2보호막을 직접 합동 공격할 시에는 모선이 열세인 우리로서는 제2보호막이 일시에 뚫리면 행성의 안전을 보장할 수 없습니다. 이제 시간이 얼마 없습니다. 이제 새로운 대책을 만들지 않으면 베다의 미래는 없습니다."

요기는 기술장에게 고개를 돌리고는 물었다.

"기술장, 1차 방어막의 중력장을 복구하는데 얼마나 걸리겠는가?"

"네. 방어막 복구에 기술적인 어려움은 별로 없습니다. 다만 복구에 걸리는 시간을 확보하기가 어렵습니다. 또한, 극비 지역에 암흑군의 거대로봇이 계속 침투 중에 있어 계속되는 전투로 복구에 어려움이 따르고 있습니다."

기술장은 침울한 목소리로 해당 지역 특급 정보가 유출된 것으로 보인다고 말했다.

지휘부 회의실에 마련된 화면에서는 암흑세력 스페이스 함정에서 하나, 둘 내리는 암흑세력의 24미터에 달하는 거대로봇들이 보인다. 로봇은 세 가지 종류로 다크-그레이, 다크-레드, 다크-옐로우이다. 세 가지 로봇은 각자 날카로운 뿔을 달고 있다. 로봇의 종류에 따라 뾰족한 뿔이 난 곳이 제각각이다.

다크-그레이 형은 머리 양옆과 정수리에 뿔이 솟아 있는가 하면, 다크-레드 형과 다크-옐로우 형은 머리에 전갈꼬리 같은 형상의 머리장식이 있고 팔과 다리, 어깨 등에도 뿔이 솟아 있다. 로봇들은 뾰족하고 길게 솟아 있는 뿔로 자신들의 몸을 보호하려는 듯 보이고, 얼굴은 두껍고 각진 철갑으로 만들어졌다. 무서운 눈과 새의 부리 모양의 튀어나온 주둥이를 가졌다.

우둔하게 생긴 모습과 달리 거대암흑로봇들의 움직임은 빠르고 민첩하다. 통일된 움직임으로 일사불란하게 행동하는 모습은 고도의 훈련을 받은 것처럼 보인다.

베다행성의 거대로봇은 한손이 레이저포의 형태를 갖춘 20미터급의 단일형 로봇으로, 다섯 전사 로봇과 달리 아직까지는 거대암흑로봇에 대하여 우위를 보이지는 못하고 있다. 죽음을 두려워 않는 암흑전사들에게 조금 밀리는 느낌이 있는 게 사실이다.

스페이스 함정에서 내려선 거대암흑로봇들은 하나같이 도시와 중요

지역의 2차 방어막에 집중적으로 공격을 쏟아 붓는다. 상황판에 비치는 암흑세력군의 거대로봇과 실시간 배치도는 해당 극비 지역에 집중 투입되고 있다는 신호를 보인다.

파괴된 극비 지역의 인근에서 20대의 거대암흑로봇과 함께 급히 날아가는 다섯 전사의 거대 로봇들이 굉음을 일으키며 전투를 시작한다.

"투콰콰콰쾅! 쿠콰콰쾅 쾅!"

암흑세력의 거대로봇은 다섯 전사의 로봇을 향해 집중 포탄 사격을 가한다. 다섯 전사는 가까스로 막아내며 공격보다는 방어에 치중한다.

"로봇 방패로 로봇의 몸을 가리고 조금씩 앞으로 전진한다."

윈드맨이 말했다. 다섯 명의 전사는 각 로봇에 장착된 길이 10미터의 방패로 몸을 보호하며 조금씩 앞으로 나아갔다. 날아드는 포탄으로 검은 연기가 가득하다. 물체는 흐릿해지고 제대로 상황을 분간하기 힘들다.

"퉁퉁퉁!"

방패는 효과적으로 공격을 막아낸다.

"조금 더 몸을 숙이고."

"쾅!"

트레디의 말이 끝나기 무섭게 적의 폭격을 맞고 파이어걸이 뒤로 날아갔다.

"사라!"

덕만은 허겁지겁 파이어걸의 곁으로 다가갔다. 썬더맨 1, 2, 3호기는 방패를 이용해 사라에게 2차적으로 이어질 공격을 막았다.

"사라, 괜찮아?"

"으응."

적의 공격에 잠시 멍했던 사라는 그제야 정신을 차리고 몸을 일으켰다. 무릎을 꿇고 방패막이가 되어주던 썬더맨 1, 2, 3호기는 사라가 몸을 일으키는 것에 맞춰 함께 몸을 세웠다.

"조심해. 여기는 전쟁터야."

"알고 있어."

파이어걸은 방패 뒤에 깊숙이 몸을 숨기고 앞으로 향했다.

"히야아아~"

울트라원은 네 명의 전사 뒤에서 염력을 끌어올렸다.

"이이이얏!"

울트라원 로봇에 의하여 염력 자기장이 수십 배로 증폭되었다. 강력해진 염력을 이용해 상대 거대로봇이 움직이지 못하도록 전투 불가능 상태로 만든다.

"히야아아~"

힘을 다해 염력을 끌어올린 울트라원 로봇의 염력창이 암흑로봇의 팔을 찌그러뜨린다. 꾸깃꾸깃해진 암흑로봇의 팔은 힘없이 바닥으로 떨어진다. 한쪽 팔을 잃고 나머지 팔마저 울트라원의 염력으로 힘없이 구겨지고 망가져 버린다.

"이이얏!"

브레인포스는 다시 미간에 힘을 준다. 염력을 이용해 암흑세력의 로봇이 동료를 공격하게 조정한다. 염력에 의해 조종된 로봇은 동료를 공격하고 나중에는 스스로 자폭해 곁에 있는 다섯 대의 로봇을 폭파시

컸다.

"하얏!"

썬더맨 1호기는 형광색 빛을 번쩍거리며 상대 거대로봇을 두 동강 내어 버린다. 썬더맨의 번개검이 스치고 지나가면 로봇은 반으로 갈라지고, 갈라진 거대로봇은 스파크를 일으키며 곧 폭발에 이른다.

"투~캉!"

뒤에서 내리치는 다크-그레이 형 로봇의 검을 썬더맨 로봇 1호기가 광선검을 꺼내 막아냈다. 썬더맨 로봇은 오른손에 들린 번개검으로 다크-그레이 형 로봇의 배를 가로로 가르고, 위에서 다시 한 번 내리쳐서 세로로 가른다. 사등분된 암흑세력의 거대로봇은 그 자리에서 강열한 소리를 내며 폭파된다.

"콰콰콰콰쾅!"

거대암흑로봇은 썬더맨 로봇이 휘두르는 광선검의 움직임에 따라 산뜻하게 단면의 모습을 드러낸다. 하지만 암흑세력의 로봇들은 전의를 잃지 않고 다섯 명의 전사 앞으로 쉬지 않고 달려든다.

"이것들은 끝이 없네!"

덕만은 썬더맨 1호기 안에서 지겹다는 목소리로 나지막하게 말했다. 베고, 베어도 끝도 없이 달려드는 암흑세력의 거대로봇에 질릴 지경이다.

"하야앗~! 하야앗!"

거대암흑로봇 두 대와 혼신의 힘을 다하는 파이어걸. 만만한 상대가 아닐 거라는 건 알고 있었지만 거대로봇 두 대를 혼자 힘으로 막아내기는 버거웠다. 상황은 윈드맨과 아이스맨 역시 다르지 않았다. 두 대의 거대로봇과 상대하는 윈드맨과 아이스맨 역시 번번이 공격이 가로막히고, 거대로봇의 날카로운 공격을 막아내는 데 온 힘을 기울여야 했다.

"콰콰쾅!"

"어! 썬더맨!"

윈드맨은 반가운 목소리로 소리쳤다. 홀연 나타난 썬더맨 로봇의 번개검에 거대로봇의 한쪽 팔이 떨어져 나갔다. 그 틈을 놓치지 않고 아이스맨이 거대로봇에게 아이스빔을 쐈다. 아이스빔으로 얼려 버린 로봇 위로 얼음포탄으로 투척해 적을 파괴시킨다. 윈드맨은 바람창을 휘둘러 거대한 소용돌이를 생성시킨다. 소용돌이에 빨려 들어간 암흑거대로봇은 서로 뒤엉켜서 부딪치며 파열을 일으킨다.

"쿠쿠쿠쾅!"

쉽지 않았던 싸움이었는데 울트라원과 썬더맨의 등장으로 전세가 순식간에 역전되었다. 큰 산 같았던 10대의 거대로봇은 다섯 전사의 공격에 차츰차츰 밀리는 양상을 보이더니, 이내 다섯 전사의 '막강 5전사 로봇 총공격'을 당해내지 못하고 무너졌다.

"여기는 정리된 것 같으니 다른 지역으로 이동하자."

윈드맨 로봇이 공중으로 떠오르자, 나머지 네 명의 전사도 윈드맨의 뒤를 따랐다.

"푸위이이이잉~"

제2보호막 인근, 보호슈트 차림의 자위대원과 베다행성 소형로봇들이 암흑세력의 수많은 안드로이드 기계 로봇 병사들을 맞아 고군분투하고 있다.

"히야아아아~"

울트라원은 염력을 이용해 암흑세력의 줄지어 전진하는 기계 병사 로봇에게 광선창이 날아들게 한다. 광선창은 적들의 가슴을 뚫고 지나가며 로봇 병사들이 움직임을 멈추게 만든다. 날카로운 공격에 로봇 병사들은 요란한 소리를 내며 폭발한다. 울트라원의 염력을 이용한 염력창의 원격 비행 공격에 파괴되어 가는 안드로이드 기계군단의 기계 로봇들.

아이스맨도 울트라원에 질 수 없다는 듯, 하얗게 검을 얼려 파괴력을 증진시킨다. 아이스맨의 하얗고 차가운 검이 스치고 지나간 로봇들은 하나같이 얼어붙고 이내 차르르 얼음이 깨지듯 무너져 내린다. 1, 2, 3호기의 조종이 익숙해진 덕만은 3대의 썬더맨을 하나의 몸으로 움직이며 광선검으로, 광선총으로 쉼 없는 공격을 퍼부었다.

"로봇이 세 대니깐 좋긴 좋구나."

아이런은 부러움이 가득한 목소리로 말했다. 덕만은 대답할 틈도 없이 기계 로봇들을 차례차례 무력화시키는 데 정신이 없다.

"푸아아아아~~"

"앗, 감사합니다."

썬더맨의 뒤로 다가오는 다섯 무리의 기계 로봇을 윈드맨이 소용돌이를 일으켜 날려 버렸다.

"세 대가 삼각형으로 서서 공격하는 게 효과적일 거야. 세 대를 잘 활용해야지."

윈드맨, 트레디는 덕만에게 짧게 조언의 말을 남겼다. 그러고는 곧

풍압을 이용해 다가오는 로봇 병사들을 날렸다. 날아간 로봇 병사들은 서로 뒤엉켜 폭발한다. 일렬로 서서 암흑세력의 로봇에게 공격을 가하던 덕만은 삼각편대로 썬더맨 로봇들의 공격 형태를 바꾸고, 사방에서 다가오는 적들을 처리해 나갔다.

"이야야야얏!"

"파파파파팡, 파파파팡!"

파이어걸의 무기인 파이어링과 파이어볼, 파이어채찍에 적들은 가까이 다가올 엄두도 내지 못한다. 파이어걸의 공격에 암흑세력의 로봇들은 이내 쓸모없는 고철로 검게 그을려진다. 다수의 적에게는 에너지를 집중하여 터트리는 화룡포를 발사한다. 거대한 불꽃파가 날아가 한꺼번에 파괴한다.

"쿠쾅쾅쾅!"

형편없는 고물이 되어 나뒹구는 로봇 병사들의 숫자가 점점 늘어난다. 화염과 폭음, 쇠들이 맞닿는 소리, 전장은 아수라장으로 변한다.

다섯 전사가 활약하는 모습을 회의실의 스크린을 통해 가만히 지켜보는 요기. 요기는 스크린에서 눈을 돌렸다.

"지금 다섯 전사가 2차 방어막이 파손된 지역에서 집중적으로 적을 제압하고 있으니, 제2방어막의 유지 장치가 있는 다섯 곳의 비밀 기지로의 접근을 폐쇄하는 게 좋겠군. 그리고 비밀 기지를 보호하고 손상된 방어막을 최우선적으로 수리해 주도록 하게."

요기는 힐긋 화면으로 다시 시선을 던지고는,

"우리는 지상에 자리 잡은 암흑군을 격퇴할 걸세. 제2방어막의 수리가 끝나면 가장 시급한 것은 파괴된 대기권 경계 밖의 제1방어막의 중력장 유지 장치를 복구하고 제1방어막을 가동시키는 것인데. 문제는 파괴된 제1방어막 중력장 유지 비밀 기지를 적들 몰래 복구하는 것이라고 판단하네. 그리고 이 일은 1급 비밀이니, 이점 명심해 두게나. 물론 시간이 많지 않다는 것도."

"네. 방어막 복구에 최선을 다하겠습니다."

기술장이 대답했다.

"즉시 기술단과 수리머신을 모두 출동시키겠습니다. 부분적인 제2방어막 수리는 곧 마치고 제1방어막 중력장 가동을 위해 비밀 기지의 복구에 최선을 다하겠습니다."

기술장은 자리에서 일어나 꾸벅 인사를 하고, 회의실 밖으로 나섰다. 잠시 정적이 흐르는 회의실 안. 요기의 심각한 표정에 어떤 사람도 먼저 입을 열지 않는다.

….

"네? 그럼 선공을 하신다는 말씀인가요?"

회의에 참석한 제2참모장이 요기의 말에 놀란 듯 대꾸했다.

"그렇다네. 현재 문제가 되는 1차 방어막이 견고하게 재가동하면 여세를 몰아 1차 방어막 내에 5기의 대우주모함을 고립시킬 수 있네. 중요한 것은 우리가 특별한 조치를 취하지 못하게 됐을 때 발생하네. 지상의 적이 부서진 2기의 모선을 수리하고 대기권 밖의 대우주모선과 제2방어막에 합동 공격을 가하면 제2방어막과의 거리와 화력의 강도로 보아 방어막이 일시에 무너질 수 있네. 일정시간 내에 복구가 항상 가능하지만, 이 시간은 우리 행성 전체가 무너질 수도 있는 절체절명의 순간이기도 하네. 이제 우리는 행성 안에서 어떠한 적들의 요새도 존재하지 않도록 해야 하네. 또한, 민간인의 희생을 막고 행성을 실질적으로 회복하기 위해서는 비행정이나 스페이스우주선이 침입할 수 없도록 제2보호막을 견고하게 가동하여 광자포나 폭탄 및 비행선 등의 침투를 억제하는 것이네. 현재로는 종생이나 사람이 들어갈 수 있는 것처럼 괴수 부대나 소형 인간형 사이보그도 내부로 언제든 침투가 가능하니, 괴수 군대와 사이보그 기계들에 대하여 가동이 어렵도록 통신 교란 작전을 수행해야 할 것이야. 세부 작전을 검토해 보도록 하게."

요기는 낮고, 무거운 어투로 말했다.

"네오컴의 전세 분석대로 700만에서 1,000만 수준의, 우리가 감당하기 어려운 숫자의 안드로이드 기계 병사가 추가로 지상에 투입되어 제2방어막 안으로 들어오면⋯. 베다행성에서는 모든 종생이 사라지게 되네."

"⋯."

"그렇다면 누가 나서서 적의 지상 요새로 들어간다는 말입니까?"

덜컥.

참모장의 목소리와 함께 문이 열리고, 모두의 시선이 일제히 문 쪽으로 향했다. 그들의 시야에 모습을 드러낸 이는 울트라원과 아이스맨이었다. 아이스맨은 평소와 달리 무거운 분위기로 고개를 떨어뜨리고 있다. 숙인 얼굴의 표정은 가늠하기가 힘들다.

"저희가 하겠습니다."

내용을 다 알고 있다는 듯, 울트라원은 자신에게 던져지는 시선 하나하나를 모두 의식하며 대답했다. 자신 있는 목소리와 희미한 미소가 배인 울트라원의 얼굴.

"울트라원, 자네가 말인가?"

울트라원은 미소를 잃지 않은 채 고개를 가볍게 끄덕였다.

"역시 브레인포스, 아니 이제는 울트라원! 자네는 베다행성 최고의 전사일세."

작전부대장은 울트라원을 향해 엄지손가락을 치켜보였다.

"울트라원."

요기는 의심스러운 눈빛으로 울트라원을 바라봤다.

"네."

울트라원은 요기 쪽을 향해 몸을 돌렸다.

"자네는 제1보호막이 파괴되는 순간, 어느 전투 현장에 있었는가?"

"제가 임무를 잊고, 숨어 있었다고 생각하시는 겁니까?"

약간 격앙된 목소리로 대답했다.

"아이고, 아니네, 울트라원. 내가 봤네, 내가 봤어, 자네 열심히 싸우는 거 내가 잘 알고 있다마다."

제2참모장이 타이르는 듯한 목소리로 말했다. 울트라원은 조금의 동요도 없는 눈빛으로 말했다.

"지금 기계 명령 중계 컨트롤 메인 박스를 파괴할 요원을 찾는다고 들었습니다. 제가 전사들을 데리고 적의 요새로 들어가겠습니다. 모든 적을 물리치고 베다 지상 거점의 중계기 컨트롤 박스를 파괴하고 돌아오도록 하겠습니다. 믿어 주십시오."

자신감이 넘치는 목소리였다.

"요기 님, 울트라원보다 더 믿고 맡길 수 있는 전사가 어디 있겠습니까?"

제1참모장의 말에 요기는 아무 말 없이 못미더운 표정을 짓는다.

"요기 님."

곁에 있던 로봇부대장의 재촉하는 목소리.

"요기 님, 울트라원이라면 믿기에 충분하다고 생각합니다."

로봇부대장은 확신에 가득 찬 사람처럼 주먹을 쥐어보였다. 요기는 자리에서 일어나며 그러세, 하고는 스크린으로 시선을 던졌다.

"감사합니다. 요기 님."

고개 숙인 울트라원의 얼굴에는 뜻 모를 미소가 번진다. 사악하면서도 괴기스러운 미소였다. 하지만 회의실 안에서 그의 미소를 본 사람은 아무도 없었다.

"방해전파가 더욱 강해진 것 같습니다."

암흑모선의 인공지능 컴퓨터가 딱딱한 기계음을 흘리며 말했다.

"지상에 있는 우리 암흑군은 어떤가?"

"모선과 각 개체의 직접 송수신율이 떨어지고 있습니다. 지금은 주로 지상의 제1지상 요새의 46호 우주모선을 통해 중계 송수신이 이루어지고 있는 상황입니다."

"좋다. 이대로 제2방어막 안으로 지상에 대기하는 모든 전함이 진입하려면, 제2보호막을 복원하지 못하도록 내부의 생명들을 말살해야 한다. 이는 곧바로 우리의 승리를 말하는 것이다. 하지만 저들의 최후의 저항도 만만치 않으니, 곧 생산이 완료될 기계군단의 1,000만 기계병사들을 준비시킬 시간을 버는 것도 중요하다. 지상 거점이 없으면 기계군단의 최후의 공격도 쉽진 않다는 판단이다. 특히 지상 거점의 비밀 통신 확보에 만전을 기하도록!"

"또한 지상 요새의 파괴된 두 척에 대한 수리가 언제까지 가능한지도 빨리 파악하라. 베다행성 외곽 우주에 자유연합군의 모선이 모여들고 있어 내부 호응 없이는 여기의 암흑모선이 행성 내로 진입하는 것은 후방공격을 당할 가능성이 있어 위험하다. 승리의 관건은 이 상황을 누가 더 빠르게 뒤집는가 하는 것이다."

정확히 전세를 파악하고 있는 암흑세력의 총참모장이 지시를 내렸다.

'모선 2척의 수리 시간이다! 시간 싸움이 이 전쟁의 승패를 좌우하겠구나!' 총참모장은 고개를 흔들었다.

"요기 님의 명령이야."

다섯 명의 전사가 모여 있는 휴게실. 울트라원은 자리에 앉아 있는 네 명의 전사를 내려 보며 방금 전 회의실의 상황에 대해 설명했다.

"아이스맨, 아니 아이런, 왜 그래? 전투로 많이 지쳤어?"

기운이 없는 아이런을 바라보며 트레디가 말했다.

"조금만 더 힘내!"

평소 활력이 넘치는 아이런답지 않게 씁쓸한 표정으로 고개만 끄덕인다.

"그러니까. 우리가 암흑군의 지상 요새로 잠입해서 공격하면 된다는 소리잖아. 맞지?"

아이런을 바라보던 사라는 고개를 올려 브레인포스를 바라봤다. 브레인포스는 가만히 고개를 끄덕였다.

"제1방어막을 재가동할 중력장 발생 장치 작업 시간을 벌기 위한 거지?"

브레인포스가 대답이 없자, 사라가 주변 전사를 보며 말했다.

"시간이 별로 없다고 해. 제2보호막까지 밀리면 큰일이잖아."

"이대로 무너지면 도시로 전함이 진입하게 될 거야. 제2보호막은 베다인의 생명과 마찬가지야. 마지막 보호막이 무너지기 전에 우리가 위험을 제거해야 해."

"그리고 적의 지상 요새의 모선 수리가 끝나면 우주의 적함을 포함한 총공세가 예상된다니…"

"맞아."

브레인포스는 비로소 굳게 다문 입을 열었다.

"그러니까, 다들 각자 따로 움직일 생각하지 말고 나만 따라와. 은밀하게 수행해야 하는 작전이니만큼 각자의 로봇도 별도로 대기시키고 말이야. 적의 지상 제1요새로 침입하는 거야. 나의 염력을 통해 확인된 확실한 정보야."

이번에는 네 명의 전사가 아무런 말도 하지 않았다. 트레디는 울트라원의 고압적이고 신경질적인 말투가 마음에 들지 않는지 눈을 치켜뜨고 이마에 깊은 주름을 만들어 보였다.

"자네의 염력을 우리가 얼마나 믿을 수 있나. 로봇을 별도로 대기시킨 상황에서 적들에게 발각이 된다면 그야말로 우리는 궁지에 몰린 쥐 신세가 되는 것이네."

"물론, 그런 위험도 있습니다. 하지만 은밀하게 적의 혼동을 유도한다면 별 문제 없이 이번 작전을 안전하게 수행할 수 있을 것입니다. 그렇게 겁이 많아서야 우리가 베다를 지키는 다섯 전사라고 말할 수 있겠습니까?"

트레디는 자존심이 상했는지 얼굴을 붉혔다.

"누가 베다인을 시키는 다섯 전사가 아니라고 했나. 나는 지금 다른 전사들을 염려해서 하고 있는 말이 아닌가."

"걱정하지 않아도 됩니다. 이번 작전은 제가 지휘하는 만큼, 저를 믿고 따라주시면 됩니다."

브레인포스는 트레디의 말에 아랑곳하지 않고 "알겠지?" 하고 사라, 아이런, 덕만의 대답을 끌어냈다. 그렇지만 그 누구도 선뜻 대답을 먼저 하지 않았다.

"지금부터 각별히 주의하도록 해야 해."

암흑제국군이 설치한 제1요새 부근. 다섯 명의 전사는 은밀하게 침투하자는 브레인포스의 작전 지시에 의해 멀리 떨어진 곳에 로봇을 숨겨 놓고 요새 앞으로 모였다. 브레인포스의 말에 모두 대답 없이 고개만 끄덕였다.

"지금 암흑군의 제1요새 앞에는 두 명의 암흑군사가 지키고 있어."

브레인포스는 속삭이듯 조용한 목소리로 말했다.

"사라와 아이런이 먼저 요새 앞의 보초병을 처리하도록 해."

둘은 고개를 끄덕이고는 공중에서 쏜살같이 바닥으로 착지해 보초 열 명을 단숨에 제압했다. 사라는 브레인포스와 덕만이 있는 숲을 향해 손짓했다.

"그럼 이동합시다."

등을 작게 구부리고 걷는 브레인포스의 뒤를 덕만과 트레디가 따랐다.

"입구는 네 말대로 보초 열 명밖에 없었던 것 같아. 경계가 허술한 것이 조금 이상하기는 하지만."

사라는 브레인포스를 보며 말했다.

"그래."

트레디를 필두로 아이런, 덕만, 사라, 브레인포스가 요새로 진입했다. 요새 내부는 강철 빔으로 만든 방호벽이 둘러쳐 있었다.

"이렇게 정교하고 탄탄하게 만들어진 요새에 두 명의 보초밖에 없다는 게 어쩐지 이상한데."

트레디는 작게 중얼거렸다. 작은 입구와 달리 요새 안쪽은 크고 넓은 실내로 이어지는 구조로 되어 있었다. 뒤에서 쫓아오던 브레인포스의 눈빛이 점점 강렬해지는가 싶더니, 매섭게 달라진다.

"히이이이잇"

울트라원은 염력장을 발산했다. 염력의 상대는 다름 아닌 앞서 걷고 있는 네 명의 전사들이었다. 브레인포스의 염력에 트레디의 표정이 멍하게 바뀌었다. 아이런 역시 트레디와 같이 멍하게 눈동자가 힘을 잃었다.

"아, 갑자기 두통이."

사라는 고개를 흔들고는 잠시 멍한 표정을 지었다가, 다시 정상적인 표정으로 돌아온다.

"요새에 들어와서 그런 거 아니야?"

사라의 목소리에 덕만은 고개를 돌려 사라를 바라봤다.

"괜찮아?"

작게 입모양을 만들어 물었다.

"응. 이제 괜찮아. 앞을 똑바로 보고 걸어."

덕만은 싱긋 웃고는 아이런의 뒤를 따르며 주변을 두리번거렸다.

'왜지? 내 뇌파 염력장이 왜 덕만에게는 통하지 않는 거지. 그리고 사라에겐 효과가 지속되지 않는 거지? 분명 아이런과 트레디는 뇌파 염력장이 통한 상태인데. 뭐가 문제인 거지.'

브레인포스는 속으로 중얼거렸다.

"중앙시스템, 우리는 중앙시스템만 찾으면 돼. 그 중앙시스템을 끄면 암흑군의 주력군과 사이보그 전투 부대가 무력화되거든."

'아니. 덕만, 너만 잡으면 돼.'

부글부글 끓는 심정으로 울트라원은 혼잣말을 했다.

"저기, 저기야! 중앙시스템이 있는 곳이야."

제일 뒤에 서 있던 브레인포스가 손가락으로 한곳을 가리켰다.

"그래, 모두 빨리 이동하자."

굳게 닫힌 문을 덕만이 번개로 가르고 안으로 들어섰다. 한 발 안으로 내딛는 순간 느닷없이 경보음이 울리기 시작했다. 중앙시스템 내부라고 생각했던 곳은 비어 있었다. 천장은 두꺼운 철판으로 보호된 각종 기계와 전자장치가 설치되어 있었다.

"삐~ 삐~ 삐~"

경보음은 소리를 그칠 줄 모르고 날카롭게 울렸다.

"여기가 아니다, 빨리 다시 나가자."

"삐~ 삐~ 삐, 삐삐삐."

덕만이 황급히 몸을 돌리자, 레이저 방호장이 내려와 그들의 길을 막아섰다.

"이얏!"

덕만의 번개는 큰 위력을 발휘하지 못하고 그대로 레이저 방호장을 통과할 뿐 아무런 변화도 일어나지 않는다.

"어떻게, 어떻게 된 일이야?"

사라는 다급한 목소리로 브레인포스를 바라봤다.

"성급하게 굴지 마. 가만히 있어봐."

쿵, 쿵, 쿵. 레이저 방호장 건너편 벽면이 열리고 암흑군사들이 다섯 전사를 향해 몰려들었다.

"포위해!"

암흑군사 중에 제일 우두머리로 보이는 한 명이 소리쳤다. 암흑군사는 다섯 명의 전사를 레이저빔으로 위협했다. 다섯 전사의 곁으로 점점 다가온다. 점점 옮죄어오는 암흑군사들. 그들로 인해 다섯 명의 전사는 옴짝달싹 움직일 수 없게 되었다.

"이건 함정이야!"

눈치 빠른 사라가 암흑군사들 사이에서 당황해 소리쳤다.

"울트라원. 이제 다 잡은 건가?"

암흑군사들 사이를 헤치며 제1요새의 암흑부대장이 모습을 보였다. 덕만은 놀란 눈으로 브레인포스에게 시선을 던졌다.

"하하하하하하"

브레의포스는 거슬거슬한 소리를 내며 웃고는, 재미있다는 듯 입을 크게 벌리며 다시 웃어보였다.

"어떻게 된 일이야, 브레인포스."

덕만의 말에 대꾸는 없었다. 브레인포스는 제1요새 부대장을 향해 똑바로 서서는 말했다.

"아쉽게도 파이어걸과 썬더맨은 잘 통하지가 않네요. 윈드맨과 아이스맨 둘은 이제 완전히 우리의 것입니다."

"하하하하하"

울트라원은 다시금 소리 높여 웃었다. 그 사이, 그들을 가로막던 레이저빔 장이 개방되고 윈드맨과 아이스맨은 암흑군사들 사이로 걸어간다.

"어디가, 아이런! 트레디! 정신 차려! 제발 정신 차려!"

멍한 표정의 두 사람을 보며 덕만은 소리쳤다. 이에 질세라 곁에 서 있던 사라도 목소리를 높여 아이런과 트레디를 불렀다. 하지만 두 사람은 덕만과 사라에게 시선도 허락하지 않고 뚜벅뚜벅, 제1요새 부대장 앞으로 걸어갔다. 아이런과 트레디는 예를 갖춰 부대장에게 고개를 숙였다.

"좋아, 좋아."

흐뭇한 미소를 짓는 부대장.

"썬더맨! 잘 봐!"

울트라원이 의기양양하게 말했다. 아이런을 바라보던 덕만은 브레인포스에게 고개를 돌렸다.

"여기는 너를 위한 곳이야. 양성자 중력장이 최대로 가동된 특수시설이지. 양성자를 이용하여 발생시키는 네 녀석의 번개. 번개 그따위

것은 여기서는 아무런 쓸모도 없는 무용지물일 뿐이야."

브레인포스는 고소하다는 표정을 지었다.

"이제 그만 처리해!"

부대장의 말이 떨어졌다. 명령의 하달과 동시에 암흑군이 덕만과 사라에게 달려들었다. 한 손에 들린 레이저검을 덕만과 사라를 향해 위협적으로 움직였다. 덕만과 사라는 이리저리 옮겨 다니며 그들의 공격을 피해냈다. 덕만은 암흑제국군을 향해 열심히 번개를 쐈다. 상당히 위력이 감소된 번개. 암흑군은 번개에 잠시 멈칫할 뿐, 번개의 위력이 약화되어서 큰 위협을 가하지 못했다. 브레인포스의 말대로 양성자 중력장이 최대로 가동된 시설 안에서 덕만의 번개는 적에게 단순한 위협만 가할 수 있었던 것이다. 별다른 피해를 입히지 못했다.

"하~얏!"

사라는 열심히 암흑군에게 불을 쏘아보지만, 적의 숫자는 줄어들지 않고 계속 밀려든다.

"너희들도 공격해!"

울트라원의 목소리에 덕만에게 다가가는 아이스맨.

"제발 정신 차려 아이스맨! 나라고 손덕만! 썬더맨이라고!"

아이스맨은 덕만의 목소리가 들리지 않는지 흐리멍덩한 눈으로 덕만을 향해 얼음을 날리고, 덕만은 아이런의 공격을 힘겹게 피해낸다.

"윈드맨! 너도 어서 공격해, 어서!"

울트라원은 즐거운 듯 소리쳤다. 하지만 울트라원의 기대와 달리 윈드맨은 제자리에 서서 꿈쩍하지 않는다. 넋이 나간 표정으로 서 있는 윈드맨에게 울트라원이 소리치고 밀쳐보지만 아무런 반응이 없다.

"이런 쓸모도 없는 녀석 같으니라고."

울트라원은 윈드맨의 어깨를 밀치고 덕만과 사라의 공격에 합류한다.

"이야앗~"

울트라원은 염력으로 요리조리 도망치는 덕만과 사라의 발목을 잡고는 바닥으로 내동댕이쳐 버린다.

"으.으.으"

낮게 신음 하는 두 사람.

"사라 괜찮아?"

사라는 대답 없이 어깨를 매만진다.

"괜찮아, 사라?"

덕만이 곁으로 다가가려 하자, 그 사이로 아이스맨의 얼음이 날아든다.

"아이스맨! 너 정말 이럴 거야?"

덕만의 외침에도 아이스맨은 멍한 눈으로 덕만에게 얼음을 쏘아댔다. 그의 정신은 온전히 브레인포스에 의해 조종당하고 있었다.

"브레인포스! 도대체 왜 이러는 거야? 네가 우리를 배신하는 거야?"

"브레인포스라는 친근한 말로 나를 부리지마! 나는 울트라원이다. 세상에서 가장 강력한 염력을 발하는 울트라원이라 이 말씀이다!"

"그래 울트라원! 왜 배신을 하는 거냐고."

어깨를 잡고, 가까스로 일어난 사라가 물었다.

"배신? 하하하하 내가? 내가 그럴 리가."

사악한 웃음과 함께 염력으로 사라의 목을 조이는 울트라원.

"으으, 으으 제발 이러지, 으으"

"사라!"

괴로움에 온몸을 떨고 있는 사라 곁으로 다가가려는 덕만에게 끈질기게 공격을 가하는 아이스맨. 덕만은 아이스맨의 공격으로 발이 묶이고 만다. 현재의 덕만에게는 아이스맨의 공격을 피하는 것에 집중하는 것도 힘든 지경이다.

"하야야~"

덕만은 두 손에 번개를 모았다. 하지만 허무하게도 "찌지지직" 하는 소리와 함께 불은 번쩍이다, 이내 사라져 버린다.

"이런 젠장!"

"야앗!"

다시 날아드는 아이스맨의 얼음.

"어디를 도망가려고!"

아이스맨의 공격은 그칠 줄을 모른다.

"제발. 아이스맨, 제발! 사라가 고통스러워하는 게 보이지 않아?"

아이스맨은 사라에게 눈길조차 주지 않는다. 오직 눈앞에 있는 덕만을 죽이겠다는 살의에 가득한 얼굴로 덕만에게 얼음을 던지고 공격을 가할 뿐이다.

"네가 내 것이 되지 못하면 차라리 죽는 게 낫지."

울트라원은 고통에 몸부림치는 사라를 보며 살짝 웃어 보인다.

"왜 네가 각인이 안 되는지 그 이유를 찾아보고 싶긴 하지만, 이유를 알기도 전에 죽여야 하다니 안타깝구나."

울트라원은 미간에 힘을 주고 염력의 힘을 끌어 모은다. 울트라원이 염력에 힘을 가할수록 사라는 발버둥을 치며 괴로워한다.

"으윽, 으흑, 으으"

입 밖으로 침이 흘러나오며, 발버둥치는 사라.

"그럼 이제, 안…"

울트라원이 마지막 염력의 힘을 모으려는 순간, 갑자기 밀려온 소용돌이에 울트라원의 몸이 벽으로 날아갔다.

"하, 하, 아, 아. 콜록, 콜록"

울트라원의 염력에서 벗어난 사라는 바닥에 주저앉아 공기를 입으로 코로 호흡하며 산소를 최대한 많이 몸속으로 순환시키려 노력했다.

"하아, 하, 하."

들썩이는 등은 점차 안정을 찾았는지 거친 호흡도 점점 부드러워진다.

"뭐야!"

울트라원은 목에 핏대를 세우며 소리쳤다. 윈드맨이 위험에 처한 사라를 구하기 위해 마지막 힘을 짜내어 바람 공격을 일으킨 것이다. 온 힘을 다한 윈드맨은 기진맥진한 표정으로 바닥에 철퍼덕 주저앉았다.

"젠장, 귀찮아졌네."

울트라원은 순간이동으로 윈드맨 앞으로 갔다. 바닥에 앉은 윈드맨의 목을 한 손으로 들어 올린다.

"건방진 놈! 네가 지금 감히 내가 누구라고, 내가 누군 줄 알고 건드린 거야. 어?!"

노기가 섞인 목소리로 말했다. 울트라원의 손에서 버둥거리는 윈드맨의 얼굴은 점점 검붉은색으로 물들었다.

"으으으!"

윈드맨은 손끝으로 온 힘을 집중해 바람을 일으킨다. 바람에 뒤로 튕겨져 나간 울트라원. 울트라원의 손아귀에서 벗어난 윈드맨은 다시 힘을 모아 암흑제국군을 향해 소용돌이를 일으켰다.

"흐아아아아!"

마지막 힘을 쥐어짜며 소리쳤다. 윈드맨이 일으킨 소용돌이에 요새 전체가 흔들리고 암흑군은 바람에 날린다. 암흑군의 군사들은 바닥에 나뒹굴고 벽에 부딪쳐 정신을 잃는다.

"아아아악!"

마지막 울부짖음이라는 듯 윈드맨은 절규에 가까운 소리를 내며 다시 한 번 소용돌이를 일으켰다. 윈드맨의 소용돌이는 큰 타원을 그리며 특수시설을 한 방에 무너뜨리고 요새 안의 물건을 파괴시켰다. 소용돌이는 시간이 지날수록 점점 힘을 얻으며 요새 곳곳을 휘젓고 다닌다. 휘도는 에너지파는 모든 것과 같이 폭발하려고 준비하고 있다.

"안 돼! 윈드맨 생명의 에너지까지 폭발시키면 안 돼! 더 이상 힘을 써서는 위험해, 윈드맨!"

"이야야야악!"

윈드맨은 목이 갈라지는 소리를 낸다. 마지막으로 커다란 에너지 파장을 다시 일으키며 목숨을 바치는 비기를 터뜨렸다. 동시에 바닥에 쓰러졌다. 그것은 다섯 전사 전체의 지휘관인 윈드맨에게 주어진 마지막 기술로, 목숨을 담보로 생명의 기를 터뜨리는 마지막 초능력이었다. 윈드맨이 마지막으로 터뜨린 에너지 폭풍은 마치 살아서 움직이는 용처럼 강력한 소용돌이를 만들며 폭발하여 암흑세력이 만든 거대한 요새를 파괴했다.

"꽈앙, 쾅쾅! 꽈꽝!"

"쿠쿠쿵, 쿠쿠쿵"

무너져 내리는 요새로 휘몰아치는 흙바람. 흙과 먼지가 무너진 요새 주변을 감싸고 뿌연 공기가 내려앉는다.

"아저씨, 아저씨 정신 차려요!"

일어나 윈드맨, 윈드맨.

사라는 쓰러진 트레디를 가슴으로 끌어 올리고 바닥에 주저앉았다. 세상의 슬픔이란 슬픔을 다 담고 있는 표정의 사라와 고요하게 눈을 감고 있는 윈드맨.

"사라, 트레디 아저씨는 어때?"

급하게 요새를 빠져나온 덕만이 사라 곁으로 다가가 트레디의 상태를 살폈다. 검지와 중지를 목에 가져갔다. 목에서 맥박의 움직임은 느껴지지 않았다. 조금 더 목 깊숙이 손가락을 눌렀다. 하지만 희미한 혈관의 흐름이 아주 불규칙적으로 느껴질 뿐이었다.

"어떻게 이런 일이."

덕만은 망연자실한 표정으로 털썩, 바닥에 무릎을 꿇었다.

"방금 전까지, 아니 몇 분 전까지 내 옆에 분명히 살아 숨 쉬었는데 어떻게 이런 말도 안 되는 일이."

덕만의 눈가가 붉게 물들고 눈물은 뺨을 타고 턱으로 흘러내렸다. 사라는 그런 덕만을 바라보며, 조용히 흐느꼈다.

"아저씨, 일어나! 일어나라고요!"

사라는 작은 주먹을 힘껏 움켜쥐고는 트레디의 가슴을 때리고 또 때렸다.

"얘야, 나는 괜찮다. 울지 말거라."

잠깐 정신이 돌아온 듯 트레디가 사라에게 말을 건넸다.

"아저씨, 아저씨."

사라는 놀란 눈으로 그런 트레디를 바라보았다.

"아저씨, 정신 잃으면 안 돼요."

"아저씨, 괜찮은 거예요?"

사라는 다시 눈을 감으려는 트레디를 흔들었다.

"아저씨, 잠시만 기다리세요. 제가 요기 님을, 아니 치료할 수 있는 누군가를, 바로 가까이에 있는 사람을 데리고 올게요."

덕만은 급하고 놀란 마음에 횡설수설 말하고는 자리를 일어났다.

"썬더맨."

트레디는 일어나는 덕만의 손목을 덥석 잡았다.

"나는 괜찮네."

힘겨운 미소를 보내며 말했다.

"미안해요, 아저씨. 이게 다 나 때문에."

사라는 조용히 눈물을 떨어뜨렸다.

"그런 소리 하지 말거라. 내가 못나서, 쿨럭."

트레디는 온 힘을 다해 말을 이었다.

"내가 못나서 자네들을 위험에 빠지게 만들고…"

"아저씨! 힘들면 말씀하지 않으셔도 돼요. 그 마음 다 알고 있어요."

사라가 흐느끼는 목소리로 말했다.

"아저씨, 정신을 잃으시면 안 돼요."

덕만은 눈을 감으려는 트레디의 몸을 흔들었다.

"조금만 정신 차리세요. 조금만 기다리면 사람들이 올 거예요."

"그래요. 아저씨 제발…."

사라는 격해지는 감정에 차마 말을 이어나가지 못한다.

"그래, 후후후."

트레디는 힘없이 미소를 지어보였다.

"고맙구나. 그런데 난 너희들에게 도움이 되었다는 것만으로도 기쁘단다. 이것이 나의 숙명이겠지."

숨이 점차 가빠지던 트레디는,

"부디 베다를 지켜주기를…."

말을 끝까지 잇지 못하고 사라의 가슴에서 고개를 바닥으로 떨구었다.

"아저씨!!!!!!!"

오열하며 소리치는 사라. 그런 사라의 곁에서 덕만은 아무 말 없이 두 사람을 바라볼 수밖에 없었다. 그가 달리 할 수 있는 행동은 아무것도 없었다. 그 자리를 조용히 지키는 일밖에.

"흑흑흑, 아저씨…. 흑흑."

사라의 눈에서 그칠 줄 모르는 슬픔의 방울들이 떨어졌다. 사라의 오열과 함께 하늘에서도 빗방울이 떨어졌다. 빗줄기는 사라의 등을 때리고, 눈을 감은 트레디의 얼굴을 적신다. 마치 그와의 기억들을 모두 씻어내려는 듯. 한 방울씩 떨어져 내리던 비는 거세게 쏟아지기 시작했다.

"사라야, 이제 그만 가야 할 것 같아."

덕만은 사라의 어깨에 지긋이 손을 올렸다. 가냘프게 떨려오는 사라의 작은 어깨.

"이대로 있다가는 탈진하여 쓰러질 수 있어."

덕만은 사라의 등 뒤로 가 그녀를 꼭 안아줬다. 흔들리는 어깨는 서서히 잠잠해지고 이내 안정을 찾았는지 동작이 잦아졌다.

"사라. 괜찮아, 다 괜찮아."

사라는 조용히 고개를 끄덕였다. 지면을 때리는 빗소리가 공허하게 울려 퍼진다.

"정말 이대로 있다가는 사라 건강도 좋지 않겠어. 이제 그만 우리도 움직이자."

덕만은 사라를 뒤에서 앉은 채, 몸을 일으켰다.

"트레디 아저씨의 뜻대로 이제 베다를 지키기 위해 제2요새를 공격하러 가자. 그게 아저씨를 위한, 그리고 우리 베다행성을 위한 길이야."

갑작스럽게 내린 빗줄기로 머리카락이 흠뻑 젖은 사라는 굳건한 의지를 담아 말했다. 더욱 거세게 떨어지는 빗줄기에 제대로 눈조차 뜨기 힘들었다.

거대한 회오리바람에 아수라장이 된 암흑군의 제1요새. 그 요새 주변에 아이런과 브레인포스가 정신을 잃고 쓰러져 있다. 그 혼란의 와중에 두 사람은 가까스로 요새를 빠져 나왔다.

"조금만 기운 내."

덕만은 트레디를 부축하고 있는 사라를 보며 걱정스러운 눈빛을 보냈다.

"응."

눈물로 퉁퉁 부어오른 눈과 입술.

"무겁지 않아?"

하늘로 날아 오른 덕만은 사라에게 다시 물었다. 사라는 고개를 가볍게 가로저었다. 사라는 덕만이 트레디를 안고 간다고 해도 강하게 거부했다. 사라의 슬픔이 어느 정도인지 덕만은 어렴풋이 이해할 수 있을 것 같았다. 어린 시절부터 아버지처럼 의지했던 한 남자의 죽음. 그것은 말로 표현하기 힘든 비통함으로 가득한 것이다. 바로 몇 분 전, 다섯 사람이 나란히 세워놓았던 로봇들의 모습이 보이기 시작했다.

베다사령부의 회의실 안. 대형스크린에서는 장비 차량과 기술자들이 복구하는 모습이 화면으로 들어온다. 기술자들은 모두 분주하게 움직이고, 정신이 없는 표정들이다. 시끄럽게 울려 퍼지는 기계 소리와 겹쳐서 기술장이 소리치는 목소리가 울려 퍼진다.

"빨리, 빨리 마무리해야 한다. 시간이 별로 없다. 다섯 전사들이 만들어 준 이 기회를 놓치면 베다의 미래는 없다."

"네, 알겠습니다!"

모두 한 목소리를 내며 대답했다.

"긴급 보고 드리겠습니다. 다섯 전사의 극비 작전 성공으로 제1보호막 유지 장치가 복원, 재가동되었습니다."

베다사령부 총 지휘소로 들어온 보고자는 기쁜 목소리로 말했다.

"따라서 곧 중력장이 재가동될 예정이며, 1시간 후면 이중 방어 암흑장이 재가동됩니다. 보조 전자기파도 복원되어 완벽한 제1보호막이 가동됩니다. 이제 암흑군의 대우주모함 5척은 행성 내부 보호막 안에 격리되었습니다. 또한 제1보호막의 파괴 위험 상황이 제거되었습니다."

보고자는 말을 끝내고 고개를 숙였다.

"알겠네. 나가보게."

"모든 우주 전함, 모든 지상군, 모든 로봇 부대는 진격 지점을 총공격하라! 모든 화력과 모든 에너지를 집중하라!"

베다 사령관은 지휘 마이크 스위치를 올리고 말했다. 베다 사령관의 목소리에 이어, 모든 부대가 일제히 공격에 대한 만반의 준비를 시작했다.

"사령관님의 지시가 있었다, 서둘러 준비하라!"

부대장들은 부대원들을 재촉했다.

"서둘러라! 서둘러라!"

여기저기서 울려 퍼지는 부대원들의 목소리. 그들은 총공격 준비를 위해 서둘러 움직였다.

"사령관님."

화면에는 각 부대장들의 얼굴이 화면에 나뉘어져 나타났다.

"우주 전함 공격 준비 완료되었습니다."

"지상군 준비 다 되었습니다."

"로봇 부대 역시 준비 완료되었습니다."

"모두 수고했네, 그럼 이제 공격 시작하게."

사령관은 위엄 있는 목소리로 공격을 지시했다.

"네."

부대장들은 대답과 동시에 화면에서 사라졌다.

총공격을 시작한 로봇 부대, 사이보그 슈트 부대, 공중에 진입을 시작하는 3척의 우주모함, 스페이스전함, 지상 중화기 부대는 스키퍼 미사일을 발사한다. 암흑제국군은 이미 윈드맨의 최후의 공격으로 제1 지상요새는 완전히 파괴되고 제2 지상요새 역시 피해를 입어 복구에 정신이 없었다.

"콰콰쾅! 콰콰쾅! 쾅쾅!"

암흑군의 우주모함, 지상 요새의 내부까지 공격하는 스키퍼 미사일. 소리 없이 날아와 보이지 않다가 목적지에 도착하면 순간 모습을 보이며 폭발하는 스키퍼 미사일이 빗발친다. 암흑군의 요새와 수리 중인 모함과 병참이 무너진 다른 모함들 역시 제대로 대처하지 못하고 붕괴된다.

"계속 공격하라!"

베다의 총동원된 화력이 붉은 색의 불을 내뿜으며 쉬지 않고 공격을 가한다. 계속되는 베다의 공격에 암흑군의 제2요새는 화염과 불꽃에 휩싸여 갔다.

"어떻게 된 일인지 확인해 보라!"

당황한 암흑군 제2요새 부대장이 소리쳤다.

"제1요새도 당한 시점에 우리마저 무너질 수는 없다. 빨리 사태를 확인하고 보고하라."

제2요새 부대장은 당황한 얼굴로 서두르라고 재촉했다. 그렇지만 상황실의 부대원들은 어떻게 된 상황인지 어리둥절하기만 했다.

"빨리 상황을 파악하지 않고 무엇들을 하는 게야!"

제2요새 부대장이 성이 난 목소리로 소리쳤다.

"전파가 완전히 끊어진 상태입니다. 비상 채널을 가동하고 있지만 교신이 쉽지 않습니다."

인공지능 컴퓨터의 기계적인 목소리가 보고를 시작한다.

"특히 베다행성 제1보호막의 중력장이 비밀리에 재가동되었습니다. 스페이스급 이상의 지원군의 진입이 차단되었고, 전자기장이 재가동되어 전파 방해로 통신이 두절된 상태입니다. 베다 내부에 구축한 요새의 지상주둔군들 대부분이 무너진 것으로 판단됩니다. 어서 명령을 내려주시기 바랍니다."

안드로이드기계군단장, 바이오테크군단장, 각 부대장들이 모여 있는 44번 대우주모함의 분위기는 컴퓨터의 보고가 끝나자 무겁게 가라앉았다.

"어떻게 해야 할까요?

제1부대장이 먼저 입을 열었다. 바이오테크군단장은 잠시 고민하는 얼굴을 하고는 말했다.

"주요 전력인 제1요새의 모든 전력이 파괴되었다. 실제 제2요새는 우주모선의 병참 기지에 불과하다. 이대로 전쟁을 수행할 능력이 부족하다. 모든 후퇴 가능한 함선과 주둔군을 회수하는 것이 좋겠다."

현 전황을 분석하고는, 일단 후퇴하라고 명령을 내렸다.

"그렇다면 베다행성 안의 병력들은 어떻게 하겠다는 말이오?"

안드로이드기계군단장이 놀란 얼굴로 물었다.

"저 안에 있는 병력들의 희생도 문제지만 5척의 우주모함도 서곳에 갇혀 있다는 상황을 모르고 계신 것이오?"

바이오테크군단장은 안드로이드기계군단장을 빤히 바라보고는 입을 열었다.

"그건 나 역시 알고 있소. 하지만."

잠시 호흡을 가다듬고 말을 이었다.

"하지만 더 이상의 진격은 무리요. 더 이상 진격했다가는 우리 모두 무너지게 될 것이 뻔한 결과요. 더욱이 최첨단 방어막의 재가동으로 우리 암흑군 전체 모함의 에너지를 모으지 않는 한, 갇혀 있는 모함의 탈출은 불가능할 것이오. 나머지 전력만이라도 구하고 살아남은 모함은 최후에 자폭 공격하는 것이 좋겠다는 생각이오."

바이오테크군단장의 말이 끝나자 누구 하나 선뜻 말을 꺼내는 사람은 없었다. 긴 침묵.

"동의한다."

고요한 침묵을 깬 것은 총참모장이었다.

"모선 이외의 드론과 스페이스 우주함, 비행선은 후퇴할 것을 전해라."

근엄한 총참모장의 목소리에 하나 같이 입을 모아 "네, 알겠습니다." 하고 대답했다.

"모선 자폭 모드로 전환 후 공격하고 각 모함의 지휘부도 퇴각조치 시키도록 하라."

총참모장의 지시에 모두 고개를 숙이고, 부대장들은 회의실 자리에서 몸을 일으켰다.

"비행정이 배정된 후퇴 가능한 괴수 부대는 후퇴하고, 수송 배정이 안 된 부대는 모선의 자폭 공격 이전에 일제히 진격하여 최후까지 싸우라!"

바이오테크군단장은 비정한 명령을 하달하였다.

'아, 나의 괴수 부대여. 너희들이 이렇게 죽어야 하다니…. 목숨을 바쳐 마지막으로 암흑제국을 위해 죽어라! 적과 함께 죽어라!'

바이오테크군단장은 속으로 자신의 괴수 부대원들을 위해 마지막 기도를, 암흑의 절대자에게도 기도를, 그리고 바람의 메시지를 보냈다.

"쿵, 쿠쿠쿠쿵, 쿵쿵"

무너져 내리는 요새 사이로 탈출을 감행하는 스페이스 우주선과 비행선, 드론들은 서로 얽히고설켜 하늘을 날았다. 어지러운 비행기 무리 사이로 브레인포스가 타고 있는 우주선이 빠른 속도로 스페이스 암흑군 사령부로 날아간다.

"쾅! 쾅! 쾅!"

잠시 후 몇 차례에 걸쳐 연속적인 폭발음이 울렸다. 스페이스전함과 충돌하는 암흑세력 모함의 자폭 공격이 시작됐다. 요새에서 빠져나온 모함들은 지휘부의 명령에 따라 조금의 망설임도 없이 공격하는 스페이스전함들 속으로 자신들의 모함을 밀고 들어갔다. 그들에게 죽음은 두려움의 대상이 될 수 없었다. 오로지 중요한 것은 암흑세력이 지금의 전쟁에서 이기는 것. 그들은 죽음을 명예롭게 생각하고 아무렇지 않게 생명을 화염 속으로 내던졌다.

"쿠아앙! 쾅쾅쾅!"

계속 이어지는 폭발음. 베다행성의 모함 1척과 많은 스페이스 전함들. 진격하던 베다행성의 비행정들이 같이 휩쓸려 폭발한다.

덕만이 회의실 안에 도착하기 전, 이미 장로들이 도착해 있었다. 심각한 표정으로 스크린을 바라보는 장로들. 스크린에는 결박되어 있는 아이런의 모습이 보인다. 여전히 멍한 표정에 초점을 잃어버린 아이런의 눈동자. 그의 시선은 심하게 흔들리고 있었다. 스크린 가득 비춰지는 아이런의 모습을 바라보던 덕만은 가슴이 아릿해진다.

"도대체 왜? 무엇 때문에."

덕만의 말에 뭐라 대꾸하는 사람은 없다.

"어째서 아이런과 브레인포스가 우리를 배신한 거지? 도대체 어디서부터, 아니 뭐가 잘못된 거야? 함께 우리 베다를 지키기로 약속하고, 맹세까지 했잖아."

지이잉, 자동문이 열리는 소리와 함께 요기가 회의실 안으로 모습을 드러냈다.

"수고했다. 모두 너희 덕분이구나."

요기의 말이 끝나기 무섭게 흰 수염이 인상적인 장로가 입을 열었다.

"요기 님, 이게 어떻게 된 일입니까? 특수전사들이 배신을 하다니요. 다른 군인도 아닌 특수전사가 아닙니까."

장로 한 사람의 말이 끝나자, 이번에는 곁에 서 있던 또 다른 장로가 기다렸다는 듯이 요기를 찾았다.

"요기 님."

"말해보게나."

"요기 님의 예언에는 이 같은 일이 없지 않았습니까?"

장로는 손가락으로 스크린을 가리켰다. 2전사의 모습을 비추고 있는 스크린.

"2전사는 다행히 붙잡았지만 1전사는 암흑세력과 함께 도망쳤습니다. 언제 어떻게 다시 침략할지 모른다는 겁니다. 다른 사람도 아니고, 우리의 사정을 가장 잘 알고 있는 1전사가 우리를 배신한 겁니다."

요기는 2전사 아이런을 바라보던 시선을 거두고는 미안함이 절절이 묻어나는 목소리로 말했다.

"이게 다 내 잘못이오."

"지나치게 가까운 거리에서 느껴지는 어둠의 기운을 감지하고는 있었소. 그리고 이상한 일이라고 생각하고 있었소만…. 하지만 그것이, 그것이 우리 전사들 사이에 있다는 것을 나 이 사람은 조금도 의심하지 않았고 짐작조차 하지 못했소. 다만 무언가 이상하다고만 여겼을 뿐."

요기는 난감한 표정을 지었다. 모두가 요기의 행동 하나하나에 신경을 기울였다. 현재 일어난 상황을 중재하고 정리할 수 있는 사람은 요기밖에 없었다.

"지금은."

요기는 잠시 말을 멈칫 하고는 이어나갔다.

"우선 지금은 베다 시민들의 안정을 되찾는 것이 최우선의 과제가 아닌가 생각되오. 그대들은 모두 각자의 자리로 돌아가 시민들의 피해 상태를 파악하고 조속히 복구할 수 있도록 하는 게 좋을 것 같소."

장로들은 머뭇거리며 서로의 눈치만 볼 뿐, 회의장 밖으로 몸을 움직이려 하지 않았다.

"무엇들 하시는 거요?"

요기는 답답하다는 듯, 못미덥게 바라보는 장로들을 향해 말했다.

"뒷일은 내게 맡겨두고 어서 우리를 기다리는 베다 시민들에게 가시오."

강한 의지를 담은 요기의 목소리에 장로들은 고개를 숙이고 회의실을 빠져나갔다. 장로들이 빠져나가는 회의실 끝에 조용히 앉아 있는 덕만과 사라. 침울한 표정의 두 사람에게 요기는 다가가 미안하다고 했다.

"내가 미안하구나."

사라는 자리에서 벌떡 일어나며 스크린의 아이런을 손가락으로 가리켰다.

"이 나쁜 자식! 감히 우리를, 베다행성을 배신해?"

사라는 격하게 말하고는 감정을 주체할 수 없는지 다시 한 번 외쳤다.

"내가 저 자식을 당장이라도 죽여 버릴 거야!"

의자를 쓰러뜨리며 뛰어나가는 사라를 덕만이 안았다.

"됐어. 이걸로 됐어."

사라의 거센 몸부림에 회의실에 있던 마야까지 말리고 나섰다.

"조금만 침착하세요."

"침착? 이게 지금 침착할 일이야? 어!"

사라는 아무런 상관도 없는 마야에게 목소리를 높였다. 그녀에게는 누군가 화풀이의 대상이, 분노를 풀 수 있는 대상이 필요했다. 그게 누구라도 상관없었다. 속에서 끓어오르는 아픔을 주체할 수 없었기 때문이다.

"흥분하지 마시고 이성을 찾으세요."

마야는 동요하지 않고 차분한 목소리로 말했다. 마치 아이를 달래듯 평온하고 침착한 목소리였다.

"너나 이성을 찾아. 나는 미칠 것 같다고! 나의 친구라 믿었던 동료들에게 배신을 당하고 가족 같은 동료를 떠나보내야 하는 아픔을 네가 알기나 해?!"

사라는 회의장이 울리도록 고래고래 소리쳤다.

"사라야."

낮지만 깊은 울림이 있는 요기의 목소리. 사라는 요기의 목소리에 고개를 돌렸다. 두 눈에는 눈물이 그렁그렁 맺혀 있었다.

"그만하거라. 나 역시 너의 마음 잘 알고 있다. 지금 모두가 가슴 아픈 상황이 아니겠느냐. 너도 그만 진정하려무나."

"어떻게 진정할 수 있겠어요? 저보고 어떻게 하라고 하시는 건가요? 저걸 보고만 계실 거예요?"

사라는 분하다는 표정을 하고는,

"요기 님은 왜 저 놈들이 우리를 배신하고 공격하는 동안에 아무것도 하지 못하셨어요. 자칫하면 지난번처럼 또…."

사라의 눈동자의 혈관은 붉게 불거져 있었다. 사라는 반항하는 눈빛으로 요기를 몇 초간 바라보고는 회의장을 나갔다.

"사라야."

사라를 쫓아가려는 덕만을 요기는 붙잡았다.

"그냥 두어라. 마음이 진정되면 좀 나아질 테니."

덕만은 자리에서 일어선 채, 어정쩡한 자세로 스크린만 바라봤나. 달리 눈을 둘 곳도, 그렇다고 자리에 다시 앉기도 모호한 상황이었다.

"썬더맨."

요기의 부름에 덕만은 힘없이 "네." 하고 대답했다.

"자네는 정말 저 아이가 우리를 배신했다고 생각하는가?"

요기와 덕만의 시선은 자연스럽게 스크린의 아이런에게 향했다.

"사실 나 역시도 예상치 못한 일이라 많이 당황스럽구나. 자네는 전투에서 2전사의 눈빛을 보았는가? 분명 내가 여태껏 알고 있던 아이스맨, 천진난만한 아이런의 눈빛은 아니라고 생각되는구나."

"저 역시…"

덕만은 말을 얼버무리고는 스크린의 아이런에게 눈을 떼지 않았다. 장난기 많고 철부지 막내동생 같은 아이런. 마음 여린 그가 자신들에게 공격을 가했다는 사실이 여전히 믿기지 않았다. 분명 무언가 잘못되었다고 덕만은 생각했다.

차르르, 차르르.

아이런을 묶고 있는 초합금 특수물질로 되어있는 사슬은 아이런이 움직일 때마다 땅을 스치며 무겁고 둔탁한 소리를 낸다. 어둡고 습기가 가득한 감옥 안에서 아이런은 두려움에 떨고 있다.

"난 정말 아무것도 기억이 안나. 내가 무슨 짓을 했는지, 나는 정말 아무것도 하지 않았어. 나는 아니야!"

슈트가 벗겨진 평상복 차림의 아이런. 슈트를 벗은 아이런은 유난히 작고, 유약해 보인다.

"나는 아니라고요."

감옥을 감싸고 있는 특수 레이저 결계로 두 명의 특수 수행인이 다가왔다.

"나는 아니라고요. 오지 말아요."

다가오는 수행인 두 사람에게 이상한 기운을 감지한 아이런은 계속 소리쳤다.

"오지 말아요. 나는 아무것도 모른다고요."

특수 수행인 두 명은 레이저 결계를 해제하고 감옥 안으로 들어온다.

"나는 이제 어떻게 되는 거죠? 제발, 제발 뭐라도 좋으니 말 좀 해 주세요. 나는 이제 어떻게 되는 건가요?"

두려움에 떨리는 아이런의 목소리.

"뒤로 돌게나."

수행인의 말에 아이런이 잠자코 뒤로 돌았다. 수행인은 아이런의 팔을 잡고 있는 결박을 풀어줬다.

"요기 님 덕분에 산 줄 알아라."

아이런은 고개를 갸웃했다.

"그러나 너는 더 이상 베다행성의 전사가 아니다. 너는 오늘부로 전사의 자격을 박탈당했다."

딱딱한 목소리로 특수 수행인은 말했다.

"그럼 나가자."

아이러은 절망적인 표정으로 두 명의 특수 수행인에 의해 끌려 나갔다.

'나는 아무런 잘못도 하지 않았는데.'

하지만 더 이상 무슨 말을 해도 소용없다는 사실 정도는 아이런도 알고 있었다. 자신이 할 수 있는 건 현실에 수긍하고, 요새에서 자신을 그렇게 만든 원인에 대해 찾아보는 방법밖에 없었다.

'반드시 원인을 찾아내서 명예를 회복하고 말 거야.'

아이런은 입술을 꽉 깨물었다.

암흑군의 베다 스페이스 상공.

우주모함의 비밀 공간의 어두운 한편에 1전사 울트라원이 어딘가에 홀린 몽롱한 표정으로 벽을 보며 서 있다. 한 줄기의 빛도 들어오지 않는 공간은 음산한 기운이 만연해 있다. 차갑고 어두운 그림자가 울트라원을 감싸 안고 있었다. 마치 마귀가 그의 등 뒤에서 그를 꼭 안고 놔 주지 않는 것 같다.

뚜벅, 뚜벅. 발소리는 멀리에서 점점 브레인포스에게 가까워지고 있었다. 안드로이드기계군단장과 바이오테크군단장이 나란히 울트라원을 향해 다가왔다.

"안드로이드기계군단장."

바이오테크군단장이 부르는 소리에 안드로이드기계군단장 오버머신이 고개를 돌렸다. 바이오테크군단장 조지 딕시 박사는 심각한 표정으로 말을 꺼냈다.

"베다행성의 전사들이 마치 암흑제국군처럼 강한 의지로 뭉쳐 있으니 저 울트라원도 새로운 작전에 편입시켜 괴수 프로젝트로 개조해야 할 것 같소. 그러니 우리 바이오테크 군단으로 넘겨주시오."

안드로이드기계군단장 오버머신은 잠시 멈칫하고는 다시 걸음을 옮겼다.

"하하하."

오버머신은 어이없다는 듯이 웃고는 대답한다.

"뭐라고요? 어찌 하등급 생물 프로젝트로 우리 기계군단의 오래된 최강의 암흑전사를 다시 만든다는 말인가요? 그런 일은 절대 수용할 수 없습니다. 아직은 아닙니다. 그리고 이미 크로노스 총통께도 보고 드린 사항입니다."

조지 딕시는 고개를 좌우로 흔든다. 울트라원 가까이에 다가간 안드로이드기계군단장 오버머신은 묘한 미소를 띠며 어딘가를 향해 명령했다.

"이제 각인을 해제하고 칩을 정상적으로 리셋하도록 하라."

울트라원의 눈빛이 변하며 주변이 환하게 밝아진다.

"뜨허허헉."

울트라원은 막힌 숨이 트인 듯 가쁘게 숨을 몰아쉰다.

"헉, 헉, 헉."

가슴을 손으로 누르며 가까스로 숨을 쉬는, 그러나 과거에는 1전사로 전장을 누비고 다녔던 영광의 울트라원. 울트라원은 충분히 호흡한

후, 천천히 숨을 내쉬며 주변을 살폈다.

"여기가 어디지? 아니, 내가 왜 여기에?"

"처음에는 조금 힘이 들 수 있을 거야. 아직 완전히 일체화가 되시는 않았거든. 그래도 특별한 각인이 필요 없는 완전체가 된 후에는 괜찮을 거야."

오버머신의 말에 울트라원은 멀뚱멀뚱 그를 바라봤다.

"그게 무슨 말이지? 각인?"

잔뜩 경계하는 눈빛으로 울트라원은 물었다.

"후후, 그래도 내가 사람을 잘 골랐어. 너의 야망이 예상보다 훨씬 더 크더군. 덕분에 생각보다 쉽게 일이 진행되었어. 그 망할 썬더맨 녀석만 아니었어도 다 이긴 게임이었는데 말이야."

오버머신은 아쉬운 표정을 지었다.

"도대체, 도대체 나한테 무슨 짓을 한 거냐고 묻잖아!"

울트라원은 목에 핏대를 세우며 소리쳤다. 오버머신은 소름 끼치는 소리를 내며 웃었다.

"넌 아주 멋지게 싸운 거야. 특히 너의 염력장에 파괴된 비밀 지역의 중력장 유지 장치 파괴 작전은 후후후."

울트라원은 놀라서 소리 지른다. "내가 방어막 유지 장치를?" 하며 되물었다. 대답 대신 울리는 웃음소리.

"너는 베다행성의 전사들과 맞서서 싸우도록 준비했지. 우리는 진작부터 요기가 전사를 양성한다는 사실을 알고 있었어. 그걸 알고 있는데 우리가 가만히 있을 수 있겠어?"

울트라원은 믿을 수 없다는 얼굴로 눈만 깜박이며 오버머신의 말을 들었다.

"그런데 말이야. 요기가 큰 실수를 하나 하더군. 너를 전사로 임명한 게 바로 그거야! 아마 요기도 너의 용맹함과 너의 승부성에 대해 높이 평가했을 것이야. 하지만 너의 야망은 그 어느 방향을 향해도 상관없는 거였어."

오버머신을 울트라원을 쏘아보며 말했다.

"자, 이제 솔직해져 볼까? 이기고 싶지 않나? 무엇이든지 말이야. 솔직히 말해 봐. 너의 승부 근성에 대해 우리는 모두 잘 알고 있어. 넌 이기고 싶지 않나?"

울트라원은 가슴이 뜨끔했다.

"넌 이기고 싶을 거야. 그게 설사 베다군일지라도 말이야."

울트라원은 뭐라 부정하고 싶었다. 하지만 당황해서 달리 무슨 말을 해야 할지 알 수 없었다.

"특히 썬더맨이라면 이야기는 분명해지지."

오버머신은 울트라원의 안색을 살폈다. 썬더맨의 이야기에 울트라원의 표정이 굳어졌다.

"썬더맨은 베다인이 아니지. 베다인이 아니면서 베다행성을 자기가 지키겠다고 설쳐대고 있지. 요기뿐 아니라 모든 베다인, 심지어 다섯 전사까지도 썬더맨에게만 신경을 쓰지 않았나. 너의 그 힘과 능력에 대해는 알아주지 않고 말이야."

오버머신은 웃어 보였다. 눈빛이 흔들리는 울트라원은 아니라고, 아니라고 애써 부정을 했다. 하지만 오버머신은 울트라원이 뭐라고 대답하든 상관없다는 듯 자신의 이야기를 이어나갔다.

"거짓말! 너는 지금 거짓말을 하고 있어!"

조금 전과는 다른 위압적인 눈으로 말했다.

"울트라원. 자신을 기만하지 말란 말이다. 우리가 시도한 각인은 네게 내재된 큰 욕망이 없었더라면 성공할 수 없는 것이야. 그래서 다른 다섯 전사에게는 통하지 않았던 거지."

후후후 숨을 내쉬듯 웃는 오버머신.

"그런데 말이야, 넌 너무도 쉽게 오래된 각인에게 굴복되었어. 어린 나이에 칩 이식이라는 물리적인 방법을 사용했지만 넌 이미 초능력을 갖춘 전사로 성장하게 되었지. 그러나 강대한 힘과 초능력을 보유한 네가 이제 와서 쉽게 변절하여 굴복하였다. 왜였을까?"

오버머신은 크게 비웃었다. 그러고는 울트라원에게 성큼성큼 다가갔다.

"너는 우리가 필요할 거야. 베다행성을 넘어 알파행성을 차지하게 되면 너는 그 누구도 무시할 수 없을 만큼 강력한 존재가 될 거야. 너는 암흑제국이 승리하면 대암흑제국의 아주 중요한 존재로 자라날 것이다."

"어떤가, 하하하. 암흑제국을 위하여! 하하하!"

울트라원은 고개를 떨어뜨리고 미간을 찌푸리며 고민에 빠진다. 결심이 선 듯, 결의에 찬 표정으로 고개를 든 울트라원.

"그래서 내가 어떻게 하면 되지?"

오버머신은 울트라원의 대답이 만족스럽다는 듯 사악하게 웃어 보인다. 그런 오버머신 옆에 서 있던 조지 딕시는 맛있는 음식을 보고 있는 사람처럼 꿀꺽 군침을 삼킨다.

똑똑.

덕만은 방문을 손등으로 가볍게 두드렸다.

"사라 안에 있니?"

대답을 기대하지 않았지만, 덕만은 다시 한 번 문을 두드렸다. 똑똑.

"사라야?"

여전히 묵묵부답인 방 안.

"들어간다."

방으로 들어서자, 사라가 침울한 표정으로 침대 머리맡에 기대어 앉아 있다.

"저기, 잠깐 얘기 좀 할까?"

굳은 얼굴로 정면만 응시하는 사라. 덕만은 조심스럽게 사라의 옆으로 가 앉았다. 출렁거리며 가볍게 침대에 진동이 일어난다. 하지만 사라는 어떤 기척도 느끼지 못한 사람처럼 조금의 미동도 없다.

"사라, 저기…. 너무 마음 쓰지 마. 요기 님은 우리를 많이 믿으셨던 거야. 음… 그러니까…"

덕만은 말끝을 흐렸다. 말의 결론을 무어라 내려야 할지 알 수 없었다. 머릿속은 다양한 단어들이 춤을 추지만, 선뜻 선택해 입으로 꺼내기 힘들었다. 얼마나 침묵의 시간이 흘렀을까.

"나도 알아."

사라가 입을 열었다. 사실 덕만은 속으로 방에서 나가야 하는지, 아니면 남아야 하는지 사라가 바라보는 벽을 바라보면서 고민했다. 드디어 입을 연 사라를 보며 기다리기를 잘했다는 생각이 들었다.

"우리 할아버지는 지난 침략 때 돌아가셨어. 그리고 아버지는 암흑세력에 대항하는 자유진영의 연합군 정찰기 조종사였지. 아버지는 델타 행성 정찰 비행 중 돌아가셨어."

뜻밖의 소리에 덕만은 가슴이 욱신거린다.

"그 순간부터 내가 사는 이유는 오직 하나. 바로 복수였어. 요기 님은 끝까지 내가 전사가 되는 것을 반대하셨지. 우리 가루라족은 오래전부터 베다행성의 수호 부족이야. 왜 내가 모르겠어."

사라는 울먹이며, 자신 때문이라고 말했다.

"내가 가루가 가문의 족장인 트레디를 죽인 거나 다름없다고."

사라는 참았던 울분을 터트렸다.

"아니야. 아니야."

덕만은 크게 손사래를 치며 말했다.

"사라 너 때문에 죽은 게 아니야. 절대 그런 게 아니니 그런 생각은 하지 마."

덕만은 사라를 가슴으로 당겼다. 내가 지켜줄게, 사라의 귀에 작게 속삭였다. 사라는 아무 말 없이 덕만의 품에 안겨 고개를 끄덕였다.

짙은 어둠이 깊게 내려앉은 밤. 차가운 바람이 두 볼을 서늘하게 감싸 안고 지나간다. 축축하게 내려앉은 공기로 주변에는 짙은 안개가 끼어 있다. 덕만은 베다행성의 가장 큰 도시가 한눈에 보이는 언덕 한 중간에 앉았다. 베다로 오기 전에 자주 들렀던 불암산과 같은 안정감을 주는 언덕. 덕만은 길게 누워 하늘의 달을 바라봤다.

"야, 손선영. 밥을 잘 먹고 다니냐?"

살며시 웃으며, 혼자 밤하늘을 향해 동생의 이름을 불러본다.

"오빠 없다고 또 학교 빠지고 그러는 건 아니겠지? 오빠는 잘 지내고 있으니까 제발 너도 잘 지내라. 금방 보러 갈게. 조금만 기다려! 선영. 보고 싶다!"

둥실둥실 선영과의 기억이 하늘 위로 피어오른다.

"선영아, 너는 내가 이곳에서 어떤 생활을 하고 있는지 상상조차 할 수 없을 거야. 나조차도 믿기지 않는 순간들이 많으니까."

언덕 아래에서 들려오는 행복한 웃음소리와 시끌벅적하게 떠드는 목소리. 덕만은 물끄러미 언덕 아래 사람들에게 시선을 던진다.

"썬더맨!"

익숙한 목소리에 고개를 돌리니, 어둠 속에서 희미한 그림자가 드러난다. 덕만은 눈을 가늘게 뜨고는 누군지 확인하려 애썼다. 하지만 깊은 어둠으로 쉽사리 얼굴이 분간되지 않았다. 가까이 올수록 또렷해지는 형체.

"아이런."

덕만은 깜짝 놀라 자리에서 일어났다.

"아이런 괜찮은 거야?"

반가움과 걱정이 듬뿍 담긴 덕만의 목소리.

"괜찮냐고?"

아이런은 훗, 하고 어이가 없다는 듯 코로 웃음을 내뱉었다.

"니도 내가 배신을 했다고 생각해?"

덕만은 아무 말도 할 수 없었다. 그런 덕만의 얼굴을 보고 낙담한 얼굴의 아이런은 억울한 목소리로 말한다.

"아무도 내말을 안 믿어줘. 너는, 그래도 썬더맨 너는 다를 거라고 생각했는데, 너 마저."

격앙된 목소리에 덕만은 몸을 움츠렸다. 아이런이 무자비하게 자신에게 아이스빔을 던졌던 모습이 생각났다.

"후후후, 두려워하지 마."

아이런은 덕만의 행동에 눈치 빠르게 말한다.

"난 이제 전사도 아니고 이 행성에서 버려졌어. 살아도 산 존재가 아닌 거야."

쾌활한 척 말하지만 슬픔이 어려 있었다.

"아이런."

덕만은 아이런의 어깨에 손을 올렸다.

"나는 너를 믿어. 다만 그때의 너를 이해하기는 힘들어. 하지만 무언가 이유가 있을 거라고 생각해."

그제야 아이런은 평소의 밝은 미소를 되찾는다.

"아이런, 요기 님께 용서를 빌고…."

용서라는 단어에 아이런의 표정이 심하게 일그러진다.

"잘못한 게 없는데. 나는 잘못한 게 없다고. 그런데 내가 무슨 용서를 빌어야 한다는 거야. 다들 가식 떨고 있는 거야. 전사는 무슨. 너는 지구인인 주제에 베다인들이 응원하고 좋아해 주니까 기가 살지? 어?

잘해 봐라."

아이런은 거세게 몰아치듯 말하고는 어둠속으로 사라졌다.

"아이런."

덕만은 아이런을 몇 번이나 아이런의 이름을 불러봤다. 어둠으로 녹아든 아이런은 다시 모습을 드러내지 않았다.

"아이런…. 지구인…"

지구인인 내가 이곳에 잘못 온 걸까? 덕만은 혼자 중얼거렸다.

지잉, 소리와 함께 크로노스 총통 앞에 3D 입체 홀로그램 영상으로 암흑의 절대자가 모습을 드러낸다. 검을 천을 뒤집어쓰고 있는 듯, 그의 얼굴의 윤곽과 형체는 분간하기 어렵다. 다만 붉은 빛으로 물든 눈빛과 눈꼬리 끝이 검푸른 음산한 기운을 발하고 있다.

절대자의 모습을 가까이에서 본 사람은 아직 아무도 없었다. 풍문으로 그의 모습을 본 사람이 있다는 이야기도 있지만, 그와 직접 눈이 마주치면 정신이 이상해지거나 목숨을 잃는다는 소문이 만연해 있었다. 때문에 절대자의 모습을 모두가 궁금해 하지만, 무시무시한 소문으로 그의 존재를 직접 보고 싶어 하는 사람은 없었다.

"크로노스! 암흑의 군대가 너무 약하군."

암흑의 절대자는 쩌렁쩌렁 울리는 목소리로 말했다.

"절대자 성하! 저희들에게 강력한 힘을 주십시오! 악의 강한 의지로 나아가게 힘을 주십시오!"

크로노스 총통은 홀로그램 앞에 오른쪽 무릎을 굽혔다.

"악의 새로운 힘이 될 울트라원을 소환해 강력한 암흑의 화신, 울트라비스트로 만들도록 하라. 결국은 알파행성이다. 알파행성의 사원 획보 전에 가장 큰 장애물인 베다행성을 정복하고자 했으나 성과가 없었다. 새로운 전략이 필요한 시점이다. 새로운 국면의 전환이! 바로 국면의 전환 말이다! 바이오테크 군단을 베다전에서 차출하여 중간계 작은 은하 전체로 진격시켜, 어둠의 공포를 중간계 성단 전체에 퍼트려라."

크로노스는 고개를 숙인 채 절대자의 말을 하나도 놓치지 않으려고 온 신경을 집중해서 들었다.

"암흑의 공포를 선물해 주어라! 공포와 함께 중간계 작은 은하에 암흑제국의 성립을 알리고 제국의 군대를 모아라. 베다를 장악하여 암흑제국에 누구라도 굴복해야만 하는 것을 알려라. 나아가 알파행성 에너지 자원의 독점이야말로 우리의 첫 과업이자 우주 정복의 시작인 것이다. 이 새로운 우주선의 에너지를 독점하고, 중간계 성단을 넘어 이 은하 전체를 우리가 정복하여야 한다."

절대자의 붉은 눈빛이 순간 강하게 번뜩였다.

"네. 절대자 성하! 교시하신 대로 중간계 성단은 넘어 국부은하단 전체를 장악하는 진격을 추진하겠습니다!"

"울트라비스트와 바이오테크 군단을 투입하여 암흑의 막강한 힘을 그들에게 보이도록 하겠습니다. 암흑제국의 선포는 성하의 뜻에 따라 시행하겠습니다. 상인연합 바이샤 동맹은 금번 전쟁으로 주요 전력인 유령선단이 붕괴되었습니다. 알파행성의 정복에 대한 분배 공작을 통해 제국의 통제하에 두겠습니다."

절대자는 흡족하다는 듯 기이한 형태로 입술을 일그러뜨려 웃음소리를 흘렸다. 곧 홀로그램이 사라졌다.

총참모장실에 홀로그램으로 모습을 드러낸 크로노스 총통.

"울트라원과 바이오테크 군단 전체를 델타행성 다크시티로 소환한다."

"넷!"

총참모장은 기립하며 대답하고, 울트라원과 바이오테크군단장도 자리에서 일어나 "네!" 하고 우렁찬 목소리로 대답한다.

"총통 각하."

느긋하게 앉아있는 의자 뒤에서 보고자의 목소리가 들려왔다.

"말하라."

"베다와 알파행성의 생명체를 말살할 666만의 안드로이드 기계병과 66만의 유기체 흡수 강화 괴수단이 드디어 완성되었습니다. 상인연합 바이샤 동맹의 재료 공급과 무상 기술 협조로 시간이 단축되었음을 보고드립니다. 특히 유기체 흡수 강화 괴수단은 생명체를 흡수하면 할수록 강화되는 성능을 추가한 신종 암흑병기로, 이번 실전 테스트가 기대됩니다."

"으음. 좋아."

총통은 만족스러운 표정을 지었다.

"그럼 확인해 보자."

보고자는 총통의 말과 동시에 스크린을 전환했다. 다크시티 지하의 안드로이드 기계 양산 시설의 자동화시스템에서 줄지어 걸어 나오는 안드로이드 기계 병사들의 모습이 보인다.

보고자가 뒤에서 버튼을 누르자, 실험에 한창 몰두 중인 존재들의 장면으로 진환된다. 유기체 흡수 괴수단의 실험체가 암흑세력에 반대하는 존재들을 흡수하며 이상한 괴성을 내지르며 울부짖는다. 흉측한 얼굴은 점점 더 심하게 일그러지고 신체를 구성하는 각 근육이 부풀어 오르더니 힘이 들어간다. 강화 괴수단은 짐승의 갈기처럼 털이 공중으로 솟고, 머리 가운데 이마에 커다란 제3의 눈이 달린 강한 모습으로 변해 갔다. 이마와 머리 가운데에 있는 세 번째 눈으로는 유기체의 생명을 빨아들인다. 이윽고 흡수된 존재들은 나무토막처럼 말라 버리고 이내 부스러져 버린다.

"좋군, 아주 좋아!"

총통은 무릎을 탁 쳤다.

"666만의 안드로이드 기계병, 66만의 유기체 흡수 강화 괴수단을 베다행성으로 지금 즉시 보내서 모든 살아 숨 쉬는 생명체를 말살시켜라!"

"이번 말살 작전은 안드로이드기계군단장이 지휘하도록 하라!"

크로노스 총통의 명령에 따라 델타행성에서 출발하는 수송선단을 구성한 각 스페이스전함과 수송함정에 안드로이드 기계병과 유기체 흡수 괴수들이 채워졌다. 그 숫자만 해도 무려 666만과 66만이었다. 베다행성은 이러한 암흑세력의 움직임을 감지하지 못한 채 즐거운 행복에 빠져 있다.

어둠이 낮게 내려앉은 밤. 스산한 공기가 베다행성을 스치고 지나간다. 울트라원 로봇, 아이스맨 로봇, 썬더맨 1, 2, 3호기 로봇, 윈드맨 로봇, 파이어걸 로봇. 총 일곱 대의 로봇이 거대한 그림자를 드리우며 서있고, 다섯 전사 아니 두 전사도 특수 로봇기지에 우두커니 서 있다.

"휴우."

덕만은 로봇들을 올려다보며 긴 한숨을 내쉬었다. 도대체 어떻게 이런 상황까지 내몰리게 되었는지, 씁쓸한 기분으로 로봇들을 바라봤다. 덕만은 멍하니 윈드맨 로봇을 올려봤다. 순간, 윈드맨과 트레디의 모습이 겹쳐졌다. 마지막까지 덕만 자신과 사라를 위해 몸을 아끼지 않았던 트레디. 생명을 구성하는 진기를 모두 폭발시키고, 입에서 선홍색의 피를 뿜어내며 숨을 헐떡이던 모습이 선명하게 떠오른다.

윈드맨 로봇에 손을 가져가자, 금속의 차가운 기운이 손끝으로 스며든다. 덕만은 지그시 눈을 감았다. 트레디와 함께했던 순간의 기억들이 덕만의 머릿속을 잠식한다. 늘 따뜻하고, 넉넉한 미소를 보이며 동료들을 다독여 주던 트레디의 상냥한 얼굴. 유독 아이들과 함께 하는 시간을 즐거워했던 그의 얼굴이 떠오른다.

주마등처럼 그의 기억들이 스치고 지나가고, 또 겹겹이 쌓여진다. 지금이라도 숙소로 돌아가면 특유의 푸근한 미소로, 수고했다며 반겨줄 것 같은 기분이 들었다.

매일같이 전쟁으로 동료를 잃고 또 잃었지만, 그것이 가장 가까운 동료 다섯 전사 중 한 명에게 일어날 것이라고는 추호도 생각하지 못했다. 가슴에 송곳이 파고들 듯 극심한 통증이 느껴진다. 덕만은 가슴을 부여잡고, 가빠지는 숨을 진정시키려 했다.

"후우— 후우."

눈을 감고 호흡에 집중하며, 요동치는 자신의 마음을 다잡았다. 덕만은 눈을 뜨고 위드맨 로봇을 올려다봤다.

"그래, 해 보는 거야!"

주먹으로 가슴을 툭툭 때려 본다.

"뭘 해 보자는 거야?"

로봇기지에 울리는 사라의 목소리. 덕만은 고개를 돌리고는 씨익 웃어 보였다.

"아니야. 별거 아니야."

덕만은 신경 쓰지 말라는 듯, 손을 내저어 보였다.

"무슨 말이야. 별거 아니라니."

사라는 로봇들에게 시선을 옮기고는, 다시 덕만에게 눈을 돌렸다.

"이제 너와 나 둘뿐이야! 우리라도 힘을 합쳐야지. 그렇지 않겠어? 이제 베다행성을 지킬 수 있는 건 너와 나 둘뿐이라고."

덕만은 고개를 끄덕였다.

"무슨 일인데. 말해 봐."

사라는 걱정스러운 목소리로 말하고는 덕만 앞으로가 손을 잡았다.

"아…. 그, 그래."

덕만은 말을 더듬었다. 언제나 냉담했던 사라의 돌변한 모습이 한편으로는 기쁘면서도 의아했다. 덕만은 잠시 고민하는 표정을 짓다가, 마침내 입을 열었다.

"사라야."

"응?"

"한 번 생각해 봐."

"무슨 말이니?"

사라는 고개를 갸웃거렸다.

"지금부터 전쟁 양상은 민간인 지역까지 침투가 가능한 안드로이드 기계군과 괴수 부대의 침투 싸움으로 볼 수 있어. 정보에 의하면 대규모로, 대략 700만이 넘는 안드로이드 기계 병력이 이동했다는 거야. 그리고 무서운 생명체 흡수 괴물까지 온다고 하니, 이대로 가만히 있으면 베다행성은 아마도 생명체가 없는 죽음의 행성이 될지도 몰라. 그래서 말인데…"

덕만은 헛기침을 했다. 사라는 덕만이 무슨 말을 하려는지 감이 잡히지 않았다.

"브레인포스가 함정을 팠다는 건 알고 있지만, 행성 밖 암흑우주선 어딘가에서 이들을 일괄 통제하는 컨트롤머신이 있다는 것이 사실일 거야. 이것만 파괴하면 이 전쟁에서 승리할 수 있는 거지."

덕만은 확신에 찬 목소리로 이어서 말했다.

"어때? 한번 해볼 만하지?"

사라는 걱정스러운 얼굴로 말했다.

"하지만 브레인포스가 있으면 우리의 뇌파를 알아챌 거야. 그렇게 되면 정말 위험에 처하게 될지도 몰라."

"그래. 사라 네 말이 맞아. 들킬 수도 있겠지. 하지만 우주선 안에서라면 브레인포스라도 내 번개 초능력을 쉽게 제어하지 못할 거야. 그리고 나는 사라 네가 있잖아. 나를 도와줄래?"

덕만은 사라가 방금 전 잡아 주었던 손을 다시 한 번 꼭 잡았다. 결연한 의지가 담긴 눈길을 사라에게서 돌리지 않았다.

'남자다운데.'

사라는 속으로 생각하고는, 잠깐 가슴이 술렁였다.

"나 도와줄 거지?"

재차 확인하는 덕만. 사라는 조용히 고개만 끄덕였다. 긍정의 의미를 담아서.

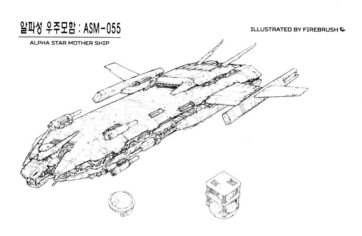

알파성 우주모함 : ASM-055
ALPHA STAR MOTHER SHIP

ILLUSTRATED BY FIREBRUSH

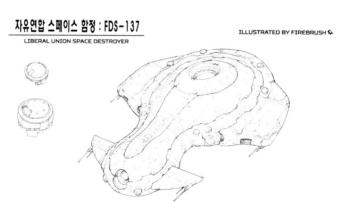

자유연합 스페이스 함정 : FDS-137
LIBERAL UNION SPACE DESTROYER

ILLUSTRATED BY FIREBRUSH

4장_
중간계
은하의 충돌

"언제까지 잠만 잘 거야?"

사라가 평온한 얼굴로 자고 있는 덕만을 흔들었다.

"사라?"

덕만은 눈을 동그랗게 뜨고, 자리에서 일어났다.

"아침부터 무슨 일이야?"

사라는 활짝 웃고는, 요기 님이 내일 모험에 진입하기 전까지는 푹 쉬고 있으라 했다는 말을 전했다. 식탁에는 지구에서 먹는 음식들로 가득 채워져 있었다.

"사라, 이게 어떻게?"

"같이 아침 먹자고."

사라는 부끄러운 듯 웃었다.

"너, 지구 음식 별로 안 좋아하잖아."

"나도 한 번 먹어 보려고. 얼마나 맛있기에 네가 그렇게 좋아하는지."

둘은 식탁에 마주보고 앉았다. 덕만은 불고기와 갈비찜으로 젓가락을 옮겼다.

"이게 내가 제일 좋아하는 지구 음식이야."

사라는 기분 좋게 음식을 입으로 가져갔다.

"달콤하다."

한 입 베어 문 사라가 감탄스럽게 대답했다.

"나는 고기를 먹지 않으면 힘이 나지 않아서 말이야. 사라도 고기를 먹으면 속도 든든해지고 아마 힘도 펄펄 솟을 거야."

덕만은 웃으며 말했다.

"나, 사실은 말이야…"

조심스럽게 사라가 입을 열었다. 덕만은 가만히 사라가 다음 말을 꺼내기를 기다렸다.

"음식은 맛을 느끼기보다 에너지를 내기 위해 먹는 거라고 생각했어. 대부분의 베다 전사들은 그런 생각을 갖고 있고 말이야."

덕만은 멀뚱멀뚱 사라를 바라봤다.

"근데, 누군가와 함께 식탁에 앉아서 식사를 한다는 게 참 즐거운 일이네."

사라의 두 볼이 붉게 물들었다. 덕만은 사라의 볼을 살며시 만지고는, "이것도 먹어 봐." 하며 김치만두를 입에 넣어 주었다. 맛있게, 행복한 얼굴로 음식을 먹는 사라의 모습을 보며, 덕만은 한편으로 가슴이 무거웠다.

모함으로 침투하는 일은 분명 베다의 미래를 위해 중요한 일이었다. 하지만 두 사람에게는 너무도 위험천만한 일임에 틀림없었다. 적들의 적진 한가운데로 몸을 던지는 것은, 무모할 정도의 용기와 결단이 필요한 일인 것이다.

"사라야."

"웅?"

사라가 덕만을 바라봤다.

"우주전함에 침투하는 것 말이야."

"아, 맛있다. 이건 뭐로 만드는 거야?"

탕수육을 집으며 사라가 물었다.

"사라야."

"또 어떤 게 맛있을까?"

계속 딴청을 부리는 사라에게 덕만은 더 이상 말을 꺼낼 수 없었다.

"고마워."

사라는 덕만을 보며 찡긋 웃어 보였다.

바이오테크군단장 조지 딕시와 브레인포스는 수송비행선에 몸을 실었다.

"지금 어디로 이동하는 겁니까?"

브레인포스의 질문에 조지 딕시는 델타행성의 다크시티로 간다고 했다.

"왜 거기로 이동하는 거죠?"

조지 딕시는 브레인포스의 질문에,

"따라와 보면 알게 될 걸세. 그럼 출발하지."하고 수송비행선 조종사에게 말했다.

"네. 그럼 출발하겠습니다."

브레인포스는 검게 물든 창밖의 하늘을 바라봤다. 이제 두려울 것은 없다. 자기 최면을 걸듯 같은 말을 몇 번이고 반복했다.

암흑군 우주기지, 베다 스페이스 상공의 우주모함 작전실에서는 베다행성 생명 말살 작전에 대한 릴레이 회의가 이어졌다.

크로노스 총통의 지시로 총참모장의 역할을 맡게 된 오버머신은 베다행성에서 숨을 쉬는 생명체는 모두 말살하겠다는 결연한 의지로 전투에 임할 부대장들을 불러 모았다.

"유기체는 모두 흡수하고, 베다행성을 죽음의 별로 만드는 것. 이것이 내가 가진 목표임과 동시에 크로노스 총통님의 뜻이기도 하다."

오버머신을 바라보는 부대장들. 오버머신이 갖고 있는 작전은 편도 침투 장치인 폭탄형 이송기로 베다행성에 가속 침투하는 것이다.

"666만 생명 말살 암흑군 발진 24시간 전이다."

"66만 강화 괴수단, 상태 양호! 준비 완료되었습니다."

안드로이드기계군단장 자리를 맡고 있는 오버머신은 기계의 힘에 대해 조금의 의심도 하지 않는다.

"이번 침투 작전은 각 비행정 수송정을 일부 사용하지만 편도 침투 이송 장치인 침투 폭탄을 최대한 사용해 지상에 가속하여 폭탄 침투 장치로 이송한다. 모든 작전은 본 군단장이 지휘한다. 모든 준비에 만전을 기하라."

오버머신은 목에 핏대를 세우며 이어서 말했다.

"작전 목표! 모든 생명체를 말살하라.

최후까지 모든 생명체를 남기지 말고 말살해야 한다. 모든 암흑 작전관들은 안드로이드 기계병사가 모두 파괴되더라도 베다행성에 존재하는 생명체의 씨를 말살해야 함을 명심해라! 이상!"

말을 마친 오버머신은 등을 돌리고는 기계들의 발진 상태를 알리는 현황판을 바라봤다.

'흐흐흐 이제야 제대로 된 작전이다. 총통 각하가 너무 서두른 것이 패인이 아닌지…. 애초에 모든 준비를 마치고 지금처럼 했어야 하는 거였는데.'

그는 현황판을 예의 주시했다.

"조금의 실수도 일어나서는 안 된다."

오버머신은 자기 자신을 독려하려는 듯, 혼자 중얼거렸다.

"위이잉~"

암흑군의 베다 스페이스 상공에 위치한 우주모함으로 지상 정찰을 나갔던 정보비행정들이 속속들이 도착한다. 도착하는 정보비행정 중 한 대에 덕만과 사라가 탑승해 있다. 정보비행정을 탈취한 덕만은 번개 파 초능력을 이용해 컴퓨터를 재정리하고 잠입에 성공했다. 격납고를 통해 무사히 우주모함 안쪽까지 진입에 성공한 덕만과 사라.

"됐어. 가까이에서 브레인포스의 뇌파가 감지되지 않아. 이제 나가도 될 것 같아. 나가자!"

"응."

사라는 덕만을 따라 나섰다. 내딛는 발걸음을 조심, 조심. 둘은 작은 소리에도 예민하게 귀를 기울이며 천천히 걸어 나갔다. 덕만은 이곳으로 출발하기 전에 내부 컴퓨터에서 입수한 선체 정보를 분석한 상태였다. 덕만은 내부 구조를 분석하면서 가장 의심스러웠던 장소로 이동했다. 도착한 곳은 함정 요원과 기계 병사, 유기체 흡수 괴수단의 출동 준비로 분주한 상황이었다. 특히, 각 부대별로 침투 이송기를 지급하여 준비하는 게 가장 눈에 띄었다.

"삑삑~ 삑삑~"

작전실에 있는 작은 기계음의 알람이 울렸다. 작전 시간이 되었다는 진격의 알림이었다.

"출동하라! 모든 생명체 말살 작전을 시작하라."

오버머신이 마이크에 우렁찬 목소리로 말했다. 오보머신의 출동 명령이 떨어지자, 스페이스 우주선과 대우주모함에서 안드로이드 기계병, 소형 수송 선단, 비행정과 드론들이 기다렸다는 듯이 쏟아져 나왔다. 하늘은 출동한 암흑군의 군대로 까맣게 물들었다. 드디어 암흑군의 666만의 기계 병사와 66만의 강화 괴수로 구성된 대군대의 작전이 시작된 것이다.

"침투 이송기 발진하라!"

각 함정에서 침투 이송기가 발사되었다. 이번 암흑세력 작전의 특징은 기존과 같은 비행정과 비행선 중심이 되는 왕복 수송이 아니었다. 대규모 침투기를 미사일 형태로 발사시켜 지상에 낙하산을 펼쳐 도착하게 만드는 방식이다. 이는 빠르고 위협적인 작전이었다. 오버머신이 만든 개발품으로, 암흑제국군 총통의 인정을 받은 개발품이기도 했다. 다만 평지가 아닌 바위 혹은 건물에 충돌하면 사이보그 기계 병사가 부서질 우려도 있지만, 강력하고 빠른 침투는 무시무시한 위력을 갖고 있는 것이 틀림없는 사실이었다.

"슈우웅~ 윙!"

정찰을 나갔던 비행정이 우주선으로 도착했다. 도착한 정찰 비행정의 정보가 스페이스 사령부와 지상 총지휘소, 장로 회의상황실에 암흑세력의 침공 장면을 전송했다.

"1차는 우리가 저지한다."

스페이스 사령관은 대기권 하늘에서 암흑세력을 막아낼 생각이다.

"모든 광자포와 미사일은 대기하라. 스페이스급 이상은 사실상 침투가 불가능하니, 모선의 안전은 보장된다. 최대한의 화력으로 지상 접근을 막아라!"

스페이스 사령관은 격앙된 목소리로 말했다.

"모든 대공 미사일은 대기하라."

총지휘소에서 상황을 지켜보던 자위대 총사령관이 소리쳤다.

"모든 로봇 부대는 출동 대기를 명령한다. 절대 저지선을 고수해야 한다. 우리 뒤에 있는 모든 존재를 위하여 싸우는 것이다."

"보고드립니다."

보고자가 지휘소로 뛰어 들어왔다.

"무슨 일인가?"

총사령관이 고개를 돌렸다. 보고자는 헐떡이는 목소리로 보고를 시작했다.

"이번 침투는 대규모 병력을 빠르게 이동시키는 침투 미사일 발사 방식입니다. 그렇기 때문에 현실적으로 격추는 힘들어 보입니다. 주거 지역 인근의 자위대를 총동원하여 지상에 접근하는 대로 각개 격파해야 할 것 같습니다."

심각한 표정으로 보고자의 보고를 진달빈은 자위대 총사령관.

"지상 모든 자위대는 자신과 이웃, 그리고 가족을 위해 끝까지 싸워 주기를 바란다. 이상!"

자위대 총사령관은 의지가 담긴 굳건한 목소리로 말했다.

"하야앗~!"

암흑군 44호 우주모함의 비밀장소에 도착한 덕만과 사라.

"이야앗!"

덕만은 두 손에서 번개를 일으키며 자신을 막아선 사이보그 기계를 하나씩 파괴해 나가기 시작했다.

"피용~"

"하야앗!"

덕만은 날아드는 적의 레이저총을 번개로 가로막았다.

"사라 괜찮아?"

"너나 신경 써."

"얏! 야앗!"

사라는 파이어채찍으로 적의 기계를 차근차근 베어 나갔다.

"위잉~"

비밀장소의 문이 열리고 나타난 특수 강화 괴수들은 수십 명의 모선 특수경비대원들로 상당한 괴력을 갖춘 정예부대이다. 전세는 순식간에 역전되고 덕만과 사라는 한쪽 구석으로 몰렸다.

"하야앗!"

한 단계 업그레이드된 괴수 경비부대는 특수 장비와 특수금속 외피의 보호갑을 착용하여, 브레인포스의 정보 제공에 따라 썬더맨의 공격에 특화되고 강화된 특수경비부대로 덕만의 번개를 맞고도 주춤거릴 뿐 쓰러지지 않았다. 덕만의 공격을 효과적으로 차단하고 있는 괴수 특수부대였다.

"이게 어떻게 된 거야."

덕만은 당황한 목소리로 말했다. 사라도 입장은 마찬가지였다. 자신의 파이어채찍에도 잘 베어지지 않는 괴수들. 다행히 썬더맨이 날리는 보이지 않는 충격파에는 주춤거리며 공격을 하지 못하였다.

"우리 조금 더 서둘러야겠는데."

하얏~ 덕만은 쉼 없이 번개를 쏘아댔다. 괴수들이 쓰러지지 않으면 몇 번이고 같은 공격을 퍼부었고, 괴수들의 숫자는 조금씩 줄어들기 시작했다.

덕만의 헬멧으로 영상이 전송됐다. 전송된 영상에는 666만의 안드로이드 기계들이 제2보호막 앞의 베다행성 인간형 로봇부대와 로봇슈트 자위대의 저지선을 뚫고 민간인 지역과 도시로 몰려가는 모습이 보였다. 한편으로는 뒤를 이어 강화 괴수 66만이 저돌적으로 달려가는 모습도 보였다.

"그래, 조금만 더 서두르자."

사라도 영상을 확인하고는, 급한 목소리로 말했다. 안드로이드 기계병과 맞서 싸우는 자위대원들. 하나둘 그들의 공격에 쓰러지고, 한편으로는 유기체 흡수 괴물에게 흡수된다.

"스이이이악!"

헬멧을 통해 베다행성의 신음이 흘러나왔다. 덕만은 두 눈을 질끈 감았다. 고통스러운 소리에 가슴이 찢어지는 아픔이 고스란히 덕만의 가슴으로 전달됐다. 자신의 살이 뜯겨 나가는 극심한 아픔을 느꼈다. 민간인 지역으로 달려드는 안드로이드 기계병들. 그들은 파도처럼 순식간에 민간인 지역을 휩쓸고 지나갔다.

"하얏! 하얏!"

번개를 쏘아대는 덕만. 조급한 마음이 바쁘게 내달린다.

"저 안쪽의 둥근 부분을 녹여 버려! 시간이 없어. 이미 암흑군대가 안전지대 내부에 도착한 상황이야!"

덕만은 목소리를 높였다.

"나도 알고 있어."

이얏! 사라는 있는 힘을 다해 파이어링을 덕만이 말한 곳으로 던졌다.

"파바방!"

출입구를 막고 있던 문이 폭파되면서 입구의 모습이 드러났다.

"하얏~!"

모습을 확인한 덕만이 내부로 순간이동을 했다. 입구 안쪽으로 들어선 덕만은 두 손으로 번개파를 모았다. 이얏, 힘찬 고함과 함께 중앙시스템이 연결된 컨트롤박스를 향해 강력한 번개파를 날렸다.

"콰과쾅!"

파열음과 함께 컨트롤박스가 터지며 불꽃이 치솟아 올랐고, 연쇄적인 폭발이 일어났다.

"쾅! 쾅! 콰콰쾅!"

내부에 연결된 에너지장 공급 장치, 부가적인 시스템 역시 화염에 휩싸이며 파괴되기 시작했다.

"콰콰콰쾅!"

엄청난 크기의 폭발음. 화염은 점점 번져갔고, 그 옆에 위치하고 있던 핵융합 에너지 공급 탱크에까지 옮겨져 대규모 폭발로 이어졌다.

잠시 후 컴퓨터의 기계음이 들려왔다.

"모함 44호 카운트다운. 심각한 핵에너지 공급 장치 폭발로 모함의 기능이 정지되었음. 심각한 핵에너지 공급 장치 폭발로 모함의 기능이 정지되었음."

컴퓨터는 연이어 반복해서 말했다. 또 다시 컴퓨터의 목소리가 이어졌다.

"핵융합 발전 장치가 파괴되어 원자핵 엔진 폭발 카운트다운 10분 전! 기체를 포기합니다. 전투 매뉴얼에 의해 자폭 모드로 전환함. 자동 점화…. 보안규정에 따라 철수를 시작합니다. 자폭 모드 돌입합니다. 자폭 카운트다운 시작합니다. 7분 전…."

"이게 무슨 소리야!"

암흑군 대모함의 작전관은 당황한 얼굴로 소리쳤다.

"지금 이게 무슨 일인지 당장 알아봐."

작전관은 곁에 있던 부하를 발로 걸어찼다.

"가만히 서 있지 말고, 당장 알아보라고!"

"네. 네."

뒤이어 도착한 보고에 작전관은 콧잔등을 찌푸릴 수밖에 없었다.

"지금 확인해 본 결과, 사실인 것 같습니다."

"이게 정말 사실이라는 거야?"

"네."

작전관의 목소리 뒤로 들리는 컴퓨터의 기계음.

"자폭 카운트 5분 전."

황급히 우주선을 빠져나가려는 암흑세력의 군사들로 모함 안은 아비규환이었다. 하나라고 외쳤던 그들은 자신이 살기 위해 동료를 밀치고, 때리며 비행정이 있는 곳으로 달려갔다.

"최후의 카운트다운을 시작합니다."

또 다시 울리는 컴퓨터의 기계음.

"카운트다운 30, 29, 28, 27… 4, 3, 2, 1, 0(제로)!"

"조금 더 서둘러, 너무 늦어. 덕만, 빨리!"

사라와 덕만은 44호 모함 밖으로 몸을 던졌다.

"콰쾅쾅! 콰콰콰콰콰콰쾅!"

"콰쾅! 콰쾅쾅!"

44호 우주전함이 폭발하면서 주위에 날아다니던 스페이스 우주선 몇 척도 폭발의 소용돌이로 함께 사라졌다.

"쿵쿵! 콰쾅쾅!"

드넓은 우주에는 44호 대우주모함의 선체와 다른 우주선 잔해들의 조각들이 흩날렸다. 이동하는 꽁무니 비행선에 겨우 한 손을 걸친 덕만의 다른 팔에는 사라가 매달려 있었다.

"사라 조금만 기운 내. 위의 모서리를 잡아."

사라는 몸을 튕겨 홈이 난 모서리를 양손으로 잡았다.

"고개를 숙이고 조금만 기다리자."

덕만과 사라는 출발하는 우주비행선 위에 납작 엎드려, 속도가 줄어들기까지 기다리며 안간힘을 쓰며 매달려 있었다. 지휘관과 조종사 단둘이 타고 있었던 우주비행선은 안정 궤도에 이르자 속도를 줄였다.

"사라, 지금이야."

덕만과 사라는 멈춰 선 우주비행선의 창을 뚫고 안으로 들어섰다. 창밖의 커다란 폭파의 화염은 아직도 수그러들지 않고 있었다.

"어서 조종석으로 가자."

덕만은 창에서 눈길을 돌렸다.

"너희들은 뭐야."

지휘관은 덕만을 보자 두려움에 떨리는 목소리로 말했다.

"하얏!"

사라는 조종사를, 덕만은 지휘관을 일순간에 제압했다. 힘 잃은 나뭇가지처럼 지휘관과 조종사가 조종석 바닥에 널브러졌다. 덕만은 조종석에 앉고 기수를 베다행성으로 틀었다.

"몸은 괜찮아?"

덕만은 걱정스러운 눈으로 사라를 바라봤다. 여자 힘으로 많은 것을 견디고 버텨내기란 쉬운 일이 아니라는 것을 덕만은 잘 알고 있다.

"응. 괜찮아."

사라는 기쁨에 들뜬 목소리로 말했다.

"고생했어."

비행정에서 내리며 덕민은 사라의 등을 도닥였다.

"네가 더 수고했지."

"미안해. 사라 너를 이렇게 위험한 곳에 오게 하고 말이야."

덕만의 눈가가 붉게 물들었다. 살짝만 건드려도 눈물이 주르륵 흘러
내릴 것 같았다.

"뭐야, 혼자 위험한 데로 보낼 수는 없잖아."

사라는 무덤덤한 척하며 말을 했다. 그리고 사랑스러운 미소를 흘리
며 덕만을 향해 고개를 치켜들었다.

"고마워."

덕만은 와락 사라를 안았다. 사라는 놀라기도 했지만, 그의 품이 싫
지 않았다. 덕만의 허리에 손을 올리고는 자신의 쪽으로 끌어당겼다.
잠깐만, 사라는 덕만과 자신의 사이에 손을 집어넣고는 덕만을 앞으
로 밀었다.

순간 멈칫하며 사라를 보는 덕만. 사라는 아무런 말없이 덕만의 두
볼을 양손으로 감쌌다. 사라와 덕만의 입술이 맞닿았다. 덕만과 사라,
두 사람은 스르르 눈을 감았다. 체리보다 달콤하고, 봄 햇살보다 따뜻
한 입맞춤이었다.

"진짜 고마워."

입술을 떼고 나서 덕만이 말했다.

"됐어."

사라의 입술은 다시 덕만에게 향했다.

"팡팡! 뚜아앙!"

공중 포격과 지상 포격에서 살아남은 괴수들과 666만의 사이보그 기계병들은 저지선을 넘어 민간 지역을 향해 돌진해 나갔다. 그 어마어마한 숫자는 과히 압도적이라는 말밖에 나오지 않았다.

"휭! 휭!"

그들은 눈앞에 보이는 생명체의 숨을 빼앗아 간다. 민간 지역 초입을 초토화시켜버린 암흑세력의 괴수와 기계 병사들.

"지이이이~"

더 앞으로 나아가려는 암흑군 앞에 거대하고 하늘을 파랗게 물들이는 전자파의 소용돌이가 나타났다. 44호 암흑모선의 폭파로 인해 666만을 중계하는 비밀 코스모스 아이피 역시 전자기 장애가 생겼고, 그 결과 소용돌이가 발생하게 된 것이다. 이로 인해 자연스럽게 암흑세력의 비밀 코스모스 아이피도 소멸되기에 이르렀다.

"으아악!"

갑자기 나타난 전자파의 소용돌이는 순식간에 암흑군 군사의 절반 이상을 휩쓸고 멈춰 섰다. 멍하니 뒤에 서서 소용돌이를 바라보는 유기체 흡수 괴수들과 안드로이드 기계병들. 그들은 얼음처럼 얼어 버려 더 나아갈 생각을 하지 않았다.

적의 말살만을 교육받고 추구했던 안드로이드 사이보그 기계 병사들은 암흑제국의 어느 용사들과도 비교가 불가한 강한 존재들이었다. 하지만 암흑의 의지가 녹아 버린 지금, 그들은 고철덩어리만도 못한 처지가 되었다. 죽음 따위는 두렵지 않다 울부짖었던 강화 괴수 병사들은 뇌를 상실함으로씨 단순한 유기체 덩이리에 불과하게 된 것이다.

"우와! 와!"

갑작스럽게 터져 나오는 환호의 탄성.

"와! 와! 와~!"

베다인들과 베다 사령부 지휘소의 모든 요원들은 손을 하늘로 치켜들고 함성을 질렀다. 목이 쉬어라 소리를 지르고, 또 질러댔다.

"휘이잉~"

멈춰 섰던 전자파의 소용돌이는 베다행성을 죽음으로 물들여 갔던 암흑군의 나머지 병사를 삼켜 버렸다.

"와하하하! 하하!"

승리를 자축하기 위한 연회가 열렸다. 연회장은 웃음소리로 가득 차 있다.

"여기 썬더맨과 파이어걸이 도착했습니다."

장로 한 사람이 마이크를 잡고, 막 문 앞에 들어선 덕만과 사라에게 손짓했다.

"우와! 와!"

연회장에 모인 모든 사람들은 사라와 덕만에게 아낌없는 박수를 보냈다. 멋쩍은 듯 덕만은 머리를 긁적이며 고개를 숙였다. 사라는 기분 좋은 미소를 보내며 손을 높이 들어 보였다.

"와~! 와~~!"

박수소리와 환호성이 계속 이어졌다. 사람들의 환대에 두 사람은 가슴이 벅차올랐다. 덕만과 사라는 서로 눈을 마주보고는 히쭉 웃어 보였다.

"잠시만요!"

장로는 박수소리가 잠잠해지기를 기다렸다가 말을 꺼냈다. 연회장의 모든 시선이 단상에 올라가 마이크를 잡고 있는 장로에게 향해 있었다.

"여러분들, 모든 베다인들이 한 마음을 모았기에 이번 전쟁에서 승리를 거둘 수 있었다고 생각합니다. 모두 큰일 치르셨습니다. 우리 베다를 위해서 싸우다 숨진 용사들과 부상자, 그리고 살아남은 모든 존재들에게 감사를 드립니다."

짝짝짝. 사람들의 박수소리가 이어졌다. 장로는 박수를 저지시키려는 듯 손을 올려 보였다. 다시 잠잠해진 연회장 안.

"모두 큰일 치르셨습니다. 그리고 열심히 싸우다 아까운 목숨을 잃게 된 4전사 트레디, 윈드맨을 위해 기도해 주시기 바랍니다. 또한 우리의 영웅 3전사 썬더맨과 5전사 파이어걸에게도 환호와 격려를 아끼지 말아 주시기 바랍니다! 그럼 승리의 기쁨을 담아 우리 모두 즐겨봅시다!"

점점 커지는 박수와 환호소리.

"수고하셨습니다. 썬더맨!"

"썬더맨! 썬더맨!"

덕만과 사라는 사람들과 끝도 없이 악수를 하고 포옹을 하며, 승리의 기쁨을 온몸으로 만끽했다.

"요기 님."

덕만은 연회장 한 쪽에 조용히 서 있던 요기에게 다가갔다.

"수고 많았네."

요기는 인자한 미소를 띠며 덕만의 어깨에 손을 올렸다.

"베다인들을 대표해 내가 다시 한 번 고맙다는 말을 전하고 싶네."

겸연쩍게 웃어 보이는 덕만.

"하하. 감사합니다. 저 요기님. 그런데 드릴 말씀이…"

"무슨 말인가?"

요기는 포근한 표정으로 덕만을 보았다.

"이제 제가 이곳 베다행성에서 할 수 있는 일은 모두 다 마친 것 같습니다."

덕만은 손을 입으로 가져갔다. 잠시 동안 이어진 침묵. 덕만은 다음에 이어질 말을 조심스럽게 꺼냈다.

"지구로 돌아가고 싶습니다."

요기는 가만히 덕만을 바라봤다.

"혼자 남겨 둔 동생이 걱정되기도 하고요."

"그래. 내가 왜 그 마음 모르겠나."

요기는 덕만의 어깨를 쓰다듬었다.

"아쉽지만, 내가 자네를 이곳에 계속 붙잡아 놓을 수는 없을 터. 자네의 뜻이 그렇다면 자네의 뜻을 존중해 줘야지. 그럼 잠깐 같이 나가 겠나?"

요기와 덕만은 암흑에너지를 컨트롤하는 연구시설과 시공간 워프 장비를 연구하는 시설이 마련되어 있는 신성한 동굴로 향했다.

'요기 님의 등을 보고 걷는 것도 이것이 마지막인가.'

탄탄하지만, 조금은 노쇠한 어깨를 바라보며 덕만은 어쩐지 애잔한 기분이 들었다. 든든했던 아빠의 힘없는 뒷모습을 바라보면 이런 기분 이겠지, 하고 덕만은 생각했다. 그리곤 한편으로 지구로 돌아간다는 생각에 들떠 있었다.

"이거 좀 쉽지 않겠는데."

기술장은 고개를 양옆으로 저었다.

"이거 힘들겠어."

"그럼 어떻게 해야 하죠?"

덕만은 걱정스러운 얼굴로 물었다.

"성간 이동을 하려면 암흑물질이 제어된 공간에서 폭발을 해야 자연 스럽게 암흑에너지를 제어할 수 있게 되거든. 그래야 웜홀 끈 통로가 열리고 시공간의 멀티이동이 가능해지는 거야. 그런데 지금 암흑물질 의 제어 시설과 암흑에너지 통제 장치가 크게 망가진 상태야. 우리 베 다의 최고 선진 기술로도 복구하려면 최소 1년은 걸리겠는데."

"1년이나요?"

덕만은 깊게 한숨을 내쉬었다.

"이왕 이렇게 된 거 인사도 좀 나누고 천천히 가."

기술장은 방긋 웃어 보였다. 이어서 장난스럽게 "뭐가 그리 급해?"하고 말했다.

"1년은, 너무 긴데…."

덕마우 혼자 중얼거렸다.

"너 지구로 돌아간다고 했다며."

시무룩하게 돌아오는 덕만과 마주한 사라.

"어? 웅?"

덕만은 난감한 표정을 지었다.

"왜 말도 안하고 떠나려고 했던 거야?"

불만이 가득한 목소리로 사라가 물었다.

"아…. 저기 그게…."

사라는 덕만의 대답을 듣지 않고 등을 돌렸다. 서운함에 잔뜩 부아가 오른 얼굴이다.

"저기, 사라야."

덕만이 불러 보지만 사라는 돌아볼 생각도 하지 않는다.

"사라야~"

덕만은 달려가 사라의 등을 자신의 쪽으로 돌렸다. 사라의 눈은 촉촉하게 젖어 있었다.

"사라야."

"가 버려. 갈 테면 가라고! 지구인을 믿는 게 아니었어! 지구인, 이 나쁜 놈아."

"그런 게 아니고."

당황한 덕만은 말이 제대로 나오지 않았다.

"사라야."

덕만은 매몰차게 등을 돌리는 사라의 손을 잡았다.

"잠깐만, 잠깐만 내 말 좀 들어 주면 안 돼?"

"됐어."

사라는 덕만의 손을 뿌리쳤다.

한쪽 벽면이 거대한 투명한 창으로 되어 있는 감옥. 특수한 투명금속으로 만든 방탄유리로 되어 있는 창은 웬만한 광선총에도 끄떡하지 않을 만큼 강력하게 설계되었다. 창 안에 감금되어 있는 괴수들을 효과적으로 감금하기 위해 설계된 감옥이다.

감옥 안에는 계속된 실험으로 능력과 힘이 더욱 강력해진 괴수가 위치하고 있다. 흉측한 모습은 한 번 보면 눈을 돌려 버리고 싶은 정도이다. 몸은 강력한 근육질로, 바늘로 찔러도 들어가지 않을 정도로 보인다.

"지이잉~"

문이 열리고 바이오테크군단장이 모습을 드러냈다.

"오셨습니까?"

모든 연구원들이 자리에서 일어났다. 바이오테크군단장은 살짝 고개만 까딱했다.

"모두 앉게."

그의 낮은 목소리에 모두 자리에 앉았다.

"크아아앙!"

감옥 안의 괴수는 공격성을 최대로 끌어올린 실험체이다. 실험체는 바이오테크군단장을 확인하고는 무서운 기세로 달려든다. 투명한 유리는 괴수의 침으로 범벅이 되고, 괴수는 날뛰며 두 손으로 창을 때리고, 또 때린다.

"쿵! 쿵!"

방탄창의 성능에 대해 익히 알고 있는 괴수는 씩씩거리며, 죽일 듯한 기세로 바이오테크군단장을 노려본다. 바이오테크군단장은 관심 없다는 듯, 살짝 미소를 짓고는 연구원들에게 지시를 내린다.

"전투 실험을 시작하라!"

괴수가 감금된 방 안쪽의 문이 열리고, 기존의 괴수 세 마리가 모습을 드러낸다. 베다행성에 투입된 강화 괴수종보다 살상력을 높이기 위해, 잔인한 성능과 전투력을 높이기 위한 각종 실험이 계속되고 있었다. 괴수들은 광자총으로 강화된 괴수의 심장을 겨냥해 쏜다.

"크으응."

잠시 주춤거리는 강화된 괴수. 그것도 잠시, 괴성을 지르며 광선총을 쏘는 괴수들에게 달려든다. 광선총을 두 손으로 구부러뜨려 바닥에 내동댕이치고 손으로 괴수들의 목을 자르고, 몸을 찢어 버린다. 감옥 안은 괴수들의 피로 흥건해졌다.

"하하하하!"

바이오테크군단장이 만족스럽다는 듯 큰 소리를 내며 웃었다.

같은 시각, 높은 건물의 꼭대기에 서 있는 검은 그림자. 강력한 기운을 내뿜는 검은 그림자는 바로 암흑의 절대자였다. 검게 드리워져 얼굴 표정은 확인할 수 없지만, 희미하게 입가에 미소가 번지는 것을 확인할 수 있다. 그리고 얼마 지나지 않아 절대자의 모습은 흔적도 없이 사라졌다. 그가 실제 모습을 드러낸 것인지, 홀로그램으로 모습을 보인 것인지, 그것은 누구도 알 수 없다.

"울트라원."

다크시티의 모처에서 바이오테크군단장과 브레인포스는 마주했다.

"나는 새롭게 탄생할 암흑제국을 위하여 새로운 임무를 부여받았다."

브레인포스는 마른 침을 꿀꺽 삼켰다.

"그 임무는 중간계 성운에 암흑의 힘을 보여주는 것! 그대는 암흑제국의 중요 인물이 될 수 있다. 나는 그대와 같이 하고 싶다. 그대는 썬더맨을 이길 수 있는 힘을 갖고 싶지 않나?"

잠시 멈칫하며 바이오테크군단장을 바라보는 울트라원.

"좋습니다. 썬더맨을 이길 수만 있다면, 그리 하도록 하겠습니다."

"자네. 그럼 울트라비스트가 된다는 것이 무엇을 의미하는 것인지 알고 있는가?"

브레인포스는 고개를 갸웃거렸다.

"설명해 주지."

바이오테크군단장은 흠, 코로 헛기침을 하고는 말을 이었다.

"울트라비스트가 된다는 것은 24미터의 강력하고 거대한 금속재질의 괴물로 변하는 것이네. 그건 지금의 모습과는 아주 다른 모습이네."

"모습 따위는 아무런 상관도 없습니다. 강해진다면 모습 따위 어떻게 되어도 상관하지 않습니다. …그런데 말입니다."

브레인포스는 고개를 떨어뜨리며 말했다.

"말해 보게."

"울트라비스트로 변한 다음에, 다시 원래의 모습, 그러니까 지금의 모습과 크기로 돌아올 수는 없는 것입니까?"

목소리가 흔들렸다.

"걱정 말게. 암흑의 의지로 극강의 초능력을 발휘하게 된다면 다시 작게 또는 크게 변하는 것 모두 가능하네."

이제야 마음이 놓였는지, 브레인포스는 흔쾌한 목소리로 말했다.

"좋습니다. 저는 기꺼이 울트라비스트가 되어서 암흑의 전사가 되도록 하겠습니다. 제게 힘을 주십시오."

"자네 뜻 알겠네."

바이오테크군단장은 사악한 미소를 보이며 명령을 내렸다.

"울트라원을 비스트 강화 실험실로 데려가라."

"네. 알겠습니다."

바이오테크군단장 비서의 뒤를 묵묵히 따라나서는 브레인포스. 그는 강해질 수 있다면, 강해진다면 어떤 변화도 감당해낼 수 있다고 자신을 채찍질했다. 강해지는 것, 그것만이 그의 유일한 목표였다.

비스트 실험을 위한 나노강화물질 주입실. 수면제에 취한 울트라원은 실험관 안에 눈을 감고 가만히 서 있었다. 서서히 울트라원의 신체 조직을 근본적으로 변화시키는 나노금속인자물질과 정체를 알 수 없는 수많은 신체강화나노물질이 차례로 주입된다. 나노생명물질은 서서히 울트라원을 다른 차원의 생명체로 만들기 시작한다. 피부는 서서히 단단한 금속재질로 변하고 있다. 의식이 없는 듯 반응이 없는 울트라원.

"울트라원에 대한 최종 몸체 확대 비스트 실험 준비되었습니다."
크로노스 총통의 집무실로 비서가 들어와 말했다.
"그래. 그럼 가 보지."
크로노스 총통은 자리에서 일어났다. 구름이 낮게 내려앉고 회색으로 변한 하늘. 주위가 어두운 공간에 건물이 하나 우두커니 솟아있다. 건물 안에 높이가 30미터에 이르는 거대한 캡슐이 자리하고 있다. 캡슐은 전체가 유리와 같은 투명한 소재로 되어 있어서 안쪽의 작은 움직임까지 포착할 수 있다. 투명한 녹색의 액체로 들어차 있는 그 속에는 브레인포스가 양팔과 양다리가 묶인 채 있었다.

나노물질 처리로 신체가 강화된 브레인포스는 현재의 특수 처치실로 이송됐다. 본격적으로 바이오 금속과 일체화시켜 거대한 괴물을 만드는 공정에 들어가게 된 것이다. 묶여 있는 그의 몸 군데군데에는 구멍이 나 있다. 구멍을 통해 외부로 연결되는 금속 튜브가 연결되어 있다.

나노 생명체로 강화된 신체는 이제 로봇과 나노강화인간이 결합되는 사상 초유의 괴물을 탄생시키기 위한 공정이 시작되었다. 새로운 나노생명물질은 서서히 울트라원을 다른 차원의 생명체로 만들기 시작한다. 금속 피부로 변한 강한 신체가 어느 순간 거대 확산 인자가 포함된 새로운 물질의 공급을 받아 부풀어 오르기 시작했다. 브레인포스의 신체는 모든 뼈대가 분해되고 다시 재조합되어 거대한 몸체로 태어나는 과정을 겪는다. 고통은 이루 말할 수 없으며 이때 그 고통으로 인해 마지막 인성까지 파괴되어 악의 화신으로 거듭 태어나는 것이다. 브레인포스는 이미 제정신이 아닌 듯 눈을 뒤집고 비명을 지르기 시작했다.

"크아악. 크아악!"

날카롭게 소리쳤다.

캡슐내부는 전류가 흐르는 것처럼 잔물결이 일렁인다. 심상치 않은 기운을 내뿜는 공간은 위험한 공기로 가득한 느낌이다. 곧이어 연구원 한 명이 모습을 보였다. 연구원은 캡슐 옆의 조종대 앞에 익숙하게 섰다. 그리고는 마치 라디오 볼륨을 조정하듯 천천히 손잡이를 돌려 전류를 최대치로 올린다. 간헐적으로 보이던 전류의 흐름이 더욱 빠르게 이동하고, 더 강하게 흐르기 시작한다. 극심하게 소용돌이치기 시작하는 녹색의 액체.

"으으으으."

브레인포스는 괴로움에 신음한다. 심하게 발버둥치지만, 손과 발이 묶여 있어 아무리 발버둥을 쳐도 같은 자리에 있을 뿐이었다. 연구원은 손잡이에서 손을 떼고, 은색으로 된 버튼 두 개를 올렸다.

"으아아아아아"

이전보다 더 심하게 신음하는 브레인포스. 그의 몸에 연결된 금속튜브를 통해 액체로 된 바이오 메탈이 몸속으로 파고들어간다. 나노생명물질로 강화된 거대한 브레인포스의 신체는 바이오메탈과 반응하여 새로운 신체조직을 빠르게 구성하고 있었다.

연구원은 브레인포스의 신음에도 아랑곳하지 않는다. 무미건조한 표정으로 주입되는 액체의 양을 확인한다. 다시 한 번 스위치를 올린다.

"으아아아악!"

브레인포스의 신음은 더욱 커져간다. 엄청난 양의 액체가 브레인포스의 몸으로 흘러들었다. 소리치며 발버둥치던 브레인포스는 금방 의식을 잃고 팔과 다리를 축 늘어뜨렸다. 연구원은 차트에 알아볼 수 없는 글씨로 열심히 기록해 나가기 시작했다. 브레인포스의 상태를 가까이에서 확인하고는 빨간색의 손잡이를 아래로 내렸다.

지지직, 지지직, 낮은 전자음이 들리고는 브레인포스의 몸이 거대한 신체조직과 금속질의 피부로 다시 강화되기 시작했다. 이어서 변화되기 시작한 외피에는 돌기 같은 것이 부풀어 오르고, 외부 몸의 골격에도 크게 변화가 일어났다. 24미터의 거인 괴물로 브레인포스의 신체는 달라졌다. 어깨가 기형적으로 커지며 어깨 부위에는 돌기 같은 조직이 자리 잡았다.

"으아아아악!"

의식을 되찾은 브레인포스는 온몸을 뒤흔들었다. 괴로워하는 그의 모습은 연구원의 신경 밖이었다. 연구원은 기다란 비커에 담긴 붉은 색의 강화 괴수 바이오 원액을 주입하였다. 바이오 원액을 흡수하자 신음은 잦아들었고, 강렬한 괴수의 눈으로 변한 브레인포스의 눈이 번쩍 떠졌다.

멍한 표정의 브레인포스. 자신이 누구인지, 어떤 상태인지 아무런 생각도 없는 듯 보인다.

"그럼 이제 마지막 공정을 해 볼까."

연구원은 나지막하게 말하고는 초록색의 버튼을 눌렀다.

"지지칙~ 지직."

강렬한 빛에 휩싸이는 실험실. 브레인포스의 신체 전부가 강력한 힘에 노출되었다. 브레인포스의 신음이 보다 더 크게 다시 울려 퍼진다.

"으아아아앍~"

"이제 다 된 건가?"

바이오테크군단장의 물음에 연구원은 자신 있는 목소리로 네, 하고 대답했다. 브레인포스에게 시선을 돌린 바이오테크군단장.

"이로써 너는 울트라비스트로 다시 태어난 것이다. 하하하하!"

신이 난 얼굴로 웃어 보이는 바이오테크군단장.

"아직까지 아무도 성공하지 못한 실험을 너는 완벽하게 해냈다. 축하한다. 울트라비스트!"

"크아악!"

순식간에 캡슐에 있던 액체가 빠져나갔다. 괴성을 지르며 최면에서 깨어나는 브레인포스. 거대하게 변한 얼굴 윤곽은 이전과 비슷해 보이면서도 포악해 보인다. 눈은 거의 흰자위가 차지하고 있는 괴수의 눈이었다. 근육질의 몸에는 여기저기 흉측한 돌기가 돋아난 모습이었다. 금속처럼 반짝이는 브레인포스의 몸.

"크아악!"

브레인포스는 24미터나 되는 거구의 몸을 일으키며 몸에 꽂혀 있던 금속의 튜브를 잡아 뜯었다. 이제 브레인포스는 그토록 원하고 갈망하던 강력한 힘을 손에 넣을 수 있게 되었다.

"벽돌은 이쪽으로 넘겨주세요."

덕만은 벽돌을 등에 짊어진 베다의 한 주민을 향해 외쳤다.

"아이쿠, 그쪽이었어요?"

덕만을 비롯한 베다행성의 주민들은 전쟁으로 폐허가 된 도시의 복구 작업에 열을 올리고 있다.

"위이잉. 위잉잉."

복구 로봇들은 쉴 새 없이 분주하게 벽돌과 철근, 나무 등을 옮긴다. 복구 로봇과 베다행성의 주민들은 온 힘을 모아 복구 작업에 힘을 쏟고 있다. 베다행성에 다시금 찾아온 평화는 고된 복구 작업마저도 들뜨고 신나게 만든다.

"아니, 우리 썬더맨은."

함께 작업을 하는 한 시민이 운을 띄웠다.

"네?"

얼굴이 땀으로 범벅이 된 덕만은 고개를 돌리며 대답했다.

"아니, 다른 게 아니라 그때 보니까 썬더맨께서 그 아가씨한테 눈을 떼지 못하시던데, 안 그래요?"

"하하하하."

덕만 주변에 있던 시민들은 소리를 내며 웃었다.

"그래 맞아! 나도 봤어요. 왜, 그 연회장에서의 일을 말하는 거죠?"

또 다른 시민도 맞장구를 치고 나섰다.

"하하… 아니에요."

덕만은 머쓱하게 웃어 보이며 대답했다.

"먼 곳에서 와서 아주 소득이 없는 것은 아니네요."

장난 어린 또 다른 시민이 농담에 작업장은 오묘비디로 변했다.

"베다 전투도 벌써 6개월이나 지났으니, 썬더맨도 이제 곧 있으면 고향으로 돌아가겠어요. 어때요? 고향으로 돌아갈 생각을 하니까 좋은가요?"

"좋긴, 서운하겠죠. 아가씨도 놔두고 말이에요."

덕만이 끼어들 틈 없이 시민들의 대화는 농밀하게 이루어졌다.

"아, 아니에요."

"에이~"

덕만 옆에서 벽돌을 나르던 시민은 그런 소리 하지 말라는 듯이 덕만의 어깨를 가볍게 툭 때렸다.

"저는 베다행성을 안전하게 복구하기 전까지는 안 갈 거예요."

"다른 꿍꿍이가 있는 건 아니고요?"

"하하하하하."

시민들은 덕만을 놀리는 게 재미있는지, 그 이후에도 몇 번이나 덕만을 주인공으로 우스갯소리를 했다. 앞장서서 덕만을 놀리던 한 시민이 잠잠해지자 덕만은 '으웅? 이상하네.' 하는 기분으로 그 시민에게 눈을 돌렸다. 시민의 눈을 따라가자, 주민들 앞으로 수행인과 장로들, 군단장이 심각한 표정으로 발걸음을 재촉하고 있었다.

"그럼 현 상황은 어떻게 된 겁니까?"

장로의 희미한 목소리가 덕만의 귀를 스치고 지나간다.

'무슨 일이지?'

덕만은 의아한 얼굴로 지나가는 수행인 무리를 바라봤다. '쫓아가 볼까?'라는 생각을 하고, 굽혔던 허리를 펴려고 일어나는 찰나.

"덕만아~!"

사라가 저만치에서 바쁜 숨을 몰아쉬며 덕만에게 달려왔다. 사라의 굳어있는 표정과 서두르는 몸짓. 덕만은 필시 무슨 일이 생겼다는 것을 감지했다. 사라는 급한 일이 있으면 가슴을 앞으로 쭉 빼놓고 걷는 버릇이 있다. 마치 바닥을 향해 걷고 있는 사람처럼 보인다.

"무슨 일이야?"

덕만은 불안한 표정으로 사라를 올려봤다. 화기애애하던 분위기는 온데간데없고 누군가 찬물을 끼얹은 듯 일순간 정적이 찾아왔다. 복구 작업을 돕던 시민들은 사라의 다음 행동을 숨죽이고 기다렸다. 주민들과 덕만의 기대와 달리 사라는 아무 말 없이 덕만을 바라볼 뿐이었다. 위이잉, 위이잉, 복구 작업을 위해 움직이는 로봇의 소리만 들려왔다.

우주 중간계 성운의 이름 없는 한 행성. 그 행성의 주변을 맴도는 암흑군의 수많은 우주선과 비행정들. 상당한 숫자의 암흑군의 우주선과 비행정들은 열을 맞춰 대열을 갖추기 시작했다.

"착지한다."

명령의 신호와 함께 거대한 울트라비스트를 선두로 행성에 하나둘씩 우주선들이 착지를 시작했다.

"진격하라."

진격의 구호와 함께, 더욱 강화된 괴수들과 안드로이드 기계병들은 열을 맞춰 움직이기 시작했다.

"투투투둥! 투투투"

괴수들 뒤에 서 있는 안드로이드 병사들은 무차별로 레이저빔을 쏘아댔다.

"으아악!"

"윽윽, 윽윽."

"제발, 살려 주세요."

행성 전체에 울려 퍼지는 신음과 비탄의 소리. 행성의 원주민들은 암흑군에서는 도저히 찾아볼 수 없는, 언제 사용됐었는지도 까마득한 구식 무기들을 들고 대치했다. 결국 원주민들은 최첨단의 암흑군의 무기와 무차별 공격 앞에 무릎 꿇을 수밖에 없었다.

"그만하시오! 우리가 이렇게 항복하겠소!"

"제발 우리를 살려 주시오."

원주민의 우두머리로 보이는 사람이 구식 무기를 바닥으로 내려놓으며, 목청 높여 소리쳤다.

"제발 살려 주세요!"

그의 외침에도 암흑군의 군사들은 아랑곳하지 않고 원주민의 학살을 계속했다.

"무엇 때문에 이러는…."

원주민의 우두머리가 말을 채 끝내기도 전에, 그의 얼굴은 목 위에서 달아나 있었다. 암흑군의 병사들은 눈에 보이는 원주민에게 총을 난사하고, 몸을 베어 나갔다.

"으악, 윽."

작은 행성은 원주민들의 신음하는 소리와 울음소리로 가득해졌다.

"콰콰콰쾅! 쾅쾅!"

울트라비스트는 건물과 행성의 각종 시설물을 아주 가볍게 파괴시켜 나갔다. 마치 모래성을 허물 듯 그의 행동에는 거침이 없었다.

"강력한 이 힘! 주체할 수가 없군."

울트라비스트는 이 상황이 즐거운지 얼굴에서 웃음이 떠나지 않는다. 점점 숫자가 줄어드는 원주민. 그들의 울부짖는 소리에 암흑군 괴수들의 입꼬리는 하늘을 향해 점점 치솟는다. 파괴와 살상을 즐기는 그들의 모습에는 한 치의 망설임이나, 죄책감은 없었다. 베다행성에서 받은 치욕을 다른 행성에서 풀어내듯.

같은 시각. 다른 소행성에서도 이곳의 학살과 똑같은 일들이 벌어지고 있다.

"으아악! 으아악!"

"살려 주세요!"

"제발, 살려 주세요."

우주의 행성 곳곳에서 울리는 비명으로 중간계 우주는 또 다른 국면을 맞이하게 된다.

중간계 성운의 알려진 J태양계 JAN 815행성. 그곳으로 임무를 마친 우주선과 비행정들이 줄을 지어 도착한다. 거대한 울트라비스트와 바이오테크군단장 앞에 무릎을 꿇고 마치 절을 하듯 행성의 주민들은 모두 납작 엎드려 있다.

"앞으로 저희 행성은 암흑군에게 충성을 다하겠습니다."

행성의 군대 지휘지와 권력의 핵심에 서 있는 정치지도자들이 차례대로 암흑세력에 충성을 맹세하는 의식을 행한다.

"하하하하하."

바이오테크군단장은 울트라비스트를 보며 이를 드러내어 웃었다.

"아주 만족스러워."

바이오테크 군단장의 웃음소리는 그칠 줄 모른다.

"앞으로 저희 행성은 암흑군에게 충성을 다하겠습니다."

그들의 맹세 소리에 아랑곳하지 않고 바이오테크군단장은 비서를 보며 물었다.

"군사력이 부족한 행성들은 모조리 말살시키고 있겠지?"

"네. 그렇습니다."

비서는 고개를 숙였다.

"군사력이 없는 행성은 쓸모없는 휴지조각에 불과하다. 그런 쓸모없는 행성에는 살아 숨 쉬는 개미 한 마리도 있어서는 안 된다. 모조리 말살해 버려!"

"넵. 군단장님의 지시를 다시 한 번 전달하도록 하겠습니다."

"이 행성의 충성의식이 끝나면, 다음 행성은 어딘가?"

비서는 들고 있는 차트를 확인하고는,

"얼마 떨어지지 않은 곳에, 저희 암흑군에 투항한 행성이 있습니다."

"하하하하. 아주 마음에 들어. 빨리 의식을 끝내도록 하지."

중간계 성운의 변두리 AS항성계, 살기 좋은 아슬란행성. 아슬란행성은 단일종족으로 이루어진 행성으로, 사자를 닮은 거대한 머리와 큰 신체를 가지고 이족보행과 사족 달리기를 하고 있다. 사자와 같은 위엄과 황금색 갈기가 멋들어진 강한 신체를 가진 종족이지만, 농업이 주요 생산수단으로 과일과 식물을 먹는 초식성 지성 생명체이다. 4족에서 얼굴과 가슴 쪽의 2족은 손처럼 사용하기도 하고 사족 달리기를 할 때는 발처럼 강하게 달릴 수 있어 지상군으로서는 최강의 전사로 알려져 있기도 하다.

　아스란행성을 통치하는 아슬란 제국의 최고 통치자인 로열 킹은 10만에 달하는 아슬란 전사가 암흑제국의 강화 괴수와 다크-그레이 암흑 로봇 등의 거대로봇, 기계 병사들에 의하여 전멸하였다는 보고를 받은 후 수뇌부 회의를 하고 있었다.

　"최고 통치자님. 이번만은 우리의 무적의 지상군이 지상전에서도 전멸하는 사태가 발생하였습니다. 강화 괴수의 유기체 흡수 능력이 뛰어나고, 로봇들의 기동력이 너무 강합니다."

　제국기사단 수장의 보고가 있은 뒤 회의장은 여러 의견이 분분하였지만 시간도, 대책도 많지 않았다.

　"좋아요, 지금은 우리가 살아남아야 할 때입니다. 행성 지하 3,000미터에 준비해 둔 비밀 지하 요새로 모든 아슬란 종족을 이동시키세요. 시간을 벌기 위해 특무기사단을 배치하여 죽음으로 종족을 지키도록 합시다. 10년 이상을 1억의 아슬란이 견디도록 구축된 요새입니다. 계산상으로 3년은 버틸 수 있습니다. 암흑제국이 베다에서 퇴패한 사유로 이 침략이 오래 계속되지는 않을 것입니다. 1년 정도 숨죽이고 살아남으면 됩니다. 복수는 ㄱ 이후에 해도 늦지 않습니다."

최고 통치자 로열 킹은 무너지는 가슴을 억누르며 말했다.

중간계 성운의 다른 변두리 CC항성계. 그중 크로커행성은 물과 습지가 대부분이다. 크로커 종족은 악어를 닮은 거대한 머리와 긴 꼬리, 2개의 손과 2개의 발, 날카로운 발톱과 손톱 그리고 강한 이빨을 가진 흉포한 생명체이다. 이족보행을 하고 긴 손톱과 발톱을 무기로 사용하는 이들은 긴 꼬리를 이용하여 빠르게 나무를 오르고 강한 전투력을 자랑하는 파충류 지성체 종족으로, 호전적이고 신체를 보호하기 위해 강력한 비늘을 가졌다. 또한 살아있는 다른 생명체를 먹는 육식성 종족의 특징을 갖고 있기도 하다.

크로커 제국의 통치자인 황제 킹크로커는 암흑제국의 침략이 통보되자, 즉시 항복을 선언하고 암흑제국군의 진입을 환영하였다. 그리고 진입하는 암흑제국을 환영하고 암흑제국군의 일원으로서 언제라도 싸우겠다는 충성 서약을 했다. 그들은 자신들의 강력한 이빨과 꼬리, 강한 손과 발 등을 강화시킬 무기와 암흑제국군의 장비 지원을 요청하고 새로운 장비로 무장한 100만여 명에 달하는 크로커 괴수 군대를 암흑제국군에 파견하기로 약속한다.

알파행성의 사령부 회의실 안에는 자위대 총사령관을 비롯한 스페이스 우주비행단 순리, 배기진 박사와 방위연구소장들이 앉아 스크린을 주시하고 있었다. 정보 비행선이 수집한 영상이 비춰지는 스크린에는 암흑군에게 충성을 맹세하는 행성의 군사 지도자들의 모습이 비춰졌다.

　"앞으로 저희 행성은 암흑군에게 충성을 다하겠습니다."

　암흑군에게 충성을 맹세하는 행성의 지도자들.

　"쾅쾅쾅!"

　행성 지도자들이 암흑군에게 충성을 맹세하는 영상이 끝나자, 울트라비스트를 필두로 한 강화 괴수 부대의 무차별 파괴 영상이 이어졌다. 울트라비스트가 보이는 스크린은 빨간색으로 색을 보정한 것처럼 피로 빨갛게 물들어 있었다. 무리지어 움직이는 강화 괴수 무리 앞에 살아있는 존재는 없었다. 생기를 흡수당하고 모두 모래처럼 흩어졌다.

　"어떻게 이런 일이."

　순리는 무릎을 오른손으로 꽉 쥐었다. 살려달라고 목이 터져라 외치는 원주민들의 애원에도 아랑곳하지 않고 암흑군은 무참히 파괴와 살상을 이어 나갔다. 그들의 행각은 눈을 뜨고 보기 힘들 정도로 처참했다.

　"스크린을 통해 보셔서 아시겠지만, 지금 암흑제국군의 만행은 이루 말할 수 없습니다."

알파행성 자위대의 총사령관은 알파행성 자위대 사령부 회의실 가운데 서서 말했다.

"베다행성의 요기 대장로로부터 연락이 도착했습니다."

자위대 총사령관은 사람들의 시선을 의식하고는 말을 이었다.

"요기 대장로는 우리 알파행성과 베다행성을 중심으로 진정으로 강화된 자유연합을 구성하자는 의견을 내비쳤습니다. 지금은 암흑세력이 암흑제국의 성립을 선포하고, 암흑세력의 힘을 모아가고 있습니다. 대비하지 않으면 그들이 우리 중간계 성단 전체를 지배하게 될 것이라는 우려 때문입니다. 알파행성 지구인 연합 의회에서는 현 상황을 전시로 판단하고, 이를 정치적으로 판단하지 않기로 했다고 합니다. 이에 관련 의사결정과 후속조치 내용을 모두 우리 자위대 사령부에 위임하였습니다."

자위대 총사령관 마샬 슈마의 말이 끝나자, 회의실은 회의에 참석한 사람들의 목소리로 시끄럽게 변했다. 쉽게 결정할 수 있는 사안이 아닌 만큼, 각자의 의견이 분분했다. 목소리를 높여 자신의 의견을 피력하는 사람들로 회의장 안은 점점 아수라장으로 변한다. 회의장은 긴장감으로 팽배해졌다. 신중하게 처리해야 할 정치적 사안인 만큼 모두의 신경은 날카로운 상태였다.

"자, 자!"

검은 얼굴에 검은 눈동자가 반짝이는 총사령관 마샬 슈마는 분위기를 진정시키려, 큰 소리로 박수를 쳤다.

짝짝짝, "자, 자 여러분!"

"다들 진정하세요. 분명 중대한 판단을 필요로 하는 일인 만큼 모두 각자의 생각과 의견이 다를 것이라고 생각합니다. 서로 차분하게 이야기해 보도록 하죠."

총사령관 마샬 슈마는 다소 경직된 목소리로 말했다.

"그럼 누구부터 의견을 말해 볼까요?"

"도대체 베다에서 무엇들을 하고 돌아온 것이요. 지난 세기 베다 침략에 이어 이번에도 실패를 하다니!"

크로노스 총통은 분노가 가득한 표정으로 목에 핏대를 올렸다. 그의 압도적인 뒷모습에 회의장 안은 쥐죽은 듯 잠잠해져 있었다. 델타행성 다크시티 회의장의 긴 테이블에는 바이오테크군단장과 안드로이드기계군단장 이하 각 군단장들과 델타행성의 정치인들이 앉아있다.

"이게 어떻게 된 것이란 말이에요!"

크로노스 총통은 분개한 목소리였다.

'그래도 중간계 공포 전쟁에서 소기의 성과를 이루지 않았던가. 왜 이리 격분을 하시는 거지.'

바이오테크군단장은 총통의 분노가 너무 과하다고 생각했다. 승리를 안고 돌아온 자신들에게 칭찬보다 꾸중을 하는 총통에게 약간 서운한 마음도 들었다.

'그나저나 울트라비스트는 훈련을 잘 하고 있으려나 모르겠군.'

바이오테크군단장은 회의에 집중하지 않고 울트라비스트의 화려한 공격 능력에 대해 떠올렸다. 그리곤 만족스러운 결과물이 주는 기쁨에 도취되었다.

'그래, 아주 만족스러워. 강화 괴수 부대와의 초능력 증진 훈련은 울트라비스트를 더욱 강력하게 만들어 주겠지.'

"무 슨 말이리도 헤 보시오. 디 들!"

쿵쿵 소리에 정신을 차려 보니, 크로노스 총통은 테이블을 양손으로 내리치고 있었다. 커다란 덩치로 테이블을 내리치자, 테이블은 부서질 듯이 심하게 흔들렸다.

"안드로이드기계군단장!"

"네!"

"한번 말을 해 보시오."

"그게, 저… 사실은…. 베다행성에 대한 재공격을 하려고 했으나…."

온몸을 각종 기계와 전자장치로 대치한 안드로이드기계군단장은 평소 차갑고, 하이에나를 닮은 강한 얼굴과 차분한 성격답지 않게 떠듬떠듬 말을 했다.

바이오테크군단장은 이때다 싶어,

"더 이상은 무리였습니다."

하고 안드로이드 기계군단장의 말에 끼어 들었다.

"무슨 말이오?"

"지상의 암흑제국군과 연락망은 연결도 끊긴 상태였으며, 베다행성의 방어막은 견고했습니다. 이런 상태에서 계속 공격을 진행하다가는 암흑군 전체가 무너질지도 모르는 위기 상황에 봉착해 있었습니다."

"바이오테크군단장!"

무게감 실린 목소리에 바이오테크군단장은 고개를 돌렸다. 문을 열고 회의실 안으로 모습을 드러낸 것은 에레보스였다. 크로노스 총통의 안하무인 막내아들로, 한 번 찍으면 끝까지 못살게 구는 성격의 암흑제국군의 대원수였다. 초기에는 암흑세력의 암흑정보국장으로 암흑세력의 확장을 위해 어둠에서 활동을 주로 해 왔다. 그러던 중, 실력과 능력을 인정받아 아직 어린 나이임에도 불구하고 암흑제국군의 대원수의 칭호를 얻을 수 있었다. 크로노스 총통이라는 아버지의 든든한 배경 덕분에 지금의 위치까지 오를 수 있었던 에레보스였지만, 그가 지금의 자리에 있는 것은 순전히 자신의 능력이라고 믿는 오만한 성격을 갖고 있는 자였다.

"그런 건 변명에 지나지 않나요? 우리 암흑군은 강한 악의 의지로 총공세를 펼쳤어야 하는 것 아니었습니까?"

에레보스는 자신감이 듬뿍 담긴 목소리로 말했다. 전쟁광인 아버지의 피를 물려받은 아들이 할 법한 소리였다.

"아들아!"

크로노스 총통은 무서운 얼굴에 어울리지 않는 환한 미소로 아들을 반겼다. 다섯 명의 자식 중 유일하게 전쟁에서 살아남은 에레보스는 크로노스에게 눈에 넣어도 아프지 않은 소중한 아들이었다. 에레보스는 아버지 크로노스를 향해 살짝 미소를 지어 화답하고는 말을 이어 나갔다.

"그렇게 안일하게 생각해서 어떻게 베다행성과 알파행성을 정복하고, 나아가 중간계 성운과 이 우주를 지배할 수 있겠습니까."

에레보스는 차갑게 바이오테크군단장을 바라보던 눈길을 거두고, 크로노스 총통을 향해 몸을 돌렸다.

"친애하는 총통 각하."

예를 갖추며 고개를 숙였다.

"그래."

크로노스는 이들을 보는 것만으로도 입기에 웃음이 매달려 있다.

"제가 암흑군을 이끌 수 있도록 허락해 주십시오. 그렇다면 이 한 몸 다 바쳐서 우주의 모든 행성을 총통 각하의 발 앞에다 가져와 보이겠습니다."

"하하하하."

크로노스 총통은 소리 내어 웃고는 좋다, 좋아, 하고 호쾌하게 대답했다.

"이제부터 에레보스에게 모든 암흑군의 지휘를 맡긴다."

총통이 자리에서 일어나자, 회의실 안의 모든 간부는 바삐 자리에서 일어났다.

"감사합니다."

에레보스는 한쪽 무릎을 굽히며 바닥에 앉았다. 그리고는 무릎을 펴고 일어나서는 회의실 안에 있는 모든 사람들이 잘 들으라는 듯이 큰 목소리로 말했다. 에레보스는 과하게 힘을 주어 말하는 습관 때문에 한 마디, 한 마디 입을 뗴는 순간마다 어깨가 들썩거렸다. 넓은 어깨는 물결치듯 위아래도 심하게 요동을 쳤다.

"이제부터 모든 암흑군의 군사와 군대는 내 명령을 따르라! 나의 명령을 제대로 이행하지 못하는 자! 그런 자는 살아있을 자격이 없는 자로 판단하고, 처참한 죽음을 맞이하게 할 것이다."

에레보스는 오른팔을 힘차게 올렸다.

"나의 명령을 성실히 제대로 이행하는 자!"

들어 올린 오른팔의 손을 꽉 쥐어 보였다.

"그래서 나와 함께 전쟁을 승리로 이끄는 자! 모두 영광을 얻을 것이다!"

"네! 알겠습니다."

회의실 안에 모인 간부들은 입을 모아서 대답했다.

'젠장, 일이 어떻게 돌아가는 거야?!'

바이오테크군단장은 불편한 심기를 얼굴에 드러내지 않으려 애썼다.

'저런 애송이에게 위대한 암흑제국 군대를 이끌게 하다니.'

속으로 혀를 끌끌 찼지만, 손은 열심히 박수를 치고 있었다.

델타행성의 다크시티.

암흑제국을 상징하는 거대한 돔 모양의 건물과 일직선 방향으로 수십 킬로미터에 이르는 거대한 암흑제국군의 열병 사열 광장이 위치해 있다. 가장 높은 상단에 크로노스 총통이 근엄한 자세로 앉아 있다. 크로노스 총통 아래 위치한 단상에는 암흑군의 주요인사들이 자리하고 있다. 그들의 앞에는 수십만의 암흑세력을 대표하는 병사들이 사열하고 있다. 암흑세력의 병사들 뒤로는 안드로이드 기계병과 강화 괴수 무리들, 거대 암흑로봇 부대, 드론, 장갑차, 전투기, 지대공, 지대지 핵미사일 장치, 우주스페이스 함정, 우주모함이 자리하고 있다.

어마어마한 규모의 인원과 장비들은 암흑제국의 성립을 축하하고,

내면에 자리 잡은 악의 의지를 더욱 굳히기 위해 모이게 되었다. 늘 그렇듯 행사는 새로운 전쟁의 출정식이기도 했다. 크로노스 총통의 헛기침과 함께 아래 단상에 위치한 간부들이 자리에서 일어났다. 그의 움직임에 기다렸다는 듯이 모든 사람들은 느슨했던 자세를 다시 딱딱하게 고치고 섰다.

"오늘!"

크로노스 총통의 오늘이라는 한 마디에 기계들도 움직이던 기계음을 멈췄다.

"바로 오늘! 암흑제국의 성립을 선포한다. 다크파워가 절대자와 함께 하기를!"

크로노스 총통은 앞에 있는 모두를 내려 보며 소리쳤다.

"와! 와!"

그의 암흑제국 성립 선포에 그 자리에 모인 군사들은 모두 소리를 지르고, 박수를 쳤다. 총통이 한쪽 손을 들자 언제 그랬냐는 듯 다시 조용해진 광장.

"다크파워가 절대자와 함께 하기를!"

그는 다시 한 번 외쳤고 총통의 목소리를 따라 다크파워가 절대자와 함께 하기를! 다크파워가 절대자와 함께 하기를! 다크파워! 다크파워! 다크파워! 모두 목소리를 높여 외쳤다. 그들의 기세가 담긴 목소리는 몸을 뒤로 주춤하게 만들 정도로 위세가 대단하다. 수십만 명에 이르는 암흑군의 함성소리는 한동안 계속 이어졌다.

"다크파워! 다크파워!"

장미행성의 모처에 위치한 우주특급호텔에서는 암흑제국과 상인연합 바이샤 동맹과의 비밀 회담이 진행되고 있다. 화려한 호텔의 스카이 라운지는 상인연합 바이샤 동맹이 운영하는 중간계 성단 아미성운의 최고 시설로, 하늘에 떠있는 최고급 하늘 호텔이다.

호텔 안은 벽면이 푸른색 수정으로 되어 있고, 바닥은 최고급의 하얀 원석으로 깔끔하게 정돈되어 있다. 호텔에 들어가는 순간부터 화려함과 고급스러움에 혀를 내두를 정도다. 장미행성의 북부 외곽 초원지역, 다른 생명이 자라기에는 척박한 환경이지만 호텔 안은 생화들로 가득하다. 가는 곳마다 진한 꽃향기가 코를 자극시킨다.

엘리베이터의 문이 열리고 상인연합의 최고 수장 바이샤딜이 모습을 드러냈다. 뚜벅, 뚜벅 꼿꼿하게 허리를 펴고 걸어오는 바이샤딜. 단순히 걸어오는 걸음걸이에도 그의 오만한 성격이 드러난다. 큰 키에 곡선이 아름다운 바이샤딜은 여성스러운 몸매와 달리, 목소리는 여느 남성보다 두껍고 굵다.

"안녕하세요?"

외모와 목소리로 그의 성별을 판단하기는 쉽지 않다. 상인연합 7인 합의체의 수장을 맡고 있는 바이샤딜은, 철저한 계산에서만 움직이는 우주 상인이다. 신기술과 과학적 아이디어에 막대한 금액을 투자하여 무반동 추진엔진에 하이퍼 워프 드라이버 기술을 적용한 대형 우주선을 개발했다. 바이샤딜이 개발한 대형 우주선은 중간계 성운 대부분의 행성에 고가로 판매되었다.

바이샤딜은 이익을 위해서라면 팔지 못할 물건은 전 우주에 없다고 생각한다. 자신의 행동이 어떤 우주 행성에게는 대재앙과 피를 불러일으키더라도, 그는 오로지 돈만 벌면 그만이라는 주의었다.

지난 시기, 암흑세력의 절대자가 상인연합 지도선을 공격하여 발생한 지도자들의 실종과 지휘 공백을 틈타 젊은 바이샤딜은 바이샤 동맹을 만들어 상인연합을 장악하였다.

하지만 절대자의 은거로 암흑세력은 그동안 자신들의 행성에서 벗어나지 않고 악의 의지만을 굳건히 하여 왔다. 이제 암흑세력은 그동안 철저한 준비를 마치고 실질적인 힘을 과시하며, 중간계 은하 곳곳에 군대를 파견하게 된 것이다. 첨단 우주선과 무기들을 무제한으로 판매하는 상인연합의 정책이 암흑세력의 정복전쟁을 더욱 부추기는 꼴이 되었다.

1차 베다행성 전쟁 이후 지구 우주력 250년경, 델타행성의 절대자는 새로운 전쟁을 주도했다. 델타행성은 전쟁을 통하여 탈취한 우주의 반물질 추적 포집 장치를 통하여 우주로부터 미량의 반물질을 포집했고, 이를 이용해 최종 무기라고 불리는 몇 개의 반물질 폭탄을 만들어 반물질 무기에 관한 한 베다행성 못지않은 기술을 가지게 됐다. 이러한 기술을 토대로 당시 강대한 세력을 가지고 중간계 은하의 지배 야욕을 키웠던 기술세력인 유니크제국의 행성계를 파괴하고 당시 유니크행성과 긴밀한 관계를 갖고 있어 그들에게 반발하는 상인연합의 지도선을 파괴하기도 했다.

이후 암흑행성인 델타제국을 이끌던 암흑의 절대자는 중간계 성단을 넘어 다른 세계로 나가는 시도를 했다. 새로운 전쟁을 위한 반물질의 포집이 늦어지고, 외부 은하인 안드로메다를 향하던 절대자가 암흑 영계의 별이라는 타타르태양의 주위를 도는 거대암흑 행성인 타르타로스행성에 은거하고, 암흑세력의 선단이 델타행성으로 귀환함에 따라 이 반물질병기 기술은 퇴보됐다. 이에 지도자를 잃은 델타제국은 침체기에 들어가게 되었다.

 크로노스 총통이 전면에 나서기 전까지 중간계 성단은 지도선의 파괴로 지도자 공백기에 있는 상인연합을 손쉽게 장악한 바이샤가 중심이 된, 바이샤 동맹 7종족 연합세력이 주도했다. 당시 선진 우주 이동 기술을 보유한 유령선단을 앞세우고 상인연합은 중간계 은하의 지적 생명체가 거주하는 대부분의 행성계의 상권과 모든 이해관계에 개입했다.

 중간계 성단 최강의 우주 선단인 유령선단의 선진 우주항해 기술을 유령비행술이라 불렀다. 일반적으로 십여 차례의 도약과 지점 확인을 거쳐야 하는 성간 비행을 그들은 단 몇 번에 걸쳐 하거나 두세 번으로 완성하기도 했다. 이는 자체 하이퍼 도약 시스템을 통한 하이퍼 스페이스를 설정하여 도약하는 하이퍼스페이스 공간 지도 기술을 유령선단이 독점했기 때문이었다. 예측할 수 없는 접근과 잠행을 할 수 있는 유령선단이었다.

 하지만 현재는 모든 것이 바뀐 상황이었다. 유령선단의 움직임을 사전에 파악하고 대기하였다가 그들을 진짜 유령으로 만들어 버린 새로운 영웅들. 이름하여 블루호크 비행단이 실재한다는 소문이 중간계 성단에 널리 퍼지기 시작했다.

"반갑습니다."

크로노스 총통을 대신해 자리한 에레보스는 손을 내밀었다.

"저 역시 반갑습니다."

바이샤딜은 가볍게 악수하고 자리에 앉았다. 둘은 잠시 여담을 나누고는 마련되어 있는 계약서류에 차례차례 사인을 해 나갔다.

"암혹제국과 상인연합인 바이샤 동맹은 이제 둘이 하나가 되어, 같이 움직이게 되었습니다."

바이샤딜은 나란히 사인을 한 계약서 두 장중 한 장을 에레보스에게 건넸다.

"이번 비밀 조약을 계기로 알파행성의 정복과 자원 분배를 위해서 상인연합의 역량을 총동원하도록 하겠습니다. 우선 조약의 성립을 위한 대우주 모함 25척과 핵융합무기가 장착된 스페이스급 우주선 50척을 수일 내로 인도해 드리겠습니다. 또한 안드로이드 기계 로봇 제조에 들어가는 특수메탈을 최저가로 즉시 공급할 것을 추가로 약속드립니다. 제조 기간이 단축되도록 생산 기술과 인력 역시 지원해 드리도록 하겠습니다."

"하하하! 바이샤딜 님, 동맹군의 예로 다시 한 번 감사드립니다."

에레보스는 만족스러운 미소를 띠었다.

"빨리, 더 빨리 움직여라!"

"꾸물거릴 시간이 없다."

눈으로 숫자를 헤아리기 힘들 정도의 전투기와 그곳에서 뛰어내리는 괴수와 드론. 암흑자위대원들과 로봇들은 장미행성으로의 침략을 감행했다.

"투투투! 퉁퉁퉁!"

쉬지 않고 발사되는 총성과 포탄.

"쿠쿠쿵! 투투투!"

"으아아악!"

시민들의 비명소리가 여기저기에서 들려오고, 건물은 무너져 내린다.

"쾅! 쾅! 쾅!"

"콰콰쾅! 콰과광!"

여유로운 한가로움을 즐기고 있던 장미행성은 몇 분 만에 아수라장으로 변해버렸다. 몇 안 되는 장미행성의 경찰 부대는 온 몸으로 암흑군을 막아 보려고 하지만, 그들의 힘으로 막는다는 것은 현실적으로 불가능한 상황이다. 경찰 부대도 암흑군의 공격에 힘을 잃고 세상과의 마지막을 고한다. 괴수와 거대로봇들은 눈에 보이는 건물이라는 건물은 모두 폭파시키고, 슈트를 입은 암흑전사와 드론은 군인과 민간인을 구분하지 않고 그들의 눈에 띄는 존재에게 세상과의 이별을 선물해 준다.

"으아악!"

장미행성에 계속 울려 퍼지는 죽음의 전주곡. 도망가는 장미행성 시민들을 쫓아가 한 명도 남김없이 숨을 끊어놓은 드론. 거대로봇은 시민들을 파괴하고, 사람을 위로 들어 올려 광선검으로 가슴을 찌른다. 마치 장미행성의 사람들을 갖고 놀 듯, 한 번은 광선검으로, 또 한 번은 총으로, 그리고 주먹으로 마치 인형을 상대하듯 대하는 암흑군의 군사들이었다.

하늘에서는 쉼 없이 포탄이 떨어지고 건물들은 검은 재와 함께 그 흔적을 감춘다. 장미행성의 아름다움은 곰팡이가 퍼지듯 짐짐 김게 물들어 간다. 장미행성이 갖고 있던 화사한 아름다움의 모습은 찾아볼 수 없다. 그동안 몇 번의 크고 작은 전쟁에서도 전쟁의 소용돌이를 비껴갔던 장미행성이 전란에 빠져든 것이었다. 중간계 성운의 중립 평화 지역으로, 호텔 행성이라고 자부하던 마음은 사라진 지 오래였다.

"보고합니다."

상황실에 앉아있는 에레보스에게 보고자가 신이 난 얼굴로 다가왔다. 에레보스는 당연히 장미행성 정복 전쟁의 완승을 예상하고 있었다. 그런데도 보고자의 표정을 보자 기쁨이 스멀스멀 올라왔다.

"보고하게."

"네. 보고하겠습니다. 장미행성 전투는 계획한 대로 조기에 마무리되었습니다. 피해는 주로 자유연합 측과 기타 이노베이션 동맹이라는 제4진영의 건물과 우주선으로, 우리와 동맹을 맺은 바이샤동맹 측 상인연합의 피해는 거의 발생되지 않았습니다."

"하하하하. 그래 나가 보게."

에레보스는 흐뭇한 미소를 띠었다.

"네."

보고자는 고개를 숙이고, 상황실을 빠져나갔다.

장미행성은 곳곳이 불길에 휩싸이고, 길거리는 검은 재와 널려 있는 사람들의 시체들로 가득했다.

"위잉!"

대형 우주모함의 문이 열리고 가장 먼저 크로노스 총통이 모습을 드러냈다. 그리고 그의 뒤를 이어 에레보스, 바이오테크군단장, 안드로이드기계군단장이 차례로 우주모함에서 내려섰다. 울트라비스트는 괴물 형상 그대로이지만 2미터 내외의 본래 자신과 비슷한 크기로 모습을 드러냈다.

"오셨습니까."

모든 암흑군은 일제히 고개를 숙이며 예를 갖췄다. 크로노스 총통은 뚜벅뚜벅 임시로 마련된 단상 위로 올라갔다.

"위대한 암흑군들이여!"

총통의 목소리가 쩌렁쩌렁하게 울려 퍼졌다.

"오늘 너희들의 발 앞에 장미행성이 무너졌다. 이제 장미행성은 우리의 것이다."

"우와와와, 우와와와!"

모두 목이 터져라 함성을 질렀다.

"모두가 알겠지만, 장미행성은 알파행성으로 가는 유일한 통로이자 항로의 중심이다. 이 자리를 통해서 나는 전 중간계 우주시민들에게 선포한다."

총통은 목소리를 낮고 근엄하게 바꿨다.

"암흑제국군에게 항복하고 제국군의 깃발 아래 뭉치면 살고, 거역하면 죽음이 기다리고 있을 것이다. 모든 행성은 암흑제국에 속하여 우리의 통치하에 놓이게 될 것이다. 우리는 끊임없이 세력을 넓혀갈 것이고 알파행성 역시 마찬가지이다. 항복하면 목숨만은 살려줄 것이지만, 그렇지 않다면 무자비한 살상을 망설이지 않을 것이다. 자, 모두 암흑제국을 위하여!"

"위하여! 위하여!"

총통은 군사들의 위하여, 구호가 끝나길 기다렸다가 다시 입을 열었다.

"오늘 우리는 암흑제국군의 진군을 명한다. 암흑제국군은 제국이 나아가는 최고의 자리에 들 것이다. 암흑제국군의 총사령관에 에레보스 대원수를 임명한다. 제1군단 스페이스군단장 조지 딕시 원수, 제2군단 안드로이드기계군단장 오버머신 원수, 제3군단 강화괴수군단장 반 나단 총참모장, 특수군단장에 울트라비스트를 임명한다. 절대자의 다크 파워와 함께!"

"와~ 와~ 다크파워! 다크파워! 다크파워!"

일제히 다크파워를 외쳤다. 대형스크린 화면에는 에레보스, 조지 딕시, 오버머신, 반 나단, 울트라비스트의 모습이 차례대로 비춰진다. 모두가 여유로운 표정이지만, 울트라비스트는 어찌된 영문인지 혼자만 유독 어두운 표정을 짓고 있었다.

"울트라비스트, 무슨 일이라도 있는가?"

오버머신이 조용한 목소리로 물었다.

"아닙니다. 아무 일도 아닙니다. 다만 마음에 걸리는 일이 있어서요."

울트라비스트는 먼 곳을 응시했다.

"괜한 걱정 말게. 이제 베다는 물론, 썬더맨 역시 우리 암흑제국군 앞에 무릎을 꿇을 거야."

"넵!"

무표정한 얼굴로 대답한 울트라비스트. 1인 군단으로 강화 변신을 마친 울트라비스트는 자신이 원한다면 언제라도 거대한 괴물로의 변신이 가능해진 상태였다.

지구의 이주민이 모여 사는 알파행성. 지구와 비슷한 모습의 형태를 띠고 있는 알파행성은 고요하고 평화로운 행성이다. 각진 형태의 건물역시 지구의 건축물과 상당히 닮아 있다. 초록의 공원이 곳곳에 자리잡고 있고, 낮은 형태의 건물들은 햇살을 충분히 흡수할 수 있도록 큰창을 갖고 있는 것이 특징이다. 평화와 여유가 넘치는 행성에 갑자기날카로운 파열음이 울려 퍼졌다.

"쿠쿠쿠콱! 쾅!"

폭발하는 굉음이 몇 차례 더 일어나고, 행성 전체는 지진이라도 일어난 것처럼 흔들흔들거렸다. 알파행성은 지진이 일어난 것처럼 땅의진동이 일어났지만, 행성에 직접적인 피해는 없었다. 행성 자체의 위성 궤도가 복잡하고 위성의 외부로 수많은 혜성들이 휘감아 돌고 있는 중력장 때문에 직접적인 피해는 발생하지 않았다. 하지만 평화롭던행성에 울려 퍼지는 무시한 폭발음과 흔들거리는 천체로 놀란 주민들은 비명을 내지르기 시작했다. 고요하던 알파행성에 순식간에 혼란이찾아왔다.

"보고합니다."

알파행성의 안보위원회는 상황실로 급하게 소집되었다.

"자위대 사령부로부터 상황 보고입니다. 100여 개의 스텔스 기능을 갖춘 소형 비행체와 순항 핵융합 스키퍼 미사일 11발이 알파행성을 향해 공격해 오고 있습니다. 모두 혜성의 중력장에 의해 파괴되었고, 일부는 대기권 밖의 근접 지대인 소행성 소용돌이에서 폭발하였습니다. 알파행성에 공격으로 인한 진동이 일어나기는 했지만, 피해 상황은 없습니다."

상황실 안에 위치한 스크린에는 그래픽으로 현재 상황이 구현되어 나왔다.

"그렇다면, 저희도 이제 공격에 대비해야 하지 않겠습니까?"

안보위원회의장이 입을 열었다.

"그건 당연한 말입니다."

자위대 사령관은 안보위원회의장의 말이 끝나기 무섭게 대답을 했다. 그리고 말을 이었다.

"그래서 제가 우주부대사령관으로 생각해 둔, 추천하고 싶은 인물이 있습니다."

마치 기다렸다는 듯이 말하는 자위대 사령관의 말에, 누굽니까? 하고 위원회의장이 물어 왔다.

"바로 순리입니다."라고 말하며 검은 얼굴에 유독 하얗게 빛나는 이를 환히 드러내며 웃었다. 자위대 사령관의 추천으로 일은 일사천리로 진행되었다.

"그럼 순리, 들어와 주십시오."

자위대 사령관의 호출에 순리가 상황실에 모습을 드러냈다. 긴장한 모습이 얼굴에 역력히 드러났다. 하지만 반드시 해내겠다는 자신감과 결연한 의지로 가득한 표정이었다.

"여러분, 순리입니다."

순리는 안보위원회를 향해 고개를 숙였다. 박수가 터져 나오고, 이어서 자위대 사령관은 순리에게 신임 스페이스우주부대사령관의 직위에 임명한다.

"부족한 전력입니다. 스페이스 함대를 잘 부탁합니다."

자위대 사령관과 순리는 악수를 나눴다. 모두 순리를 지지하겠다는 뜻을 담아 열렬히 응원의 박수를 보냈다.

"아직은 시기상조입니다."

알파행성 자위대 스페이스사령관으로 임명 받은 순리. 거대한 스크린을 통해 요기와 원격회의를 진행하고 있다.

"이것은 단지 알파행성만의 문제가 아니네. 우리 베다행성과 지구, 나아가서는 전 우주세력들의 싸움일세. 쉽게 끝날 전쟁이 아니라는 걸세."

요기는 굳은 표정이었다.

"무엇보다 알파행성 주민들의 안위가 우선입니다. 지금 적의 공격이 시작된 마당에 알파행성까지 선제 공격을 가한다면 알파행성 주민들의 보호는 힘들어질 것입니다."

순리는 가라앉은 어조로 말했다.

"우리에게도 병력이 있네. 전사들과 가능한 모든 병사를 보내서 알파행성을 돕겠네."

순리는 이마를 만지며 잠시 고민에 빠졌다.

"저들은 우리의 예상보다 훨씬 강해진 상대네. 우리 모두가 힘을 합치지 않으면 승리하기가 어려울 걸세."

요기는 담담하게 말했다.

"제가 우선 썬더맨을 만나 보겠습니다. 그리고 알파행성 스페이스 우주 부대를 맡고 있는 저의 의견은, 장기전으로 가더라도 알파행성의 소행성 소용돌이 지역과 혜성의 중력장 바다 등의 우주지형을 이용해 수성 작전을 펴야 한다는 생각입니다."

요기의 표정을 잠시 살피고는 말을 이었다.

"요기 님이 우려하시는 대로 암흑제국의 세력 확장으로 인하여 다른 행성의 피해가 크고, 많은 자유그룹이 고통을 겪는다는 사실은 잘 알고 있습니다."

순리는 숨을 길게 들이마셨다.

"하지만! 이 전쟁의 목적이 알파행성이고 알파스페이스스타이니만큼 악의 무리로부터 반드시 지켜야만 합니다. 그리고 결성된 자유연합 측의 총사령관은 베다행성과 지원행성 측에서 맡아 주십시오. 알파행성에서는 알파행성 시민을 위한 현재의 견고한 지휘체계를 유지하고 싶습니다."

요기는 말없이 화면의 순리를 응시했다. 어떤 결정을 내려야 할지 고민되는 표정이었다.

약 2년 6개월 전, 델타행성의 정보국.

"완성된 정보 수집 비행체 100기를 베다행성으로 발사한다."

에레보스의 지시에 따라 정보 수집 비행체가 베다행성으로 발사되었다.

"보고합니다."

"비행체는 잘 발사되었는가?"

걱정스러운 표정으로 에레보스가 보고자에게 물었다.

"네. 현재 100개의 무당벌레급 정보 비행체를 1만 개 탑재한 100기의 정보 수집 비행체가 베다행성으로 향하였습니다. 3개월간 첩보 활동 후 일부는 회군 조치시키고 일부는 지속 정보를 수집, 정보는 별도로 분석 후 즉시 보고하도록 하겠습니다."

"그래. 수고했네."

베다행성에서도 종생의 흔적이 드문 깊은 산악, 숲이 무성한 곳에서 커다란 버마재비가 날아 내린다. 숲속에 내려앉은 버마재비는 복장에서 수십 마리의 사슴과 토끼들을 토해낸다. 사슴과 토끼들은 붉은 눈을 두리번거리며 사방으로 흩어진다. 버마재비는 몸체가 작아져서 산악지역에서 우뚝 솟은 가장 큰 떡갈나무에 오른다. 갈색 나무줄기 위에서는 갈색으로 변화하고 나뭇잎에 다가가면 완전한 나뭇잎으로 변하여 동화된다.

달리던 사슴이 입을 벌리고 수많은 나방과 무당벌레들을 토해낸다.

삐삐삐!

삐삐삐삐!

베다행성 전역으로 퍼져나가는 정보비행체들.

"우와~"

덕만은 현대적인 건물에 눈이 휘둥그레져 감탄했다.

"생명 나눔 그룹 연구소?"

덕만은 연구소 앞의 푯말을 읽었다.

"지구의 건물과 비슷하게 생겼는데."

알파행성의 생명 나눔 그룹 연구소는 지구인들이 이주하면서 건축된 건축물로 지구에서 흔히 볼 수 있는 형태의 각진 초고층 빌딩의 모습을 지녔다. 전면이 유리로 된 건물 안에 반듯하게 다려진 흰색 가운을 입은 사람들이 한 손에는 차트와 서류 뭉치를 들고 분주하게 움직이는 모습이 보인다. 순리는 아무 말 없이 고개를 끄덕였다.

"저 안에 있는 사람들은 연구원?"

순리는 말보다는 보는 게 빠르겠다는 생각으로 덕만의 손을 잡아끌며 생명 나눔 그룹 연구소 안으로 들어갔다. 입구에 들어선 순리를 보자, 흰 가운을 입은 몇몇이 고개를 숙였다. 덕만도 옆에서 그들을 향해 고개를 숙였다. 덕만은 빠른 걸음으로 앞장서 걷는 순리의 뒤를 따랐다. 눈앞에서 육중한 크기의 문이 열렸다. 문 뒤에 서 있던 백발의 짧은 머리를 한 남자의 뒷모습이 덕만의 눈에 들어왔다.

"오, 순리 장군 오셨나."

남자는 문이 열리는 소리에 등을 돌리며 말했다.

"오랜만입니다. 배기빈 박사님."

순리는 손바닥으로 덕만을 가리키며,

"베다행성에서 모셔온 전사입니다. 이번 베다전투에서 큰 공을 세운 분이시죠."

"안녕하십니까? 썬더맨이라고 합니다."

덕만은 배기빈 박사에게 손을 내밀었다. 배기빈 박사는 미소 띤 얼굴로 덕만의 손을 꼭 잡아 주었다.

"배기빈입니다. 알파행성의 생명 나눔 그룹 연구소장이지요. 지구에서 오셨다지요? 여기가 바로 먼 지구에서 이주해 온 이주민이 개척한 중간계 성단의 지구인 알파행성입니다."

"네."

덕만은 멋쩍은 듯 웃어 보였다.

"요기 님이 왜 그 먼 곳에서 모셔 왔는지 알 것 같습니다. 베다전투에서 보여준 썬더맨의 용기와 의지는 아주 대단했습니다."

"아, 하하하…. 감사합니다."

덕만은 부끄러워 얼굴이 붉게 달아올랐다.

"자, 이리 오시죠."

배기빈 박사는 책상 앞으로 발걸음을 옮겼다. 책상 위에 올려진 책을 열자, 그 안에는 다양한 색의 버튼이 있었다. 박사는 잠시 고민하는 표정을 짓고는 그중 한 버튼을 눌렀다. 징, 하는 기계음과 함께 방 한쪽 벽면이 두 갈래로 나누어지며 그 속을 내보였다.

"우와~ 박사님 이게 다 뭐예요?"

덕만은 늘린 눈으로 문이 열린 안쪽으로 따라 들어갔다. 문의 안쪽에는 금속으로 된 슈트가 줄지어 나란히 걸려 있었다. 덕만은 놀라운 광경에 눈을 떼지 못하고 주변을 두리번거렸다.

"우리 알파행성에 희귀한 자원들이 많다는 것은 잘 아실 겁니다. 그중 특수메탈합금으로 만든 사이보그 슈트입니다. 강한 소재로 만들어진 슈트는 우리 지구 이주민인 알파인들에게 아주 적합한 소재이기도 합니다."

박사의 말이 끝나자, 순리가 입을 열었다.

"암흑군들이 노리는 것이 이 자원들뿐만 아니라, 우주전함의 연료이자 만능 금속인 알파스페이스스타라는 것은 불 보듯 뻔합니다. 알파행성의 지구인들은 이 보석을 다이아스타라고 부르고 좋아합니다. 이것은 암흑에너지를 작은 단위로도 컨트롤 할 수 있는 것으로 과학자들은 이것은 우주 생성 초기, 팽창하는 우주의 인플라톤장 속에서 생성된 반물질에서 유래한다고 합니다. 이렇게 이루어진 광석으로 인플라톤 광석 혹은 신의 손이라고 부릅니다."

덕만은 고개를 연신 끄덕이며 순리의 말에 집중했다.

"참, 박사님, 이 슈트는 언제쯤 완성됩니까?"

순리가 물었다.

"보름 정도면 가능합니다."

박사는 덕만을 바라보며,

"베다 전투에서 보신 것보다 2배 이상의 강도로 강화되고 기능이 개선된 슈트입니다."

"순리 장군은 이 슈트가 세상에 나왔을 때 우리 알파인들이 잘 사용할 수 있도록 사전 대비를 철저하게 해 주시기를 부탁드리겠습니다."

"네. 그럼 저는 전투 훈련소에 자위대 총사령관과 일이 있어 먼저 가 보겠습니다."

순리는 박사에게 인사를 하고는,

"이따 보세."

하며 덕만의 어깨를 살짝 토닥였다. 순리가 나가는 것을 확인하고는 박사는 덕만에게 몸을 돌렸다.

"썬더맨."

"네?"

덕만도 순리의 등에서 박사에게 눈을 돌렸다.

"베다 전투 이후, 지구로의 귀환을 원한다는 이야기를 전해 들었습니다."

덕만은 순리를 바라보며 어색하게 미소 지었다.

"많이 지치고 힘들었겠지요. 물론 이해합니다."

배기빈 박사는 공감한다는 듯 고개를 살짝 끄덕이며 말을 했다.

"전사들의 배신. 그리고 찜찜한 승리. 앞으로 전투를 진행하면서도 그런 고비는 수도 없이 찾아올 것입니다. 허나 썬더맨. 제가 전사님을 만난 이유는 다른 것이 아닙니다. 이제 알파행성의 전쟁은 필연적입니다. 여기 사람들이 말하는 다이아스타 때문입니다. 지구로 가기 전에 전쟁은 발발하고 여기 지구인들은 썬더맨의 도움이 필요합니다."

"네…. 그런데 다이아스타라니, 마치 보석 같네요."

덕만의 말투는 흔들렸다.

"아, 알파스페이스스타 광석을 지구이주민인 알파행성인들은 그렇게 부릅니다. 이것은 인간을 신의 속도로 비행하게 만드는 신의 손이라고 할까요. 우리 우주만 해도 초기에는 아무것도 없는 무에서 갑자기 팽창하여 공간이 만들어졌습니다. 이 팽창을 이루는 인플라톤 물질은 진공 속에서 빅뱅이라는 대폭발이 일어나게 한 것으로, 빅뱅 이전의 알 수 없는 무언가가 남긴 유일한 물질입니다. 이 놀라운 물질은 우주의 대부분을 차지하는 암흑에너지를 작은 에너지로도 컨트롤할 수 있게 해, 우주선의 워프항법을 가능케 합니다. 우주를 빛보다 빠르게 초월해 이동하는 것은 엔진의 힘으로만 하는 것이 아닙니다."

"엔진의 힘만으로 하는 것이 아니라면 무슨 말씀인가요?"

덕만이 물었다.

"이 금속은 성간 초시공간 이동이 가능한 웜홀을 구성하거나 다중 우주 간 이동이라는 고차원 웜홀끈을 생성하는 데 중요한 에너지로 사용되고 있습니다. 이해하기 어려우시겠지만 우주의 길을 밝히는 등대와도 같다고 생각하시면 됩니다. 그리고 지금의 우주선이 성간 이동을 하는 하이퍼스페이스 기술은 지구의 오랜 전 과학자인 뉴턴이 이야기한 '작용과 반작용의 원리'에 의한 엔진의 속도로 이동하는 것이 아닙니다."

어리둥절해 하는 덕만을 위해서 배기빈 박사는 설명을 계속 이어간다.

"우주 공간의 대부분을 차지하는 암흑에너지는 계속되는 우주 팽창에도 공간 자체에 고르게 퍼져 있는 진공에너지를 가져, 늘어나는 부피에 비하여 단위 부피당 에너지가 변하지 않는 절대적 불확실성 (Uncertainty)이라는 힘이 있습니다. 때문에 우주는 암흑에너지로 인하여 균형을 잡는답니다. 또한 당기는 힘인 인력의 반대 힘인 척력을 가진 암흑에너지는 상대적으로 팽창에 따라 계속 척력이 증가하면서 더 세게 밀어 팽창 속도를 빨라지게 하는 상대적 불확실성을 갖습니다. 하지만 이렇게 팽창하면서도 균형을 이루는 것은 암흑에너지가 있어서입니다. 암흑물질이 고유하게 가지는 수많은 암흑장들이 연결되어 팽창하는 우주를 폭발하지 않도록 균형을 잡아 주어 더 큰 우주의 안정이라는 빅딜 현상을 만듭니다. 이러한 암흑에너지와 이 암흑장을 이용하여 시공간 이동을 가능하게 하는 것이 베다행성과 알파행성이 개발한 기술입니다. 그리고 이 알파행성의 스페이스스타가 중요한 수단이 된다고 생각하시면 됩니다."

"머리가 아픈데요. 저한테는 너무 어려운 이야기로 들립니다. 하지만, 박사님의 말씀이 무슨 말씀인지, 대충 이해는 갑니다."

"물론 이해하기 힘드실 거라는 거 이해는 합니다. 제 말은 썬더맨의 신체도 이 다이아스타가 유도하는 빛으로 이루어진 웜홀을 통과하여서 더욱 신체가 강하게 변한 것입니다. 아마도…."

덕만은 놀랐는지 두 눈을 크게 떴다.

"그러면 그 광석이 제게 초능력을 갖게 만든 건가요? 요기 님이 아니고요?"

"하하하. 아닙니다."

배기빈 박사는 유쾌한 듯 웃었다.

"여기에 있는 많은 지구인들은 다이아스타를 목이나 손목에 차고 다니고 있습니다. 그렇다고 모두 썬더맨처럼 강인한 전사는 아니죠. 썬더맨의 초능력은 요기의 의지와 당신의 신념이 그렇게 만든 것이지요."

"저의 신념 덕분이라고요?"

덕만은 목소리를 높였다. 신념이라는 단어는 덕만의 기억을 아주 먼 곳으로 데리고 간다. 양평 대승선원의 선원장 스님의 말씀이 떠올랐다. 덕만은 어린이 법회를 마친 스님을 기다리고 있었다.

"스님."

"그래, 덕만아."

스님은 온화한 미소로 덕만을 맞았다.

"한 가지 여쭤보고 싶은 것이 있습니다."

"그래, 편안하게 물어 보거라."

덕만은 잠시 생각을 정리하고는 입을 열었다.

"스님, 영웅의 용기란 무엇을 말하는 것인지요? 또한 신념을 갖는 용기란 무엇인지요?"

"세간에서 흔히 쓰는 표현인 신념을 갖는 용기란 불법에서의 '자비무적'과 같은 것이다. 불타께서는 중생이라도 바른말을 하면 그 말이 곧 불타의 법이라고 하셨다. 덕만아, 그 뜻이 크고 자비로 가득한 용기라면 광대한 허공과도 같은 법. 이는 땅도 무너뜨릴 수 없으며, 불로 태울 수도 없으니, 그 한 생각 한 티끌로도 커다란 수미산을 짓는다고 하느니라. 온갖 생각 온갖 만물 또한 한 가지라는 것이다."

"무슨 생각을 그리 골똘히 하세요?"

덕만은 머쓱하게 웃고는,

"아닙니다. 박사님."

하고 대답했다.

"그럼 계속 이야기 드리도록 하죠. 이 다이아스타가 우리 우주의 빈 공간을 대부분 채우고 있는 암흑물질과 암흑에너지의 수수께끼를 풀 수 있는 열쇠입니다. 이 광대한 우주에서 공간과 시간이기도한 그것은 암흑장이라고 불리는 특별한 영역입니다."

"그렇군요. 수수께끼에 열쇠라니…."

"중요한 것은 그대가 일으키는 양자력을 이용한 번개 파워는 원래 어디에나 있기도 하지만 또한 동시에 어느 곳에도 없는 것이랍니다. 여기를 보세요."

박사는 작은 달걀만 한 스페이스스타를 원형의 투명한 테이블 위에 올려놓았다. 스페이스스타는 정20면체의 둥근 모습으로 작게 모서리가 있어서, 가만히 놔두면 굴러갈 것처럼 보이지는 않았다. 하지만 배기빈 박사가 스페이스스타에서 손을 놓으니, 스페이스 스타는 스르륵 소리 없이 굴러서는 수정 테이블 끝을 타고 돌았다. 천천히 수정 테이블의 끝을 타고 돌아서는 처음에 있던 자리로 돌아오는 스페이스스타. 배기빈 박사는 스페이스스타를 들어 손에 올렸다.

"지금 이 다이아스타는 어디에도 있을 수 있습니다. 이것을 우리는 중첩장이라고 부릅니다. 이 중첩장을 깨닫는 순간 썬더맨은 악의 힘에 대항할 수 있는 보다 강력한 초능력을 갖게 될 것입니다."

덕만은 알 듯 모를 듯한 멍한 표정으로 되물었다.

"중첩이라고요?"

박사가 고개를 끄덕이자,

"어디엔가 동시에 있을 수 있다. 박사님의 말씀이 저로서는 이해하기 힘든 부분이 많은 것이 사실이지만, 신기한 것 같아요."

"하하하. 지구에서 온 썬더맨에게는 제 말이 많이 어려울 수 있겠군요."

"네. 사실 아직 좀 어리둥절합니다."

"그렇지요. 입자의 위치와 운동량이 확정되지 않았다고 보는 개념인데, 이는 하나의 현상을 입자의 측면과 파동의 측면으로 보는 양자역학 개념으로 이해하기는 쉽지 않으니…. 그럼 쉽게 두 가지로 요약해 봅시다. 강한 신념과 그 신념을 통한 선택! 이는 나중에 다시 한 번 생각해 보세요."

박사는 기분 좋게 웃어 보였다.

"그대에게 이곳 제2의 지구인 알파행성에 온 기념으로 이 다이아스타를 선물하고 싶네요. 언젠가 지구에 돌아가면 좋은 일에 쓰일 수 있을 거라고 생각합니다. 자, 받으세요."

박사는 반짝이는 다이아스타를 덕만에게 건넸다.

"이렇게 귀중한 걸 저한테."

"괜찮으니 받으세요. 썬더맨을 믿어서 드리는 겁니다."

"정말 감사합니다."

덕만은 고개를 깊이 숙이고는 다이아스타를 두 손으로 꼭 감쌌다.

"정보국장을 들어오라고 해라."

델타시티의 회의실에 앉은 에레보스는 옆에 우두커니 서 있는 비서에게 말했다.

"찾으셨습니까?"

곧 회의실로 모습을 드러낸 정보국장은 며칠 동안 잠도 제대로 자지 못했는지 초췌한 모습이었다.

"지금의 상황이 어떻게 돌아가고 있는 것인가?"

에레보스는 잔뜩 목소리를 내리깔며 말했다. 에레보스의 지시에 따라 정보국장은 현 정세를 보고한다.

"흠, 그렇다면, 비밀 정보 수집 비행체 200기를 알파행성으로 발사하도록 해라!"

"네! 먼저 스키퍼 순항 핵미사일로 방공망을 흔들고, 무당벌레급 정보 비행체를 2만 개 탑재한 200기의 정보 수집 비행체를 출동시키겠습니다. 첩보 활동 후 회군 조치시키고, 정보는 분석 후 즉시 보고하도록 하겠습니다."

"베다 전쟁의 초반 침투에 정보 비행체의 역할이 컸다. 이번 알파행성 정보 작전은 기존 정보 수집에도 불구하고 혜성의 중력장과 소행성의 소용돌이 등으로 침투항로를 잡지 못하고 있으므로, 다양한 경로로 침투시키도록 하라. 알겠나!"

에레보스는 근엄한 목소리로 말했다.

"네, 알겠습니다. 대원수님."

정보국장은 고개를 숙이고는 회의실을 빠져 나갔다.

알파행성 스페이스 사령부의 모함 회의실. 회의실에는 순리 사령관을 비롯한 참모들이 스크린 앞에 모였다. 스크린에는 알파행성 주위로 3개의 위성이 궤도를 돌고 있는 모습이 비춰진다. 3개의 위성은 또 작은 위성을 3개씩 갖고 있으며, 총 9개의 위성이 알파행성의 주위를 돌고 있는 셈이다.

대기권 밖의 가까운 스페이스 구조와 위성 공간을 넘으면 작은 혼돈의 바다 스페이스가 존재한다. 이곳은 수만 개의 소행성이 무리지어 폭풍처럼 회전을 하는 스페이스와 소용돌이 외부를 다시 감싸며 비정기적으로 다가오는 수많은 혜성의 괘도가 혜성의 중력장을 만들어 낸다.

외곽 스페이스의 혜성 중력장 지역이 표시되고 장미행성과 직선거리에 있는 안전항로, 비밀좌표로 남아 있는 한산 스페이스가 그림으로 표시되어 있는 작전 구역이 스크린에 연이어 비춰진다. 한 쪽에는 장미행성에 위치하고 있는 암흑제국의 전력이 표시되어 나타난다.

"지금까지 우리는 만반의 준비를 했다. 한 치의 실수도 용납해서는 안 된다."

순리는 스크린을 보며 단호한 목소리로 말했다.

"네. 알겠습니다."

함께 회의실에 있는 참모들은 입을 모아 대답했다.

"쉽지 않은 싸움이 될 것이다. 하지만 걱정하지 마라! 이 작전만 성공한다면, 우리는 적들을 소탕할 수 있다. 무엇보다 우리 알파행성 시민들의 안전이 가장 중요하다는 것을 명심하라! 그들을 위해 싸우다 죽는다면 우리의 목숨은 아깝지 않은 것이다. 그것이 진정으로 값진 것이다!"

순리는 자리에서 벌떡 일어다 주먹에 힘을 꽉 쥐어 보였다. 순리의 표정에는 결의에 찬 의지가 흘러 넘쳤다.

"네. 저희도 함께 하겠습니다."

뚜벅, 뚜벅. 어두운 베다의 로봇기지에 누군가 재빠르게 이동하는 발소리가 울린다. 발소리는 어둠 속에서 더욱 선명하게 로봇기지 안에 울려 퍼졌다. 그림자는 어둠 속에 익숙하지 않은 듯 이리저리 벽에 탁, 탁, 소리를 내며 부딪친다. 벽에 계속 부딪치던 소리와 함께 로봇기지 천장에 달린 조명에 불이 들어오기 시작했다. 조심스럽게 이동하던 그림자의 등으로 전기 스위치가 올라갔다. 로봇기지는 환한 불빛으로 가득해졌다. 그림자는 불빛 아래 선명한 모습을 드러냈다. 그림자는 다름 아닌 아이런, 아이스맨.

아이런은 갑작스럽게 켜진 조명으로 조금 놀란 표정을 짓고는, 금방 평정심을 찾았다. 아이런은 익숙한 동작으로 자신의 로봇 앞으로 갔다.

"난 더 이상 날지도 얼음을 내뿜지도 못해."

아이스맨을 올려 보며 작게 말했다.

"한순간에 전사에서 다른 존재만도 못한 존재로 떨어지게 된 거지."

아이런은 아이스맨의 감촉을 손으로 느꼈다. 차가운 금속의 느낌. 오랜만에 느껴보는 감각에 가슴이 벅차오른다. 벅찬 순간도 잠시, 아이런의 가슴에 후회와 원망이 밀려들어 온다.

"내가 왜 이런 대우를 받아야 해!"

갑자기 분노에 찬 얼굴로 아이런의 표정이 일그러졌다.

"내가 왜!"

작았던 목소리는 쩌렁쩌렁하게 로봇기지에 울렸다. 이제는 누가 로봇기지로 들어오든 상관없다고 생각하고 있는 아이런이었다. 그의 분노는 극에 차올랐고, 눈에 보이는 것이 없었다. 자신의 처량함을 말하면 말할수록 화가 치밀어 오르는 모양이었다.

"울트라원은 도망쳐서 잘 살고 있을 텐데 말이지. 후후후, 안 그래?"

아이런은 자신의 로봇을 올려 봤다. 엷은 미소가 이이런의 얼굴에 걸려 있었다. 아이런은 도움닫기를 하고는 로봇을 향해 힘껏 튀어 올랐다.

삐~ 삐~ 삐~

아이런이 로봇을 향해 뛰어 오르는 순간, 경보음과 함께 로봇기지의 모든 조명은 꺼지고 다시 어둠이 찾아왔다.

똑, 똑.

"들어와!"

조지 딕시 박사는 노크하는 문소리에 고개를 돌렸다. 잠시 후, 암흑 참모장교가 모습을 드러냈다.

"잠시 드릴 말씀이 있습니다."

"그래? 말해 보게."

참모장교의 말이 끝나기 무섭게,

"그래서 이름은 뭐라고 하더냐?"

조지 딕시는 흡족한 미소를 지으며 말했다.

"아이스맨이라고. 자신이 베다행성의 전사였다고 합니다."

암흑참모장교가 대답했다.

"오 그래?"

조지 딕시의 얼굴에는 비열한 미소가 피어올랐다.

"들여 보내."

조지 딕시의 명령에 따라, 모습을 드러낸 아이스맨. 아이스맨은 겁먹은 사슴처럼 두 눈동자는 크게 열려 있고 발걸음은 조심스럽다.

"하하하. 아이스맨, 암흑제국군에 온 것을 환영하네. 이리 오게."

조지 딕시은 자리에서 일어나며 반갑게 아이런을 맞아 주었다. 아이런이 자리에 앉는 것을 확인하고는 참모와 비서에게 축객령을 내렸다.

"다들 나가 있게."

"네."

"오는 길에 내 참모들이 불쾌하게 한 게 있다면 용서하게. 아직 잘 몰라서 그러는 거니 말일세."

조지 딕시는 가식적인 미소를 만들어 보였다.

"자. 어떻게 자네가 여기에 오게 됐는지 궁금한데 말이야. 무슨 이유로 나를 찾아 온 건가?"

아이런은 주저주저하며 아주 작은 목소리로 암흑제국군이 되고 싶다고 말했다.

"하하하하하."

"지금 암흑제국군이 되고 싶다고 말한 건가?"

통쾌하다는 듯 웃는 조지 딕시.

"자네는 베다의 전사가 아니었나?"

조지 딕시는 아이런의 의중을 살피며 물었다.

"저는 베다에서 버림받았어요. 여기에 울트라원이 있나는 사실을 알고 찾아왔습니다. 저도 암흑제국군이 되어서 저를 버린 베다에 복수를 하고 싶습니다."

아이런은 결연한 표정으로 말했다.

"그래?"

조지 딕시는 음흉하게 미소 짓고는,

"더 이상 울트라원은 여기 없네."

하고 말했다.

"네? 울트라원이 없다고요?"

아이런은 놀란 목소리로 물었다.

"그래. 울트라원은 이제 더 이상 없네. 울트라비스트만 존재할 뿐이지."

조지 딕시는 책상에 놓은 스피커 모양의 스위치를 눌렀다.

"들어오라고 해."

그의 말이 떨어지기 무섭게 2.4미터의 암흑제국군 슈트 차림을 하고 있는 울트라비스트가 모습을 보였다. 울트라원이면서 울트라원이 아닌 존재였다.

"저게 울트라원?"

아이런은 겁에 질린 표정으로 울트라비스트로 변한 울트라원을 바라봤다.

"하하하하하하. 소개하지. 울트라원에서 새롭게 탄생한 울트라비스트를."

흡족하다는 듯 큰 소리를 내며 조지 딕시는 웃었다.

"울트라원, 아니 울트라비스트."

울트라비스트는 아이런을 차갑게 내려 볼 뿐 입을 열지 않았다.

"나, 아이런이야. 기억 안 나?"

울트라비스트는 칼날 같은 눈빛으로 싸늘하게 아이런을 바라볼 뿐이었다.

"괜찮네. 지금 울트라비스트가 신경이 조금 날카로워서 말이야. 이해하게."

조지 딕시는 아이런의 어깨를 토닥였다.

"믿는다. 썬더맨!"

알파행성 우주스페이스사령부 전략실 모니터 앞에 앉은 순리. 순리는 장미행성이 보이는 스크린을 확인하며 혼자 중얼거렸다. 썬더맨이 움직이자 로봇기지의 문이 열렸다.

"그럼 출동하자!"

덕만의 신호와 함께 썬더맨과 파이어걸은 나란히 앞장섰다. 썬더맨 1, 2, 3호기와 덕만이, 사라와 파이어걸이 하나가 되었다. 덕만과 사라 뒤로 수많은 전함들이 일렬로 열을 맞춰 날아온다.

"투투투투! 쿵쿵!"

"콰콰콰콰쾅!"

"콰콰쾅!"

기다렸나는 듯이 서로를 향한 공격이 시작되었다. 섬광이 터지고, 불길과 화염에 휩싸이는 전함들이 점점 늘어간다.

"사라야 옆을 맡아줘."

"콰콰쾅!"

쉼 없이 날아오는 포탄. 사라는 적들에게 파이어링을 날리고, 파이어 채찍을 이용해 사방을 공격한다. 붉게 피어오르는 불길로 적들은 화염에 휩싸인다. 정신을 파는 사이 사라에게 날아드는 미사일, 사라는 왼손의 방패를 들어 적의 공격을 쉽게 막아낸다.

사라는 등 뒤에 거치된 거대한 화포를 내렸다. 사격 거리를 가늠하고 가차 없이 적을 향해 사격을 시작한다. 화룡광자포를 날리면 거대한 화룡이 적을 향해 강력한 빛을 발산하며 날아간다. 아군의 전함 피해를 최소화하고 싶지만, 자신을 향해 쉼 없이 날아오는 포탄을 막아내는 일조차 쉽지 않다.

썬더맨과 파이어걸의 참여로 치열한 전투가 본격적으로 시작됐다. 아군도 피해를 많이 입은 상태였지만, 썬더맨과 파이어걸이 투입된 이후에는 암흑제국군의 피해 역시 만만치 않은 상황이었다. 썬더맨 로봇 1, 2, 3호기는 유기적인 작전을 수행하여 수십 대의 거대로봇 부대가 움직이는 것처럼 확장된 공격을 하고 있었다. 어느 누가 우세라고 할 수 없을 만큼 막상막하로 치러지는 전쟁. 전쟁은 소모전의 양상으로 이어진다.

"콰콰쾅! 쾅! 콰콰콰!"

화염에 휩싸인 로봇과 전함들이 늘어간다. 하지만 암흑제국군의 전함은 끝도 없이 장미행성에서 몰려나온다. 전함에서 쏟아지는 로봇과 괴수 군단들의 모습, 그 사이로 울트라비스트의 모습도 언뜻언뜻 보인다. 괴기스러운 모습이 괴수들과 별 다를 바 없는 거대하게 변한 울트라비스트.

"콰콰! 쾅쾅!"

"썬더맨, 썬더맨! 이 자식 어디 있냔 말이다."

울트라비스트는 자신에게 다가오는 적들을 파괴시키며 썬더맨을 찾기에 여념이 없다.

"쾅쾅쾅!"

쿵, 쿵. 으으윽. 썬더맨의 등 뒤로 갑작스럽게 날아든 포격의 공격. 썬더맨은 바닥에 쓰러져 신음했다.

"으윽으으."

정신을 추스르고 가까스로 몸을 일으키자, 썬더맨의 눈앞에는 24미터의 거대한 금속체인 울트라비스트가 있다.

"오랜만이야. 썬더맨."

"아니, 너."

덕만은 놀라 입이 다물어지지 않았다.

"인사는 나중에 하자고!"

"퇏퇏퉝!"

계속해서 공격을 퍼붓는 울트라비스트. 당황한 썬더맨은 울트라비스트의 공격에 속수무책이다. 당해낼 재간이 없다.

"하야앗!"

번개를 쏘아보지만, 울트라비스트는 능숙하게 피해 낸다. 번개 공격은 울트라비스트를 스치기도 힘들 정도다.

"이러면 안 돼!"

덕만은 정신을 집중하며, 강한 극충격파를 끌어 모았다.

"이야야앗!"

다행이 울트라비스트에게 먹혀든 생명 제어 극충격파. 으으으, 울트라비스트의 몸이 움츠러들었다.

"하야얏!"

때를 놓치지 않고 번개 공격을 날리는 덕만.

"어떻게 된 거야."

덕만의 공격을 우습다는 듯 피해 내는 울트라비스트.

"우하하하하하. 그 따위 공격으로 나를 이길 수 있을 거라고 생각했어? 하하하하하. 잠시 초능력에 당한 것처럼 연기를 했더니 아주 신이 났군. 신이 났어."

울트라비스트는 흥분한 목소리로 떠들었다.

"이대로는…"

날아오는 울트라비스트의 공격을 피하며, 이리저리 도망 다니는 썬더맨.

"이야핫!"

이를 본 파이어걸 사라는 거대한 파이어링을 만들어 울트라비스트를 향해 공격했다.

"쾅!"

큰 화염과 함께 뒤로 주춤거리며 비틀거리는 울트라비스트.

"괜찮아?"

사라는 썬더맨을 일으키며 물었다. 울트라비스트와 썬더맨의 싸움의 양상은 썬더맨, 파이어걸과 울트라비스트. 2대 1의 싸움으로 바뀌게 되었다.

"하야얏!"

"핫! 야아앗!"

번개를 쉬지 않고 쏘아대는 썬더맨과 파이어링을 쏘는 파이어걸. 울트라비스트는 둘을 상대하기에는 벅차다고 판단하고는 암흑군 사이로 몸을 숨겼다.

"거기 서!"

덕만과 사라는 울트라비스트의 뒤를 쫓았다.

"쾅! 쾅!! 쾅!!!"

썬더맨과 파이어걸을 막아서는 수백 대의 거대로봇들, 너무나 많은 거대로봇의 공격에 썬더맨 로봇 1호기의 덕만은 다시 무릎을 꿇었다.

"덕만아!"

쓰러질 듯 무릎을 꿇는 덕만을 보며 새파랗게 질린 얼굴로 소리쳤다. 다행히 강한 썬더맨 로봇의 외피가 폭발의 충격을 막아 주었지만, 일체화된 덕만은 그 충격에 정신이 없었다. 지상전과 대기권 내의 근접전은 전함과 거대로봇의 커다란 수적인 열세로 말미암아 썬더맨과 사라의 분전에도 일진일퇴 속에서 자유연합군의 피해가 극심했다. 썬더맨과 사라는 장미행성의 지원과 알파행성의 지상방위 구축 작전에 번갈아 가면서 투입되었다.

"5,000결사대의 요청으로 장미행성 탈환 작전을 수립하였습니다."

알파행성의 자위대 사령관 전략실, 스크린을 통해 자유연합사령관의 목소리가 울려 퍼졌다. 전략실 안에 있는 모든 인원은 숨을 죽이고, 스크린을 통해 울리는 자유연합사령관의 목소리에 귀를 기울였다.

"스페이스급 자폭 공격기를 이용하면 모선도 일부 파괴가 가능합니다. 알파행성의 수성 전략에 반대하고 오히려 직접 공격을 하자는 주장에 동조하는 쪽이 우세한 것이 현실입니다. 자유연합 소속의 여러 행성에서 보내준 스페이스 함정이 많아 조종사만 확보되면 가능하다는 시뮬레이션 결과입니다. 알파행성의 스페이스사령부의 연합 공격을 요청합니다. 알파행성의 지상군에 전환 배치된 베다행성의 썬더맨과 파이어걸의 전폭적인 지원도 다시 요청합니다."

잠시 표정 없는 검은 얼굴 가득이 머뭇거리는 마샬 슈머 알파행성의 자위대 사령관. 결심이 선 듯 목소리에 힘을 주어 말했다.

"지금 장미행성 전략 분산은 바람직하지 않은 것이 사실입니다. 하지만 자유연합 측의 피해를 줄이기 위해서 알파행성의 주요 전력을 출동시키겠습니다."

스크린에 강력한 기체의 멀티 전투함을 앞세운 대함대가 모습을 나타냈다. 대함대는 빨간 불빛을 깜박이며 참여 신호를 보냈다. 후방에는 수천 대의 거대로봇 부대가 그들의 뒤를 따르고 있었다.

 "여기는 상인연합 이노베이션 동맹입니다. 요기에게서 연락을 받으셨을 것입니다. 우리는 장미행성에서 당한 모든 것을 갚기 위해 나섰습니다. 스텔스Z 기종을 중심으로 하는 막강한 전력의 멀티 전투함대입니다. 또한 추가로 최신형 거대로봇 부대 2,500여 기를 투입했습니다. 바이샤 동맹이 새로이 암흑군에 지원하는 2,000대의 바이샤걸 로봇과 바이샤 로봇에 절대 뒤지지 않는 이노베이션 동맹의 이노베이션걸 로봇과 이노베이션 로봇입니다."

 그들의 이노베이션 로봇은 슬림한 모습에 등에는 2개의 광자포를, 손에는 긴 칼을 들고 있었다. 전체적으로 늘씬한 모습이 신속하고 빠른 공격이 가능한 로봇으로 보였다. 이번 전쟁에서 상인연합의 바이샤 동맹에 적극 가담하지 않고 중립을 지키던 이노베이션 동맹 측은 장미전쟁의 실질적인 피해자였다. 이들이 소유한 상당수의 호텔과 주택, 우주기지, 빌딩들이 파괴되었고, 수많은 피해자가 발생했다. 알파행성 자위대 사령관 마샬 슈마 사령관의 표정 없는 검은 얼굴에도 환한 미소가 맺혔다.

 "여러분. 알파행성의 이름으로 자유연합의 새로운 구성원이 되는 이노베이션 동맹을 열렬히 환영합니다."

 평소 자신의 감정 표현에 인색했던 마샬 슈마 사령관이지만 이날만은 달랐다. 그는 발그스름하게 상기된 얼굴로, 목소리는 격앙되어 있었다.

 "바이샤 동맹군의 전함과 거대로봇 부대의 충원으로 지금의 장미행성 전황이 불리하게 진행되고 있었습니다. 하지만 이제는 정말 안심입니다. 여러분, 정말 잘 오셨습니다."

"하하하하하하."

장미행성의 암흑군의 전략실에서 웃음소리가 새어 나온다. 전쟁에 우위를 점한 기쁨에 오버머신과 조지 딕시는 큰 소리를 내며 웃었다.

"누가 우리를 당하겠어! 하하하하하."

전략실 내에는 웃음소리가 끊이지 않는다. 웃음소리 사이로 모습을 드러낸 울트라비스트.

"오, 우리 특수 군단의 전사 울트라비스트가 오셨군. 어떻게 싸움은 할 만했는가?"

오버머신은 기분 좋은 웃음을 흘리며 물었다.

"가볍게 진행되고 있습니다. 전체적으로는 어떻게 전쟁이 흘러가고 있습니까?"

울트라비스트는 만족스러운 표정을 지으며 물었다.

"아주 잘 돌아가고 있네. 생각보다 연합군들이 형편없지 않나? 우리가 괜히 긴장을 한 모양이야. 이렇게 계속 가다가는 이 장미행성에서 자유연합군을 멸망시킬 수도 있을 것 같네. 하하하하."

조지 딕시는 수고했다는 듯 울트라비스트를 토닥이며 말했다.

쿵, 쿵. 화기애애한 분위기를 깨는 사람이 있었다. 급하게 문을 열고 들어선 작전장교.

"뭔가."

짜증스러운 목소리로 조지 딕시가 물었다.

"죄송합니다. 그런데 저…"

작전장교는 급한 몸짓으로 에레보스에게 다가가 귓속말로 뭐라고 속삭인다.

"뭐?"

의자에 깊게 기대고 있던 몸을 일으키는 에레보스.

"당장 스크린을 돌려 보게."

스크린에는 연합군에게 밀려 도망치는 암흑군의 모습이 비친다.

"어떻게 된 일인가? 어!"

많은 숫자의 군대가 끝도 없이 장미행성으로 몰려들어오는 영상이 이어진다. 몰려오는 군대는 암흑세력으로 가족을 잃은 5,000결사대로서 이를 앞세운 자유연합 측의 총공세가 이루어졌다. 그들의 뒤로는 상인연합의 바이샤 동맹에 반대하는 상인연합 이노베이션 동맹의 멀티전함과 거대로봇 부대가 뒤따른다.

이노베이션 동맹의 참여로 전선이 크게 확대되기 시작한다. 바이샤 동맹이 지원하는 거대로봇 부대보다 많은 2,500대의 이노베이션걸 로봇과 이노베이션 로봇이 전투에 투입되었다. 등에 자주포를 달고 있는 이노베이션 로봇은 한 손에 푸른색의 검을 들고 적진으로 침투하기 시작했다.

"콰콰쾅!"

"콰콰쾅! 쿵쿵! 쿵쿵쿵!"

자유연합의 무차별 공격이 이뤄졌고, 암흑군은 제대로 힘도 써 보지 못하고 당할 뿐이다. 자폭공격까지 감행하는 자유연합의 공격에 암흑군은 뿔뿔이 흩어져서 도망치기에 바쁘다.

"이게 어떻게 된 일이냔 말이다!"

에레보스는 격노한 목소리로 소리쳤다.

"5,000결사대를 앞세운 총공세입니다. 신규로 투입된 이노베이션 동맹의 멀티전함과 거대로봇 부대라고 합니다. 매우 많은 수의 자유연합군이 참여하여 총공세를 펼치고 있다고 합니다. 특히 주요전력이 5,000결사대라고 합니다. 스페이스급 우주선에 대형 핵폭발물을 싣고 모함과 충돌하는 바람에 모함의 피해가 매우 심각한 상황이라고 합니다. 정보국의 보고에 따르면 그들은 죽음도 두려워하지 않고, 계속 전진을 해 오고 있다고 긴급 연락이 도착했습니다."

"5,000결사대?"

조지 딕시가 물었다.

"네. 예전 우리 공격으로 가족을 잃은 존재들이 모인 집단이라고 합니다."

스크린은 장미행성의 전체적인 모습을 보여준다. 암흑군들은 도망가기에 급급할 뿐 제대로 된 반격을 생각하지 못한다.

"쾅! 콰콰쾅!"

사방에서 자폭공격으로 폭파되는 모함들, 그리고 앞을 향해 나아가는 썬더맨과 파이어걸의 모습이 비춰진다. 파이어걸은 로봇을 향해 거대한 파이어링을 던지고 거대한 채찍을 현란하게 휘두른다. 오른손의 대형 화룡광자포 공격에 도망치는 로봇들의 숫자는 점점 줄어든다.

"쾅! 콰쾅!"

부서지고, 화염에 휩싸이는 암흑군의 군대.

"점점 밀리고 있습니다. 도대체 어떻게 이런 일이."

조지 딕시는 망연자실한 표정으로 스크린에서 눈을 떼지 못했다.

"새로운 보고 사항이 있습니다."

전략실 안으로 작전부장교가 모습을 보였다. 그는 하얗게 질린 얼굴로 보고를 시작했다.

"5,000결사대는 자폭 작전을 쓰고 있습니다."

"그건 우리도 알고 있다네."

조지 딕시는 부장교의 말을 끊고 소리쳤다.

"다른 내용! 다른 내용을 말해 보란 말이야!"

작전부장교는 조지 딕시의 기에 눌려 잠시 주춤하더니 입을 열었다.

"현재 암흑제국군의 대모함 15척 중 9척이, 소모함 6척 중 2척이 파괴되어 남은 모함들은 근처 보급 기지로 피신시킨 상황입니다. 알파행성 입구 출격지점 대기선에서 출격을 준비하던 7척의 대우주모함도 3척이나 파괴된 상황으로 현재는 4척밖에 남지 않았습니다."

조지 딕시는 놀란 표정으로 에레보스를 바라봤다.

"이노베이션 동맹의 멀티전함 함대와 거대로봇 부대의 지원을 중심으로 한 자유연합 세력의 총공세로, 그동안의 수적 우세까지도 기울어진 상황입니다."

조지 딕시는 당황한 얼굴로 에레보스를 올려 봤다.

"대원수님, 후퇴를 해야 할까요? 빨리 결정을 내리셔야 합니다. 더 이상의 전력을 낭비한다면 이번 전쟁의 승패가 뒤바뀔 수도 있습니다."

조지 딕시의 말이 끝나기 무섭게, 울트라비스트가 반대했다.

"그거 안 됩니다."

모든 시선은 작전실 안의 울트라비스트에게 날아들었다. 약간의 기대와 희망이 담긴 눈빛들이었다.

"그럼 무슨 뾰족한 수라도 있는가?"

조지 딕시가 물었다.

"후퇴해서는 절대 안 됩니다. 바로 앞에 알파행성이 있습니다. 여기서 후퇴한다는 것은 있어서는 안 되는 일입니다."

홀로그램으로 모습을 드러낸 총통을 향해 울트라비스트가 고개를 돌렸다.

"크로노스 총통님. 알파행성으로 밀고 들어가겠습니다. 현재 저들의 전력이 이곳 장미행성에 쏠려 있어 알파행성의 보안은 허술할 것입니다. 그리고 5,000결사대가 자폭 작전을 쓴다면 이미 저들도 많은 피해가 있을 것입니다. 저에게 맡겨 주십시오."

오버머신이 그 사이를 끊고 들어왔다.

"총통님 저쪽도 피해가 큰 것은 자명한 사실입니다. 잠시 후퇴한 후 진격하는 것이 어떨는지요?"

오버머신이 말이 끝나자, 이번에는 에레보스가 나섰다.

"총통 각하! 전진만이 있을 뿐입니다. 저들이 5,000결사대라면 우리는 암흑의 의지로 뭉친 6,000 아니 10,000명이라도 나가야 합니다. 장미행성의 요새도 건재하고 보급고 및 함대기지 기능에 이상이 없으니, 현 전선은 유지하되 당초의 계획대로 알파행성으로 주력을 돌려 기습 정복을 해야 합니다."

"에레보스!"

총통의 홀로그램이 크게 흔들린다.

"네! 총통!"

"암흑의 의지로 나아가라! 죽음으로라도 증명하라!"

증명하라는 말을 남기고 홀로그램 속의 크로노스 총통의 모습은 사라졌다.

"모두 죽음을 각오하고 싸워라! 모두 알파행성을 공격하라!"

에레보스는 좌우를 돌아보며 소리쳤다.

"네!"

모두 하나의 목소리로 대답했다. 하지만 만족스러운 웃음을 짓는 울트라비스트와 달리, 조지 딕시는 불안한 표정으로 다리를 흔들고 있었다.

"바로, 상인연합과 연결하도록 하라!"

에레보스의 명령이 떨어지기 무섭게 상인연합장이 스크린에 비춰졌다. 에레보스는 단도직입적으로 본론으로 들어갔다.

"굳이 말씀드리지 않아도 아실 거라고 생각합니다. 지금 시간이 없습니다. 모함 20척과 스페이스 50척, 지상 침투용 첨단 드론 5,000개를 보내 주십시오."

"그냥 보내달라는 말씀이십니까? 왜 이러십니까, 저희도 힘든 상황입니다."

다소 못마땅한 목소리로 상인연합장이 말했다.

"상인연합에서 베다행성도 도와주고 있다는 사실을 알고 있습니다. 먼저 계약을 어긴 쪽이 어디라고 생각합니까? 마음 같아서는 알파행성 이전에 상인연합부터 처리하고 싶지만, 우리끼리 그 정도 실수는 눈감아 줄 수 있지요."

"지금 이런 식으로 협조를 안 할 겁니까? 사라진 유령선단이 돌아오기라도 한 겁니까?"

에레보스는 고압적인 목소리로 말했다. 상인연합 바이사동맹 대표인 바이샤딜은 커다란 덩치에 어울리지 않게 주눅 든 표정으로 말했다.

"무슨 말씀인지 알겠습니다."

경직된 표정은 입만 웃고 있었다. 바이샤딜의 귀에 달린 하늘하늘한 여성스러운 장식이 흔들거렸다.

"어디로 보내 드리면 될까요?"

"알파행성 공격 라인입니다. 좌표는 준비되는 대로 보내 드리도록 하겠습니다."

에레보스는 말을 끝내고, 스크린을 닫았다.

"비열한 자식 같으니라고."

에레보스의 쾅 하고 책상을 내리쳤다.

장미행성 탈환의 교두보를 마련한 자유연합 측에 새로운 지원세력이 도착했다. 아슬란행성의 300만에 이르는 아슬란 지상 전사들이었다. 수컷 사자 머리를 가진 무적의 전사들은 죽음을 두려워하지 않는 전사들로서 강한 신체와 무기를 가지고 지상 전투에 최적화된 작전과 전투 능력을 발휘한다.

"콰콰쾅!"

이들은 장미행성의 삼분의 이 이상을 차지하고 있는 암흑제국의 영토 앞에서, 후퇴가 없는 무적의 지상 군단이 되어 서서히 밀어 붙이기 시작하였다.

"우와왁!"

아슬란 전사들에게는 앞으로의 진격만이 있었다. 칼과 광선총. 먼 거리에서는 광선총으로, 사정거리에 가까워 오면 거침없이 칼을 휘두른다. 원형의 형태로 30명씩 무리를 지어 공격진을 만들어 움직이는 그들의 공격은 막아내기가 힘들다. 둥그런 공격 대형은 서로 공격의 위치를 바꿔가며 잠시 휴식의 시간을 갖도록 만들어진 최적의 공격 대형이다. 장미행성의 지상 탈환으로, 지상에 교두보를 확보한 자유연합 측은 아슬란행성 아슬란 전사들의 참여로 점점 지상 거점을 확대해 나가기 시작한다.

암흑제국군 사령부는 중간계 행성 중에서 호전적인 무리를 차출하여 전쟁에 투입하도록 지시한다. 크로커행성에서 1차 차출된 지상군들은 많은 희생으로 대부분 죽고, 추가로 200여 만에 이르는 크로커 괴수들을 추가로 차출했다. 이족 보행 사족 달리기를 하는 호전적인 크로커 괴수들은 흉측한 악어의 신체와 긴 꼬리를 가진 괴수 종족으로, 아슬란 지상 전사들에 대항하여 용감하게 지상 전투를 이끌어 지상 전투와 전선을 현 지점에서 교착 상태에 빠지도록 했다. 크로커 괴수들도 지상 전투를 성공적으로 수행하고 있다.

전쟁은 양측 모두에게 상당한 피해를 입히고 소강상태에 빠져들었다. 알파행성의 지구 이주민 지원세력과 자유연합군은 장미행성을 전쟁에서 완전히 탈환하는 데는 성공하지 못했다. 하지만 장미행성의 일부 지상에 자유연합의 거점을 마련하고 방어선을 구축할 수 있었다. 이는 5,000결사대의 죽음을 두려워하지 않는 공격과 희생, 상인연합 이노베이션 동맹의 참여로 얻게 된 구역이었다. 새로이 아슬란 전사의 합류로 이 거점을 중심으로 지상 거점을 확대하여 새로운 진지를 구축하였다.

상인연합이면서 상인연합에 반대하는 세력, 이제는 이노베이션 동맹으로 불리는 집단은 멀티전함의 지원과 거대로봇을 투입하여 확고한 진지를 구축하고 전력 증강과 전세를 바꾸는 데 크게 기여했다.

"다들 수고했네."

베다행성 자위대 사령관 출신인 디어 덴젤 자유연합사령관은 지쳐 있는 군대의 대원들에게 노고를 치하했다.

"사령관님."

"네, 순리 장군."

순리는 자유연합사령관의 곁으로 다가왔다.

"사령관님. 알파행성 스페이스 지원 부대는 즉시 알파행성으로 움직이도록 하겠습니다."

"알겠습니다. 적은 이제 본격적으로 알파행성 공력에 나설 것으로 보입니다. 장미행성이 완전히 탈환되지 않은 상태이지만, 아슬란 지상 군의 견고한 방어로 현재 전선은 유지가 될 것입니다. 앞으로 전쟁은 알파행성의 승부 여부로 결정되리라고 생각합니다."

사령관은 순리의 오른손을 두 손으로 꼭 잡았다.

"자유연합 지상군을 주축으로 한 진지 방어 병력 이외의 모든 전력은 알파행성으로 이동시키도록 하겠습니다. 그리고 이동 자유연합 병력의 지휘권은 제게 있지만, 작전권은 알파행성 자위대의 작전에 따르도록 협조하겠습니다. 이노베이션 동맹의 멀티전함들과 2,000여 대의 거대로봇 부대도 추가로 알파행성으로 향하겠습니다. 여기에서 견고한 방어 진지를 구축하는 데는 아무런 문제도 없을 것입니다."

"감사합니다."

순리는 사령관을 향해 가볍게 고개 숙였다.

위이잉, 위이잉. 장미행성 작전에 참여한 알파스페이스사령부의 지원 전함은 순리의 명령에 따라 순차적으로 알파행성으로 향한다. 이노베이션 동맹의 500여 대의 멀티전함과 2,000여 대의 거대로봇 부대도 그 뒤를 따라 알파행성의 항로로 진입한다.

"썬더맨, 들립니까? 적의 동향은 어떻습니까?"

순리는 이어폰에 이어진 비공개 라인의 지휘 마이크를 향해 말했다.

"네, 잘 들립니다. 지금 장미행성의 지상은 정전 상태입니다. 우리 쪽도 전력 손실이 만만치 않은 상태입니다. 그런데 암흑군의 움직임은 조용한 상태입니다. 조용한 게 더 이상하다고 느껴집니다. 전력 보강도 없이 전선을 고수하고 있으니 말입니다."

덕만은 마이크에 대고 말했다.

"그럴 리가 없습니다. 지금 상인연합의 대우주 전함 주력 함대가 알파행성으로 움직일 것이라는 첩보가 있습니다."

"그럼, 혹시?"

순리의 목소리를 듣고 있던 사라가 말했다.

"그렇습니다. 지금 저들은 알파행성을 기습침략하려는 것입니다. 모두 알파행성으로 오셔야 합니다. 그리고 저들은 지금 거대로봇 부대를 동원하여 소항로 진입을 노리고 있으며, 벌써 여러 차례 함선이 들어올 수 없는 정면 방어막을 뚫고 거대로봇을 지속적으로 보내고 있습니다. 이에 썬더맨과 파이어걸의 도움이 필요합니다."

"알겠습니다. 저희는 먼저 알파행성으로 가도록 하겠습니다."

덕만은 기운찬 목소리로 대답했다.

"이번의 알파행성 공격은 암흑 제국의 중간계 성운 지배를 위한 가장 중요한 전쟁이다. 베다행성에서와 같은 후퇴는 없다."

장미행성 전략실에 홀로그램으로 모습을 드러낸 절대자. 에레보스는 절대자가 말하는 동안 가만히 고개를 숙이고 있었다.

"후퇴가 아닙니다. 처음부터 저희의 목표는 장미행성이 아닌 알파행성이었습니다. 지금 암흑제국군들이 알파행성으로 향하고 있습니다. 알파행성을 차지해 바치도록 하겠습니다."

절대자는 에레보스의 말에 대꾸 없이 사라졌다. 도대체, 도대체 어째서 일이 이 지경으로 되었는지 에레보스는 머리가 아파왔다.

에레보스 앞에 홀로그램으로 모습을 드러낸 크로노스.

"안 된다. 그렇게 많은 전력을 쓰면 델타행성은 어떻게 지키느냐?"

"아버님, 전쟁의 지도권은 저에게 있습니다. 제가 이미 상인연합으로부터 우주선과 군수물자들을 받아 냈습니다. 이 전쟁은 저에게 맡겨 주십시오. 앞으로 한 달 안에 상인연합의 주력함대가 저의 손에 들어올 것입니다. 이때를 기해 암흑제국군은 알파행성을 완전히 정복하게 될 것입니다."

지직- 픽. 에레보스는 자신의 뜻을 전하고 일방적으로 통신을 끊었다.

"모든 건 내가 알아서 한다."

에레보스는 혼자 중얼거렸다.

"에레보스 님."

비서가 조심스럽게 말을 건넸다.

"뭔가!"

에레보스는 날카로운 목소리로 말했다.

"크로노스 님이 연결을 원하십니다."

"됐다. 교신을 끊도록 해라!"

"에레보스 님. 그래도…."

"내 말이 들리지 않는가? 교신을 차단하도록 해라! 이 전쟁의 지도권은 내게 있다. 전쟁만 승리하면 아무런 문제도 없을 것이다."

"알겠습니다."

멀리서 작은 형체가 장미행성에 위치한 자유연합기지로 다가온다. 작은 형체는 점점 또렷해지며 뚜벅뚜벅 연합 쪽을 향한 움직임이 흔들림이 없다.

"멈춰라! 멈추지 않으면 사격을 가한다."

작은 형체는 위협적인 태도에 굴하지 않고 계속 발걸음을 옮겼다.

"다시 한 번 경고한다. 누군지 신분을 밝히지 않고 계속 접근하면 사격을 가하겠다."

"나 베다행성의 2전사 아이스맨이다."

아이런은 큰 목소리로 소리쳤다.

"2전사? 2전사?"

군인들은 술렁거리기 시작했다.

"그래. 내가 2전사 아이스맨이란 말이다!"

자유연합 군인들이 길을 비켜주자 암흑군의 슈트를 입고 있는 아이스맨이 모습을 보였다.

"아이런! 이게 어떻게 된 일이야?"

놀란 썬더맨은 군인들을 비집고 아이런의 앞으로 갔다.

"미안해. 덕만. 내가 생각을 잘못했어. 너한테 사과하러 왔어. 내가 미안해."

힘없이 바닥으로 무너져 내리는 아이런을 덕만은 끌어 올렸다.

"무슨 일이야? 무슨 일이 있었던 건지 차분하게 말해 봐."

아이런은 울먹이는 목소리로 조심스럽게 말을 꺼냈다.

"베다 전쟁에서 나는 암흑제국군의 각인으로 너희들을 배신한 거였어. 그런 이유로 나는 내가 그토록 갈망했던, 자랑스러워했던 전사의 자격도 박탈당하고 말이야. 나는 베다가 날 버린 거라고 생각했어. 그래서 진짜 너희들을 배신하려고 했어. 암흑제국군을 찾아갔는데…. 계속 생각해 보니까 이건 아닌 거 같더라. 너희와 고향을 져버릴 수 없었어."

아이런은 갑자기 목소리를 바꿔서 다급한 목소리로 말을 이었다.

"썬더맨, 잘 들어! 여기 장미행성의 한 기지에서 비밀 정보를 가지고 있어. 그 기지를 파괴시키면 모함이 필요로 하는 지속적인 에너지 공급을 막을 수 있어. 그럼 알파행성을 지킬 수 있을 거야. 알파행성이 목표인 암흑제국군이 장미행성으로 온 이유는 바로 이 에너지 생성 원자로를 설치하고 알파행성에 생성 에너지를 전송할 수 있는 거리이기 때문이야. 베다 전쟁에서의 패인을 고려한 셈이지. 지금 암흑군들은 모두 알파행성으로 가고 있어. 이곳에 공백이 생기면 암흑제국군은 무너지게 되어 있어. 알파행성으로 가서 암흑군을 상대하는 것보다 그 기지를 찾아내서 에너지 공급을 막는 것이 더 유리해. 썬더맨. 어서 그 기지를 찾아."

덕만은 복잡한 표정으로 아이런을 바라봤다. 어쩌다 여기까지 일이 오게 된 것인지, 덕만의 가슴 한편을 아련하게 만들었다.

"안 됩니다!"

덕만이 뭐라 말하기도 전에, 스크린 속의 순리는 단호하게 거절했다.

"아이스맨은 이미 베다를 배신한 적이 있는 전사입니다. 믿을 수 없다는 말씀입니다."

"순리 장군님."

순리는 가만히 덕만을 응시했다.

"아이런, 아니 아이스맨은 울트라원의 염력에 당한 것이라고 봅니다. 한번 믿어 보지요. 제가 직접 같이 다녀오겠습니다. 위험하다고 느껴지면 바로 피하도록 하겠습니다."

"그래, 덕만. 지금 암흑제국군이 알파행성으로 간다고 하잖아. 얼른 따라가서 막아야 해."

사라는 순리의 말을 거들고 나섰다.

"아이런을 믿어 보자. 사라야."

덕만은 힘없이 미소 지어 보였다.

"잘못하다가는 너까지 위험에 빠질 수 있어. 그 기지가 어딘 줄 알고!"

덕만은 가볍게 사라의 어깨에 손을 올렸다.

"사라야. 날 믿어. 난 그 누구보다 강해. 아이런이 아니라 나를 믿어줘. 그리고 나는 번개처럼 피하는 기술이 있다는 걸 알잖아. 안심해."

덕만은 사라 어깨에 올린 손에 가볍게 힘을 실었다. 자신을 알아달라는 의미를 내포한 움직임이었다. 덕만은 결심이 선 표정으로 사라를 바라봤다.

"나 아이런에게 가 보겠어."

덕만은 더 이상 지체할 수 없다는 듯, 회의실을 나섰다.

"덕만아! 덕만아!"

사라가 애타게 불러도 덕만은 점점 시야에서 멀어졌다. 스크린 안의 순리, 그리고 사라가 걱정스러운 낯빛으로 멀어지는 덕만을 물끄러미 바라봤다.

"이쪽으로 가는 게 맞는 거야?"

슈트 차림의 덕만은 아이런의 뒤를 쫓았다.

"응. 맞을 거야."

아이런은 앞장서 걸어 나가며 말했다. 같은 시각, 덕만과 아이런의 움직임을 스크린으로 확인하고 있는 에레보스.

"썬더맨만 없으면 알파행성도, 베다도 아무것도 아니지. 후후후, 고맙군. 아이스맨."

에레보스는 사악하게 미소를 짓고는, 작전장교를 향해 나지막한 목소리로 말했다.

"걸려들면 같이 터뜨려 버려!"

"네!"

"여기 어디에 생성된 에너지를 송출하는 중앙 컨트롤 설비가 있을 거야. 저쪽으로 가 보자."

아이런은 폭파 대기 중인 원자로가 있는 문으로 덕만을 밀어 넣기 위해 따라오도록 유도했다.

"그래. 알겠어."

둘이 이동하는 통로에 비밀 지역을 지키는 드론 혹은 안드로이드 경비병은 하나도 보이지 않았다. 덕만은 뭔가 이상하다고 생각했지만, 잠자코 아이런의 뒤를 따랐다.

'그래. 이 상황에서 아이런을 믿는 수밖에.'

덕만은 흔들리는 마음을 다잡았다.

"여기야!"

아이런은 덕만이 먼저 들어가도록 자리를 비켰다. 계획대로 먼저 원자로실로 들어서는 덕만.

"철컥!"

아이런은 재빨리 몸을 움직여 원자로 쪽의 이중문을 잠갔다.

"아이런! 지금 뭐하는 거야!"

놀란 덕만은 문을 쿵쿵 때리며 소리쳤다. 덕만의 목소리와 쿵, 쿵 소리와 함께 몇 겹의 보안 장치가 내려오면서 아이런의 앞을 가로 막았다. 외부의 문이 자동으로 내려왔고, 여러 겹의 임시 보안 장치들이 그들을 외부와 단절시켰다.

"아! 안 돼! 나까지 가두면 어떡해!"

아이런은 겁에 질린 목소리로 말했다.

"콰콰콰쾅!"

거대한 폭발음과 함께 원자로를 둘러싼 폐쇄 공간에 장치한 폭발물이 폭발하는 소리가 들리기 시작했고, 곧이어 공간이 무너져 내리기 시작했다. 원자로 부근은 땅이 심하게 요동치며 균열이 일어나면서 무너져 내리기 시작한다.

"어떻게 이런 일이."

덕만은 어쩔 줄 몰라, 이리저리 주먹으로 때려 본다.

"아이런, 네가 나한테 어떻게, 어떻게, 너를 믿었는데."

아이런은 아무 말 없이 고개를 숙였다.

"꽝! 콰콰콰!"

마침내 중앙 원자로가 파란 불꽃을 만들어 내며 강한 최후의 폭발을 일으킨다.

"쿠쿠쿠쿵!"

"미안해, 미안해. 덕만. 정말 이러려는 게 아니었는데. 난 정말 바보, 멍청이야."

아이런은 바닥에 무릎을 꿇었다. 원자로실을 둘러싼 모든 공간은 삽시간에 무너져 내렸다.

"도대체. 이게."

덕만의 머릿속으로 순리와 사라가 만류하며 걱정했던 모습이 스쳐 지나간다. 그들의 모습에 겹쳐 요기와 배기진 박사의 말이 떠오른다. 바로 그 순간, 덕만과 아이런이 서 있는 곳만 시간이 천천히 흐르는 것처럼 폭발의 화염 파장이 아주 조금씩 그를 향해 이동한다.

"이 중첩장을 깨닫는 순간, 썬더맨은 악의 힘에 대항할 수 있는 가장 강력한 초능력을 갖게 될 것입니다."

덕만의 귀에 낯익은 목소리가 흘러들었다. 각성 상태에 돌입한 덕만은 천천히 움직이는 시간을 온몸으로 느끼며, 순간적으로 아이런이 있는 문 건너편으로 이동했다.

"안심해. 아이런."

덕만은 두 손으로 아이런을 감싸 안았다.

"콰콰쾅!"

순산 기대한 폭발과 함께 강력한 화염이 두 사람을 향해 무서운 기세로 몰아닥친다. 화염은 아이런과 덕만을 순식간에 집어삼켜 버린다.

"콰콰콰쾅!"

건물은 완전히 붕괴되어 내려앉았다.

"으하하하하하."

스크린을 보고 있던 에레보스는 큰 소리를 내며 웃어 보였다.

"이제 베다건 알파건 모두 다 끝장이야! 하하하하하."

"콜록, 콜록"

덕만은 거칠게 기침을 하며 자리에서 일어났다. 몸의 중심을 제대로 잡지 못하고 비틀거리며 주변을 살폈다. 시야에 들어오는 물체는 모두 희뿌연 색으로, 형태의 초점이 맞지 않고 흔들린다. 순간이동을 한 후, 덕만은 어지럼증과 메스꺼움으로 술에 취한 사람처럼 정신을 차리기 힘들다.

"우웨웨웨엑."

덕만은 바닥에 무릎을 꿇고 속을 비워냈다. 이제야 정신이 돌아온 듯, 시야에 들어오는 형태들이 제 자리를 잡는다. 덕만은 자기 앞에 쓰러져 있는 아이런의 곁으로 다가갔다. 조용히 눈을 감고 불에 그슬린 아이런의 얼굴이 애처롭다.

"아이런, 아이런!"

덕만은 아이런을 품에 안고 마구 흔들었다.

"일어나 봐!"

찰싹, 찰싹 소리가 날 정도로 아이런의 두 볼을 손바닥으로 때렸다.

"아파."

아이런은 가까스로 눈을 뜨고는 덕만을 보며 살며시 미소 짓는다.

"덕만, 미안해."

"아이런! 아이스맨! 정신 차려!"

덕만은 괴성에 가까운 신음을 질렀다. 그런 덕만의 품에서 아이런은 힘이 다 빠져나간 목소리로,

"네가 날 믿어줄지 정말 몰랐어, 후후, 바보 같이…"

"괜찮아, 아이런, 정말 괜찮아."

"덕만, 넌 나를 믿어준 유일한 사람이야. 그런데도 난 배신을 하다니… 덕만, 아니 썬더맨, 정말 고마워."

가냘프던 숨소리는 이내 잦아들고, 아이런의 얼굴은 창백하게 식어간다.

"아이런!"

덕만은 아이런을 품에 안고 하늘을 향해 울부짖었다.

"왜! 왜!!!"

아이런의 품에 얼굴을 묻고 하염없이 눈물만 떨어뜨렸다.

"견고한 방어막으로 인해, 알파행성으로의 진입이 불가능합니다."

거대전함의 참모는 난감한 표정으로 말했다. 암흑군의 대선단, 거대전함, 스페이스급 전함은 알파행성으로 진입이 불가능해 갈피를 잃고 행성 주변을 배회한다. 중간계 성단뿐 아니라 우주 전체에서도 유일한 반물질이 포함된 중력장이라는 자연 방어막이 있다. 스페이스급 이상의 전함은 설치된 정규 항로로 1대씩 통제 비행하는 것 외에는 진입하지 못하는 요새이다.

항로 입구를 지나면 중력장의 에너지권에 들고, 중력권 진입 전에 알파행성만이 가지고 있는 막대한 스페이스스타를 이용해 행성 자체가 우주로부터 반물질을 지속적으로 흡수한다. 반물질로 이루어진 보호막에서 반물질이 스스로 이동해, 스페이스급 이상의 우주선이나 소행성 등이 진입 시 대기권 진입과 동시에 반물질 폭탄으로 변하여 완벽하게 산산조각 내어 파괴시키는 것이다.

행성급의 중력장이 살아 움직이는 반물질 보호막을 가지고 있는 것으로, 일정한 크기 이상의 모든 물질은 진입이 불가능하다. 오직 한 좌표만 출입이 가능한 것이다. 이 관문을 지나 대기권으로 진입하여 지상으로 내려가면 거대한 초지와 황무지가 나오게 된다. 이 앞은 지상 방어 진지를 구축하고 방어 작전을 구축하는 알파행성 자위대가 지키고 있다.

알파행성을 둘러싼 우주지형과 혜성 중력장, 소행성 그룹, 반물질 중력장과 3개의 위성 중력장이 알파행성과 동일한 자전 주기로 형성되어 있다. 우주 진입이 자유로운 스페이스는 한정되어 있기 때문에 중요한 비밀 공간의 좌표는 극비에 속하게 된다. 비밀 공간의 좌표만이 대모함이나 스페이스급의 전함들이 무리를 지어 이동할 수 있는 유일한 공간이다.

공개되어 있는 좌표는 극히 일부로, 매우 협소했다. 이는 내부의 유도를 거쳐야 대형우주선이 안전하게 진입이 가능한 구조로, 제한된 대형함선만 유도를 받아 진입할 수 있는 허가된 항로로 이루어져 견고한 행성 관문요새가 된다. 오직 소형우주선이나 거대로봇들만이 유도 없이 진입이 가능했다. 이곳을 통해 암흑제국군의 거대로봇은 진입이 가능하다.

알파행성을 둘러싼 우주환경과 알파행성이 가지고 있는 자원은 특별하게 이루어졌다. 지구에서 출발한 인류는 이곳을 오래전에 제2의 지구로 개발하고 오직 지구 이주인들만 이곳에 거주할 수 있도록 했다.

오랜 세기 전, 불가사의하게도 여러 개의 초신성이 알파행성 지점에서 연쇄 폭발을 하고 남은 중성자별 여럿이 다시 수차례 시차를 갖고 부딪혔다. 이러한 중성자별의 폭발을 통해 일어난 초고압과 고열이 융합을 거듭하면서 서서히 이루어진 특별한 생성 과정을 거친 행성이 알파행성이었다. 따라서 알파행성의 주위를 감싸고 있는 우주의 상태도 특별한 것이었다.

공개된 공식 루트는 사실상 방어막을 해제하지 않는 한 알파행성에 침투가 불가능하다고 알려져 있으며, 그 외의 지역은 알파행성에서도 임의로 통제할 수 없는, 스스로 가동되는 천연 방어막이었다. 실제로 알파행성에서도 스페이스스타를 이용해 전체 방어시스템을 죽이고 행성 전체의 힘을 모으지 않는 한 시도 자체가 불가능한 상황인 것이다. 모함이나 스페이스급 전함은 한산 스페이스 좌표 없이는 내부 접근이 원천적으로 불가능한 천혜의 요새 행성이다. 이러한 이유로 알파행성은 최후의 지구 이주 코로니로서 거주민을 지구 이주민으로 한정하고 있다.

반물질 방어막이 가로막고 있는 알파행성의 철벽 요새에 암흑군은 전투의 갈피를 잡지 못하고 혼란스러워 한다. 여러 가지 작전 검토와 정보 수집이 있었지만 작은 비행정, 소형 드론, 소형 전투기, 안드로이드 병사, 거대로봇, 소형 안드로이드 기계로봇 등만 진입이 가능하다. 하지만 드론과 비행정은 집중 사격을 받아 사실상 진입이 불가능하며, 거대 강화 로봇만이 개별 침투가 가능하다.

"다른 방법을 빨리 찾아봐야 할 것 아니야."

날카로운 목소리에 참모장은 네, 대답하고는 회의실을 빠져 나갔다.

"전함의 이동은 불가능한 상황이지만, 좁은 개방항로를 통해 거대로봇의 진입은 충분히 가능하다는 분석입니다."

"그렇다면 바로 투입시키도록 해."

작은 비행정과 안드로이드 병사, 거대로봇, 소형 기계로봇만 진입이 가능한, 알파행성의 항로. 거대전함의 부대장의 지시에 따라 암흑세력은 알파행성의 개방항로를 통해 거대로봇을 투입시키기 시작했다. 하지만 그마저도 녹록하지 않은 상황이었다. 드론과 비행정은 지상 방어 진지를 구축하고 있는 알파행성의 공격으로 인해 현실적으로 진입이 불가능한 상황이었다.

강화 거대로봇만이 작은 단위로 간간이 침투가 가능할 뿐이었다. 암흑제국군의 로봇은 세 가지 형태의 24미터에 달하는 거대 로봇이다. 세 가지 형태의 암흑제국군의 로봇 중, A형은 진한 회색으로 다크-그레이 로봇, B형은 붉은색으로 다크-레드 로봇, C형은 짙은 황색으로 다크-옐로우 로봇이라 불렸다.

지상의 방어기지에는 사이보그 강화 슈트를 입은 자위대와 거대로봇인 알파 로봇, 베다 로봇이 대기하고 있다. 자유연합은 거대로봇 부대를 파견한 베다행성의 베다 로봇과 알파행성의 지구 로봇에서 진화한 알파행성 로봇, 알파행성걸 로봇 세 종류가 나와서 적을 맞이했다.

상인연합의 바이샤 로봇과 바이샤걸 로봇의 대대적인 암흑제국군으로의 합류는 암흑제국 로봇군의 수적 우세를 확보하는 데 큰 역할을 한다. 그러나 이노베이션 동맹의 자유연합에 대한 전격적인 참여로 추가 투입된 이노베이션 동맹의 이노베이션 로봇과 이노베이션걸 로봇으로 자유연합 측의 거대로봇 병참 상황은 암흑제국 로봇에 대한 수적 열세를 극복하고, 오히려 우세한 상황을 차지하게 된다.

방어 진지 앞, 광활한 초지와 황무지 위에서의 전투는 수적인 우위를 점하고 있는 알파 로봇과 베다 로봇의 압도적인 승리로 이루어진다. 이에 전투의 전세를 역전시키기 위해 울트라비스트가 모습을 보이면, 썬더맨과 파이어걸이 울트라비스트를 막아선다.

"이대로는 도저히 상황이 바뀌지 않겠어."

울트라비스트는 분노에 찬 얼굴로 말했다. 100여 일 동안 거대로봇 대전은 지상과 하늘에서 하루에도 수차례 이어졌다. 전투에서 알파와 베다행성 및 자유연합 측은 알파 로봇 0033호, 알파걸 로봇 0088호, 베다 로봇 0009호, 베다걸 로봇 0069호가 주 전력 거대로봇이다. 이에 대항하는 암흑군은 다크-그레이 0004호, 다크-그레이 0013호, 다크-레드 0044호, 다크-옐로우 0029호가 뛰어난 전술과 전투 기술을 보여 주는 주 전력 거대로봇이다. 새로 투입된 이노베이션 동맹 측 이노베이션 로봇 상위 넘버, 이노베이션걸 로봇 상위 넘버들의 성적이 우수했다. 바이샤동맹의 바이샤 로봇과 바이샤 걸토봇 역시 마찬가지였다. 이노베이션 로봇 0001호와 0003호, 이노베이션 로봇 0007호와 0011호, 바이샤 로봇 0025호와 0066호. 일반적으로 각 진영의 거대로봇은 대부분 상위 넘버가 전투력이 우세한 모습을 보였다.

서로가 맞부딪치기를 반복하며 싸움이 점점 극한의 양상으로 치닫던 중, 새로운 로봇의 추가 투입으로 전세는 예측할 수 없게 되었고 더욱 격렬하게 전투가 벌어졌다. 초반의 거대로봇 대전은 상인연합의 바이샤 로봇, 바이샤걸 로봇 2,500여 대가 암흑제국군에 투입되었고, 자유연합 측은 알파행성과 베다행성 로봇, 베다의 특수 전사로봇 외에 2,000여 대의 대규모의 상인 이노베이션 동맹의 이노베이션 로봇이 추가로 투입되었다. 수적으로 팽팽하게 변하고 일진일퇴를 거듭하는 국지 로봇전과 부대별 전투, 총력전 등 다양한 로봇대전이 매일같이 벌어졌다. 암흑제국군은 100일 기한의 첩보 작전을 위해 로봇 전투를 지원하도록 다시 델타행성으로부터 암흑제국 신형 거대로봇 1,000대가 지원되었다.

"콰콰쾅! 콰콰쾅!"

"쾅! 쾅! 투투투투투!"

수천 대의 로봇에서 내뿜는 포탄의 굉음으로 행성의 대기권 전체가 들썩였다.

"콰콰쾅! 쾅!"

파괴되고 부서지는 로봇의 숫자는 하루에도 셀 수 없을 만큼 늘어가고, 로봇 수리를 맡은 정비병들은 잠시도 눈을 붙일 틈이 없다.

"보고합니다. 대원수!"

인공지능 기계가 보고를 시작했다.

"총공세가 준비되는 동안 정보 로봇의 침투를 강화하고, 거대로봇을 끊임없이 소항로로 보내 다른 약점이 없나 지속 탐색하도록 하고 있습니다. 현재까지 거대로봇 대전은 침투 로봇의 상대적인 제한으로 손실이 큽니다."

기계는 또박또박 정확한 발음으로 말했다.

"좋다. 100일을 기한으로 울트라비스트를 투입하여 지속 탐색전을 하도록 하라!"

"100일 로봇대전을 통한 100일 첩보 작전의 성공을 위해 델타행성에 있는 암흑제국의 신제품 강화 거대로봇 1,000여 대가 내일이면 도착한다. 도착하는 즉시 전선에 투입하도록 해라!"

새로 보강된 특수 군단의 거대로봇 부대는 소항로의 방어막을 뚫고 거침없이 돌진한다.

"움직여라! 빨리, 빨리 움직여라!"

에레보스의 명령으로 직접 지휘를 하게 된 울트라비스트는 날카로운 목소리로 소리쳤다. 울트라비스트의 지휘에 수백의 거대로봇은 지상 방어진지 앞까지 진격해 나간다.

"쿠쿠쿠쾅! 쾅! 쾅!"

방어 진지 앞에서 마주한 암흑군의 로봇과 알파, 베다, 이노베이션 동맹의 로봇들. 밀고 밀리기를 반복, 알파와 베다, 이노베이션 동맹의 로봇들은 암흑군의 공격에 상당히 많은 숫자가 피괴된다. 안흑제국군의 거대로봇 역시 피해가 극심하다. 암흑제국군은 많은 숫자의 거대로봇이 파괴되었지만 두려움 없는 진격이 계속 이어진다.

"움직이란 말이다!"

어깨에 무거운 짐을 짊어지게 된 울트라비스트는 어떻게 해서든지 승리를 목에 걸고 싶어 안달이 났다.

'이번이 나의 능력을 보여줄 절호의 기회란 말이다.'

울트라비스트는 속으로 중얼거리며, 전진하는 로봇들을 바라봤다.

'조금만 더, 조금만 더, 힘내라.'

"두려워하지 말고, 전진, 또 전진이다."

울트라비스트는 목소리에 힘을 주었다. 방어 진지 앞에 대치한 알파 행성의 지상군에 대한 공격은 유효하게 먹혀들지만, 진지로의 침투는 불가능한 상황이다. 암흑군은 공격과 후퇴를 반복했다.

"콰콰쾅! 쾅쾅!"

지상군의 방어 진지 앞에서 암흑제국군의 군대와 계속된 전투를 펼치고 있는 썬더맨과 파이어걸.

"숫자가 줄어들 생각을 하지 않네. 하얏!"

덕만은 점점 늘어나는 그들의 숫자에 질려 버릴 정도였다.

"그런 생각하지 말고, 빨리 공격해!"

사라는 고압적인 목소리로 덕만의 말을 받았다.

"쾅쾅쾅! 투투투 쿵쿵!"

암흑로봇 다크-그레이, 다크-레드, 다크-엘로우형과 바이샤로봇들과 썬더맨 1, 2, 3호기, 파이어걸 로봇, 알파 로봇과 베다의 로봇, 이노베이션 동맹의 로봇 등 거대로봇의 전투는 며칠간 계속 이어졌다. 계속되는 전투에 지칠 법도 하건만, 누구 하나 물러섬이 없었다. 암흑제국군과의 전투는 한 대 맞으면 두 대를 돌려주겠다는 식이었고, 싸움을 점점 치열하게 진행됐다. 울트라비스트와 썬더맨, 둘의 시소 싸움 역시 끊임없이 이어졌다.

"이얏! 번개검을 받아라!"

"쾅쾅쾅!"

썬더맨의 공격을 쉽게 받아 내는 울트라비스트. 하지만 강인한 울트라비스트도 매일 같이 이어지는 전쟁에 지쳤는지 바로 반격에 나서지는 못한다. 울트라비스트가 주춤하는 사이, 썬더맨은 다시 공격을 감행한다.

"썬더맨 1, 2, 3호기 모두 한 번에 공격한다. 하얏!"

1, 2, 3호기가 삼각편대로 둘러싸고 퍼붓는 공격에 울트라비스트가 속수무책으로 당하기 시작한다.

"콰콰쾅, 콰콰쾅!"

썬더맨의 번개 공격에 울트라비스트는 바닥에 두 무릎을 꿇었다. 썬더맨은 무릎을 꿇고 있는 울트라비스트를 향해 번개를 날렸다.

"쾅쾅!"

울트라비스트는 바닥으로 비스듬하게 고개를 숙이며 가까스로 피해 냈다. 모래 연기가 사라지자 울트라비스트는 갸우뚱하게 한쪽으로 몸이 쏠려 있는 상태로 서 있었다.

"이번에야말로, 끝장내는 거야. 다시 한 번 1, 2, 3호기 총공격을 한다."

"쿠쿠쿠쾅! 콰쾅쾅!"

혼신의 힘을 다한 썬더맨의 일격이있다. 세 대의 썬더맨에서 쏟아져 나오는 연속되는 번개 공격. 어마어마한 폭음과 진동으로 거센 모래바람과 함께 검은 불길이 일어났다.

"드디어 끝난 건가."

썬더맨은 거친 숨을 내쉬며 앞을 응시했다. 불길과 모래바람이 걷히자, 울트라비스트의 모습은 사라지고 없었다.

"울트라비스트!"

썬더맨은 울트라비스트를 눈으로 쫓았다. 하늘 위로 솟아오른 울트라비스트를 향해 썬더맨은 1, 2, 3호기와 몸을 날렸다.

"썬더맨 1, 2, 3호기 돌진한다."

"울트라비스트, 도망가지 마라."

울트라비스트는 자신을 향해 달려드는 썬더맨을 확인하고는 조금 더 속도를 높였다.

"콰콰쾅! 쾅콰콰!"

뒤에서 계속되는 썬더맨 1, 2, 3호기의 공격. 쉴 새 없는 포격에도 울트라비스트는 반격은 생각지도 못한다. 자존심이 상하지만, 불리한 상황에 앞만 보며 속력을 높일 수밖에 없었다.

"위이이잉."

점차 가속을 내는 울트라비스트의 뒤를 쫓는 썬더맨.

"콰콰쾅! 투투투! 투투!"

갑작스럽게 퍼붓는 공격에 썬더맨 1, 2, 3호기는 주춤하고 멈춰 섰다. 썬더맨 3호기는 강력한 공격을 받아 가슴 주위가 검게 그을려 있었다. 계기판으로 3호기의 상태를 확인하니 위험한 상황이었다. 주 엔진 작동이 멈추고, 보조 엔진으로 로봇에 동력이 전달된 상황이었다. 정신을 차리고 보니 썬더맨은 어느새 암흑군의 진영 깊숙이 들어와 있었다.

"공격해라! 공격해라!"

"콰콰쾅!"

암흑세력의 이어지는 포격은 3호기를 향한 것이었다.

"공격을 막는다."

1호기와 2호기는 3호기 앞에서 방패를 치켜들었다.

"쿵쿵!"

계속 날아드는 공격에, 방어만 하는 것도 역부족이었다.

"공격해라!"

울트라비스트는 방금 전까지 힘없던 모습은 온데간데없이 에워싸고 있던 병력에게 소리쳤다.

"퍼부어라!"

"이대로는 안 되겠어."

마구 공격해 오는 미사일과 포탄에 썬더맨은 알파행성의 지상 방어 진지로 몸을 틀었다. 암흑군 병력의 숫자는 썬더맨 혼자 힘으로는 감당할 만한 수가 아니었다.

"썬더맨! 이제 와서 도망친다 이거냐"

덕만은 3호기로 날아드는 집중 포격을 막으며, 적진에서 몸을 빼냈다.

알파행성에서는 부족한 로봇 전력의 확보를 위해 모든 자원을 동원했다. 로봇 안보 연구소를 비롯한 모든 로봇 공장이 속속 생산속도를 올려 로봇을 생산하기 시작했다. 쉼 없이 생산속도를 올린 덕분에 로봇은 계속해서 멈추지 않고 생산되었다.

알파행성의 지상군과 암흑군이 릴레이 전쟁을 이어온 지 어느덧 100일. 작은 빛줄기도 허락하지 않는 어두운 방 안에 울트라비스트와 에레보스가 마주 앉았다. 에레보스 암흑제국 대원수는 탁자에 손을 올리고 생각을 정리하기 시작했다.

에레보스는 암흑제국의 정보국장 출신으로 암흑 제국의 여러 가지 중요한 비밀을 잘 알고 있었다. 그는 절대자가 반물질 폭탄을 이용해 70년 전 자유연합의 행성 중 강력한 적대 세력이었던 유니크행성을 파괴한 사실부터, 은밀하게 행해 온 일들을 잘 알고 있다.

중간계 은하성단의 신형 우주선 개발, 신 항법 기술을 가지고 새로운 첨단 하이퍼 드라이브 시스템으로 우주항로를 장악한 상인연합의 지도자들이 탄 지도선을 마지막 남은 반물질 폭탄으로 산산조각내어 상인연합을 견제할 수 있게 된 사실 등 전쟁 이면에 숨어 있는 역사에 대하여 누구보다 잘 알고 있는 그였다. 지도자들의 지도선이 파괴되고 지도자들이 최후를 같이하자, 이후 소수 세력을 이끌던 바이샤딜이 상인연합을 장악하게 되었다.

크로노스 총통이 알파행성을 공격하는 진짜 목적은 암흑에너지를 컨트롤하고 우주선을 광속보다 빠르게 움직이게 하는 스페이스스타의 확보에 있다. 하지만 알파행성 주위에 결계를 이루고 있다는 반물질 방어막에 대한 비밀을 풀어 반물질 폭탄을 제조하려는 의도 역시 숨어 있다고 할 수 있다.

암흑제국이 모두를 확보하게 되면 중간계 은하성단을 넘어 알려진 은하라 불리는 우주 외곽의 외부 은하로 손쉽게 진출할 수 있다. 뿐만 아니라 국부은하군을 넘어 더 먼 은하계로 진출하려는 야심을 실행할 수 있도록 하는 것으로, 알려진 우주 내에서 가장 강력한 이동 수단과 최강의 무기를 가지게 된다.

상인연합이 현재 보유한 중간계 우주에서 가장 강력한 항법기술인 하이퍼 드라이브시스템을 가지고 개발한 하이퍼스페이스라는 새로운 개념의 우주항로 기술을 통하여 10광년 거리를 몇 달에 걸쳐 이동할 수 있는 기술 역시, 향후에는 10일 정도면 갈 수 있는 기술로 발전할 수 있다. 알파행성의 반물질 폭탄을 앞세워 다시 베다행성을 공격하고 암흑장의 알려지지 않은 우주 항법에 대한 기술을 탈취한다면, 암흑세력은 한 은하에서 다른 은하까지 단기에 이동하는 기술의 확보가 가능할 것이라고 판단하고 있었다.

여러 가지 생각을 끝낸 에레보스 대원수는 미간에 잔뜩 힘을 주고 울트라비스트를 바라봤다.

"울트라비스트, 이제 대우주 암흑제국 군단이 강력한 전함으로 준비가 완료되었다. 그러나 100일 첩보 작전에 성과는 없다. 우리 암흑군에는 일을 믿고 맡길 만한 제대로 된 전사가 없다고 생각하는데, 자네의 생각은 어떤가?"

에레보스는 감정을 억누르는 목소리로 말했다.

"네, 맞습니다. 제가 무엇을 하면 되겠습니까?"

울트라비스트는 검은 형제의 에레보스를 향해 눈치 빠르게 대답했다. 빛이 없는 방안에는 두 사람의 그림자만 언뜻 비칠 뿐, 서로의 표정은 확인할 수 없다. 극도로 예민해진 귀는 작게 내쉬는 숨소리와 작은 호흡까지 세세하게 느낄 수 있었다.

"상인연합 수송선으로 알파행성 비밀 지역에 정보 비행체를 침투시키려고 했지만 사전에 발각되었어. 그것만 성공하면 알파행성 침투는 일도 아닐 텐데 말이야."

에레보스는 목소리를 바꿔, 한층 낮은 목소리로 말했다.

"그런데 말이야."

어둠 속에서 울트라비스트는 고개를 갸웃하며, 에레보스의 다음 말을 끈기 있게 기다렸다. 몇 분이 지났을까, 에레보스는 다시 입을 열었다.

"침투 때 발사된 무당벌레급 정보기기가 있었지. 그 정보기기는 지금 상당한 정보를 취합한 상태야. 이제 제일 중요한 비밀 군사 지점의 좌표만 확인하면 된다. 그것만 있으면 반물질 방어막을 뚫고 대전투선단이 비밀리에, 그리고 일시에 알파행성에 진입할 수 있는 상황이지. 그 정보 자동 송신기기를 가지고 가서 좀 더 정확하게, 알파행성의 가장 취약한 군사 지점의 좌표를 알아오는 것이 내가 너에게 맡기는 임무다. 일주일 주지. 내가 자네를 얼마나 믿는지 알고 있지?"

"여부가 있겠습니까."

울트라비스트는 자신감 넘치는 목소리로 말했다.

"믿고 맡겨만 주십시오."

"알겠네."

울트라비스트는 예의를 갖춰 인사를 하고는 방을 나섰다. 갑작스럽게 환한 불빛이 두 눈으로 떨어지자, 울트라비스트는 눈을 찡그렸다. 그렇게 한 동안 멍하니 복도에 서 있던 울트라비스트는, 눈이 빛에 익숙해지고 나서야 다시 복도를 걷기 시작했다. 브레인포스는 울트라비스트로 변하고 난 직후, 빛과 어둠에 대한 반응 속도가 느려졌다. 빛에 망막이 반응하는 속도가 현저히 낮아진 상태이기 때문에 갑작스러운 빛의 변화는 그를 힘들게 했다.

"잠깐."

울트라비스트는 혼자 중얼거리며, 걸음을 멈춰 섰다.

'이건 썬더맨의 뇌파인데. 분명 썬더맨 이 녀석이 근처에 있어.'

울트라비스트는 썬더맨의 뇌파에 집중하며 한 걸음씩 뇌파가 흘러나오는 곳으로 조심스럽게 이동했다. 뇌파를 따라 도착한 곳은 대우주모함이었다.

"여기 누가 들어왔나?"

울트라비스트는 우주모함의 입구를 지키는 군인에게 물었다.

"아니요. 들어온 분은 없습니다."

'아니야. 분명 여긴데. 여기서 강력한 썬더맨의 뇌파가 느껴지는데.'

"확실한가?"

"네."

입구를 지키는 군인은 자신감 넘치는 목소리로 대답했다. 울트라비스트는 다시 뇌파에 집중했다. 집중하면 할수록 썬더맨의 뇌파는 점점 강력하게 다가왔다.

"가까워졌어. 어디에 있는 거지? 분명 여기 근처가 확실한데 말이야."

그런 울트라비스브의 잎을 빠른 속도로 검은 물체가 지나쳐 갔다.

"거기 서."

울트라비스트는 재빨리 검은 형체의 뒤를 쫓았다.

"하얏!"

울트라비스트는 검은 형체의 움직임을 쫓으며 공격을 퍼부었다.

"콰콰쾅!"

계속되는 울트라비스트의 공격에 모함선의 선체는 크게 요동치며 흔들렸다.

"비겁하게 숨지 말고 모습을 보여라! 내 앞으로 나오란 말이다. 썬더맨!"

어둠 속에서 슈트 차림으로 모습을 드러낸 덕만.

"울트라원, 아니 이제 울트라비스트인가?"

비아냥거리는 목소리로 덕만은 말했다.

"후후후."

울트라비스트는 히죽거리며 웃고는,

"내가 너의 뇌파를 감지할 수 있다는 것을 몰랐나 보지?"

"내가 모를 리가. 그런데 난 더 이상 네가 무섭지 않아."

덕만은 울트라비스트를 향해 희미하게 미소 지었다.

"너 때문에 죽음을 맞이한 윈드맨, 아이스맨 그리고 수많은 무고한 생명들…. 더 이상 피하지 않을 거야."

"장미행성에서도 그렇고, 요즘 보니까 실력이 아주 형편없던데 말이야. 더 훈련하고 와야 하지 않겠어? 더구나 그 잘난 썬더맨 로봇도 없이 나에게 오다니, 죽으러 온 것이 맞는데, 크크크."

울트라비스트는 썬더맨을 깔보는 말투로 말했다.

"내가 그때랑 같다고 아직도 착각하고 있나 보지?"

하얏! 덕만은 말이 끝나기 무섭게 울트라비스트를 향해 번개를 날렸다.

"하얏~ 아얏!"

"콰콰콰쾅!"

울트라비스트와 덕만, 한 치의 물러섬도 없는 싸움이 시작됐다.

"하얏!"

"아얏!"

모함이 흔들리고 파괴되는 상황에서도 둘은 거침없이 싸움을 계속했다.

"쾅쾅!"

누구 하나 죽음으로 내몰리지 않는다면 끝나지 않을 것처럼 보이는, 그야말로 광기어린 싸움이었다.

"쾅쾅쾅! 콰콰콰!"

결국 거센 불길로 휩싸이게 된 거대모함. 모함은 선실 내부에 옮겨붙은 불길로 인해 강렬한 파열음과 함께 한쪽 벽채가 구멍을 만들며 부서져 내린다.

"쾅쾅쾅!"

덕만은 무너진 선체 구멍을 통하여 허겁지겁 몸을 밖으로 빼냈다.

"아야얏!"

뒤따라 나온 울트라비스트는 덕만을 향해 강력한 충격파를 날렸다.

"아악."

등을 가격당한 덕만은 휘청거리며, 노함 외측 상부 갑판부에서 바닥으로 굴러 떨어졌다.

"아야얏!"

바닥에 쓰러진 덕만을 향해 또 다시 강력한 충격파를 날리는 울트라비스트. 몸을 옆으로 돌려 피해낸 덕만은 초능력을 발휘해 우주 공간을 빠르게 이동하기 시작했다. 욱신욱신 등이 쑤셔오지만, 상처를 생각할 겨를이 없었다. 우선은 이 자리를 피하는 게 덕만에게는 급선무였다.

"또 어딜 도망가려고! 이번에는 아주 끝장을 내 주지!"

맹렬한 기세로 덕만을 쫓아가는 울트라비스트는 뒤에서 쉬지 않고 공격을 퍼부었다. 몇 번 강력한 충격파의 타격으로 덕만이 심한 부상을 입었는지, 주춤거린다.

"거기 서! 끝을 보자. 썬더맨! 아야얏!"

덕만은 다급하게 하늘을 가로지르며 정규항로가 아닌 비밀 군사 지역으로 진입했다. 이를 악물고 덕만의 뒤를 쫓는 울트라비스트의 눈이 빨갛게 충혈되어 있었다. 울트라비스트의 뒤로 특수 군단 소속의 암흑군 정보 비행정 두 대가 모습을 보였다. 울트라비스트는 자동 정보 송신기기를 가동시켰다.

"삐삐빅."

"이얏!"

갑작스럽게 모습을 드러낸 파이어걸. 파이어걸 로봇은 불의 방어막을 치며, 다가오는 울트라비스트를 견제했다. 파이어걸의 뒤를 따라 나타난 스페이스 우주선은 암흑군의 정보 비행정 한 대를 격추시켰다.

"콰쾅!"

바닥으로 떨어진 비행정은 거대한 불길에 휩싸였다. 덕만은 대기 중인 썬더맨 1호기에 재빨리 몸을 실었다.

"하얏!"

뒤따라오는 울트라비스트를 향해 썬더맨은 번개파를 날렸다. 파이어걸과 썬더맨의 공격에 궁지로 몰린 울트라비스트는 뒤쫓아 오던 비행정에 매달려 반대편으로 달아났다.

'좌표는 이미 획득했다.'

울트라비스트는 썬더맨을 향해 야릇한 미소를 보내고는 사라져 갔다.

"어딜 도망가려고!"

그 뒤를 쫓으려는 사라를 덕만이 막아섰다.

"사라, 아니야. 쫓지 마. 비행정과 함께 돌아가게 놔둬."

일주일 전, 순리는 덕만을 회의실로 긴밀하게 호출했다.

"썬더맨, 이제 마지막 전쟁이 시작된 걸세. 자네가 일주일 내에 해 주어야 할 중요한 임무가 있네. 이것은 져 주어야 이기는 게임이네. 그런 만큼 위험 부담도 많은 임무라고 할 수 있네."

순리는 한산 스페이스 작전 지도를 회의실의 테이블 위에 펼쳤다. 그리고 차분하게 덕만의 임무에 대해 설명했다. 덕만의 질문과 순리의 설명은 한 시간이 넘는 꼬리 물기 회의로 이어졌다.

"네, 알겠습니다. 이 작전은 위험을 무릅쓰고 적선에 침투하고 또 도망쳐야지만 가능하겠지요. 반드시 성공하는 모습 보여드리겠습니다."

덕만은 입을 꼭 다물었다.

"그럼 잘 부탁하겠네."

순리는 덕만에게 손을 내밀었다.

"네, 걱정하지 않으셔도 됩니다."

덕만은 순리의 손을 꽉 잡으며 말했다.

"그럼, 썬더맨 자네만 믿겠네. 이번 작전의 성패는 자네의 행동에 달려 있다는 사실 잊지 말아 주게."

"네."

덕만은 결의에 찬 표정으로 대답했다.

"그래, 드디어 때가 온 것 같구나."

스크린을 통해 알파행성으로 몰려오는 각종 모함과 대기하고 있는 로봇을 보며 순리가 말했다.

"자유의 전사들이여, 이제 우리는 최후의 결전을 앞두고 있다. 살고자 하는 이는 죽을 것이요. 죽고자 하는 이는 살 것이다! 이제 모든 전함과 지대공 미사일 부대, 모든 화력은 대기하라!"

스크린을 보며, 순리는 힘찬 목소리로 말했다. 스크린에는 한산 스페이스가 들어오고, 곧 거대한 스페이스 입구를 중심으로 학 날개와 같이 배치를 마친 우주선들이 위용을 드러낸다. 거대한 대우주모함들은 날개 뼈대를 이루고 있다. 선단은 마치 커다란 학이 날개를 펴는 진형을 이루고 있었다. 그리고 그 사이사이에는 스페이스급 우주선이 촘촘히 진을 형성하며 깃털이 일어나듯이 반짝인다.

"지이잉, 지이잉"

지상에서도 대기권을 넘어서 타격이 가능한 각종 지대공 미사일 부대, 스키퍼 미사일이 일제히 출구를 개방하고 일점 타격을 준비한다.

"하하하. 반드시 승리는 내가 가져 온다."

에레보스는 흡족한 미소를 띠며 스크린을 바라봤다.

"오버머신, 어떻게 되어 가고 있는가?"

원격 마이크를 통해 기계군단장, 오버머신에게 물었다.

"지금 알파행성 외곽을 지키고 있던 모함들이 공격을 받고 안으로 도망가고 있습니다. 이제 다음 작전으로 들어갈 준비가 완료되었습니다. 상인연합의 모든 지원 전함과 무기가 대기하고 있습니다. 이제 총통 각하와 델타행성 주력 암흑전단만 도착하면 됩니다."

스피커를 통해 오버머신의 목소리가 흘러 나왔다.

"알았네."

에레보스는 짧게 대답하고는, 총통님에게 우주 원격 통신아이피를 연결하라고 비서를 향해 말했다. 곧이어 크로노스 총통이 원격 화상에 얼굴을 내밀었다.

"아버님, 이제 모든 준비가 완료되었습니다. 선봉에 서서 암흑군을 이끌어 주십시오."

"좋다. 다크파워의 의지와 함께, 우리의 암흑제국 델타주력군인 암흑전단과 함께 곧 도착한다."

크로노스 총통은 차가운 목소리로 밀했다.

진격하는 암흑제국의 거대함대와 이런 그들의 공격을 자유연합군과 순리는 침착하게 기다리고 있었다. 스크린에는 알파행성 앞 일정한 우주 공간에 몰려오는 각종 모함과 스페이스 전함이 모습을 드러냈다. 상인연합, 장미행성 암흑군, 델타행성에서 크로노스 총통이 이끌고 온 암흑제국 최고의 전력 부대이다. 대우주모함 81척, 스페이스우주전함 209여 척이 기세등등한 위용을 자랑한다. 작은 행성 하나쯤은 삽시간에 초토화시키고도 남을 막강 전력의 화력이다.

"모든 암흑제국군은 들으라!"

에레보스는 큰 목소리로 소리치고는,

"다크파워의 의지로 총통 각하께서 인도하실 것이다. 명령이 떨어지면 10개 편대로 편성하여 목표로 하는 좌표로 순간이동하여 진격한다."

에레보스는 스크린의 총통을 향해 굳은 의지가 담긴 얼굴로 말했다.

"이제 총통 각하께서 암흑제국군을 이끄시어 영광된 제국의 승리를 보여 주시기 바랍니다."

그리고는 고개를 숙였다.

"좋다. 승리가 목전에 왔다, 비밀 좌표에 도착하면 모함들은 사격 대기하라. 동시에 입구에 포격하여 입구를 파괴하고 즉시 알파행성으로 진입하여 무차별 공격하라. 알파행성의 모든 존재를 말살하라. 이후에 모든 자원을 약탈한다. 작전대로 진격한다. 자! 공격하라."

크로노스 총통의 명령과 함께 대모함 8척, 스페이스함 20척씩 편대를 지어 차례로 공간을 이동하기 시작했다. 중간계 은하 성단 최대의 우주전함 선단이 공격하기 시작했다. 눈 깜짝할 사이에 이루어진 이동으로 암흑제국군 선단들은 한산 스페이스에 무리를 지어 나타났다.

자유연합군의 학이 날개를 편 모양의 군진인 학익진 모양으로 펼쳐진 거대한 우주의 진영 속에 떨어진 암흑제국군의 모든 것. 순리는 이때를 놓치지 않고 전군에게 명령했다.

"발사!"

우렁찬 순리의 목소리에 모든 함대에서 일제히 내뿜어지는 화력. 자주 광자포, 레이저포, 핵융합폭탄, 지대공 미사일, 스페이스함의 스키퍼 미사일.

"콰콰쾅! 쾅쾅! 쾅쾅쾅! 투투투! 쾅쾅쾅!"

갑작스러운 소나기처럼 쏟아져 내리는 핵미사일은 암흑제국군을 향해 약간의 오차도 없이 날아갔다. 수백 개의 무기가 동시에 한 곳을 명중시킨다. 지상에서 양쪽 측면을 공격하는 미사일 소나기도 일점에 집중된다. 공간 이동 후, 주방어막을 재가동시킬 틈도 없이 공격을 받게 된 암흑군의 대우주모함들은 힘없이 파괴된다. 파편으로 흩어지는 스페이스의 함정들에 놀라 모함의 머리를 돌리려 하지만, 우왕좌왕하며 자신의 모함과 부딪치며 파괴되고 자유연합군의 공격으로 또 다시 파괴된다.

"콰콰쾅! 콰콰콰!"

쉴 새 없이 이어지는 자유연합군의 공격에 암흑군은 그야말로 아비
규환. 어찌할 바를 모르고 속수무책으로 공격을 받아내는 수밖에 없
다. 광활한 한산 스페이스는 함선의 파편과 화염으로 인해 검회색의
연기로 가득해졌다.

"쾅쾅쾅! 콰와! 투투투!"

다시 학익진에 모습을 드러내는 암흑군과 순리의 명령으로 쏟아지
는 포탄의 공격들. 이는 마치 한곳을 향해 불꽃을 쏘아 올리는 것처럼
화려했다. 계속되는 자유연합군의 공격으로, 그 자리에 암흑군의 모함
이 존재했다는 사실은 흩날리는 파편으로만 확인할 수 있었다.

"주방어막을 가동하라!"

모함 부대장의 목소리에,

"주방어막 가동 완료. 가동률 45퍼센트, 선체 파손 53퍼센트입니다."

모함에서 인공지능의 기계적인 목소리가 띄엄띄엄 말했다. 암흑제국
군의 모든 선단은 비밀 지역으로 이동했다. 일부 선단만이 자유연합군
의 공격에서 가까스로 피할 수 있었다. 공격을 피한 암흑제국군의 일
부 선단은 보조방어막에서 주방어막을 가동시키고, 응사를 준비한다.
대모함을 중심으로 몇 개의 거점이 만들어졌다.

"제국군 함정, 일제히 대기! 발사 준비!"

각 모함에서 지휘를 통제하는 목소리가 흘렀다. 그리고 곧 이어서
새로운 명령이 다시 하달됐다.

"일동 전면 폭파!"

순리가 명령을 내렸다. 거대한 폭발음과 함께 한산 스페이스 전체

가 흔들거린다. 암흑제국군 일부가 전투태세를 회복하고 전선을 정비하여 최신 무기를 탑재한 머리를 들려고 하는 순간, 또 다시 일제 폭파 지시가 내려졌다.

"일동 2차 폭파!"

"콰쾅쾅! 쾅콰쾅!"

암흑군 아래 뙤리를 틀고 대기하고 있던 수천 개의 스텔스 원자핵기뢰가 엄청난 폭발음과 함께 폭발하고, 이로 인한 여파의 파동이 알파행성까지 미친다. 환한 빛으로 바로 앞의 물체도 분간하기 힘든 상황이었다. 우주를 떠다니는 잔해들도 폭파되고, 겨우 폭발을 피한 일부 모함이 급하게 순간이동을 하며 델타행성으로 도망갔다.

"으아아아악!"

크로노스 총통의 외마디 서늘한 비명이 울렸다.

"이게, 이게 도대체 어떻게 된 일이냐? 전황을 보고하라!"

격노한 에레보스는 목이 터져라 소리쳤다. 에레보스가 위치한 상황실의 스크린에는 암흑제국군 총통의 전용 특수대우주모함이 불타는 장면이 보이고 울부짖는 소리가 울렸다. 치직, 치지지직. 스크린은 기계 마찰음을 내며, 신호와 영상을 잡지 못하다가 곧 회색의 화면으로 변했다. 당황한 에레보스는 안절부절못하고 제자리를 맴돌았다.

"어떻게 하면 좋단 말이냐!"

에레보스는 거칠게 소리쳤다. 상황실의 테이블을 발로 차고, 앞의 디지털 기계를 바닥으로 내동댕이쳤다. 그래도 분이 풀리지 않는지 참모들을 향해 다시 소리쳤다.

"이게 어떻게 된 일이냐 말이다!"

이성을 잃은 에레보스의 야만적인 모습에 누구하나 입을 열지 못했다. 가만히 고개만 숙인 채 에레보스가 잠잠해지기를 기다릴 뿐이었다. 몇 차례 에레보스의 고함과 신음이 이어졌고, 에레보스는 바닥에 털썩 주저앉아 두 손으로 머리를 감쌌다.

"도대체, 도대체."

자조적인 목소리의 탄식이 흘러 나왔다. 잠시 조용해진 에레보스의 얼굴은 방금 전보다 훨씬 평온함을 찾은 후였다. 목의 핏줄은 가라앉았고, 금방이라도 모든 것을 잡아먹을 것 같던 눈의 독기도 사라졌다. 조금씩 이성을 찾아가던 에레보스가 입을 열었다.

"지금 델타행성으로 간다. 즉시 발진하라!"

무거운 목소리로 명령했다.

연이은 폭발로 인해 잠시 움츠리고 있던 덕만은 하늘을 향해 고개를 들었다. 덕만을 필두로, 곁에 있던 알파행성의 주민들도 하늘로 고개를 치켜들었다. 암흑군 파편의 잔해들이 우박처럼 하늘에서 떨어져 내리고, 사람들은 신난 표정으로 파편들을 바라본다. 이어서 함성소리가 터져 나온다.

"와아아아! 와아아아아!"

밀려오는 파도처럼 사람들이 지르는 함성소리의 기세는 대단했다.

"사라야, 가 보자."

덕만은 사라의 손을 덥석 잡았다. 사라는 덕만의 손에 이끌려 못이기는 척 따라나섰다. 한산 스페이스에 올라 울트라비스트의 모습을 찾았지만 흔적도 찾을 수 없었다. 오로지 파편들만 우주를 떠돌고 있을 뿐, 울트라비스트의 생사 여부는 확인할 길이 없었다.

"이대로 울트라비스트도 마지막이었으면 좋겠는데."

덕만은 혼자 중얼거렸다.

"응?"

온화한 미소로 사라가 덕만을 바라봤다.

"아니야."

덕만은 방긋 웃어 보였다. 덕만의 웃음에 사라 역시 입술 끝을 올려 환한 미소로 화답했다.

"이제 정말 지긋지긋한 전쟁도 끝이겠지?"

사라의 목소리 끝이 약간 떨렸다.

5장_
지구를 구해라

"여러분의 노고와 염원으로 우리 자유연합이 승리하였습니다. 상인 연합의 바이샤 동맹은 장미행성의 한쪽에 터를 잡고 중립을 선언했고, 장미행성의 복구를 지원키로 했습니다. 그뿐만 아니라 바이샤 동맹은 향후 암흑제국군의 정보를 주시하고 감시하는 데 드는 비용을 지원키로 했으며, 중간계 피해 행성의 복원에 일정 분담금을 지불하기로 하였습니다. 암흑세력과 더 이상의 밀약도 맺지 않을 것을 약속했습니다. 또한 상인 이노베이션 동맹은 별도의 연합을 유지하고, 바이샤 동맹과 친선 관계를 유지하며 장미행성을 공동으로 관리하기로 하였습니다."

스크린에는 만족한 표정으로 상황을 설명하는 자유연합 의장의 모습이 비치고 있다. 베다의 사람들과 전사들은 모두 자유연합 의장의 모습을 기쁨이 흘러넘치는 얼굴로 바라본다.

"이제 정말 전쟁도 끝인 거야?"

"하하하."

사람들의 얼굴에서는 저마다 웃음꽃이 피어올랐다. 서로를 부둥켜안고 손을 잡으며 승리를 자축했다. 웃음이 가득한, 기분 좋은 에너지로 넘쳐흐르는 대중들의 사이로 지친 표정의 덕만이 걸어 나왔다. 터덜터덜 걷는 그의 어깨는 축 늘어져 있고, 얼굴에는 뜻 모를 슬픔이 담겨 있다. 힘없이 군중들 사이를 비집고 덕만은 앞으로 걸어나갔다.

사람들의 사이에서 멀어지자, 덕만은 더욱 심하게 비틀거리며 스스로 자신의 몸도 가누지 못했다. 털썩, 덕만은 무너져 내리듯 바닥으로 스르륵 쓰러졌다. 핏기 하나 없는 얼굴에는 지친 기색만이 역력했다.

"아아, 아…"

덕만은 머리를 감싸고는 고통스럽게 신음하며 눈을 떴다.

"여기가 어디지."

덕만은 몸을 일으켜 찬찬히 주변을 살폈다. 하지만 몸은 덕만의 의지대로 움직여 주지 않고, 천근만근 돌덩이를 몸 위에 올려놓은 것처럼 무겁기만 했다.

"어떻게 된 거지?"

덕만은 나지막한 목소리로 혼잣말을 했다.

"조금 더 누워 있어요. 아직 몸이 완전히 회복되지 않은 상태예요."

익숙한 목소리에 고개를 돌리니, 수행인 마야가 책상을 정리하고 있었다.

"사라는?"

덕만은 마야의 등을 보며 물었다.

"눈을 뜨자마자 사라를 걱정하는군요."

마야는 풋 하고 웃으며 말했다.

"네?"

덕만은 초조한 목소리로 되물었다.

"방에서 휴식을 취하고 있어요. 에너지 소진이 많이 된 상황이라서, 회복하려면 꽤 오래 걸릴 거예요."

"그렇군요."

덕만은 안심한 표정으로 침대에 머리를 눕혔다. 천장을 바라보는 덕만의 표정은 점점 묘하게 변하더니, 마침내 입을 열었다.

"요기 님을 만나 봬야겠어요."

"아직은 안정을 취하시는 게 좋을 것 같은데요. 요기 님도 덕만 씨를 충분히 쉴 수 있도록 하라고 하셨구요."

마야의 말에 개의치 않고 덕만은 옷을 갈아입었다.

"아니에요. 지금 꼭 만나 봬야 할 것 같아요."

"아, 조금 불안한데."

기술장은 머뭇거리며 말했다.

"괜찮습니다. 더 이상 미룰 수가 없어요."

덕만의 말투는 부드럽지만, 힘이 들어가 있었다. 기술장은 가만히 요기에게 시선을 돌렸다.

"알파행성의 배기진 박사라면 가능할 수도 있지 않은가?"

요기는 뒤편에 우두커니 서서 덕만과 기술장을 바라봤다.

"그야 뭐, 협조를 구할 생각입니다. 시공간 이동이라면 현재의 장비와 기술로 가능하지만 이중 우주로 통하는 다중 웜홀을 통과하려면 원래의 초월 암흑장을 컨트롤하는 설비를 기일 내 수리하여야 합니다. 우주와 우주를 통하여 썬더맨이 들어왔던 다중 5차원 웜홀을 초월이 동하는 것이라…. 현재의 시스템이 완전히 안정되지 않아서…. 제대로 다중 우주를 건널 수 있을지가 걱정입니다."

기술장은 걱정스러운 눈빛을 보였다. 덕만은 기술장의 말이 끝나자,

요기에게 고개를 돌렸다.

"요기 님, 그동안 정말 감사했습니다. 돌아가면 전 다시 대학생 손덕만이 되겠지만, 그전의 저와는 완전히 다른 손덕만이 되어 있겠죠. 많은 것이 변하였네요. 그리고 많은 것을 배우고, 또 얻게 되었습니다. 이 모든 것이 다 요기 님의 덕분입니다."

덕만이 말하는 중간에 사라가 신성한 동굴로 모습을 드러냈다.

"여기까지 날 왜 부른 거야?"

사라는 부루퉁한 얼굴로 덕만을 바라봤다.

"사라, 나 드디어 확신이 생겼어."

기쁨에 들뜬 목소리로 말을 이었다.

"우리 같이 지구로 가자. 이제 너의 뜻은 다 이뤘으니까, 나랑 같이 지구로 가서 더 이상 미움 없이 함께 새롭게 시작하는 거야."

"그게 무슨 말이야?"

"방금 한 말 그대로야. 함께 지구로 가자는 거야."

"지구로?"

사라는 잠시 멈칫했다. 곧 눈가가 벌겋게 달아올랐다.

"응. 내가 있던 지구로."

"진심으로 하는 소리지?"

덕만은 고개를 끄덕이고는 두 팔을 벌렸다. 사라는 눈물을 글썽거리며 덕만의 품에 안겼다.

"바보야, 바보야, 내가 그동안 얼마나…."

사라는 흐느끼는 목소리로 말을 잇지 못하고, 덕만의 가슴에서 눈물을 흘렸다. 덕만은 사라의 등을 두 손으로 꼭 껴안았다.

"미안해. 내가 너무 무심했지."

사라는 아무 말 없이 덕만의 품에서 흐느꼈다. 따뜻하게 흘러내리는 사라의 눈물을 덕만은 가슴으로 받아주었다.

햇볕이 따스하게 내리쬐는 한가로운 오후. 구름 한 점 없는 하늘이 베다행성을 더욱 평온하고, 여유롭게 보이도록 만들어 준다. 베다행성의 주택가에는 집집마다 사람들이 문 앞에 나와 있다. 밝은 회색의 제복을 입은 덕만과 그 옆에 같은 디자인의 제복을 입은 사라가 서로 손을 잡고 있다. 두 사람은 주택가 앞에 나온 사람들과 차례차례 인사를 나눴다. 더 없이 행복해 보이는 덕만과 사라. 두 사람은 정말 잘 어울리는 한 쌍의 연인으로 보였다.

"아니, 내가 이럴 줄 알았다니까? 내가 훈련할 때 썬더맨이 사라를 계속 지켜보는 걸 봤지."

주민 한 사람이 덕만의 등을 토닥이며 장난스럽게 말을 건넸다.

"맞네, 맞아. 그때 아니라고 박박 우긴 이가 누구였지?"

"하하하하."

주민들은 할 말이 많은지, 앞 다투어 이야기를 꺼낸다.

"어휴, 그때 내기하자고 했으면 큰일날 뻔했어. 썬더맨? 그래, 우리 사라 양은 원래도 예뻤지만 더 예뻐진 거 같아?"

"그럼~ 원래 사랑하면 예뻐진다잖아? 썬더맨 덕분에 우리 사라 양 고집스러웠던 성격도 고치고 말이야."

주민들의 애정 어린 농담에 사라가 눈을 찡긋하며 노려보자, 덕만은 그 모습이 귀여운지 사라를 보며 호탕하게 웃어 보인다.

"웃지 마!"

사라는 덕만의 팔을 살짝 꼬집었다.

"아얏!"

"하하하하하."

"제 아무리 썬더맨이라도 사라 양한테는 꼼짝 못하는구먼."

"하하, 하하하하."

주민들의 웃음소리 안에서 사라와 덕만은 행복한 웃음을 함께 지어 보였다.

"두 사람, 잘 살아야 해."

"네!"

덕만과 사라는 같은 목소리를 내며 대답했다.

"아저씨, 아저씨. 들리세요?"

4전사 트레디의 묘지 앞에서 침울한 표정으로 사라가 입을 열었다. 덕만은 가만히 사라의 손을 잡아 주었다. 덕만의 따뜻한 손길에 사라는 울컥 눈물이 터져 나왔다. 덕만의 손을 놓고는 몇 걸음 앞으로 가, 묘지 앞에 무릎을 꿇고 앉았다.

"아저씨. 내가 그동안 못 찾아와서 미안해요."

사라는 트레디의 묘비에 얼굴을 가까이 가져갔다.

"자주 왔어야 하는데, 죄송해요. 저 오늘 아저씨한테 할 말이 있어서 왔어요."

사라의 침울한 표정은 금세 밝게 변했다.

"저요, 덕만이랑 함께 지구로 같이 가기로 했어요. 잘 됐죠? 근데 이제 아저씨 못 봐서 어떡하죠?"

기분 좋은 미소를 짓는 사라의 눈에 눈물이 맺혔다.

"아저씨 덕분에 우리 부모님의 원수를 갚을 수 있었어요. 정말 고마워요. 그리고 정말 미안해요, 아저씨."

그렁그렁 맺혔던 눈물은 묘지 위로 뚝뚝 흘러내리고, 사라는 참고 참았던 눈물을 쏟아냈다. 파르르 떨리는 아랫입술로, 사라는 연신 미안하다고 했다. 그런 사라의 뒤에서 덕만은 가만히 눈을 감았다. 덕만은 속으로 혼잣말을 중얼거렸다.

'제가 사라 잘 보살필게요.'

"사라야."

덕만은 사라의 등 뒤로가 포근히 감싸 안아줬다. 사라는 등을 돌려 덕만의 품에서 오열하기 시작했다.

"괜찮아, 이제 좋은 일만 생길 거야."

덕만의 눈가에도 촉촉하게 눈물이 맺혔다.

"다 괜찮아, 내가 있잖아."

사라는 덕만의 품에서 고개를 끄덕였다.

지구로 향하는 소형 우주선 앞에 선 덕만과 사라. 두 사람을 둘러싸고 베다의 주민과 요기, 장로들, 그리고 함께 전장을 누볐던 장군들이 서 있다. 주변에서는 출반 준비를 위해 기술요원들이 바쁘게 마지막 점검을 하고 있다. 출발 준비로 시끄러운 상황 속에서, 사라와 덕만의 입가에는 웃음이 떠나지 않는다. 그런 덕만과 사라를 보며 웃어주는 이도, 아쉬움에 눈물을 훔치는 이도 있었다.

"여러분 감사했어요."

덕만과 사라는 일일이 한 사람, 한 사람에게 악수를 권하며 인사를 했다.

"썬더맨, 안 가면 안 돼요?"

유독 덕만을 따랐던 베다행성의 한 아이가 덕만의 바짓가랑이를 붙잡았다.

"또, 놀러올게. 괜찮아, 울지 마."

덕만은 아이의 눈물을 손등으로 닦아내 주었다.

"이러면 썬더맨이 갈 수 없잖아."

아이의 엄마는 아이를 들어 품에 안았다.

"썬더맨, 가지 마. 으아아앙~"

아이의 큰 울음소리에 울음을 참았던 몇 사람들이 훌쩍거린다. 덕만은 민망한 듯, 살짝 웃어 보이고는 소형 우주선의 앞으로 갔다.

"그동안 정말 감사했습니다."

덕만은 큰 목소리로 말하고는 고개를 꾸벅 숙였다.

"요기 님, 요기 님 덕분에 많이 성장하고 떠납니다."

덕만은 사라의 어깨에 손을 올리고는 기쁜 듯이 말을 이었다.

"그리고 이렇게 좋은 짝도 찾게 되었고요. 하하."

사라는 민망한지 덕만의 옆에서 수줍게 미소 지어 보였다.

"요기 님."

사라가 요기 앞으로 다가갔다.

"그래, 사라야. 그 어리던 네가 이렇게 커서 좋은 인연을 만나 떠나 다니, 실감이 나질 않는구나. 우주와 우주를 통하여 썬더맨이 들어왔 던 다중 5차원 웜홀을 초월이동하는 것이라 이 순간이 지나면 베다의 시공간 이동 기술로도 어쩔 수 없단다. 한번 가면 다시 볼 수 없을 것 이다."

"네, 잘 알고 있어요. 정말 감사하고 죄송했습니다. 혹시 제가 너무 무례하고 못되게 굴어…"

사라의 목소리에 기술장의 소리가 얹어졌다.

"다 됐습니다. 어서 오세요!"

"됐다. 그런 소리 말아라. 얼른 가거라. 다중 우주로의 이동은 우리 의 기술로도 예측이 어려워 상당한 시간이 걸릴지 모른다. 반드시 너 희들의 의지가 바르게 인도하리라, 서로 믿고 의지하도록 해라."

"네. 요기 님."

"사라야."

덕만은 사라의 손을 잡고 우주선 쪽으로 데리고 갔다. 사라는 요기 와 끝까지 시선을 마주치며 종종걸음으로 우주선 앞으로 향했다.

"그래, 어서 가!"

"잘 가요, 썬더맨"

"썬더맨, 잘 살아야 해."

주민들과 마지막 인사를 나누고, 덕만과 사라는 우주선에 몸을 실 을 채비를 했다.

덕만과 사라에게 작별인사를 하는 사이로 작고 희미한 색의 물체가 빠른 속도로 주민들을 헤치며 출발 준비 중인 우주선으로 날아갔다. 작은 물체는 우주선 아래로 모습을 감췄고, 그런 움직임을 어느 누구 하나 눈치채지 못하고 있었다.

"아직 조금 불안하긴 하지만, 배기빈 박사님의 도움도 받고 수리해서 괜찮을 거야. 암흑에너지 발현이 아직 불안해. 우리 우주와 다른 우주를 잇는 블랙홀과 화이트홀이라는 두 특이점이 5차원으로 연결된 웜홀이라 기체가 많이 흔들리긴 할 테니까 조심해."

기술장은 걱정되는 얼굴로 말했다.

"걱정 마세요."

덕만은 흥분에 들뜬 표정으로 대답했다. 사라가 먼저 우주선으로 발을 돌렸다. 덕만은 사라의 뒤를 쫓아 오르다 이내 아쉬운지 베다행성 주민들과 요기를 다시 한 번 바라본다. 그러다 숨을 깊게 들이쉬고는 우주선 안으로 몸을 실었다.

"위잉!"

우주선의 문이 닫혔다. 작은 우주선의 창밖으로, 손을 흔드는 베다인들의 모습이 보인다. 덕만과 사라는 작은 창에 두 볼을 마주하고는 주민들을 향해 웃어 보였다.

"암흑장 가동!"

무반동 추진기에 시동이 걸렸다. 기술장의 지시와 함께 커다란 발사장을 중심으로 파장이 일어나며 우주선을 감싼다.

"휘이이잉, 휘이잉!"

우주선은 굉음과 함께 흔들리기 시작한다. 잠시 후 주위의 공기가 흔들리고 우주선에서 발생하는 소음이 절정을 이루는 순간, 우주선이 지상에서 하늘로 튀어 올랐다. 작은 먼지바람 속에서 우주선은 베다인들 앞에 한줄기 빛을 남기고 다른 밝은 빛의 무리 속으로 멀어져 갔다.

거대한 빛으로 이루어진 터널이 덕만과 사라의 곁에서 선홍색의 빛을 발하고 있다. 우주선은 하얀색의 투명한 빛을 내고 있는 터널의 중간으로 진입했다. 얼마나 시간이 흘렀을까, 계속되는 하얀색 빛의 터널 속에서 시간의 흐름은 느껴지지 않고 가슴 속에서는 파도가 치듯 심장이 울렁거렸다. 시간도 정지한 듯 얼마가 흘렀는지 모른다. 다시 어둠 속으로 들어가기 시작했다.

"쉬이익."

우주선의 문이 열리고, 사라와 덕만은 서로의 손을 잡고 조심스럽게 밖을 나섰다. 거칠게 불어오는 바람에 모래들이 반짝이며 흩날렸다. 콜록콜록 기침을 하는 사라의 입을 덕만이 손으로 가렸다.

"뭐야? 여기가 어디지? 이상한데?"

사라는 걱정스러운 눈빛으로 주변을 살폈다. 넓은 들판에는 차갑게 스쳐 지나가는 바람뿐, 사람들의 기척은 느껴지지 않는다.

"원래대로라면 한국이어야 하는데. 아무도 없는 건가?"

덕만은 낮은 목소리로 얘기하고는 사라의 손을 잡았다.

"여기가 한국은 맞는 거야?"

사라가 불안한 목소리로 물었다.

"우선, 앞으로 가 볼까?"

두 사람은 주변을 한껏 경계하며 발걸음을 옮겼다.

"위이이잉~"

등 뒤에서 엔진소리가 작게 울려 퍼졌다. 덕만과 사라는 소리가 난 방향으로 고개를 돌리고는, 한걸음에 그곳으로 다가갔다. 빨간색의 소형 자동차에서 하얀색의 모자를 쓰고 있는 한 남자가 짐을 내리고 있었다. 덕만은 자동차에 가까이 다가가면서, 지구에 이런 형태의 자동차가 있었나, 하는 생각을 했다.

"잠시만요! 저기요!"

덕만과 사라는 차에서 내린 사람 곁으로 달려갔다. 거칠게 숨을 내쉬는 덕만과 사라를 본 그 사람은 당황한 얼굴로 물었다.

"누구세요? 이 동네 사람은 아닌 거 같은데."

남자는 덕만과 사라의 옷차림을 수상하다는 듯 살피며 말했다.

"저기, 여기가 어디죠?"

덕만은 거침 숨을 몰아쉬며 물었다.

"네?"

무슨 말이냐는 표정으로 남자가 덕만을 바라봤다.

"그러니까, 지금 여기가 어디냐고요."

덕만의 호흡은 조금씩 안정을 찾았다.

"뉴그린 타운이죠. 어디긴요."

남자는 당연한 걸 뭘 묻느냐는 표정을 지었다.

"여기 한국은 맞는 거죠?"

"무슨 소리를 하는 거예요?" 이상한 사람들이네."

남자는 어이없다는 표정을 짓고는 덕만과 사라에게서 등을 돌렸다.

낯선 남자와의 대화는 나노엔진 뇌 인식 번역기가 작동되어 어려움은 없었다.

"아, 잠시만요! 저희 이상한 사람이 아니라요."

사라는 등을 돌린 남자의 팔을 붙잡았다. 남자는 사라의 목소리에 무슨 영문인지 모르겠다는 얼굴로,

"뉴그린 타운 모르세요?"

하며 물었다.

'뉴그린 타운'

덕만은 혼자 뉴그린 타운이라는 단어를 되새기고는 새로운 신도시 이름인가 생각했다.

"그런데 불암산을 가려면 어떻게 해아 하죠?"

덕만은 남자의 눈을 똑바로 바라보며 물었다.

"저기요. 지금 무슨 소리 하는 거예요."

하얀 모자를 쓰고 있는 남자는 혀를 차며, 못마땅하다는 목소리로 말했다.

"그게 사실, 저희가 베다행성에서 왔어요. 우주력 338년이요. 타임 워프 기술을 이용해서 온 거예요. 지구력 서기 2018년의 지구로 향해서요."

사라는 덕만을 손으로 가리키며,

"이 친구가 불암산 근처에서 살았거든요. 예상대로라면 그쪽에 떨어져야 하는데 여기가 어딘지 모르겠어요."

남자는 사라의 이야기를 듣고는 풀어진 표정으로 물었다.

"소문만 들었던 그 타임워프? 그럼 당신들이 시간여행자?"

그는 농담으로 말을 흘렸지만, 진지한 표정의 사라와 덕만의 얼굴을 보고는 목소리를 바꿔서 말했다.

"그럼 일단 들어가서 이야기할까요?"

"우주력 8년이요? 대체 어떻게 이런 일이 일어난 거지?"

덕만은 놀란 얼굴로 생수가 담긴 잔을 식탁 위로 내려놨다.

"그러니까, 한국이라는 나라는 없다는 말인가요?"

"물 한 잔 더 드릴까요?"

남자가 식탁에서 일어나며 말했다.

"아니에요."

사라는 공중으로 손을 뻗어 좌우로 흔들었다. 그리고는 재차 한국이 없는 나라인지 물었다.

"한국뿐만 아니라 국가 자체가 사라진지 오래예요. 물론 여기는 '뉴 시카고 시티'의 마을이죠. 이런 지역은 있는데 국가라는 것 자체가 없고 모두 지구 연방에 속해 있어요."

남자는 리모컨을 집어 들고는 텔레비전 스위치를 눌렀다.

"여기야 촌구석이니까 이 모양이래도, 다른 곳은 안 그래요."

덕만과 사라는 텔레비전에 보이는 영상을 보고도 믿을 수 없었다.

"얼마 전에는 화성 개조한다고 어쩌고저쩌고 하던데."

남자가 혼잣말을 하듯 조용하게 말했다. 하지만 덕만과 사라는 남자가 하는 말에 귀를 기울일 수 없었다. 눈과 귀는 온통 텔레비전에 쏠려 있었다.

텔레비전에서는 8년 전의 지구의 모습이 보였다. 그리고 이어서 화성 일부 지역에 대기층을 만들고, 이 기술이 새로운 우주 탐사와 정착촌을 개척하는 데 기여한다는 내용이 흘러나왔다. 태양계 내에서 목성의 위성과 화성을 개조하는 계획이 결실을 맺고 있다는 영상이 연이어 계속해서 보도된다. 텔레비전은 태양계를 넘어 성간 우주를 탐험하는 은하계 우주 탐사가 우주력 5년에 발생한 지구 우주 비행단의 반란으로 더 이상 진척이 없다는 소식을 전하고 있다.

"이게 도대체 어떻게 된 일인지."

덕만은 믿을 수 없다는 표정으로 사라를 바라봤다. 사라 역시 놀랐는지, 말없이 덕만의 눈을 응시했다.

"덕만아, 이제 우리 어떻게 해야 해?"

남자는 두 사람을 식탁에 놔두고 자리에서 일어났다.

"그러게 말이야. 이제 우리 어떻게 해야 하지."

넋 나간 표정을 짓는 덕만의 손 위로 사라가 손을 올렸다.

"둘이 함께 있으니, 어떻게든 될 거야. 그치?"

덕만은 조용히 고개를 끄덕였다.

"어떻게든 되겠지?"

덕만은 나지막하게 혼잣말을 했다.

"간밤에 안녕하셨어요?"

덕만은 마당에 물을 주고 있는 주민에게 말을 건넸다.

"하하, 덕분에, 덕만 씨는 출근하는 길인가?"

우주력 8년에 불시착하게 된 지 어느덧 6개월. 덕만과 사라는 주민들의 도움으로 이곳 생활에 정착할 수 있었다. 처음에는 덕만과 사라를 호기심의 내상으로 어겼던 주민들이지만, 시간이 흐르면서 뉴그린 타운의 일원으로 자연스럽게 받아들였다. 매일같이 이어지던 질문은 나날이 조금씩 줄어들었고, 이제는 덕만과 사라에게 베다행성에 대해, 치열했던 전투에 대해 물어오는 사람들은 거의 없었다. 덕만과 사라 역시 그 참혹했던 전투의 참극을 조금씩 머릿속에서 지워가고 있었다.

"네, 화성 개조 프로젝트가 거의 막바지라서 더 바빠졌네요. 그럼 수고하세요."

"덕만 씨도 수고하게."

덕만은 꾸뻑 인사를 하고는 따뜻한 햇살 아래로 걷기 시작했다.

"딩동, 딩동."

산뜻하게 울리는 알람소리, 덕만의 얼굴에는 기분 좋은 미소가 번진다. 덕만의 손목에 채워진 웨어러블폰이 소리를 냈다.

"사라? 어디야?"

덕만의 귓가에 사라의 목소리가 달콤하게 들려왔다.

"난 출근하는 길이야. 사라는?"

"시장님이 아침 스케줄이 있으셔서, 지금 가는 중이야."

"힘들지 않아? 뉴욕 시티는 사람도 많아서 경호하기 더 힘들 텐데."

"괜찮아, 자기 보고 싶은 게 제일 힘들어, 호호."

사라는 수줍은 듯 작게 콧소리를 내며 웃었다.

"내가 갈까?"

"어떻게 와? 거기도 바쁘잖아."

"이따 끝나고 바로 갈게, 그런 줄 알아."

덕만은 급하게 웨어러블폰을 끊었다.

"후후후."

덕만은 밝게 내리쬐는 햇살 아래 행복한 얼굴로 웃었다.

사라는 폰을 끊고는 살며시 미소 지었다.

"목소리 들으니까, 그래도 힘이 나네."

사라는 활짝 기지개를 펴고는 문을 열고 나섰다.

"사라 씨, 이쪽으로."

검은색의 정장을 입고 있는 사라는, 동료 경호원이 지시한 방향으로 신속하게 몸을 움직였다. 많은 사람들이 몰려있는 길가, 사라는 시장과 주민들의 행동 하나하나를 주시하며 이어폰에서 들려오는 소리에 집중했다. 이어폰으로 시종 왼쪽에 모자 쓴 사람, 오른쪽 가운데 깃발 든 사람, 왼쪽 모서리에 녹색의 티셔츠를 입은 사람 등등 행동이 수상 쩍은 사람에 대한 정보가 계속 들려왔다. 뉴욕 시티의 시장은 손을 가볍게 흔들며 강단으로 올라섰다. 사라는 더욱 신경을 집중하고 사람들을 예의 주시했다.

"사라 씨, 시장님의 뒤쪽으로 이동해 주세요."

사라는 이어폰의 지시대로 시장의 뒤편에 섰다. 계속해서 흘러나오는 이어폰의 목소리에 사라는 집중하고 또 집중했다.

같은 시각, 덕만은 회의실에 함께 일하는 동료들과 사소한 농담을 주고받았다. 키우는 꽃과 애완동물에 관한 이야기로, 회의 시작 전에 서로의 간단한 이야기를 나눴다. 스크린 영상에 화성 개조 프로젝트와 관련된 자료가 올라오자, 회의장은 일순간 조용한 분위기로 변했다.

붉은 행성인 화성에 대한 개조 프로젝트는 '테라포밍'이었다. 테라포밍 기술은 하얗게 얼어붙은 얼음으로 존재하는 화성의 남북극 지역에 캡슐에 담긴 나노이끼를 뿌려 극한의 환경에서도 얼음을 녹이고 산소를 만들어 화성 전체에 대기를 생성하고, 여기에 생명체에 적합한 공기 조절 공장을 배치해 사람들에게 적합한 대기를 공급하는 것이다. 화성 이주 콜로니에서는 이러한 방식을 대신해 원자핵 융합 발전소를 설치하고 핵에너지를 가동하여 얼음을 전기 분해하는 방법으로, 남반부의 남극 지점의 얼음 외곽 지역에서 헬리스 분지에 이르는 지역을 중심으로 인공 중력장을 가동하고 인공 대기를 만들어 블록 형태로 하나씩 확장하는 방식으로 진행하고 있다. 이는 상당히 많은 에너지를 소비하는 방식이다. 각 블록 안으로 설계된 지역에 지구로부터 만들어 온 구조물이 채워지면 도시가 확장됐다.

"이번 회의는 잘 알다시피, 화성 개조 프로젝트에서 대기 생성의 조기완료 방안에 대한 것입니다. 의견이 있는 분은 부담 없이 이야기해 주시면 됩니다."

덕만이 먼저 손을 들어 이야기를 시작했고, 회의는 어슴푸레하게 저녁놀이 질 때까지 계속되었다.

"그럼, 덕만 씨. 내일 휴일 잘 보내요."

"네, 팀장님도 좋은 휴일 보내세요."

덕만은 신이 난 어린애처럼 배시시 웃어 보였다.

"그렇게 좋아?"

"그럼요."

덕만은 환하게 웃으며 대답했다.

"그럼 전 이만."

덕만은 빠른 걸음으로 고속 전기 이동시스템으로 향했다. 새로운 지구에서 생활하는 덕만과 사라는 하나의 원칙을 세웠다. 바로 어떠한 초능력도 사용하지 않는 것이었다. 덕만과 사라는 뉴그린 타운의 주민들과 같은 일원으로 생활하기 위해 자신들의 능력을 철저히 숨기고 사용하지 않았다.

"사람들이 많네."

덕만은 고속 전기 이동시스템에 길게 이어진 줄을 보며 한숨을 쉬었다. 손목시계를 확인하자 시간은 7시 20분. 사라와 빨리 만나고 싶은 생각에 덕만은 심장이 두근거린다. "서두른다고 서둘렀는데 좀 늦었네." 덕만은 시계를 보며 혼자 중얼거렸다.

"그래도 내일은 휴일이니까, 사라랑 오래 함께 있을 수 있겠네."

덕만은 혼자 위로하며, 다짐하듯 말했다.

"어디로 가세요?"

로봇이 차분한 기계음 목소리로 물었다.

"뉴그린 타운 뉴욕 시티요."

"네. 여기에 올라서시고, 벨트를 착용해 주세요. 뉴그린 타운 뉴욕 시티까지는 30분 정도 소요됩니다. 그럼 출발하겠습니다."

덜컥, 하는 소리와 함께 동그란 캡슐 모양 기계의 문이 닫혔다. 덕만은 의자에 편하게 기대 들뜬 기분과 흥분된 기색이 역력한 얼굴로 두 눈을 감았다. 그의 얼굴에는 살며시 미소가 지어져 있었다.

"그럼, 출발하겠습니다."

뚜, 뚜, 뚜, 로봇이 조작을 마치자 줄발을 알리는 소리가 들린다.

"네."

덕만은 눈을 감은 상태에서 대답했다.

'개인적인 일에 초능력을 쓰지 않기로 한 것은 잘한 일인 것 같아.'

덕만은 캡슐의 편안한 의자 위에서 편안한 얼굴로 잠에 빠져들었다.

"덕만 선배!"

컴퓨터 앞에 앉아 있는 덕만의 곁으로 연구실 후배가 달려왔다. 후배는 덕만의 귀에 작은 목소리로 조용히 속삭였다.

"그게 무슨 말이야?"

덕만은 급하게 자리에서 일어나서는 연구실 밖으로 뛰어 나갔다. 덕만이 도착한 곳은 화성 개조 프로젝트를 맡고 있는 연구소장의 방이었다. 각 분야의 수장들이 이미 연구소장의 방에 모여 있었다.

"연구소장님, 이게 대체 무슨 일입니까?"

덕만은 다급한 표정으로 물었다.

"이 화면을 보게."

소장은 화면을 손가락으로 가리켰다. 화면 속에는 델타의 암흑세력처럼 보이는 검은 군대가 화성을 뒤덮고 있었다. 마치 환한 불빛을 향해 달려든 벌레들 같았다.

"이게 어떻게."

덕만의 놀란 입은 다물어지지 않았다.

"오늘 오전 8시경, 갑자기 화성과의 통신이 끊어졌네. 그래서 정찰 비행위성을 보내 9시 47분에 상황을 살펴봤네. 그런데 이렇게…"

덕만은 멍하니 화면만 바라봤다. 소장은 덕만의 안색을 살피는가 싶더니, 이어서 말을 했다.

"지구의 정치세력이라네. 지구연방에 반하는 무리들이지. 한 세기 전, 연방이 되기 전에 각 나라의 장기 권력을 쥐고 있던 독재자들과 그 후손들이라네."

화면을 보는 덕만의 얼굴 표정은 복잡해진다. 그의 뇌리에는 예전 암흑제국군이 점령한 행성의 모습이 겹쳐지며 떠올랐다. 심하게 얼굴이 일그러진 덕만은, 그곳에 있던 연방시민들의 상태를 물었다. 연구소장은 난처한 표정만 지을 뿐 말을 잇지 못한다. 그런 소장의 뜻을 눈치라도 챈 듯 덕만이 단호한 목소리로 말했다.

"제가 가겠습니다. 저를 보내 주십시오."

"썬더맨, 아니 덕만 씨. 이건 그렇게 감정적으로 대처할 문제가 아닐세. 우리도 어떻게 대응을 하면 좋을지, 아직 고민을 많이 하고 있는 상태라네. 혹시 전투가 일어나게 된다면 그때는 반드시 덕만 씨에게 먼저 알리도록 하겠네. 그리고 자칫하면 시민들의 불안을 자아낼 수 있으니, 밖에는 알리지 말라고 위에서 지시가 내려왔네. 내 말 무슨 말인지 알겠지?"

덕만은 쓸쓸한 표정으로 달리 대답을 하지 않았다.

고요한 오후. 창가에 햇살이 길게 비춘다. 덕만은 햇살을 맞으며 소파에 걸터앉아 있다. 엉덩이를 살짝 걸치고는 연신 다리를 떨었다.

"이제 어떻게 되는 건지."

덕만은 읽고 있던 책을 소파 위에 던졌다. 책은 소파의 쿠션에 부딪혀 퉁 하고 튕겨 올랐다가 바닥으로 떨어졌다. 덕만은 허리를 구부려 책을 집어 들고는, 혼잣말을 했다.

"평화롭고 행복한 시간을 누리기가 이렇게 힘든 걸까?"

다소 회의적인 기분으로 덕만은 집어든 책을 탁자 위에 올려놓고는 침대에 몸을 던졌다. 소파 위에 던져졌던 책처럼, 덕만의 몸은 침대 위에서 가볍게 튕겨졌다가 침대 속으로 파묻힌다. 덕만은 침대에 묻고 있던 고개를 들어, 비스듬히 고개를 오른쪽으로 돌렸다. 손목에 부착된 웨어러블폰을 멀뚱멀뚱 바라보며 고민에 빠진다. 사라에게 알려야 할까, 말까, 덕만은 멍하니 웨어러블폰만 바라봤다.

"뚜, 뚜, 뚜-"

다행인지 불행인지, 사라와 전화가 연결되지 않는다. 덕만은 돌아누워서는 천장을 바라보며 깊은 한숨을 내쉬었다.

"조용하고, 평범한 생활은 정말 이렇게 힘든 걸까?"

수백 대의 우주비행전투기와 비행정이 화성으로 출격을 준비한다. 나란히 줄지어 서 있는 비행전투기와 비행정 앞에 또 다른 세 대의 비행정이 위치해 있다. 그중 가장 앞에 위치한 지휘비행정에는 덕만이 자리하고 있다. 덕만은 비행정 통제실 앞에 앉아 비행정 간 통신 장치 마이크를 이용해 지구연방군의 비행정들에게 쉴 새 없이 주의할 사항과 작전에 대해 말한다. 이토록 날카롭고 무거운 표정의 덕만을 본 적이 없는 동료들은 아무 말 없이 덕만의 지시를 따를 뿐이었다.

"모두 비행정에 탑승을 시작합니다."

비장한 목소리로 덕만은 한 글자, 한 글자 또박또박 발음했다.

'또 다시 시작이구나.'

덕만은 무거운 가슴을 짓누르며, 다시 마이크에 손을 가져갔다.

"모두가 단결된 모습으로 탑승해 주시기 바랍니다."

덕만의 지시에 비행정 근처에서 준비 중이던 군인들이 비행정과 우주비행전투기에 몸을 싣는다. 얼마간의 시간이 흘렀을까. 화성이 그 모습을 드러내기 시작했다. 화성 가까이에 도착한 덕만은 외부 연결 스위치 버튼을 올리고는 마이크를 두 손으로 잡았다. 질끈 눈을 감았다 뜨고는 입을 열었다.

"나는 화성 개조 프로젝트 보안의 수장이자, 지구연방군 특수 부대장 손덕만이다. 지금 화성을 무단으로 점령한 너희들은 모두 투항할 것을 명한다. 만약 투항을 거부하거나 투항을 바로 하지 않는다면, 지구연방에 불복하는 것으로 간주하겠다. 우리는 투항하지 않은 너희 세력들에게 무력을 사용할 수밖에 없다. 지금 즉시 투항한다면 너희들의 안위는 내가 약속하고 보장해 주겠다. 다시 한 번 말한다. 투항하라!"

덕만은 거칠게 다시 한 번 소리쳤다.

"마지막으로 말한다. 투항하라!"

투항하라는 덕만의 목소리가 화성의 인공대기권에 크게 울려 퍼졌다. 하지만 그들은 거대한 포탄으로 대답을 대신했다.

"콰콰쾅!"

붉은색의 불꽃이 터지는가 싶더니, 붉은빛이 폭포처럼 흘러내린다. 그들의 표격에 전투기 한 대가 거친 소리를 내며 폭파되었다.

"쿠쿠쿵!"

덕만이 타고 있던 비행정도 공격으로 선체가 크게 흔들린다.

"모두 자신의 위치를 지키도록 하세요."

덕만은 동요하는 동료들은 진정시켰다.

"그래, 너희들의 뜻을 알겠다."

덕만은 흔들리는 선체에서 균형을 잡고, 마이크에 대고 소리쳤다.

"모두 공격한다! 즉각 공격 대형으로 진입, 공격한다!"

"콰콰쾅! 쾅쾅쾅!"

화성 앞은 화려한 불빛들로 가득해졌다. 서로 밀고 밀리는 전투는 우주의 밤하늘을 하얗게 수놓았다. 번쩍거리며 환한 빛이 빗줄기처럼 쏟아진다. 검은색의 정치세력과 흰색의 지구연방군. 서로의 흐름은 언제 끝날 줄 예측할 수 없는 줄다리기처럼 계속해서 이어진다.

"쾅쾅! 쿵!"

정치군들은 선봉에 서서 싸우는 썬더맨을 막아 보려 안간힘을 쓰지만 역부족이다. 그들은 썬더맨의 번개 공격에 힘없이 나가떨어지고, 파괴된다.

"쿵쿵!"

"하야앗!"

썬더맨의 번개 공격이 스치고 지나간 자리에는 어김없이 빨간 불빛이 튀어 오른다.

"콰콰쾅! 콰콰쾅!"

무지막지한 포탄소리와 함께 찢어질 듯한 비명소리가 이어졌다.

"무슨 일이야?"

썬더맨은 비명소리가 나는 곳으로 몸을 돌렸다. 거대한 테크군의 우주전함과 우주비행선이 그 모습을 드러냈다. 갑작스럽게 등장한 테크군은 한 치의 자비도 없이 지구연방군에게 공격을 퍼붓는다. 어떻게 손을 써볼 틈도 없이 지구연방군의 숫자는 급격하게 줄어들고, 검은 연기가 이곳저곳에서 피어오른다.

"쿠쿠쿵! 쿵쿵!"

힘을 잃고 추락하는 지구연방군의 전투비행정들. 그 사이사이에 거대한 테크로봇들의 모습이 보였다.

"어떻게 이런…."

당황해 어쩔 줄 모르는 썬더맨의 앞을 커다란 그림자가 가로막았다. 검은 그림자에 고개를 위로 드니, 거대한 크기의 울트라비스트가 모습을 드러냈다.

"…"

너무 놀란 썬더맨은 아무 말도 하지 못하고, 검은 그림자의 울트라비스트만 눈으로 쫓았나.

"안녕? 보고 싶었어. 썬더맨. 하하하."

웃음소리가 그치기 무섭게 공격으로 썬더맨에게 포탄을 날렸다.

"콰콰쾅!"

썬더맨은 방패로 가까스로 막기는 했지만, 그새 울트라비스트의 화력은 무시무시하게 강력해졌다. 예전과는 비교도 할 수 없을 만큼 강력해진 화력과 파괴력을 갖추고 나타난 울트라비스트였다. 뒤로 주춤하는 사이, 울트라비스트의 연이은 포탄 공격이 계속된다. 회색의 포탄은 썬더맨에게 적중되고, 검은 연기가 피어오른다.

하늘에서 전투 중인 전투기 두 대는 울트라비스트의 염력 회오리에 말려 서로 부딪힌다. 뒤이어 회오리에 또 다시 전투기 한 대가 휘말리고, 바닥으로 내동댕이쳐진다.

"이게 대체!"

덕만은 소리쳤다. 울트라비스트의 계속되는 공격에 썬더맨은 반격의 기회를 잡지 못하고, 가까스로 피하기만 한다. 썬더맨이 울트라비스트의 끊임없는 공격에 고전을 하는 사이, 지구연방군의 지휘비행정에서 공중지휘망을 통해 목소리가 흘러나왔다.

"후퇴, 모두 후퇴를 명한다."

비행정은 곧 썬더맨을 향해 날아오르고, 썬더맨은 비행정에 오르기 위해 필사적으로 속도를 올렸다.

"어디를 도망가려고!"

울트라비스트는 이를 꽉 깨물고는 썬더맨의 뒤를 쫓았다.

"투투투! 투투투!"

뒤를 따라오는 울트라비스트의 공격은 계속 이어졌지만, 썬더맨이 최대로 속력을 올리고 있는 상황이라 제대로 조준하여 공격하기란 쉽지 않다.

"투투투! 투투!"

썬더맨 옆으로 빗겨 나가는 포탄. 썬더맨은 인근의 하늘로 접근해 온 비행정에 도약해서 올라탔다. 비행정에 올라탄 덕만은 멍한 얼굴로, 방금 전 보았던 울트라비스트의 모습을 떠올렸다.

'울트라비스트? 설마, 울트라비스트가?'

덕만은 방금 전 상황을 보고도 믿을 수 없었다. 그 울트라비스트가 자기 앞에 나타난 상황을 믿을 수 없었다. 비행정 안에서 덕만은 눈만 깜빡거렸다.

'설마…. 그때 베다에서 우주선에 매달려…'

덕만은 울트라비스트의 출연을 믿을 수도 없었고, 믿기도 싫었다.

"선…배님…! 선배님!"

덕만이 탑승한 비행정을 조종하는 지구연방군 연락우주선 비행조종사 김 중위는 다급한 목소리로 덕만을 불렀다. 그 목소리 끝이 가냘프게 떨려, 덕만은 조종석으로 순식간에 이동했다.

"저… 저기."

김 중위의 시선을 따라가자 클로즈업된 화면이 보인다. 뉴 시카고 시티 인근 지구는 화성에서와 같은 검은 군인들로 점령되어 있는 상황이었다. 마치 좀비들이 우글거리며 먹이를 기다리고 있는 것처럼 보였다. 우주비행장은 반역의 무리, 테크세력의 거대로봇들이 사방에 포진하고 있었다. 베다행성과 암흑제국군과의 전쟁에서 봤던 첨단 거대로봇보다는 단순해 보이고, 정교해 보이지는 않지만 강력한 힘과 포스가 보이는 모델이었다.

"우리 우주비행장은 이미 적들에게 점령되었다. 나를 따라 우회하라."

편대장을 맡고 있던 조종사인 김 중위는 비행정의 무선 송신기를 손에 들고는 고래고래 소리쳤다.

"이제 어디로 가야 하죠?"

근심어린 얼굴로 덕만을 바라봤다.

"예전 한국이 있던 아시아 땅. 옛 한국 자치 지역 서울 불암산의 뒤로 향한다."

덕만은 편대장과 통신을 맡고 있는 톰 하사에게 말을 하고는 어깨에 힘을 뺐다.

"네, 알겠습니다."

대답하고는, 무전으로 "한국 땅, 우리는 한국 땅으로 간다."고 말했다.

한국에 도착한 덕만과 지구연방 군인들. 적들의 공격을 받지 않은, 옛 한국이었던 지역은 평화로움 그 자체였다. 신록이 푸르른 불암산의 모처에 비행정을 수직으로 착륙하고 덕만과 군인들은 지상으로 내려왔다.

덕만은 돌멩이를 하나 집어서는 하늘을 향해 던졌다. 곧, 쿵 하고 바닥으로 떨어지는 돌멩이. 휴, 하고 덕만은 길게 한숨을 내쉬었다. 그런 그의 곁에서 부대장은 알 수 없다는 듯 고개를 갸웃거렸다. 반짝이는 구름 한 점 없는 하늘을 올려다보며, 덕만은 속으로 말했다.

'사라는 잘 있겠지?'

분명 잘 있을 거야. 자신에게 다짐이라도 하듯, 돌멩이를 집어 들고는 하늘 높이 다시 던졌다.

전 세계의 텔레비전 스크린에서 전쟁이 시작됐음을 알리는 방송이 계속해서 방영된다.

"지난 화성 전투에 이어 우주력 10년, 우주 전쟁이 시작되었습니다. 과거 정치세력의 도발로 시작한 이 전투는…."

방송을 돌리는 곳마다, 아나운서들이 전쟁에 대한 이야기를 늘어놓는다.

"지구의 반연방 정치세력이 반연방 테크세력과 손을 잡은 것으로 알려졌습니다. 반연방 테크세력은 인류 최초로 외계 지적 생명체와 조우한 우주 탐사를 성공시킨 기술 세력으로, 우주력 5년 지구를 배반하고 인간의 역사상 처음으로 빛에 가까운 속도로 성간 우주 비행을 성공시킨 전설의 우주선 1호기 '신의빛호'를 탈취하여 태양계를 넘어 중간계 성단의 델타행성에 정착한 것으로 알려졌습니다. 또한, 우주의 암흑세력과 결탁하여 기반을 갖춘 이들은, 지난 시간 지구를 점령하기 위해 철저하게 준비해 왔으며…."

시사해설가 또한 반연방 정치세력과 이제는 외계세력을 이끄는 반연방 테크세력을 강도 높게 비판하고 있다.

"인류의 숙원인 먼 은하계로의 확장을 가로막는 대신에 태양계 내의 지구 콜로니 정책을 수립하게 만들었던 장본인들이, 이제 공들여 만들고 있는 화성 정착 콜로니를 점령하고 지구를 정복하기 위하여 전쟁을 일으키고 있는 것입니다."

"이들이 어떻게 내통을 했는지가 이 전쟁의 핵심으로 떠올랐습니다. 현재 남아프리카 지역과 오세아니아 지역은 이미 항복했고, 중국 지역과 유럽 대륙은 그들에 팽팽하게 맞서 싸우고 있습니다. 자신들을 다크파워군이라 일컫는 그들은 점령한 지역에 검은 칼과 회색 몽둥이가 십자 모양으로 그려진 붉은 깃발을 건다고 합니다."

화면이 아나운서의 얼굴에서 다크클루세이더의 모습과 상징으로 전환된다. 그리고 다시 비춰지는 아나운서의 모습.

"이들은 '모든 인간은 유일한 절대자와 다크파워를 경배하여야 한다.'며 사람들을 겁박하고 있습니다. 유일신은 절대자이며 영생과 평화를 주며, 그 이름은 암흑의 절대자라 부른다고 합니다."

"특히 반연방 정치세력은 십여 년에 걸친 준비를 한 것으로 알려졌습니다. 개조 인간을 중심으로 슈퍼파워를 갖는 인간과 초능력자들을 사전에 조직하고, 훈련을 거쳐 비밀 전투 조직인 지구 정복 비밀기사단을 만들었으며, 이 전투 조직 하부는 비밀 점조직으로서 각 대륙별로 하부 조직원이 20만 명이 넘습니다. 지구 전체 100여만의 가동 병력과 핵심지휘관인 다크클루세이더 기사는 개조인간으로, 이 외에도 초인, 특수 능력 사이보그 등 초능력을 갖춘 자들이 200여 명에 이른다고 합니다."

아나운서는 무거운 얼굴로 보도를 계속해서 이어갔다.

"연방정부는 지구 곳곳의 많은 기인과 초인을 초빙하여 자율적 기구인 지구 행성 수호단 결성을 지원하고 있으며, 이들은 자발적인 조직으로서 각 지역의 용사들이 자신의 지역을 방어하는 개별적인 전투를…"

지지지직, 지지직. 갑자기 거친 기계음과 함께 아나운서의 모습이 사라지고, 암흑의 대변자가 모습을 드러냈다.

"하하하하하하. 지구인들아."

듣는 사람을 거북하게 만드는 웃음소리였다.

"내가 이 우주의 암흑신 절대자의 아들이다. 오직 절대자만이 너희를 구원하고 천국에 들게 하리니, 너희 지구는 이미 우리 손아귀에 있다. 나의 의지는 곧 다크파워이다. 이제는 다크파워와 어둠의 절대자를 숭배하고 나를 따를 것을 명하노라. 한 놈이라도 반항하는 모습을 보이면 그 인근 지역을 모두 폭파시키도록 하겠다. 모두 나에게 복종하도록 하라. 하하하하."

그의 웃음소리와 함께 화면은 회색으로 변했다.

지구 우주력 3년. 스페이스 딕시 우주 탐사 총괄 책임자 겸 테그센 터장은 지구의 이목이 집중된 기자회견장에 모습을 드러냈다. 밝은 얼굴로 등장한 그는 플래시 세례를 받으며 단상 위에 마련된 의자에 앉았다. 사회자는 소장이 자리에 앉는 것을 확인하고는 말을 시작했다.

"그럼 지금부터, 우주력 원년에서 3년에 이르는 우주 탐사를 보고하는 시간을 갖도록 하겠습니다."

소장이 자리에서 일어나 인사말과 함께 보고를 시작했다.

"친애하는 우주 연방 수반 및 각료 여러분과 전 지구 시민 여러분! 영광스럽게도 본인이 태양계를 넘어 우리 은하를 가로질러 성간 우주여행을 하고 왔습니다. 그동안 외계생명체는 많이 알려졌지만, 우리보다 문명이 발달한 생명체는 처음입니다. 우리 은하 가운데 있는 작은 은하인 중간계 성단 변두리에 있는 행성을 발견한 뒤, 그곳의 많은 지적인 외계생명체를 조우하고 대화하였으며 친선 정보를 교환하고, 귀환 보고를 하게 되었습니다. '신의 빛 호'는 마치 신의 지휘를 받는 것처럼 우리 스스로 절대자가 된 것처럼 빛의 속도로 나아갔고, 우리는 태양계를 넘어 우리 은하의 반대편의 중간계 성운에 이르렀습니다. 중간계 성운은 이제까지 관측되지 않은 우리 은하에 속한 은하계로…"

소장의 보고가 이어지는 내내 플래시는 그치지 않고 번쩍였다.

"그럼 소장님, 중간계 성운에 이르면 어떻게 되는 것입니까?"

기자회견장에서 기자들과 소장의 질의응답이 긴 시간 동안 이어졌다. 지구인들은 스크린을 통해 흘러나오는 소장의 목소리 하나, 하나에 집중해서 귀를 기울였다.

지구 우주력 5년. 우주사령부 우주함대 제1격납고에 스페이스 딕시가 모습을 드러냈다. 최초로 태양계를 벗어나 광대한 우주로의 여행을 성공시킨 영웅으로 유명세를 타고 있는 그의 본래 이름은 존 딕시였다. 하지만 모두들 우주여행에 성공한 그를 존 딕시가 아닌, 스페이스 딕시라고 불렀다. 스페이스 딕시는 성간비행우주선 1호기 '신의빛

호'에 탑승해, 결의에 찬 모습으로 함대 지휘실을 둘러보고는 목소리 높여 외쳤다.

"1, 2, 3호기 발진하라!"

그의 명령에 따라 기다렸다는 듯 1, 2호기는 요란한 소리를 내며 발진했다. 하지만 어찌 된 이유에서인지 3호기 '자유호'는 꼼짝하지 않고 요지부동이었다.

"3호기, 나를 우습게 보는 것인가?"

스페이스 딕시는 까칠한 목소리로 말했다. 그리곤 이어서 명령에 불응하는 3호기를 향해 발포 명령이 떨어졌다.

"제3도크를 향해 핵융합 광자포 최대 출력으로 발사!"

"쾅쾅쾅!"

강렬한 파열음과 함께 도크의 방어벽이 무너져 내렸다.

"하하하, 괘씸한 것들. 목표는 델타행성이다. 워프드라이브! 입력된 자동 항법 운행하라. 초기 속도 빛의 10퍼센트, 워프드라이브 가속 비율 5퍼센트. 발진하라! 태양계를 벗어나면 전속력으로 전진한다."

순식간에 2대의 우주함선이 눈앞에서 모습을 감췄다.

"다시 돌아온다. 우주의 절대자가 되어서. 하하하."

날카롭고, 거슬리는 목소리가 격납고에 울려 퍼졌다. 은하의 아름다운 빛을 발하는 소용돌이가 점점 커지며 1호기 '신의 빛호'와 2호기 '갤럭시호'가 지구를 떠났다. 이윽고 태양계를 넘어 성간 비행을 위한 가속비행을 시작했다. 가속 후 빛의 속도로 워프하여 태양계를 벗어나 미지의 우주로 향할 것이다.

갑작스러운 공격으로 주춤하던 지구연방은 지구연방군의 신속한 대응과 각 지역의 자발적인 무력 지원으로 전세를 만회하기 시작했다. 다크클루세이더 기사단에 대해서는 썬더맨과 파이어걸의 노력으로 새로운 히어로와 초인들이 대거 참여해 맞서고 있었다. 이렇게 지구를 지키는 초능력자들이 점점 늘고 있었다. 반역 테크세력이 이끄는 거대로봇에 대항하기 위해 지구 연방의 투자와 민간 기술진의 참여로 새로운 거대로봇 모델이 생산됐다. 이것이 지구연방군에 배치되기 시작하자 울트라비스트의 지속적인 승리와 강한 위력에도 불구하고, 곳곳에서 서서히 암흑세력과 테크군의 거대로봇에 점차 밀리지 않게 되었다.

썬더맨 일행은 한국 지역에 새로운 거점을 만들고 일본과 중국 지역의 테크세력을 몰아내는 데 주요한 전공을 세웠다. 얼마 후 미국 지역에 주둔하고 있는 지구연방사령부로부터의 요청으로 지구연방사령부 특수부대로 귀환하게 됐다.

지구연방의 최고 전시 책임자인 국방위원회 장관과 지구 곳곳에서 자발적으로 모인 덕만을 포함한 초인 그룹, 기계 및 로봇 공학자들이 지구수호단의 결성을 확정하고, 지구연방에서도 이들의 전쟁 참여를 돕겠다는 방송이 흘러나온다.

"와아~ 와아~"

시민들은 방송에 격하게 환호하며, 그들의 뜻을 지지했다.

"그래. 이래야 우리가 안심을 하지."

시민들은 저마다 한 마디씩 거들며 지구 수호단의 결성을 반겼다.

"지구 연방 시민 여러분."

국방부에서 장관 성명의 발표가 이어졌다.

"전 지구가 지금 외계행성인의 공격으로 한 세기간 없었던 전쟁에 휩싸였습니다. 이제 지구인들은 모두 한 데 뭉쳐 외계인을 물리쳐야 하겠습니다. 각 전선에서도 이제 거점들을 회복하고 있습니다. 그리고 그동안 독자적으로 민간에서 결성되어 주요 전투에서 승리를 하여 온 지구수호단을 정식으로 지구연방 조직으로 인정하고 같이 협조하여 보다효과적인 작전을 수행하도록 할 것을 약속드립니다."

장관은 성명의 발표를 끝내고, 외계인을 상대하는 작전에 참여하는 지구연방의 인원을 한 명씩 차례대로 소개했다. 초인들의 소개를 시작으로, 전투에서의 승리와 그들이 공헌한 내용들이 흘러나온다. 시민들은 한 사람, 한 사람의 소개를 침착하게 확인하고는 격려의 박수와 응원의 목소리로 그들에게 힘을 실어줬다.

"최고다, 최고!"

"휘이익~"

한편, 다른 방송 채널에서는 반연방집단 결성 및 기자회견이 이어지고 있다. 동양권의 스페셜 레이디, 아프리카권의 본 아민, 서양권의 그랜트 필립 5세의 반연방집단 공동위원장 발표가 이제 막 시작되고 있었다. 주위를 다크클루세이더 기사단의 초인 단장과 블랙 초인들이 지키고 있었다.

"그럼, 반연방집단의 결성에 동양권의 스페셜 레이디가 선언문을 낭독케 주시겠습니다."

사회자는 박수를 치며, 스페셜 레이디를 맞았다.

"우리는 지구연방을 거부하고, 지난 각 국가를 다스리던 강력한 리더십을 가진 총통들의 후예에 의한 범죄 없는 강력하고도 절도 있는 국가 정치의 부활을 선언한다. 우리는 지구에서 출발한 데크군단의 귀환을 환영하며, 델타행성인과도 같이 각자가 지구와 태양계 내에 설치된 달, 화성, 유로파 등 1행성 3위성의 4개의 콜로니를 포함하여 이를 나누어 통치하기를 바란다. 지구연방정부와는 원칙 없는 대화를 거부한다. 1,000만에 달하는 화성 콜로니에 있는 지구인들까지 이러한 우리들의 의지에 동조하여 화성의 반연방세력과 함께 화성을 접수한 바 있다. 나아가서 달 기지와 목성의 위성인 유로파도 우리가 곧 접수할 예정이다."

스페셜 레이디는 조금도 흔들림 없는 시선과 올곧은 목소리로 카메라를 잡아먹을 듯 응시하며 말했다.

"우리는 우선 강력한 철권국가를 건설할 지도자 그룹이 모여 반지구연방을 결성하고 철권독재국가를 중심으로 하는 독재국가그룹과 지구에서 출발한 테크그룹, 델타행성의 암흑세력이 연합하여 강력한 지구를 건설하고 4개의 콜로니를 통치하고자 한다."

"이게 무슨 소리야."

스페셜 레이디의 선언문을 들은 시민들은 어이가 없어 더 이상 무슨 말을 해야 할지, 어안이 벙벙해졌다.

"그러게. 이런 말도 안 되는 소리를 지금 우리보고 들으라는 거야?!"

한 시민은 과격하게 주변을 향해 소리쳤다. 그 시민의 목소리에 웅성웅성, 사람들의 목소리가 시끄러워졌다.

"그리고 계속해서 전쟁을 불사하겠다는 소리 아니야!"

시민들의 원망 섞인 목소리가 날카롭게 울렸다.

"콰콰쾅! 콰콰쾅!"

"투투투! 투투투! 퉁퉁!"

"쾅! 쾅!"

지구수호단과 반연방집단의 전투는 끝없이 계속되었다. 지구수호단은 썬더맨을 비롯한 타이거맨, 레오파드맨, 버그맨, 버그걸, 블루호크걸, 화이트팬더, 태극맨, 걸스나이프, 옐로우카우, 도요새우먼으로 이루어졌으며, 이들과 몇몇의 기업이 제공한 사이보그들의 선전으로 일진일퇴를 거듭하는 전쟁이 이어졌다.

지구수호단에 맞서는 반연방집단의 초인단은 라이언맨, 와일드베어, 스포티드하이에나, 스네이크맨, 오울우먼, 레이디래드몽키, 야크맨 등과 몇몇의 특별한 능력을 보유한 개조인간과 사이보그 인간들로 구성되어 있다. 그들은 활약을 펼치며 지구수호단과 박빙의 전투를 이어 나간다.

"콰콰쾅!"

쉽게 끝날 줄 알았던 전투는 달이 지나고 계절이 바뀌도록 계속되었다. 추운 강풍의 눈보라에도 전투는 계속되었고, 눈이 녹아드는 봄에도 그들은 누구 하나 지칠 줄 모르고 계속해서 공격을 퍼부었다. 지칠 때도 됐지만, 그들의 전투는 자존심 싸움으로 번져 누구 하나 포기하기 전까지는 끝이 나지 않을 듯 보였다.

"콰콰쾅! 콰쾅!"

밤하늘은 매일같이 눈이 아프게 번쩍이는 불빛과 소란스러움에 시달렸고, 아침이면 고철이 된 기계들에서 흘러나오는 연기가 사방에 가득했다. 연이은 전투에 녹초가 되어 가는 지구수호단과 반연방집단의 초인단. 쓰러져도 다시 일어나고, 또 다시 일어나는 그들은 이제는 의미조차 찾기 힘든 전투에 열을 올린다.

어느 날 갑자기, 전투의 양상이 다시 한 번 전환을 맞는다. 양상이 바뀌게 된 것은 델타행성이 부족한 병력의 보충하기 위해 대신 수송 우주비행정에 가득 실어온 지구형의 구형 거대로봇을 암흑로봇으로 개조한 다크매그넘제트를 대거 투입하면서부터였다. 테크세력은 이때부터 전쟁의 주도권을 갖기 시작했다.

델타행성은 지구형 구형 거대로봇을 개조한 테크세력의 구형로봇이 성능이나 기동력에 문제가 있음을 인식하고, 비밀리에 매그넘 제트를 개발했다. 그리고 그것들을 델타행성에서 생산하여 전격적으로 지구 전쟁에 대거 투입하였다. 지구연방은 그동안 지구형 구형로봇을 대체할 지구형 신형로봇을 개발 중에 있었다. 최종 완성된 지구형 신형로봇의 대량생산을 준비해 온 지구방위사령부 로봇연구소에서는 신형로봇을 투입할 시간을 벌기 위해, 창고에서 잠자고 있던 구형로봇을 모두 깨워 대규모로 전선과 도시 방어에 투입하였다.

지구형 구형로봇은 바주카포 타입의 대형포 1문과 레이저총 등의 무장을 갖추고 있어 일반 지상전이나 탱크전 등에는 탁월하지만, 비행 능력과 직접 대결하는 로봇 대전에는 취약한 모델이었다. 특히 대도시 방어전에서는 매그넘제트의 기동력과 무기에 대한 열세로 인해 신형로봇이 투입되기 전까지 대부분의 구형로봇은 부서지고, 살아남은 로봇들도 상당히 많은 피해를 입었다.

이후 지구연방도 암혹로봇의 비행능력과 대기권 돌파 속도를 능가하는 지구형 신형 알파킹 로봇과 소형 티라노포스 로봇을 투입하게 되었다. 문제는 기존 구형로봇이 피해를 입을 때 로봇조종사들이 함께 다쳐 피해를 입었다는 점이다. 이로 말미암아 신형로봇을 탑승할 조종사가 부족한 실정이었다. 로봇조종사를 대거 모집하고 있지만 전세가 일진일퇴를 거듭하고 있고, 암혹세력의 신형로봇에 비하여 약하다는 인식이 강한 지구로봇의 조종사를 희망하는 지원자는 부족한 상황이었다.

실제로는 지구연방 알파킹 로봇은 암혹로봇 매그넘제트 못지않게 강한 전투력을 보인다. 레이저건, 광자포, 광선검 등 첨단 무기를 장착하고 적인 매그넘제트 로봇에 대항하여 팽팽하게 로봇 대전을 이끌고 있었다. 이러한 팽팽한 진행은 전쟁을 교착 상태에 빠지게 하고 점점 일진일퇴를 거듭하게 만들었다.

티라노포스 로봇은 티라노사우르스형 공룡 로봇으로, 도시 방어 및 다크클루세이더 기계 병사로부터 지구 시민을 보호하기 위하여 긴급 개발한 로봇이다. 소형이지만 기동력이 뛰어나고 광선검과 레이저건으로 무장하고 있어 많은 시민들을 구할 수 있었다. 또한 암혹세력의 기계 병사들을 제거하는 데 커다란 성과를 세웠다. 이에 많은 어린이들이 좋아하는 티라노포스 로봇은 새로운 전쟁 영웅으로 부상하기 시작했다.

지구연방의 정시 뉴스에서는 귀여운 공룡의 변신 로봇들이 어린이와 시민을 구하는 장면이 수차례 방영됐다. 아이들은 모두 공룡 로봇들의 모델 이름을 부르며 열광했다. 티라노포스, 케라포스, 스테고포스, 안킬로포스, 브라키오포스 등. 지구연방의 교육부에서는 전쟁과 정치적 대립으로 놀이터를 잃은 세계의 어린이들을 위하여 공룡 로봇 완구를 제작하여 공급이 가능한 지역의 모든 어린이들에게 무상으로 공급을 실시했다.

"위이잉!"

지구연방의 최고 전시 책임자인 국방부장관과 군인 참모들이 지하의 벙커에 모여 있었다. 문이 열리는 소리에 고개를 돌려 보니, 덕만이 허겁지겁 벙커 안으로 모습을 드러냈다. 홍조 띤 얼굴로 모습을 드러낸 덕만은, 곧장 사라에게 달려가 그녀를 와락 끌어안았다.

"얼마나 걱정을 했는데."

덕만은 사라의 어깨에 얼굴을 묻으며 말했다. 덕만의 얼굴은 기쁨과 슬픔을 함께 담아내고 있었다.

"연락 못 받아서 미안해. 이곳 뉴욕 시티에 반연방세력이 출몰해서, 시장님을 경호하느라 정신이 없었거든."

덕만은 괜찮아, 하며 사라의 등을 쓸어내렸다.

"몸은 괜찮은 거지?"

덕만은 사라의 얼굴을 쓰다듬으며 확인했다. 사라는 고개를 가만히 끄덕이고는 특유의 밝은 미소로 덕만을 안심시켰다.

"내가 누군데."

"그래, 우리 사라가 누군데."

덕만은 다시 사라를 가슴으로 안았다.

"흠흠."

옆에 있던 참모가 헛기침을 해댔다.

"아, 헤헤."

덕만은 사라를 품에서 떼어 놓고는 머쓱하게 주변을 바라보며 슬며시 미소를 지었다.

"저기 덕만 씨."

"네."

"혹시 울트라비스트라고 아십니까?"

곁에 있던 참모가 물어왔다.

"네. 잘 알죠. 무슨 일입니까?"

"울트라비스트가 우리의 시스템을 해킹하고 어떤 영상을 보내 왔습니다."

"영상이요?"

덕만은 놀란 목소리로 물었다.

"네. 썬더맨과 파이어걸, 둘과 정면으로 싸우고 싶다는 겁니다."

옆에 있던 검은색 제복을 입고 있는 또 다른 참모가 말을 이었다.

"그는 이렇게 말했습니다. '더 이상 비겁하게 피하지 말고 내 앞에 나타나라. 모든 싸움을 멈추고 썬더맨과 파이어걸, 그리고 나 울트라비스트만이 겨룰 것이다. 싸움에서 진다면 깨끗이 물러날 것이다.' 하고 말입니다."

참모의 말이 끝나기 무섭게 사라는 장관을 바라보며 물었다.

"저희가 울트라비스트를 상대해도 되겠습니까?"

장관은 가만히 눈을 감고, 턱 밑으로 손을 가져갔다. 무언가 고민이나 생각에 빠질 때 보이는 장관의 습관이었다. 옆에 서 있던 검은색의 제복을 입고 있는 참모가 장관의 눈치를 살피고는 입을 열었다.

"좋은 생각은 아닌 듯합니다. 지난 우주력 11년 11월 11일 실시했던 11총공세 작전이 성공한 이후, 지금 우리 지구연방은 전세를 되찾아가고 있습니다. 이 기세만 유지한다면 승산이 있습니다. 그런데 이 시기에 모든 전투를 멈춘다는 것은 오히려 우리에게 불리합니다."

참모는 미간에 주름을 만들며 말했다.

"그리고 아무래도 수상합니다."

옆에 있는 또 다른 참모가 말을 보탰다.

"울트라비스트는 혼자 썬더맨과 파이어걸을 상대하겠다고 했지만, 그 말을 믿을 수가 없습니다. 그 말만 믿고 있다가는 한순간에 전세를 빼앗길 것입니다"

국방부장관은 복잡한 표정으로 참모들과 덕만을 바라봤다. 덕만은 국방부장관과 눈을 맞추며 곁으로 다가갔다.

"장관님, 허락해 주십시오. 저희를 믿어 주세요. 꼭 승리를 하겠습니다."

덕만은 참모장들에게도 고개를 숙이며 허락을 구했다.

"허락해 주세요."

"저와 사라는 울트라비스트를 누구보다 잘 알고 있습니다. 그리고 지금 상황에서 연방군의 휴식과 정비도 필요할 것으로 생각됩니다. 이번 전투는 제가 책임지도록 하겠습니다."

벙커 안에 있는 모든 사람이 덕만을 바라봤다. 덕만은 다른 사람들의 시선은 아랑곳하지 않고, 장관을 빤히 바라봤다. 허락을 바라는 간절한 눈빛이었다. 장관은 한참을 고민에 빠진 얼굴로 먼 곳을 응시했다. 그리고는 이내 결심이 섰다는 듯이, 기침을 하고는 말을 꺼냈다.

"자네, 정말 괜찮겠나?"

"네. 믿어 주세요."

덕만은 힘차게 대답했다.

"그래, 좋네. 지연작전 같기는 하네만, 적들이 특별한 전력 보강 방법도 없는 상황이라는 생각이네. 우리와 적군 모두에게 전쟁의 특별한 변수가 되지 않는다는 것을 전제로 그렇게 해도 무방할 것이라는 판단이네. 하지만 공격을 멈추기는 하나, 만일을 대비해 지구연방군도 정비할 시간을 갖고 대기하기로 하지."

덕만과 사라는 서로를 바라보고는 만족스럽게 웃었다. 이번에야말로, 덕만은 사라를 바라보며 속으로 다짐했다.

'정말 이번에야말로 질기고 질긴 악연의 끈을 확실히 끝내고야 말겠어.'

해질녘의 도시는 한가로워 보이면서도 쓸쓸함이 가득하다. 건물과 건물 사이로 들려오던 사람들의 말소리는 줄어들고, 바람만이 그 자리를 채운다. 바람이 가로지르는 흰색의 높다란 건물 위에 울트라비스트가 자리 잡고 서 있었다. 도시를 바라보는 울트라비스트의 표정은 무겁게 가라앉아 있다. 난간을 손가락으로 리드미컬하게 두드린다. 건물 아래로 향한 눈동자는 조금의 미동도 없다.

"흠."

울트라비스트는 살짝 기침을 하고는, 건물 아래로 몸을 던졌다. 가볍게 날아 건물 사이를 가로질러 바닥에 착지했다. 덕만과 사라 앞에 울트라비스트는 팔짱을 끼고 섰다. 어느새 거대한 금속 체구는 축소되었다.

"겁쟁이인 줄 알았는데, 겁쟁이는 아니군."

울트라비스트는 입술을 일그러뜨리며 비아냥거렸다.

"내가 비겁했는지도 모르지. 하지만 더 이상 그런 일은 없을 거야."

"하하하, 현명한 선택이군."

울트라비스트는 덕만을 일깨워 주듯 말한다.

"부탁 하나 해도 될까?"

덕만의 말에 울트라비스트는 턱을 앞으로 살짝 내밀었다.

"무슨 부탁이지?"

"이번 싸움, 너와 나 둘이서 끝내지. 사라는 빼도록 하자."

울트라비스트는 가소롭다는 얼굴로 덕만을 바라봤다.

"무슨 말이야! 안 돼!"

사라는 덕만의 팔을 잡고 흔들었다.

덕만은 조금의 미동도 하지 않고, 또렷이 울트라비스트를 바라보고 있다.

"걱정 마, 사라야. 너는 돌아가서 연방군들을 도와줘."

사라를 안심시킨 덕만은 울트라비스트를 보며 말했다.

"사라를 보내도 되겠지?"

"편할 대로."

덕만은 다시 울트라비스트에서 사라에게 시선을 옮기고는 걱정 말라는 듯 눈을 살짝 깜박였다.

"그래도…"

우물쭈물하는 사라를 덕만은 힘껏 껴안았다.

"얼른 가, 사라야."

사라는 한걸음, 한걸음 무겁게 떼어내며 덕만과 울트라비스트로부터 멀어졌다.

"이제 방해꾼도 사라진 것 같으니, 시작해 볼까?"

"하야얏!"

먼저 공격을 한 것은 울트라비스트였다. 덕만은 울트라비스트의 공격을 날렵하게 피하며 번개를 날렸다.

"이얏!"

"콰콰쾅!"

울트라비스트는 두 손을 엑스자로 만들고 덕만의 공격을 막아 냈다.

"제법이군."

비웃는 듯한 목소리로 말하고는 바로 공격을 퍼부었다.

"하얏!"

울트라비스트의 공격은 매우 둔탁하면서도 강했다. 몸으로 막아 낸 덕만이 휘청거리자, 이 틈을 놓치지 않고 다시 공격을 퍼붓는 울트라비스트. 덕만은 울트라비스트의 공격에 속수무책으로 당할 뿐이다.

"으으. 으."

덕만의 얼굴은 고통에 일그러진다. 울트라비스트는 몸을 가누지 못하는 덕만에게 다가가서는 그의 허리춤을 잡아채서 곧바로 바닥으로 내리꽂았다.

"쿵!"

덕만은 바닥의 충격을 어깨로 받아냈다. 만약 어깨가 아닌 머리가 바닥으로 향했다면, 둘의 싸움은 거기서 바로 끝이 났을 것이다.

"이렇게 약해빠져도 되는 거야? 이래서 지구를 지키겠다고? 하하하."

울트라비스트는 가소롭다는 표정으로 덕만을 보며 웃음을 흘렸다.

"쿵!"

발로 짓누르려는 울트라비스트의 공격을 피하며 다시 일어섰다. 바닥에는 울트라비스트의 발자국이 선명하게 새겨졌다. 조금 전의 공격에 아직 체력이 회복되지 않았는지, 덕만의 눈동자는 초점 없이 마구 흔들린다.

"쥐새끼처럼 잘도 피하는군!"

"하얏!"

덕만은 빠르게 날아오는 울트라비스트의 공격을 몸을 돌리며 피해

냈다.

"피하기만 해서는 지구를 지켜낼 수 없을 텐데."

그의 날카로운 웃음소리는 이미 승리에 대한 자신감이 깃든 소리였다.

"난 혼자가 아니야. 날 도와주고 믿어주는 사람들과 함께라면 지구가 아니라 이 우주도 평화롭게 할 수 있어."

"뭐, 혼자가 아니라고?"

울트라비스트의 여유로웠던 표정이 단번에 바뀌었다. 노여움으로 가득해진 얼굴은 살기를 띠고 있다.

"그래, 난 항상 혼자였지." 중얼거리는 울트라비스트.

"콰콰쾅!"

울트라비스트의 염력파 공격에 땅 한쪽이 움푹 파인다.

"하지만 난 누구보다 강하지! 하야얏!"

분노에 찬 얼굴로 더욱 강력하게 공격을 가하는 울트라비스트. 덕만은 계속되는 울트라비스트의 공격을 아슬아슬하게 피하며 가까스로 버텨 낸다.

"이렇게 피하기만 해서야 이 싸움이 끝나겠어? 어?! 썬더맨!"

까칠한 목소리에는 승리에 대한 확신이 있었다.

"하얏!"

계속되는 울트라비스트의 공격. 덕만은 공격을 피하기만 할 뿐, 울트라비스트를 향해 작은 공격조차 시도하지 못한다. 강력해진 그를 혼자의 힘으로 당해 내기란 역부족이었다.

"땡, 땡, 땡."

울트라비스트의 일방적인 우위로 이어지는 싸움 사이로 청명한 종소리가 울려 퍼졌다.

"우주력 12년. 새해가 밝았군."

울트라비스트는 종소리가 나는 곳으로 살며시 고개를 돌리고는 입꼬리를 올렸다.

"썬더맨. 새해에는 좋은 일만 있기를 바라네. 하하하. 그럼, 이제 마무리를 지어 볼까?"

울트라비스트가 마지막 공격을 위해 힘을 모으는 찰나,

"우우우웅!"

낮고 무거운 기계의 움직임 소리가 대지를 흔들었다.

"무슨?!"

울트라비스트가 고개를 돌린 곳에는 수백에 달하는 전투기와 로봇이 몰려오고 있었다. 착륙하는 곳에는 새롭게 충원된 델타행성의 군인들이 정렬해서 전투기에서 내려서고 있었다.

"이게 무슨 일이지."

덕만은 눈을 크게 뜨며 도착한 군인들을 바라봤다.

"콰콰쾅! 콰왕!"

"쿵쿵! 콰콰쾅!"

델타군과 반연방 정치세력이 함께한 암흑세력은 무차별 공격을 가했다. 마치 새해의 시작을 알리는 종소리가 울기를 기다렸다는 듯, 무시무시한 공격이 계속 이어졌다.

"쾅쾅쾅!"

건물은 하얀색의 재를 뿌리며 무너지고, 여기저기에서 사람들의 비명소리가 들려왔다.

"이게 도대체."

덕만은 멍하니 그들의 공격을 바라볼 뿐 아무런 행동도 취하지 못했다.

"어리석은 지구인들아! 새해 선물이다. 하하하!"

암흑세력단장이 소리쳤다. 그의 목소리는 검은 어둠처럼 도시 곳곳으로 울려 퍼졌다.

"이게 무슨, 이것들이 나를 어떻게 보고."

울트라비스트는 당황한 얼굴로 암흑세력의 움직임을 바라봤다.

"울트라비스트!"

덕만은 억울함과 분노를 억누르며 울트라비스트의 이름을 부르고는 자리를 피했다.

"으으아아아!"

자존심이 상한 울트라비스트는 그 자리에 우두커니 서서 소리쳤다.

"콰콰쾅!"

울트라비스트를 시간벌이로 이용한 지구 반란세력이 이끄는 암흑세력은 연이어 공격을 퍼붓는다. 조용한 도시는 단숨에 회색의 자욱한 연기와 매캐한 공기로 가득해진다.

"콰콰쾅! 콰콰콰!"

한 치의 물러섬도 없는 우주연방군과 암흑세력의 싸움이 다시 시작됐다. 델타행성 암흑군의 전력 보강이 확대되어 우주연방군에게 불리한 방향으로 전쟁이 전개되었다. 각 대륙별로 1,000여 대에 달하는 거대로봇은 어느새 2배 이상으로 보강되어 대륙별로 3,000여 대의 전력으로 강화되었다. 기존의 암흑세력과 비슷한 전력인 지구연방군의 로봇 부대는 수적으로 밀릴 수밖에 없다. 대규모 수송선단에 실려 온 사이보그 기계 병사는 200만 개체 이상을 추가 투입하여 거의 500만 기계 병사로 증강된 상황이다. 기계 병사를 상대하기 위해 인간형 로봇외 티라노포스, 케라포스, 스테고포스, 안킬로포스 등 새롭게 개발된 공룡형 로봇이 증강·배치되었지만 수적 열세에 허덕이고 있었다.

이에 대응하여 지구연방은 추가로 개발한 인간형 소형 로봇 부대 생산을 독려하고 있지만, 불균형을 해소하기 어려운 상황이었다. 각 전선에서는 우주연방군의 피해가 막심하다. 더구나 거대로봇의 추가 생산은 단기간에 불가능한 상황이었다. 거대로봇의 불균형은 도시 방어에 심각한 전력 손실로 나타나 지구 반연방 정치세력과 델타행성 테크세력은 다시금 지구 곳곳에서 승기를 잡고 진격을 멈추지 않았다.

거대로봇, 기계 인간의 숫자로 우위를 점하고 있는 암흑 테크세력 군인들의 공격을 지구연방군이 혼신을 다하여 가까스로 막고 있지만 역부족이다.

"쿵! 콰콰쾅!"

그들의 계속되는 공격에 지구연방군의 사상자는 점점 늘어난다. 피해가 심해지는 상황에 끝도 없이 이어지는 공격.

"쾅쾅쾅! 투투투!"

거대한 포탄이 마을로 떨어지고, 마을의 건물들은 흔적도 없이 사라진다. 지구연방군은 어떻게든 그들을 막기 위해 달려들어 보지만, 가까이 가 보지도 못하고 바닥에 쓰러지고 또 쓰러진다.

"이것 봐! 저 야비한 놈들이 정정당당하게 싸울 리가 없잖아!"

격노한 참모장이 소리쳤다.

"전세가 역전되고 있습니다. 일본 지역 땅이 넘어갔습니다. 전력을 더 투입해야 합니다."

참모 비서는 스크린을 바라보며 말했다. 스크린에는 일본을 점령한 암흑군과 반연방집단의 모습이 나타난다.

"클로즈업해 봐!"

참모장의 목소리에 비서는 스크린 화면을 끌어당겨 확대했다. 확대된 스크린에서는 스페셜 레이디가 연설하는 모습이 보인다.

"나는 마음의 고향인 이곳에 입성하게 됨을 기쁘게 생각합니다. 이제 우리 반연방집단은 일본에서 과거 제국의 영광과 새로운 정치를 실현하고자…"

마이크를 잡은 그녀의 목소리가 스크린을 통해 지하 벙커의 상황실로 흘러든다.

"이런 상황에 썬더맨은 어디 있는 거야."

또 다른 참모는 답답함과 걱정이 깃든 목소리로 말했다.

바위산에 굳은 표정으로 앉아 있는 덕만.

"내가 어리석었어. 울트라비스트를 믿다니, 내가 너무 어리석었어."

덕만은 머리를 두 손으로 감싸며 낮은 목소리로 웅얼거렸다.

"나 때문에 지구는 또 다시…"

덕만은 감정이 복받친 목소리로 말하고는 눈물을 떨어뜨렸다.

"중첩과 의지."

불현듯 덕만의 미릿속으로 배기빈 박사의 목소리가 스쳐 갔다.

"뇌파로 3개의 로봇을 조종할 수 있다. 그것은 의지의 문제일 뿐이지. 썬더맨."

낮은 저음의 낯익은 요기의 목소리 역시 스치고 지나갔다.

"중첩, 썬더맨 로봇?"

"하지만 이렇게 다른 시공간에서 어떻게 선택할 수 있지? 아니면 내가 아직 원래의 내가 온 지구가 아닌 다른 지구, 베다행성과 같은 시공간 흐름 속의 좌표, 그 지구에 있다면 썬더맨 로봇을 부를 수 있다는 것인가?"

덕만은 여러 가지 생각이 많다. 문득 과거의 지구, 한국에서 500원짜리 거북선 문양 동전을 던지며 대학생 친구들끼리 하던 농담을 떠올렸다.

'이봐! 해 봤어?'

덕만은 흐르는 눈물을 닦아 내고는 자리에서 벌떡 일어났다.

"내가 지금 이렇게 좌절하고 있을 때가 아니지."

덕만은 하늘을 향해 고개를 들었다. 마치 힘을 달라는 듯 '요기 님, 요기 님' 하며 간절한 목소리로 불렀다.

"저에게 힘을 주세요. 도와주세요."

덕만은 두 손을 모으고 두 눈을 감았다. 두 눈을 감은 덕만의 머릿속에 문득 대승선원에서 일요일이면 어린 친구들과 같이 한목소리로 외우던 발원문이 떠올랐다.

"한 생각, 한 티끌로 우주를 짓고, 우주의 온갖 생각, 온갖 티끌 또한 한 가지. 모든 악은 하나 끊어 모두를 끊고, 모든 선은 하나 이뤄 모두 이루리.”

선원장 스님이 늘 하셨던 말씀이 떠올랐다.

“때가 존재이고 때가 곧 법계이며 한량없는 공덕의 곳간입니다. 나의 삶에 다가 온 시련과 어두운 그림자가 허깨비의 꿈인 줄 알면, 이곳 이 때가 바로 본디 깨우침의 땅이 되니, 믿음과 원이 있는 곳에 공덕의 빗장이 열립니다!”

덕만은 선한 의지와 우주의 커다란 잠재적 능력은 다르지 않다는 생각에 이르렀다.

“잠재적 가능성에 대하여 너 자신을 믿고 강한 의지로 선택하라!”

집중하고 있는 덕만의 머릿속으로 요기의 목소리가 울린다. 덕만은 정신을 더욱 집중하며, 머리에서 울리는 목소리의 울림에 귀를 기울였다.

“위이이잉, 위이잉, 위이잉.”

“턱! 턱! 턱!”

베다행성의 로봇창고에 멈춰서 있던 썬더맨 로봇 3대가 갑자기 시동이 걸리며, 두 눈에서 빛을 발했다. 우주비행장 근처에 있는 모처의 암흑장이 요동을 치며 심하게 흔들리기 시작한다.

“휘이이이.”

잔잔한 바람이 불어오는가 싶더니, 소용돌이가 일어나며 바람이 거세지기 시작했다. 갑자기 형성된 웜홀끈과 웜홀, 그 속으로 썬더맨 3대가 순식간에 빨려 들어갔다.

조용히 눈을 감고 주의집중하고 있는 덕만. 얼마나 시간이 흘렀을까, 작게 울리는 목소리에 놀라 눈을 떴다.

"썬더맨!"

다름 아닌 요기의 목소리였다. 요기의 목소리는 심장에서 울려 퍼졌다.

"네가 시공간을 이동해 온 너의 지구가 있는 멀티 우주로 가지 못하고, 우리 우주 내의 시공간으로 이동해 다른 지구에 불시착하였다. 그래서 너의 의지만 있다면 우리 우주 내에서는 일체화된 썬더맨 로봇을 항상 부를 수 있단다."

"퉁! 퉁! 퉁!"

덕만의 앞에 모습을 드러낸 썬더맨 1, 2 3호기. 얼마나 그리워하고 또 그리워했던 썬더맨이었던가. 덕만은 썬더맨을 올려 보며 자기도 모르는 사이 눈가가 촉촉해졌다. 가슴 속에 담아뒀던 연인과의 재회도 같은 감정이었다.

"됐어! 이제 된 거야!"

덕만은 흥분을 최대한 억누르며 소리쳤다. 다른 지구에 불시착했다는 소리는 듣지 못한 듯 크게 소리 질렀다. 덕만은 썬더맨 1호기에 올라탔다. 하지만 어찌된 영문인지, 예전처럼 세 대 모두 쉽사리 조정할 수 없었다.

"다시 한 번, 한 곳으로 공격!"

1호기만 한 곳으로 번개 공격을 날릴 뿐, 2호기와 3호기는 미동조차 하지 않았다. 덕만은 등줄기가 서늘해지는 것을 느꼈다. 처음 세 대의 썬더맨을 움직였을 때의 기억을 상기시켰다. 오감을 집중하고, 다리 끝으로 움직임을 하나로 모았다.

"다시 한 번. 공격을 한다. 하얏!"

"콰콰쾅!"

세 대의 썬더맨의 공격은 한 곳을 향해 날아갔다.

"그래! 됐어!"

덕만은 쾌재를 불렀다.

"그럼, 이제 시작해 볼까?"

1호기를 필두로 2호기와 3호기는 공중으로 몸을 날렸다.

"콰콰쾅! 콰콰쾅!"

썬더맨이 투입되자 금세 전세가 역전되었다. 썬더맨의 번개검과 번개는 적들을 무력화시켰고, 적들은 썬더맨의 공격에 달아나기 바빴다.

"콰쾅! 하얏!"

썬더맨이 움직이는 곳마다 적들의 전투기는 파괴되고, 파편의 흔적만이 그들이 존재했다는 사실을 보여준다.

반연방집단의 거대로봇 모델과 지구연방의 거대로봇 모델의 공격력과 수량을 비교해 보면, 지구연방측이 우세했다. 하지만 울트라비스트와 델타행성이 지원하는 암흑로봇은 지구의 기술을 능가하는 특수 금속과 강한 빔 무기를 장착하고 있었다. 폭격도 소용없는 델타행성의 거대로봇은 공포의 대상이었다.

그러던 중 썬더맨 로봇의 등장으로 전세가 바뀐 것이다. 썬더맨은 모든 델타행성의 거대로봇이 무력화될 때까지 쉬지 않고 부지런히 계속해서 적들을 몰아붙였다.

"촤촤촤!"

썬더맨의 끝없이 이어지는 공격에 거대로봇을 포함한 적들의 주요세력이 철수하기 시작했다. 지구연방에서는 썬더맨의 선전으로 거대로봇을 생산할 시간을 확보하여, 상당수의 지구형 신형 거대로봇을 생산하고 전선 곳곳에 투입했다. 암흑세력의 기계 병사에 대항할 소형 공룡형 로봇과 인간형 로봇도 대량으로 생산해서 전선에 투입했다. 새로운 인간형 소형 로봇은 시민의 보호와 도시 복구에 투입하는 여유도 가질 수 있게 되었다.

"지난 우주력 10년에 시작되었던 우주 전쟁은 엎치락뒤치락, 어느 쪽의 승리도 점칠 수 없을 만큼 팽팽했습니다."

텔레비전에서 아나운서는 격앙된 목소리로 보도를 시작했다. 아나운서의 목소리와 함께 화면에서는 사라가 이끄는 지구연방군의 활약이 보여진다. 썬더맨이 본격적인 로봇 대전에 참여함에 따라, 사라는 요인 보호업무에서 해제되고 본격적으로 초인들을 이끌고 싸우는 지구수호단으로서 전투에 참여하여 되었다. 실질적으로 조직을 이끌고 반연방 초인그룹과 테크군과의 전투를 이어가게 된 것이다. 지구연방군에 지원하는 지원자들의 모습들이 비춰지고는 다시 아나운서의 모습이 화면에 들어온다.

"현재 지구연방군이 대부분의 지구 지역을 탈환하고 전쟁을 승리로 이끌고 있습니다. 지구연방군에 지원하는 인원은 하루에 만 명이 넘고 있다고 합니다."

"이번 승리는 썬더맨 로봇의 참여가 중추적인 역할을 했습니다. 여러분, 이제 마음껏 기뻐하셔도 됩니다. 모든 지역의 탈환을 눈앞에 두고 있습니다. 현재 일부 암흑군과 암흑로봇들은 후퇴를 하고 있으며…"

화면에서는 후퇴를 하고 있는 암흑군들의 처절한 뒷모습이 비춰진다.

"모두 수고했네."

벙커 안에 모인 군인과 참모들은 서로를 다독였다.

"수고했네."

국방위원회장관이 덕만의 어깨를 어루만졌다.

"장관님 덕분입니다. 장관님, 수고 많으셨습니다."

"무슨 소리. 썬더맨 자네의 공이 크지, 정말 고맙네."

장관은 사람 좋은 미소를 보이며 덕만에게 악수를 청했다.

"저기 장관님."

덕만은 우물쭈물하며 입을 열었다. 장관은 무슨 일이냐는 표정으로 덕만을 바라봤다.

"이제 우주 전쟁도 어느 정도 정리가 되었고, 저는 마무리 지을 일이 있습니다."

"무슨 일인가?"

"지금 울트라비스트가 화성기지에 숨어 있다고 합니다. 화성을 탈환하기 위해서도 제가 울트라비스트를 상대해야 합니다."

장관의 얼굴은 걱정스럽게 변했다. 그리고는 덕만에게 말했다.

"자네 혼자는 무리라네. 지난번에도 겪지 않았나. 지금 기세로 지구 일부 지역까지 정리하고 모두 화성까지 일시에 들어가면 충분히 다시 가져올 수 있다네."

"울트라비스트는 저들 죽이기 전까지 계속해서 지구를 침략할 것입니다. 지구 반란세력인 암흑군대와는 다르게, 그의 목표는 지구가 아니라 저니까요. 제가 가겠습니다."

덕만은 뜻을 굽히지 않고 굳건한 목소리로 말했다. 잠시 고민에 빠진 얼굴을 한 장관은 결국 덕만의 뜻대로 할 것을 허락해 주었다.

"감사합니다. 장관님."

덕만은 활짝 웃으며 장관에게 고개를 숙였다.

화성의 지하기지. 울트라비스트의 모습과 닮은 거대한 세 개의 개체가 서 있다. 개체 안으로 전류를 흘려보내자, 검은색의 죽은 빛을 띠던 개체들이 생기를 되찾으며 붉은색을 보인다. 테크세력의 기술진이 상당수 투입되어 울트라비스트가 요구하는 실험을 지원하고 있었다. 썬더맨을 제거하기 위한 모종의 준비인 것이다. 붉은색은 전체 개체의 80퍼센트 정도를 차지하고 있다. 그들을 멍한 눈으로 바라보고 있던 울트라비스트는 어떤 움직임을 감지했는지, 혼잣말을 했다.

"그가 왔군."

울트라비스트는 몸을 일으켰다.

"무슨 일이라도?"

의아한 표정으로 기술팀장이 물었다.

"이제 결전을 해야 할 시간이 온 것 같군."

피식, 웃는 울트라비스트의 표정에 기술팀장은 더 이상 아무것도 물을 수 없었다.

"내가 말했던, 잠능을 일시에 폭발시키는 약제는 개발되었는가?"

울트라비스트가 기술진을 향해 물었다.

"네. 언제든 말씀만 하시면 바로 투입이 가능합니다."

"지금 바로 투입하도록 한다."

"네. 그럼 준비하겠습니다."

기지의 안쪽 냉동고에서 기술진 두 명이 빨간색의 액체가 담긴 비커를 들고 나왔다.

"그럼 100밀리리터를 투입하도록 하겠습니다."

"100밀리리터?"

기술진이 말하는 투입량이 불만족스러운 듯 울트라비스트가 되물었다.

"네. 지금 현재 가능한 허용 범위는 500밀리리터이지만, 아직 시험 단계여서 자칫 위험할 수도 있습니다."

"무슨 헛소리! 내 몸은 내가 잘 알아! 그 두 배인 1,000밀리리터를 주입하도록 해!"

쩌렁쩌렁하게 울트라비스트의 목소리가 울렸다.

"그래도, 그러면 위험해질 수도…."

여전히 망설이는 기술진의 말을 자르고 울트라비스트가 다시 소리쳤다.

"내가 말하지 않았는가!"

결국 최대 허용치의 두 배인 1,000밀리리터가 울트라비스트의 혈관에 주입되었다. 울트라비스트는 금속 혈관을 안에서 열었고 그 사이로 액제가 주입되었다. 혈관은 실어서 움직이듯 꾸물거렸고, 잠능을 일시에 중폭시키는 폭발액제는 그의 몸속 곳곳으로 퍼져 나가기 시작했다.

"으아악!"

근육이 팽창되기 시작하자 울트라비스트는 괴성을 내질렀다. 주먹을 휘둘러 연구실 기계를 부수고, 앞에 보이는 기술진 두 명을 들어 올리고는 패대기쳤다.

"으아아악!"

그러더니 정신을 잃고 바닥에 쓰러졌다.

"의료진! 의료진!"

기술팀장의 목소리에 눈을 뜬 울트라비스트.

"시끄럽다!"

울트라비스트는 기술팀장의 목을 비틀었다.

"이제 슬슬 마중을 나가 볼까?"

싸늘한 웃음을 짓는 울트라비스트는 악마 그 자체였다.

다시 거대한 모습으로 변한 울트라비스트와 썬더맨 1호기와 일체화된 덕만이 드디어 얼굴을 맞댔다.

"어이, 오랜만이군."

"울트라비스트, 나도 내가 비겁하다고 생각했는데 말이야. 너보다는 아닌 거 같아."

썬더맨과 울트라비스트는 마주보고 섰다.

"내 말을 믿은 네가 멍청한 거 아닌가? 그렇게 당해 놓고도 말이야."

울트라비스트는 빈정거리며 말했다.

"내가 왜 여기 온지 알고 있겠지?"

덕만은 투명한 눈동자로 울트라비스트를 바라봤다. 둘 사이에 잠시 침묵이 흘렀다.

"화성을 되찾으러 왔다."

"하하하, 그게 네 마음대로 된다고 생각하나?"

덕만은 흐트러짐 없는 표정으로 울트라비스트를 바라봤다.

"내가 지키는 화성이다. 네게 빼앗길 것 같으냐. 내가 여기 있다는 정보를 네게 흘린 이유를 모르고 있는 거냐! 하하하하."

"이야얏!"

갑작스런 선제공격은 덕만이 더 빨랐다.

"으윽."

덕만의 강력한 공격에 울트라비스트는 대형 구조물의 벽으로 밀렸다.

"하얏!"

이에 질새라 울트라비스트도 공격을 시작한다.

"하얏!"

"이얏!"

서로 주먹을 내지르는가 싶다가, 덕만이 번개로 공격을 가한다. 울트라비스트가 옆으로 피하며 다시 공격을 가하려고 움직이자, 지면이 크게 흔들렸다.

"무슨 일이지?"

덕만은 당황하며 주위를 살폈다. 울트라비스트와 똑같은 생김새를 하고 있는 세 개의 개체들이 덕만을 둘러쌌다.

"쿵! 쿵! 이얏!"

울트라비스트와 힙세한 개체들의 공격을 덕만은 있는 힘껏 방어해 보지만, 방어만 하기에도 역부족이다.

"이제 정말 끝낼 시간이군. 썬더맨, 잘 가라."

울트라비스트는 염력으로 리모컨을 작동해 썬더맨을 공격하고 있는 복제 개체들을 자폭모드로 전환시켰다.

"띠, 띠, 띠."

울트라비스트가 리모컨 버튼을 누르자, 복제된 개체들의 눈빛이 보라색으로 변했다.

"안 돼. 여기서 이렇게 끝낼 수는 없어!"

덕만은 재빨리 외곽으로 순간이동하여 몸을 피했다.

"콰콰쾅! 콰콰쾅! 우르르르쾅!"

거대한 폭발음과 함께 수백 미터에 달하는 커다란 구멍이 만들어졌다. 폭발은 연이어 계속됐다.

"콰콰쾅!"

폭발의 화염에 휩싸인 구멍 속에서, 덕만은 온몸을 번개로 감싸며 그 가운데서 몸을 일으켰다. 울트라비스트의 복제 개체들은 폭발로 인해 흔적도 없이 사라지고 난 후였다.

"이야아아아앗!"

덕만은 자신이 지닌 번개 초능력 모두를, 생명 유지에 관련되는 본질적인 기운까지 끌어모았다. 자신의 모든 증폭된 기운을 모아, 한편에 몸을 숨기고 있는 울트라비스트를 향해 자신의 한계를 넘어 내부의 모든 양자력과 모든 에너지를 썬더맨 로봇 1호기를 통하여 폭발시켰다. 자신의 안전을 뒤로한 덕만이 마지막으로 비기를 터뜨리는 순간이었다.

"쾅쾅쾅!"

굉음과 함께 강렬한 불빛이 소용돌이치며 썬더맨 로봇과 일체화된 덕만이 쓰러지고 거대한 울트라비스트 역시 바닥으로 쓰러진다. 얼마 지나지 않아, 방금까지 화성 전체를 뒤흔들었던 폭발이 잠잠해졌다. 전투 지역은 아직도 검붉은 연기와 먼지로 가득하여 아무것도 보이지 않는다. 시간이 멈춘 듯, 고요한 적막함으로 뒤덮여 있다.

움푹 파인 원형의 폭발 웅덩이 안에 울트라비스트가 본래의 크기로 작아진 채 쓰러져 있다.

"위이잉~"

우주선이 안착하는 소리와 함께, 얼굴을 확인할 수 없는 검은 무리가 작게 변해 버린 울트라비스트의 곁으로 다가왔다. 썬더맨 로봇의 모습은 어디에도 보이지 않고 덕만은 죽은 듯이 쓰러져 있다. 검은 무리가 덕만을 발로 살짝 건드려 보지만, 덕만은 아무런 미동도 하지 않는다. 그들은 울트라비스트를 번쩍 들어 올려서는 타고 온 우주선으로 향했다.

"위이잉~"

착륙할 때와 같은 소리를 내며, 덕만을 버려두고 그들은 점점 작은 점으로 변해 가며 화성에서 멀어져 갔다.

에필로그

"일어났어? 앉아, 아침 다 됐어."

앞치마 차림의 사라가 밝게 빛나는 햇살을 머금은 주방에 서 있다. 덕만은 주춤거리며 사라 곁으로 다가갔다.

"뭐 하고 있어, 얼른 앉지 않고."

사라는 살포시 미소 지으며 부드러운 음성으로 말했다.

"어…. 그래야지."

덕만은 어색한 표정으로 식탁 의자를 뺐다. 사라는 접시를 하나, 둘 식탁 위로 올려놨다. 사라의 동작 하나하나를 덕만은 유심히 바라봤다.

"먹어 봐."

사라는 덕만의 앞에 의자를 빼고 앉아서는 턱을 괴고 덕만을 바라봤다.

"어때? 맛있어?"

덕만은 가볍게 고개를 끄덕이며, 음식을 입으로 가져갔다.

"덕만아, 고마워."

사라는 상냥한 목소리로 말했다. 여전히 턱을 괸 상태로 덕만을 바라보고만 있다.

"내가 더 고맙지."

덕만은 숟가락을 놓고는, 환한 햇살에 반짝이는 사라를 한동안 바라만 봤다.

덕만은 느꼈다.

'평화가 찾아왔다.'

자신과 함께 최후의 공격을 마친 썬더맨 로봇들은 요기의 말처럼 자신의 의지에 따라 베다행성으로 돌아간 것이다. 이제 시공간을 넘어 자신의 분신이 된 썬더맨과 함께할 수 있다는 요기의 혼잣말이 가까이에서 들려오는 것 같았다.

여기는 지구다. 그래, 또한 여기는 지구가 아니다. 시공간을 거슬러 과거로 향한다고 하더라도 자신이 떠나 온 지구, 한국이 있는 그리운 지구는 아니다. 하지만 여기가 지구인 것은 확실하다. 머릿속에 모순과 모순이 덮이고 쌓이기를 반복하지만, 이곳은 사라와 같이 하는 지구인 것이다.

덕만은 마주보며 웃고 있는 사람들의 눈동자 속에서 환하게 웃고 있었다. 덕만의 미소는 그렇게 다시 자신이 떠나온 지구를 향하고 있었다. 사라와 함께, 언제가 자신의 의지대로 지구로 돌아가리라.